MANESSE BIBLIOTHEK DER WELTLITERATUR

NIKOLAJ GOGOL

MEISTERERZÄHLUNGEN

Aus dem Russischen übertragen
und herausgegeben von Bruno Goetz
Zeichnungen von Walter Roshardt

MANESSE VERLAG
ZÜRICH

CIP-Kurztitelaufnahme der Deutschen Bibliothek

Gogol', Nikolaj:
Meistererzählungen / Nikolaj Gogol
Aus d. Russ. übertr. u. hrsg. von Bruno Goetz
Mit Zeichn. von Walter Roshardt
8. Aufl. – Zürich: Manesse Verlag 1988
(Manesse Bibliothek der Weltliteratur)
ISBN 3-7175-1158-0 Gewebe
ISBN 3-7175-1159-9 Ldr.

NE: Goetz, Bruno [Hrsg.];
Gogol', Nikolaj: [Sammlung ⟨dt.⟩]

Inhalt

DER JAHRMARKT VON SSOROTSCHINZY

I.

Eng wird mir das Herz im Hause —
führ mich in die weite Welt,
wo es lärmt und braust und gellt,
wo die Mädchen Herzen brechen
und die wilden Burschen zechen!

(Aus einer alten Legende)

Wie berauschend, wie üppig ist ein Sommertag in der Ukraine! Wie heiß und beklommen sind die Stunden, wenn der Mittag in lautloser Glut funkelt und der blaue, unermeßliche Ozean, der sich als wollüstige Kuppel über der Erde wölbt, eingeschlafen ist und, ganz versunken in trunkene Wonne, die Schöne mit luftigen Armen umfängt und an sich preßt! Keine Wolke ist an ihm zu sehen, kein Wort auf den Feldern zu hören. Alles ist wie erstorben. Nur oben in der Himmelstiefe wirbelt eine Lerche, und ihr silbernes Lied schwebt auf unsichtbaren Sprossen zur verliebten Erde herab, oder ein vereinzelter Möwenschrei, ein heller Wachtelruf hallt in der Steppe wider. Träge und gedankenleer ragen die hohen Eichen, wie ohne Ziel dahinwandelnd, in die Höhe, und die blendenden Geschosse der

Sonnenstrahlen lassen dichte Laubmassen farbig aufflammen und werfen auf andere einen nachtschwarzen Schatten, in dem es nur bei starkem Winde golden zu sprühen beginnt. Die Smaragde, Topase und Saphire ätherischer Insekten umsirren die von prangenden Sonnenblumen beschatteten Gemüsegärten. Graugrüne Heuhaufen und goldene Korngarben lagern wie ein Heer, das unendliche Weiten durchzogen hat, auf den Feldern. Die breiten Äste der Kirsch-, Pflaumen-, Apfel- und Birnbäume, die sich unter der Last ihrer Früchte beugen; der Himmel und sein reiner Spiegel — der Strom — in seiner grünen, stolz strotzenden Umrahmung —: wie voller Wollust und Wonne ist der Sommer in der Ukraine!

In solcher Üppigkeit glänzte einer der heißen Augusttage des Jahres achtzehnhundert... achtzehnhundert... ja, so an die dreißig Jahre mögen es her sein, als die Landstraßen schon gegen zehn Werst vor dem Flecken Ssorotschinzy von der Volksmenge brodelten, die von allen fernen und nahen Höfen der Umgegend zum Jahrmarkt anrückte. Bereits seit dem frühen Morgen zogen in endloser Reihe Ochsenkarren mit Salz und Fischen durchs Land. Ganze Berge heuumwickelter Töpfe und Geschirre bewegten sich langsam vorwärts und langweilten sich in ihrer dunklen Haft; denn hie und da guckte eine grell bemalte Schüssel oder ein Mohntopf aus dem hochgespannten Flechtwerk eines Fuhrwerks hervor und lenkte die begierigen Blicke von Liebhabern des Wohllebens auf sich. Viele

Vorübergehende sahen voll Neid auf den hochgewachsenen Töpfer, den Inhaber dieser Kostbarkeiten, der gemessenen Schrittes hinter seinen Waren einherging und immer wieder seine vorwitzigen Gecken und Koketten mit dem ihnen verhaßten Heu zudeckte.

Ein wenig abseits schleppte sich eine von erschöpften Ochsen gezogene und mit Säcken, Hanfseilen, Leinwand und allerlei Hausgerät beladene Fuhre einher, hinter der ihr Besitzer in reinem Leinenhemd und bespritzten Hosen hintrollte. Mit träger Hand wischte er den immer wieder von neuem hervorquellenden Schweiß, der sogar von seinem langen Schnurrbart herabtropfte, aus dem braunverbrannten Gesicht. Jener unerbittliche Barbier, der ungerufen zu jeder Schönen und jedem Krüppel kommt und schon einige tausend Jahre lang das ganze Menschengeschlecht bepudert, hatte ihn in ganze Wolken von Staub gehüllt. Ihm zur Seite trottete eine an den Wagen angebundene Stute, deren demütiges Aussehn die Last ihrer Jahre verriet. Viele Fußgänger, vor allem junge Burschen, griffen nach ihren Mützen, wenn sie an diesem Bauern vorbeikamen. Doch nicht sein grauer Schnurrbart und nicht sein gewichtiger Schritt veranlaßten sie dazu; man brauchte nur die Augen zu heben, um die Ursache dieser Ehrerbietung zu erkennen: oben auf dem Wagen saß seine hübsche Tochter mit rundlichem Gesicht, schwarzen, gleichmäßig gebogenen Brauen über lustigen braunen Augen, sorglos lächelnden rosigen Lippen und blauen und roten Bändern im Haar, die, zusammen mit den langen aufgesteckten Flechten und einem Feldblumenkranz, einer reichen Krone auf dem bezaubernden Köpfchen glichen. Alles schien sie zu unterhalten, alles war ihr wundersam und neu; die schönen Äuglein liefen unermüdlich von einem Gegenstand zum andern. Wie sollten sie sich auch nicht freuen! Zum erstenmal im Leben fuhr sie zum Jahrmarkt: ein achtzehnjähriges Mädchen zum erstenmal auf dem Jahrmarkt! Keiner der Vorübergehenden konnte ahnen, was es sie gekostet hatte, den Vater zu bewegen, daß er sie mitnahm. Von sich aus hätte er es freilich herzlich gern getan, wenn nicht die böse Stiefmutter gewesen wäre; die hielt ihn so fest in den Zügeln, wie er selber seine alte Stute, welche jetzt, zur Belohnung für ihre langen Dienste, zum Verkauf auf den Markt geschleppt wurde. Ach, dieses ewig rastlose, nie zu beschwichtigende Weib! ... Doch wir haben zu erwähnen vergessen, daß auch sie hier zugegen war und ebenfalls oben auf dem Wagen thronte. Sie trug eine auffällige grüne Wolljacke, die, wie um ein Hermelinfell vorzutäuschen, mit kurzen (obzwar roten) Schwänzchen besetzt war; ihr bauschiger Rock sah bunt wie ein Schachbrett aus, und die vielfarbige Kattunhaube verlieh ihrem fülligen geröteten Gesicht eine gewisse Würde. Doch ihre Miene war so hart und abstoßend, daß jedermann rasch seine erschrockenen Blicke von ihr abwandte und auf dem fröhlichen Gesichtchen ihrer Stieftochter verweilen ließ.

Vor den Augen unserer Reisenden begann

sich allmählich der Ausblick auf den Psjol aufzutun. Aus der Ferne wehte schon ein frischer Hauch herüber, der nach der erschlaffenden, sengenden Glut doppelt wohl tat. Zwischen dem dunkel- und hellgrünen Laub der über die Wiese verstreuten Weiden, Birken und Pappeln blitzte ein feuriges, doch kühles Gefunkel: der Strom entblößte seine silberne Brust, auf die das grüne Baumgelock üppig herabfiel wie bei einer schönen, eigenwilligen Frau in jenen berauschenden Stunden, in denen sie ihr stolzes, blendend strahlendes Haupt, ihre lilienweißen Schultern und ihren von dunkeln Haarwellen beschatteten Hals im treuen, beneidenswerten Spiegel erblickt, verächtlich ihren Schmuck von sich wirft, zu einem neuen greift und ihren Launen kein Ende weiß. Fast in jedem Jahre verändert so der Strom seine Umgebung, bahnt sich einen neuen Weg und umgibt sich mit neuen abwechslungsreichen Landschaften. Reihen von Mühlen hoben breite Wellen auf ihre schweren Räder, schleuderten sie wieder mächtig von sich, zerschlugen sie zu Schaum, bestäubten mit ihm die Ufer und erfüllten die ganze Gegend mit ihrem lärmenden Rauschen.

Der Wagen mit unseren Reisenden fuhr unterdessen auf die Brücke, und der Strom bot sich ihnen in all seiner Schönheit und Majestät wie eine riesige Spiegelglasfläche dar. Der Himmel, die grünblauen Wälder, die Menschen, die Wagen mit ihren Waren und Geräten, die Mühlen — alles war im Wasser auf einmal umgekehrt zu sehen und bewegte sich, die Füße nach oben, den Kopf nach unten, fort, ohne in den schönen blauen Abgrund zu versinken. Das hübsche Mädchen wurde bei diesem wundersamen Anblick nachdenklich und vergaß sogar, die Sonnenblumenkerne aufzuknacken, mit denen sie sich während der ganzen Fahrt eifrig abgegeben hatte. Da hörte sie plötzlich die Worte: «Ei, was für ein Prachtmädchen!» an ihr Ohr schlagen. Sie blickte sich um und sah einen Haufen Burschen auf der Brücke stehn. Einer von ihnen, sorgfältiger als die andern gekleidet, mit einem weißen Kittel angetan, eine neue graue Lammfellmütze auf dem Kopf, stemmte die Arme in die Seiten und musterte keck die Vorüberfahrenden. Das Mädchen konnte nicht umhin, sein schönes sonnverbranntes Gesicht und seine feurigen Blicke zu bemerken, die sie völlig zu durchdringen schienen, und senkte die Lider beim Gedanken, daß er es gewesen sein mochte, der die von ihr vernommenen Worte ausgerufen hatte. «Ein Prachtmädchen!» fuhr der Bursche im weißen Kittel fort, «meine ganze Wirtschaft gäbe ich für einen Kuß von ihr hin! Doch vor ihr sitzt der Leibhaftige selbst!» Von allen Seiten erhob sich Gelächter. Diese Begrüßung gefiel der aufgeputzten Gattin des langsam ausschreitenden Bauern indessen ganz und gar nicht; ihre erhitzten Wangen wurden glutrot, und ein Geprassel erlesener Worte hagelte auf den Kopf des übermütigen Burschen nieder:

«Daß du ersticken mögest, nichtswürdiger Lümmel! Ein Topf soll deinem Vater den Schädel zerschmettern! Daß er auf dem Eise ausgleite, der verfluchte Antichrist! Daß ihm der Teufel in der andern Welt den Bart absenge!»

«Hört nur, wie die zu schimpfen versteht!» rief der Bursche aus, dessen Augen aus ihren Höhlen hervorquollen, so erstaunt war er über die starke Salve dieser unerwarteten Grüße, «wie wird bloß der hundertjährigen Hexe die Zunge nicht wund von solchen Worten!»

«Hundertjährig?!» entfuhr es der bejahrten Schönheit, «du Dreckfink! Geh! Wasch dich erst einmal! Unverschämter Lump! Ich kenne deine Mutter nicht, weiß aber, daß sie einen Dreck wert ist! Auch dein Vater und deine Tante sind einen Dreck wert! Hundertjährig?!... Du Grünschnabel! Du Milchbart!»

Der Wagen hatte inzwischen das Ende der Brücke erreicht, und die letzten Worte waren nicht mehr deutlich zu verstehen. Doch der Bursche wollte es augenscheinlich nicht dabei bewenden lassen: er ergriff einen Dreckklumpen und warf ihn der Fuhre nach. Der Wurf traf besser, als man gedacht hätte: die ganze Kattunhaube war mit Kot bespritzt, und das Gelächter der ausgelassenen Zuschauer verstärkte sich. Die dicke Schönheit kochte vor Ingrimm. Da der Wagen sich schon zu weit entfernt hatte, goß sie die Schale ihres Zornes über die unschuldige Stieftochter und den langsamen Gatten aus. Dieser, schon lange an solche Ausbrüche gewöhnt, bewahrte ein beharrliches Stillschweigen und ließ das erregte Gekeife seiner aufgebrachten Frau gleichmütig über sich ergehn. Doch ihre unermüdliche Zunge schnatterte weiter — bis sie endlich an dem in der Vorstadt gelegenen Hause ihres alten Bekannten und Gevatters, des Kosaken Zybul, vorfuhren. Die Begrüßung mit ihm und seiner Sippschaft verscheuchte für eine Weile den unangenehmen Vorfall aus ihrem Kopf; man begann vom Jahrmarkt zu sprechen, und die Reisenden konnten von ihrer langen Fahrt ein wenig ausruhn.

II.

> «Ach Gott, du mein lieber Gott! Was gibt es nicht alles auf so einem Jahrmarkt! Räder, Glas, Teer, Tabak, Riemen, Zwiebeln, Waren aller Art ... Und wenn ich auch an die dreißig Rubel in der Tasche hätte, den ganzen Jahrmarkt könnte ich doch nicht aufkaufen!»
>
> (Aus einer ukrainischen Komödie)

Ihr habt wohl irgendwann einmal das Donnern eines fernen Wasserfalls vernommen: die ganze Gegend ist voll von seinem Gedröhn, und ein Chaos wundersamer und unbestimmter Laute umwirbelt euch. Nicht wahr, euch erfassen ganz ähnliche Empfindungen im Strudel eines ländlichen Jahrmarkts, wenn das ganze Volk zu einem einzigen gewaltigen Ungeheuer zusammenwächst und mit seinem vielgliedrigen Leibe auf dem Dorfplatz und in den engen Gassen schreit, johlt und heult? Lärm, Geschimpf, Gemuh, Geblök, Gebrüll — alles fließt zu einem ununterscheidbaren mißtönenden Geräusch zusammen. Rinder, Säcke, Heu, Zigeuner, Kochgeschirre, Weiber, Pfefferkuchen, Mützen — alles umringt euch grell, bunt, ungefüge und sticht euch in die Augen. Vielstimmige Reden und Ausrufe ersäufen einander, kein Wort vermag sich aus dieser Sintflut zu retten, kein Schrei ist deutlich zu vernehmen. Nur die Handschläge der Verkäufer und Käufer sind überall zu hören. Wagen krachen aufeinander, Eisenstangen klirren, Bretter poltern auf den Boden, und der betäubte Kopf weiß nicht, wohin er sich wenden soll.

Unser zugereister Bauer mit seiner schwarzbrauigen Tochter trieb sich schon lange im Volksgewühl herum, trat an einen Wagen, betastete die Waren auf einem andern und erkundigte sich nach den Preisen, indessen seine Gedanken unaufhörlich um die zehn Säcke Weizen und um die alte Stute kreisten, die er hier verkaufen wollte. Dem Gesichte der Tochter war es anzusehn, daß es ihr nicht sonderlich angenehm war, sich an den Wagen mit Mehl und Weizen herumdrängen zu müssen. Es zog sie dorthin, wo unter leinenen Zeltdächern rote Bänder, Ohrringe, Zinn- und Messingkreuze und Schaudukaten verlockend ausgehängt waren. Indessen gab es auch hier allerlei zu beobachten: es belustigte sie aufs höchste, wie ein Zigeuner und ein Bauer sich wechselseitig klatschend auf die Hände schlugen und dabei selber vor Schmerz aufheulten; wie ein betrunkener Jude einem Frauenzimmer von hinten ein Bein stellte; wie erboste Händler einander mit Flüchen und Krebsen bewarfen; wie ein Moskowiter mit der einen Hand seinen Ziegenbart strich, mit der anderen... Doch da fühlte sie, wie jemand sie am gestickten Ärmel ihrer Jacke zupfte. Sie wandte sich um — und der Bursche im weißen Kittel mit den feurigen Augen stand vor ihr. In ihren Adern zuckte es, und ihr Herz begann so heftig zu pochen wie noch nie, bei keiner Freude und keinem Kummer: beklommen und selig zugleich, vermochte sie sich nicht zu erklären, was mit ihr vor sich ging.

«Hab keine Angst, mein Herz, hab keine Angst!» flüsterte er ihr zu und nahm sie bei der Hand, «ich will dir nichts Böses sagen.»

Vielleicht ist's wahr, daß du mir nichts Böses sagen willst, dachte die Schöne bei sich selbst, nur ist mir so wunderlich ums Herz . . . Gewiß, das ist der arge Feind . . . Ich weiß ja selbst, daß sich das nicht gehört . . . Doch ich habe nicht die Kraft, meine Hand fortzuziehen.

Der Vater sah sich nach ihr um und wollte ihr etwas zurufen. Doch da hörte er neben sich das Wort «Weizen» fallen. Und dieses magische Wort veranlaßte ihn, sich zwei laut miteinander streitenden Händlern zuzugesellen; wie festgebannt, vermochte er sich um nichts anderes mehr zu kümmern. Die Händler aber sprachen wie folgt über den Weizen.

III.

«Schau dir jenen Kerl dort an:
keinen gibt es, der gleich ihm
Schnaps wie Wasser saufen kann.»

(Kotljarjewskij «Äneis»)

«Du meinst also, Landsmann, daß wir unseren Weizen schlecht losschlagen werden?» sagte ein Mann, der nach einem zugereisten Kleinbürger aus irgendeiner unbedeutenden Ortschaft aussah, und dessen Beine in abgetragenen, teerbeschmutzten und fettigen Pluderhosen staken, zu einem andern in einem blauen, geflickten Kittel und mit einer erschrecklich großen Beule auf der Stirn.

«Da gibt's nichts zu meinen! Ich lege mir eine Schlinge um den Hals und lasse mich dort an jener Eiche baumeln wie eine Wurst in der Weihnachtsstube, wenn wir auch nur einen Scheffel verkaufen.»

«Wen willst du zum Narren machen, Landsmann?» entgegnete der in den Pluderhosen, «ich sehe hier keine andere Weizenzufuhr als die unsrige.»

Redet, was ihr wollt, dachte der Vater unserer Schönen, der sich kein Wort des Gesprächs entgehen ließ, ich habe zehn Säcke vorrätig.

«Ja, das ist nun einmal so, wenn die Teufelsbrut ihre Finger im Spiel hat! Da kannst du auf so viel Gewinn hoffen, wie von einem ausgehungerten Moskowiter», gab der Mann mit der Beule auf der Stirn rätselhaft zurück.

«Was für eine Teufelsbrut?» frug der in den Pluderhosen.

«Hast du denn noch nicht gehört, was sich das Volk hier erzählt?» fuhr der Mann mit der Beule auf der Stirn fort und schaute seinen Gesprächspartner mit grämlichen Augen schief an.

«Nun? Und?»

«Nun? Nun eben! Der Assessor — möge er sich nie mehr die Lippen nach einem herrschaftlichen Sliwowitz abwischen! — hat einen verwunschenen Platz für den Jahrmarkt bestimmt; kein Körnchen wirst du hier loswerden, und wenn du zerspringst! Siehst du die alte, morsche Scheune dort, gleich unterhalb des Hügels?» (Hier rückte der neugierige Vater unserer Schönen noch näher heran und war jetzt ganz Ohr geworden.) «In jener Scheune treibt der Teufel sein Unwesen. Noch bei jedem Jahrmarkt, der auf diesem Platz abgehalten wurde, hat es ein Unglück gegeben. Da ging hier gestern spät abends der Gemeindeschreiber vorbei — und was, glaubst du, sah er aus der Dachluke hervorschauen? Eine Schweineschnauze, die so gräßlich grunzte, daß es ihm kalt über den Rücken lief! Paß nur auf! Ehe du es dich versiehst, taucht hier wieder der *Rote Kittel* auf!»

«Wie? Der *Rote Kittel?* Was ist das?»

Dem neugierigen Zuhörer begannen sich die Haare zu sträuben. Angstvoll blickte er sich um — und sah seine Tochter in enger Umarmung mit einem jungen Burschen ruhig dastehn; unbekümmert um alle Kittel in der Welt, schien sich das Paar gleichsam verliebte Lieder zuzusingen. Dieser Anblick verscheuchte alle Angst des Alten und ließ ihn zu seiner früheren Sorglosigkeit zurückkehren.

«Ehe! He! He! Landsmann! Ich sehe, du verstehst dich meisterhaft aufs Umarmen. Ich habe erst am vierten Tage nach der Hochzeit meine selige Chwjaska umarmen gelernt, und auch das nur dank meinem Gevatter, der es mich als Brautführer gelehrt hatte.»

Der Bursche spürte sofort, daß es mit dem Vater seiner Liebsten nicht allzu weit her war, und begann sich einen Plan zu machen, wie er ihn auf seine Seite bringen könnte.

«Guter Mann, du kennst mich sicher nicht; ich aber habe dich gleich erkannt.»

«Wirklich? Das kann schon sein.»

«Willst du, so kann ich dir deinen Vor- und Vatersnamen und noch allerlei anderes sagen. Du bist Ssolopij Tscherewik.»

«Richtig! Ssolopij Tscherewik.»

«Und jetzt schau mich mal gut an: erkennst du mich immer noch nicht?»

«Nein, ich erkenne dich nicht. Nimm's nicht für ungut; aber ich habe in meinem Leben schon so viel Schnauzen gesehn, daß der Teufel sie alle im Gedächtnis behalten mag!»

«Schade nur, daß du dich nicht an Golopupenkos Sohn erinnerst!»

«Ach, bist du der Sohn Ochrims?»

«Wer denn anders? Ich könnte sonst nur der kahlköpfige Gottseibeiuns sein, wenn nicht der Sohn Ochrims.»

Da griffen die beiden nach ihren Mützen und küßten sich zur Begrüßung. Golopupenkos Sohn beschloß sofort, keine Zeit zu verlieren und seinen neuen Bekannten zu überrumpeln.

«Nun, Ssolopij, wie du siehst, haben deine Tochter und ich uns liebgewonnen und möchten für immer zusammenbleiben.»

«Nun, was meinst du, Parasska?» sagte Tscherewik und wandte sich lachend an seine Tochter, «vielleicht ist's tatsächlich so, daß ihr beide, wie man so sagt, gewissermaßen auf einer Wiese weiden sollt, wie? Mit Handschlag? Gut, mein neugebackener Schwiegersohn. Darauf müssen wir eins trinken gehn.»

Alle drei saßen bald darauf unter dem Zelt der bekannten, von einer Jüdin bewirtschafteten Jahrmarktsschenke, die mit einer ganzen Flottille von Krügen, Flaschen und Kruken jeder Art und jeden Jahrgangs ausgestattet war.

«Ein Draufgänger bist du! Dafür lieb ich dich!» rief der schon ein wenig angeheiterte Tscherewik aus, als er sah, wie sein künftiger Schwiegersohn sich einen Krug, der ein halbes Quart faßte, mit Schnaps vollschenkte, ihn in einem Zuge bis auf den Grund leerte und dann zerschmetterte, daß die Scherben nur so herumflogen, «was sagst du, Parasska? Das ist ein Bräutigam, den ich dir zugeführt habe! Schau nur, schau, wie der saufen kann!»

Lachend schwankte er mit der Tochter zu seinem Wagen zurück. Der Bursche aber schlenderte zu den Ständen mit Schnitt- und Schmuckwaren, wo selbst Kaufleute aus Gudjutsch und

Mirgorod, den beiden bedeutendsten Städten des Gouvernements Poltawa, ihren Handel trieben; er hielt nach einer schönen messingbeschlagenen Pfeife, einem rotgeblümten Tuch, einer Mütze und anderen Brautgeschenken für seinen Schwiegervater und für alle, denen er etwas zu schenken hatte, Ausschau.

IV.

«Ob sich der Mann auch noch so wehrt —
er muß, was seine Frau begehrt,
nach ihrem Wunsch vollziehen.»
(Kotljarjewskij)

«Nun, Frau, ich habe für das Töchterchen einen Freier gefunden.»

«So? Als ob's jetzt nichts Besseres zu tun gäbe, als nach Freiern herumzusuchen! Ein Tropf bist du und bleibst dein Leben lang ein Tropf! Das scheint dir schon an der Wiege so gesungen worden zu sein. Wo steht's denn geschrieben, seit wann ist's erhört, daß man heutzutage den Freiern nachläuft? Lieber hättest du daran denken sollen, wie du deinen Weizen loswirst! Das wird mir schon ein schöner Bräutigam sein! Der Verlumpteste aller Halunken!»

«I, keine Rede von verlumpt! Du hättest sehen sollen, was das für ein Bursche ist! Sein Kittel allein ist teurer als deine grüne Jacke und deine roten Stiefel zusammengenommen. Und wie er erst seinen Schnaps auspfeift! Der Teufel hol dich und mich, wenn ich in meinem Leben je einen jungen Burschen gesehen habe, der, so wie er, ein halbes Quart in einem Zuge, ohne eine Miene zu verziehen, in sich hineinschüttet . . .»

«Da haben wir's! Jeder Saufaus und Tagedieb ist ein Mann nach deinem Herzen! Wetten möcht' ich, daß es derselbe Nichtsnutz ist, der auf der Brücke hinter uns her war. Schade, daß er mir bis jetzt nicht unter die Finger geraten ist — er hätte sein blaues Wunder erleben können!»

«Mag er's doch gewesen sein, Chiwrja! Darum ist er noch lange kein Nichtsnutz!»

«Kein Nichtsnutz? Ach du hirnloser Tropf! Hat man so etwas gehört? Kein Nichtsnutz? Wohin hast du mit deinen blödsinnigen Augen geglotzt, als wir bei den Mühlen vorbeifuhren? Vor deiner tabakbeschmutzten Nase beschimpft man dein Weib — und du sagst, das sei dir einerlei!»

«Dabei ist doch nichts Schlimmes. Der Junge ist ein Prachtmensch. Höchstens daß er dir deine Schnauze mit Mist zugekleistert hat!»

«Aha, ich sehe, du willst mich nicht zu Ende sprechen lassen! Was soll das heißen? Wann hast du das je gewagt? Du hast dich wohl schon vollgesoffen und nichts verkauft?»

Hier erst merkte Tscherewik, daß er über das Ziel hinausgeschossen hatte, und bedeckte rasch seinen Kopf mit den Händen, da er ohne Zweifel annehmen mußte, daß seine ergrimmte Lebensgefährtin ihm mit ihren ehelichen Krallen in die Haare fahren würde.

Da haben wir's! Die Hochzeit ist beim Teufel! dachte er und wich dem heftigen Ansturm der Gattin aus, für nichts und wieder nichts werde ich einem braven Menschen absagen müssen.

Ach du lieber Herrgott, womit plagst du uns arme Sünder? Auch ohnehin gibt's genug Mist auf der Welt — und du mußtest noch die Weiber erschaffen!

V.

«Bück dich nicht, mein Ahornbäumchen,
du bist jung und grün;
gräm dich nicht, Kosakenbursche,
du bist stark und kühn.»

(Ukrainisches Lied)

Zerstreut blickte der Bursche im weißen Kittel, bei seinem Wagen hockend, auf das ihn dumpf umlärmende Volksgetriebe. Die müde Sonne schied von der Welt, nachdem sie den ganzen Morgen und Mittag geglüht hatte, und der Tag erlosch in einem grellen, verführerischen Rot. Blendend glänzten die Spitzen der weißen Zelte und Stände, von einem feurig-rosigen Leuchten überschimmert. Die Scheiben der zu Haufen aufgeschichteten Fensterrahmen brannten; die grünen Flaschen und Gläser auf den Tischen der Schankwirte verwandelten sich in flammendes Licht; die Berge von Melonen, Arbusen und Kürbissen schienen wie aus Gold und dunklem Kupfer gegossen. Der Lärm nahm wesentlich ab und wurde immer dumpfer; die ermatteten Zungen der Händler, Bauern und Zigeuner regten sich langsamer und träger. Irgendwo funkelte ein Feuer auf, und der duftende Dampf von kochenden Klößen zog durch die stiller gewordenen Straßen.

«Worüber grämst du dich, Gritzko?» rief ein langer, sonnverbrannter Zigeuner aus und schlug den Burschen auf die Schulter. «Gib mir die Ochsen für zwanzig ab!»

«Ach, die Ochsen, immer diese Ochsen! Eurem Volk steht der Sinn immer nur nach dem Profit. Ihr denkt an nichts anderes, als ehrliche Leute übers Ohr zu haun.»

«Pfui Teufel! Bei dir scheint's in allem Ernst nicht mehr ganz richtig im Kopf zu sein. Oder ärgerst du dich vielleicht darüber, daß du dir eine Braut angehängt hast?»

«Nein, ich bin nicht so. Ich halte mein Wort. Was ich einmal gesagt habe, soll für immer gelten. Doch dieser alte Trottel, dieser Tscherewik, hat nicht für einen halben Groschen Gewissen: verspricht etwas — und nimmt's wieder zurück ... Ihm kann man schließlich keinen Strick daraus drehn; er ist ein Klotz, und fertig! Hinter allem steckt aber die alte Hexe, der wir Burschen es heute auf der Brücke ordentlich gegeben haben. Wenn ich der Zar oder sonst ein großes Tier wäre, ich würde als erster alle diese Schwachköpfe aufhängen, die sich von den Weibern satteln lassen!»

«Gibst du mir die Ochsen für zwanzig, wenn wir Tscherewik herumkriegen, daß er dir deine Parasska gibt?»

Gritzko musterte ihn zweifelnd und unentschlossen. In den braunen Gesichtszügen des Zigeuners lauerte etwas Bösartiges, Bissiges, Niedriges und zugleich Hochmütiges; wer ihn ansah, mußte sich gestehen, daß in dieser seltsamen Seele großartige Eigenschaften durcheinanderbrodelten, für die es indessen auf dieser Welt nur einen Lohn gibt — den Galgen. Der Mund, der zwischen der Nase und dem spitzen Kinn ganz eingesunken schien; die kleinen, doch lebhaften und feurigen Augen; das Aufblitzen immer neuer wechselvoller Absichten in seinem Gesicht —: alles das verlangte nach einem besonderen, zu ihm passenden Kostüm, das er denn auch wirklich trug. Der dunkelbraune Kaftan, von dem man das Gefühl hatte, er würde sich bei der geringsten Berührung in Staub verwandeln; die in langen Strähnen über seine Schultern herabfallenden Haare; die Schuhe an den nackten braunen Füßen — alles schien ihm wie angewachsen zu sein und zu seiner Natur zu gehören.

«Nicht für zwanzig, sondern für fünfzehn gebe ich dir die Ochsen ab, wenn du Wort hältst!» sagte Gritzko schließlich und ließ ihn nicht aus den Augen.

«Für fünfzehn? Nun gut! Denk daran und vergiß es nicht: für fünfzehn! Hier hast du einen Blauen als Anzahlung!»

«Und wenn du mich beschwindelst?»

«Wenn ich dich beschwindle, ist das Handgeld dein!»

«Gut! Schlag ein!»

«Recht so!»

VI.

«Welch ein Pech: da kommt Roman an, um mich zu verprügeln, und auch du, Herr Choma, wirst nicht ohne Haue davonkommen.»

(Aus einer ukrainischen Komödie)

«Hierher, Athanasius Iwanowitsch! Hier ist der Zaun etwas niedriger. Steigt herüber und habt keine Angst: mein alter Tropf übernachtet mit seinem Gevatter heute unter dem Wagen, damit ihn die Moskowiter nicht fortstibitzen.»

So zärtlich ermunterte die strenge Lebensgefährtin Ssolopij Tscherewiks einen ängstlich sich am Zaun herumdrückenden Popensohn, der jetzt eilig auf die Staketen kletterte und dort, einem schmalen Schreckgespenst ähnlich, lange unschlüssig festhing und mit den Augen abmaß, wohin er am besten abspringen könnte. Endlich entschloß er sich, machte einen Fehlsprung und fiel geräuschvoll ins Gras.

«Ach, ach, was für ein Unglück! Habt Ihr Euch am Ende weh getan? Habt Ihr Schaden genommen? Habt Ihr Euch, Gott bewahre, den Hals gebrochen?»

«Sssst! Es macht nichts, es macht nichts, liebste Chawronja Nikiforowna!» flüsterte der Popensohn und erhob sich wieder auf seine schmerzenden Füße, «abgesehen natürlich von den Kratzern durch die Nesseln, dieses schlangengleiche Kraut, wie der hochselige Protopop sie zu nennen liebte.»

«Kommt jetzt ins Haus, niemand ist da. Ich

hatte schon geglaubt, Athanasius Iwanowitsch, daß Euch das Reißen oder ein Magendrücken befallen hätte. Ihr kamt und kamt nicht. Wie geht's Euch denn? Ich hörte, Euer Vater habe allerlei angenehme und nützliche Geschenke erhalten?»

«Hat nichts auf sich, Chawronja Nikiforowna, wertloses Zeug. Während der ganzen Fastenzeit hat Väterchen nur fünfzehn Sack Korn, vier Sack Hirse und gegen hundert Brotlaibe bekommen; wenn man die Hühner erwähnen will, so sind's auch nicht mehr als fünfzig Stück gewesen; und die Eier waren größtenteils faul... Die wahrhaft süßen Gaben kann ich, bildlich gesprochen, nur von Euch erhalten, Chawronja Nikiforowna», fügte er hinzu, blickte sie schmelzend an und rückte näher.

«Da habt Ihr meine Gaben, Athanasius Iwanowitsch!» sagte sie, während sie einige Schüsseln auf den Tisch stellte und dann mit gezierter Verlegenheit ihre Jacke zuknöpfte, als ob sie sie vorher nicht absichtlich aufgeknöpft hätte, «da sind Quarkkuchen, Weizenbrötchen, Krapfen und Fischklöße.»

«Wetten wir, daß das alles von den geschicktesten Händen aus Evas Geschlecht zubereitet worden ist?» sagte der Popensohn, fiel über die Fischklöße her und zog mit der andern Hand die Krapfen heran. «Ach, Chawronja Nikiforowna, mein Herz erwartet von Euch noch viel süßere Speisen als all diese Krapfen und Klöße!»

«Da weiß ich aber nun wirklich nicht, nach welcher Speise es Euch noch verlangt, Athanasius Iwanowitsch», sagte die beleibte Schöne, die so tat, als verstünde sie ihn nicht.

«Natürlich nach Eurer Liebe, unvergleichliche Chawronja Nikiforowna», flüsterte der Popensohn, in der einen Hand einen Quarkkuchen haltend, mit der andern ihre fetten Hüften tätschelnd.

«Gott weiß, was Ihr Euch alles ausdenkt, Athanasius Iwanowitsch», kicherte Chiwrja und senkte schamhaft ihre Augenlider, «am Ende fällt's Euch sogar noch ein, mich küssen zu wollen.»

«Was das angeht, so will ich Euch etwas aus meinem Leben berichten», schwadronierte der Popensohn; «als ich sozusagen noch auf dem Seminar studierte — ich erinnere mich daran so deutlich, als wäre es erst gestern gewesen, da . . .»

In diesem Augenblick hörte man draußen die Hunde bellen, und gleich darauf pochte es an die Tür. Chiwrja lief eilig hinaus und kehrte ganz bleich zurück.

«Nun, Athanasius Iwanowitsch, da sitzen wir beide schön in der Patsche: ein ganzer Haufen von Menschen lärmt am Tor, und ich glaubte auch die Stimme des Gevatters zu erkennen . . .»

Dem Popensohn blieb der Quarkkuchen im Halse stecken . . . Die Augen quollen ihm aus den Höhlen, als hätte sich bei ihm ein Sendling aus der andern Welt zum Besuch angemeldet.

«Kriecht da hinauf!» schrie die aufgeregte Chiwrja und wies auf die Bretter, die dicht unter der Decke über zwei Balken lagen und mit allerhand Gerümpel vollgekramt waren.

Die Gefahr verlieh unserem Helden Mut, er kletterte auf den Ofen und kroch von dort aus vorsichtig auf die Bretter; Chiwrja aber lief wie ohne Besinnung zum Tor; denn das Pochen wiederholte sich immer heftiger und ungeduldiger.

VII.

«Das ist nun wahrhaftig ein Wunder, mein Verehrtester!»

(Aus einer ukrainischen Komödie)

Auf dem Jahrmarkt war etwas Erstaunliches vor sich gegangen: überall hatte sich das Gerücht verbreitet, der *Rote Kittel* habe sich zwischen den Wagen gezeigt. Er sei einer alten Brezelverkäuferin in Gestalt eines Schweines erschienen, das ständig an den Wagen herumschnüffele und etwas zu suchen schiene. Die Kunde davon war rasch vom einen Ende des Lagers zum andern gelaufen, und alle hatten es für ein Verbrechen gehalten, nicht daran zu glauben, obwohl die Brezelverkäuferin, deren fliegender Stand sich dicht neben der Schenke befand, dort so ausgiebige Stärkung gefunden hatte, daß sie schon den ganzen Tag sinnlose Verbeugungen gemacht und mit ihren Füßen Figuren beschrieben hatte, die den Formen ihrer leckeren Waren ähnelten. Hierzu gesellten sich noch die übertriebenen Geschichten von der wunderlichen Erscheinung, die der Gemeindeschreiber gestern abend in der verfallenen Scheune gesehen haben wollte, so daß sich bei Einbruch der Nacht alle näher aneinanderdrängten. Die Ruhe war gestört und die Angst hatte jeden daran gehindert, die Augen zu schließen. Die weniger Wagemutigen begaben sich, sofern sie sich mit Nachtlagern in den Hütten versehen hatten, nach Hause. Zu diesen gehörte auch Tscherewik mit seinem Gevatter und seiner Tochter; zusammen mit vielen anderen, die sich selber unaufgefordert zu Gaste geladen, vollführten sie jenen wilden Lärm, der unsere Chiwrja in solche Aufregung versetzt hatte. Der Gevatter war bereits recht angetrunken, was sich schon dadurch kundtat, daß er mit dem Wagen zweimal um den ganzen Hof herumfahren mußte, ehe er seine eigene Hütte fand. Auch die übrigen Gäste hatten schon ihr Teil weg und traten ohne weitere Zeremonie noch vor dem Wirte ein. Die Gemahlin unseres Tscherewik saß wie auf Nadeln da, als die Leute in allen Ecken der Hütte herumzulungern begannen.

«Nun, Gevatterin», schrie der eintretende Hausherr, «schüttelt dich immer noch das Fieber?»

«Ja, mir ist übel», antwortete Chiwrja und schaute besorgt nach den Brettern unter der Decke.

«Also, schaff mal das Fäßchen vom Wagen herein, Frau!» rief der Gevatter seiner Ehegenossin zu, die mit ihm gekommen war, «wir wollen eins mit den guten Leuten da trinken; denn die verdammten Weiber haben uns einen Schrecken eingejagt, daß man sich schämen muß, auch nur davon zu sprechen... Bei Gott, Brüder, wir haben uns ganz ohne Grund heimbegeben!» fuhr er fort und nahm einen Schluck aus seinem tönernen Krug, «ich setze meine neue Mütze zum Pfand, wenn das nicht ein Streich der Weiber gewesen ist, die sich über uns lustig ma chen wollten. Und selbst, wenn es wirklich der Satan gewesen sein sollte — was ist schließlich der Satan? Spuckt ihm auf den Kopf! Wenn er, zum Beispiel, hier in diesem Augenblick vor mir erschiene — ich will ein Hundesohn sein, wenn ich ihm nicht einen Nasenstüber versetze!»

«Warum bist du denn auf einmal so bleich geworden?» schrie einer der Gäste, der einen ganzen Kopf höher als die andern war und sich gern als Held aufspielte.

«Ich?... Gott sei mit Euch! Das habt Ihr wohl geträumt!»

Die Gäste johlten. Ein selbstzufriedenes Lächeln spielte um die Lippen des wortgewaltigen Prahlers.

«Warum sollte er denn gerade jetzt erblaßt sein?» fiel ein anderer ein, «seine Wangen sind wie Mohn aufgeblüht: jetzt ist er kein Zybulja (Zwiebel) mehr, sondern eine rote Rübe, oder, noch besser, der *Rote Kittel* selbst, der die Leute so in Schrecken versetzt hat.»

Ein Fäßchen rollte über den Tisch und ließ die Gäste noch übermütiger werden. Da machte sich unser Tscherewik, den schon lange der Gedanke an den *Roten Kittel* stach und seinem neugierigen Sinn keine Minute Ruhe gönnte, an den Gevatter heran.

«Sei so lieb, Gevatter, und erzähle mir, was es damit für eine Bewandtnis hat. Ich frage und frage — und niemand will mir über den *Roten Kittel* Bescheid geben. Was ist das für eine Geschichte?»

«Ach, Gevatter, eigentlich gehört sich's nicht, zur Nachtzeit davon zu sprechen. Doch weil du es bist und weil die guten Leute (dabei wandte er sich an die andern Gäste) ebenso vor Neugierde zu brennen scheinen wie du, so will ich euch den Gefallen tun. Also gut. Hört zu!»

Er kratzte sich zuerst an der Schulter, wischte sich dann das Gesicht mit dem Rockschoß ab, legte beide Hände auf den Tisch und begann:

«Einmal wurde ein Teufel — was er verschuldet haben mochte, kann ich, bei Gott, nicht sagen — aus der Hölle vertrieben ...»

«Wieso, Gevatter?» unterbrach ihn Tscherewik, «wie kann es geschehen, daß man einen Teufel aus der Hölle jagt?»

«Ja, was ist da zu machen, Gevatter? Hat man ihn hinausgejagt, so hat man ihn hinausgejagt, wie ein Bauer seinen Hund aus der Hütte jagt. Vielleicht war die Versuchung an ihn herangetreten, irgendein gutes Werk zu tun: da hat man ihm eben die Tür gewiesen. Der arme Teufel bekam nun solch ein Heimweh nach der Hölle, solch ein Heimweh, daß er am liebsten nach einer Schlinge gesucht hätte, um sich aufzuhängen. Was tut man in solch einem Fall? Man verlegt sich vor Gram aufs Saufen. Er nistete sich also in jener verfallenen Scheune am Fuße des Hügels ein, die du vorhin gesehen hast, und an der kein guter Mensch vorbeigeht, ohne sich durch das Schlagen des heiligen Kreuzes gebührend geschützt zu haben. Da hauste er nun und wurde zu solch einem Saufaus, wie du selbst unter den jungen Burschen kaum einen findest: vom Morgen bis zum Abend wußte er nichts Besseres anzufangen, als in der Schenke zu sitzen . . .»

Hier unterbrach der genaue Tscherewik von neuem den Erzähler:

«Gott weiß, was du da redest, Gevatter! Wie ist es denn möglich, daß es jemand gibt, der einem Teufel erlaubt, die Schenke zu betreten? Er ist doch, Gott sei Dank, an seinen Krallen und an den Hörnern auf seinem Kopf zu erkennen!»

«Das ist ja eben die Geschichte, daß er eine Mütze trug und Handschuhe angezogen hatte. Wie kann ihn da jemand erkennen? Er soff und soff — bis er all sein Geld versoffen hatte. Der Schenkwirt kreidete es ihm lange an — doch schließlich wollte er ihm nichts mehr borgen. Da sah sich der arme Teufel genötigt, dem Juden, der damals die Schankwirtschaft auf dem Jahrmarkt innehatte, seinen roten Kittel für ein Drittel des Preises als Pfand zu hinterlassen. Er versetzte ihn also und sagte: ‚Paß auf, Jud! Ums Jahr komm ich wieder zurück und hol den Kittel. Hüt ihn gut!' — Und schon war er verschwunden, als wäre er ins Wasser gefallen. Der Jude untersuchte und befühlte den Kittel: das war ein Tuch! So eins treibst du nicht einmal in Mirgorod auf. Das Rot leuchtete wie Feuer, daß du dich gar nicht satt daran sehen konntest. Es verleidete dem Juden, die festgesetzte Frist abzuwarten. Er kratzte sich an seinen Peißaken, und es gelang ihm, einem durchreisenden Pan an die fünf Goldstücke dafür aus der Nase zu ziehn. Die Frist war ihm ganz aus dem Gedächtnis entschwunden. Da trat einmal um die Nachmittagsstunde ein Fremder bei ihm ein: ‚Nun, Jud, gib mir meinen Kittel zurück!‘ Der Jude hatte ihn zuerst wirklich nicht erkannt; aber dann, als er sich seiner wieder erinnerte, leugnete er, ihn je gesehen zu haben: ‚Was für einen Kittel? Ich habe keinen Kittel. Ich weiß nichts von deinem Kittel!' Ohne ein weiteres Wort zu verlieren, zog der Fremde ab. Doch am Abend, nachdem der Jude sein Hundeloch schon verschlossen und das Geld in die Kisten und Kasten verteilt hatte, hörte er, gerade als er sich ein weißes Leintuch umgetan, um auf jüdische Art zu beten, plötzlich ein Geräusch. Er blickte auf — und was sah er? Zu allen Fenstern schauten Schweineschnauzen herein . . .»

In diesem Augenblick war wirklich ein Geräusch zu hören, das einem Grunzen gar nicht ganz unähnlich klang . . . Dem Erzähler trat der Schweiß auf die Stirn.

«Was gibt's ?» fuhr Tscherewik erschrocken auf.

«Ach . . . nichts . . .» antwortete der Gevatter, schlotterte aber am ganzen Körper.

«Oh!» rief einer der Gäste.

«Sagtest du etwas?»

«Nein.»

«Was hat denn da eben gegrunzt?»

«Gott weiß, was uns so durcheinandergebracht hat! Da ist ja nichts.»

Alle sahen sich ängstlich um. Einige begannen in den Ecken herumzusuchen. Chiwrja war mehr tot als lebendig. «Ach ihr! Alte Weiber seid ihr, nichts als alte Weiber!» stieß sie verächtlich hervor, «ihr wollt euch als Kosaken und Männer aufspielen? Flachskämme sollte man euch in die Hand geben und euch hinter den Spinnrocken setzen! Da hat einer von euch, Gott verzeih's ihm, einen Wind fahren lassen, oder eine Bank hat geknarrt — und ihr fahrt aus der Haut wie Verrückte.»

Diese Zurechtweisung beschämte unsere Helden und gab ihnen wieder neuen Mut. Der Gevatter nahm einen Schluck aus seinem Krug und setzte seine Erzählung fort:

«Der Jude war vor Schreck fast tot. Doch die Schweine krochen auf Beinen, lang wie Stelzen, durch die Fenster herein. Mit dreigeschwänzten Peitschen machten sie ihn wieder lebendig und ließen ihn höher springen als bis zu diesem Balken da oben. Da fiel er in die Knie — und gestand alles. Der Kittel allerdings war nicht mehr herbeizuschaffen. Den Pan, der ihn erworben, hatte irgendein Zigeuner auf der Straße beraubt und den Kittel an eine reisende Händlerin losgeschlagen. Diese brachte ihn hierher nach Ssorotschinzy auf den Jahrmarkt. Doch von da an wollte niemand mehr etwas bei ihr kaufen. Die Händlerin wunderte sich, grübelte und grübelte und hatte es endlich herausgefunden: gewiß war der Kittel an allem schuld, nicht umsonst hatte sie, als sie ihn einmal anprobierte, deutlich gespürt, wie etwas sie in einem fort drückte. Ohne viel nachzudenken und daran herumzurätseln, warf sie ihn ins Feuer — doch das Teufelsgewand wollte nicht brennen. ‚Ein Satansgeschenk ist das!' sagte sie sich und kam auf den Einfall, den Kittel einem Bauern, der mit Butter handelte, unter den Wagen zu schieben. Der Tropf freute sich noch darüber, als er ihn fand, doch seine Butter nahm ihm von nun an niemand mehr ab. Den Kittel haben mir arglistige Hände zugesteckt! dachte er, griff nach einer Axt und hieb ihn in kleine Stücke — aber siehe da: ein Stück kriecht zum andern, und der Kittel ist wieder ganz. Da schlug der Bauer das Zeichen des Kreuzes, hieb mit der Axt noch einmal zu, verstreute dann die Stücke heimlich über den ganzen Jahrmarkt und fuhr wieder heim.

Und von da an treibt sich der Teufel mit der Schweineschnauze jedes Jahr, gerade zur Jahrmarktszeit, hier auf dem Platze herum, grunzt und sucht die Stücke seines Kittels zusammen. Es heißt, daß ihm jetzt nur noch der linke Ärmel fehle. Die Leute bekreuzigen sich vor jenem Orte. Und es sind nun bald zehn Jahre her, daß kein Jahrmarkt mehr auf ihm abgehalten wurde. Da hat dieses Mal der Leibhaftige selber den Assessor geritten, den Jahr . . .»

Die andere Hälfte des Wortes erstarb auf den Lippen des Erzählers. Das Fenster klirrte, die Scheiben zersprangen — und eine grausige Schweineschnauze schaute augenrollend herein, als wenn sie sagen wollte: «Ja, was treibt ihr denn hier, meine Guten?»

VIII.

«. . . Er klemmt den Schwanz ein wie ein Hund,
die Glieder schlottern wie bei Kain,
und Tabak spritzt aus Nas und Mund . . .»

(Kotljarjewskij, «Äneis»)

Bleiches Entsetzen erfaßte alle Anwesenden. Der Gevatter verwandelte sich offenen Mundes in Stein; seine Augen traten so weit hervor, daß sie schießen zu wollen schienen; die gespreizten Finger erstarrten unbeweglich in der Luft. Der lange Bramarbas, der kurz vorher noch so mutig getan, sprang vor unüberwindlicher Angst fast bis an die Decke und zerschlug sich den Kopf an den Balken; die Bretter, die auf ihnen lagen, verschoben sich — und der Popensohn kollerte donnernd zu Boden.

«Ai, ai, ai!» schrie jemand verzweifelt auf, warf sich auf die Bank und zappelte mit Armen und Beinen.

«Rettet mich!» gurgelte ein anderer und bedeckte das Gesicht mit seinem Schafpelz.

Der Gevatter, durch diesen zweiten Schreck aus seiner Erstarrung erwacht, versteckte sich mit zuckenden Gliedern unter dem Rock seiner Frau. Der lange Bramarbas kroch ins enge Ofenloch und schlug selber die Klappe hinter sich zu. Tscherewik sprang, wie mit kochendem Wasser begossen, auf, stülpte sich statt der Mütze einen Kochtopf über den Schädel, stürzte zur Tür hinaus und rannte, ohne den Boden unter seinen Füßen zu spüren, wie ein Irrsinniger durch die Straßen, bis die Erschöpfung ihn zwang, seinen rasenden Lauf zu hemmen. Schon wäre er, von seiner letzten Kraft verlassen, beinahe umgesunken, als er plötzlich ihm nachjagende Schritte zu hören glaubte . . . Sein Atem stockte . . .

«Der Teufel! Der Teufel!» brüllte er besinnungslos, verdreifachte seine Kräfte und fiel im nächsten Augenblick ohnmächtig zu Boden.

«Der Teufel! Der Teufel!» schrie es hinter ihm her, und er fühlte nur noch, wie sich etwas lärmend über ihn wälzte. Dann schwand sein Bewußtsein, und er blieb wie der schaurige Bewohner eines engen Grabes stumm und steif mitten auf der Straße liegen.

IX.

«Vorne möchte es noch irgendwie angehn, wie er aussieht, aber hinten ist es, weiß Gott, der Teufel!»

(Aus einem ukrainischen Volksmärchen)

«Hast du gehört, Wlas?» rief einer der Zigeuner, die im Freien übernachteten, «hier hat irgendwo jemand ‚Teufel!' geschrien.»

«Was kümmert's mich?» knurrte ein anderer Zigeuner, der neben ihm lag, und streckte seine Glieder, «meinetwegen hätte er nach dessen ganzer Sippschaft schreien können!»

«Er schrie aber so, als ob man ihn abwürgte.»

«Was sich ein Mensch im Traum nicht alles vormacht!»

«Wie du willst. Immerhin sollte man nachschaun. Schlag einmal Feuer!»

Der andere Zigeuner erhob sich murrend, ließ

zweimal Feuerfunken vor sich aufblitzen, blies den Zunder an und machte sich, das übliche ukrainische Tranlämpchen in der Hand, mit auf den Weg, um seinem Genossen zu leuchten.

«Halt! Hier liegt jemand. Leuchte hierher!»

Andere gesellten sich zu ihnen.

«Was liegt da, Wlas?»

«Es scheint, daß es zwei Menschen sind. Der eine oben, der andere unten. Wer von ihnen der Teufel ist, läßt sich nicht ausmachen.»

«Wer liegt denn oben?»

«Ein Frauenzimmer.»

«Das ist dann ganz gewiß der Teufel.»

Das allgemeine laute Gelächter weckte fast die ganze Straße auf.

«Ein Frauenzimmer ist auf einen Mann gekrochen! Die versteht zu reiten!» rief jemand von den Umstehenden.

«Schaut her, Brüder!» rief ein anderer und hob einen Scherben des Kochtopfs auf, von dem nur noch die andere Hälfte auf dem Kopfe Tscherewiks ganz geblieben war. «Was für eine Mütze sich der Kerl da aufgesetzt hat!»

Der immer mehr anschwellende Lärm und das Gelächter riefen unsere beiden Toten — Tscherewik und Chiwrja — wieder ins Leben zurück. Noch ganz benommen vom ausgestandenen Schrecken, schauten sie voller Entsetzen mit starren Augen auf die braunen Gesichter der Zigeuner. Im ungewissen Lichtgeflacker kamen sie ihnen wie eine Gnomenhorde vor, die in der tiefen nächtlichen Finsternis von dichten unterirdischen Dämpfen umqualmt wurde.

X.

«Hebe dich fort, pack dich, Satansbrut!»
(Aus einer ukrainischen Komödie)

Kühle Morgenluft wehte durch das erwachte Ssorotschinzy. Aus allen Schornsteinen hoben sich Rauchwolken der aufgehenden Sonne entgegen. Der Jahrmarkt fing wieder zu lärmen an. Schafe blökten und Pferde wieherten. Das Geschnatter der Gänse und Händlerinnen gellte von neuem durch das Lager. Und die schrecklichen Gerüchte vom *Roten Kittel*, die dem Volke in der unheimlichen Dämmerstunde des gestrigen Abends solches Grauen eingeflößt, hatten sich mit dem Erscheinen der Sonne in ein Nichts aufgelöst.

Gähnend und sich reckend, schlummerte Tscherewik in der strohgedeckten Scheune seines Gevatters zwischen Ochsen und Getreidesäcken und schien nicht die geringste Lust zu haben, sich von seinen Träumen zu trennen, als er plötzlich, noch halb im Schlaf, eine Stimme vernahm, die ihm ebensogut bekannt war wie der gewöhnliche Zufluchtsort seiner Trägheit, der gesegnete Ofen seiner Hütte oder die nur wenige Minuten von seiner Hausschwelle entfernte Schenke einer weitläufigen Verwandten.

«Aufstehn! Aufstehn!» dröhnte ihm die Stimme seiner zärtlichen Gattin in die Ohren, die ihn aus allen Kräften am Arme zerrte.

Tscherewik blies, statt jeder Antwort, seine Backen auf und fuchtelte mit den Armen, als schlüge er auf einer Trommel Alarm.

«Verrückter!» schrie sie ihn an und wich dem Schwung seiner Arme aus, die sie beinahe ins Gesicht getroffen hätten.

Tscherewik richtete sich auf, rieb sich die Augen und blickte um sich.

«Hol mich der böse Feind, mein Täubchen, wenn mir deine Fresse nicht wie eine Trommel vorgekommen war, auf der mich dieselben moskowitischen Schweineschnauzen, von denen der Gevatter erzählt hat, den Zapfenstreich zu schlagen zwangen...»

«Schluß mit dem Gefasel! Steh auf und führ schleunigst die Stute zum Verkauf. Es ist zum Lachen! Wir sind zum Jahrmarkt gekommen und haben noch nicht einmal eine Handvoll Hanf verkauft!...»

«Ach, Frauchen», warf Tscherewik ein, «jetzt wird man uns dort nur verhöhnen!»

«Geh, geh! Über dich lacht man auch ohnedies.»

«Du siehst doch, daß ich mich noch nicht gewaschen habe», fuhr Tscherewik, gähnend und sich den Rücken kratzend, fort, sichtlich bemüht, noch eine kleine Frist für seine Faulheit herauszuschlagen.

«Das ist mir der richtige Augenblick, an deine Reinlichkeit zu denken! Seit wann bist du denn so um sie besorgt? Da, nimm ein Handtuch und wisch dir deine Schnauze ab!»

Sie ergriff einen zusammengeknüllten Lappen — und schleuderte ihn gleich darauf weit von sich fort: es war ein Aufschlag des *Roten Kittels*.

«Zieh ab! Kümmere dich um deine Geschäfte!» rief sie, allen Mut zusammennehmend, ihrem Gatten zu, der vor Angst kein Glied zu rühren vermochte und mit den Zähnen klapperte.

«Das wird einen schönen Verkauf geben!» knurrte er in sich hinein, band die Stute ab und führte sie auf den Jahrmarkt. «Nicht umsonst war es mir auf der ganzen Fahrt hierher so schwer ums Herz, als hätte mir jemand eine krepierte Kuh auf den Buckel geladen. Selbst die Ochsen wollten zweimal auf dem Wege umkehren und sich wieder nach Hause trollen. Dabei fällt mir ein, daß wir auch noch an einem Montag abgefahren sind. Daher die ganze Plage! ... Dieser verdammte Teufel ist auch zu happig! Kann er denn seinen Kittel nicht ohne den fehlenden Ärmel tragen? Aber nein! Er muß die Leute aus ihrer Ruhe aufstören. Wäre ich, zum Beispiel, dieser verdammte Teufel — was Gott verhüten möge! — würde ich da auch nur je auf den Gedanken kommen, mich nachts herumzutreiben und nach so einem elenden Fetzen zu suchen?»

Hier wurde unser Ssolopij Tscherewik durch eine laute und schrille Stimme in seinem Philosophieren unterbrochen. Ein hochgewachsener Zigeuner stand vor ihm.

«Was hast du zu verkaufen, mein Bester?»

Tscherewik schwieg eine Weile, schaute den Zigeuner vom Kopf bis zu den Füßen an und sagte dann mit ruhiger Miene, ohne stehenzubleiben und die Zügel aus den Händen zu lassen: «Du siehst ja, was ich zu verkaufen habe!»

«Die Riemen da?» frug der Zigeuner mit einem Blick auf die Zügel in seiner Hand.

«Jawohl, die Riemen, wenn eine Stute einem Riemen ähnlich sieht.»

«Hol's der Teufel, Landsmann! Doch du scheinst sie mit Stroh gefüttert zu haben.»

«Mit Stroh?»

Hier wollte Tscherewik die Zügel anziehn, um seine Stute vorzuführen und den schamlosen Verleumder der Lüge zu zeihn; doch seine Hand fuhr ihm mit ungewohnter Leichtigkeit ans Kinn. Er schaute hin — und hielt die durchschnittenen Zügel in der Hand, an die — o Entsetzen! Die Haare sträubten sich ihm — ein Stück vom Ärmel des *Roten Kittels* angebunden war.

Er spuckte aus, schlug ein Kreuz, lief, mit den Armen um sich schlagend, vor diesem unerwarteten Geschenk davon und verschwand flinker als irgendein junger Bursch in der Menge.

XI.

«Für mein Korn werd' ich auch noch verprügelt.»
(Sprichwort)

«Fangt ihn! Fangt ihn!» schrien einige Burschen am engen Ende der Gasse. Und Ssolopij Tscherewik fühlte, wie er plötzlich von kräftigen Händen festgehalten wurde.

«Fesselt ihn! Es ist derselbe, der dem guten Mann seine Stute gestohlen hat!»

«Gott mit euch! Warum bindet ihr mich?»

«Er fragt noch! Warum hast du dem guten Tscherewik seine Stute gestohlen?»

«Seid ihr von Sinnen, Burschen? Wann hat man es je erlebt, daß jemand sich selbst bestiehlt?»

«Alte Späße! Alte Späße! Warum liefest du denn Hals über Kopf davon, als säße dir der Satan selber im Nacken?»

«Wie soll man nicht laufen, wenn dieser Satanskittel ...»

«Nein, mein Täubchen! Das lüg du andern vor! Der Assessor wird's dir schon geben, daß du die Leute mit Teufelsspuk erschreckst!»

«Fangt ihn! Fangt ihn!» erscholl es vom andern Ende der Gasse, «er ist's! Dort läuft er!»

Und vor den Augen Tscherewiks tauchte in kläglichstem Zustand, die Hände auf den Rücken gebunden und von einigen Burschen vorwärtsgestoßen, sein Gevatter auf.

«Wunder über Wunder! Ihr hättet nur hören sollen, was dieser Schurke da erzählt!» rief einer von ihnen, «man braucht ihm nur ins Gesicht zu sehen und weiß, daß er ein Dieb ist. Als man ihn frug, warum er wie ein Irrer davonlaufe, sagte er: ‚Ich fuhr mit der Hand in die Tasche, um eine Prise zu nehmen. Doch statt der Tabaksdose zog ich ein Stück vom Teufelskittel hervor, das wie rotes Feuer aufflammte!' Da sei er denn davongerannt, so schnell die Füße ihn trugen ...»

«He, he, he! Zwei Vögel aus dem gleichen Nest! Man binde sie zusammen!»

XII.

«Was, gute Leute, hab' ich denn verbrochen?
Was glotzt ihr mich so an?» frug unser Bursch,
«warum verspottet und verhöhnt ihr mich?
Warum? Warum?» — Und Tränen stürzten dicht
in bittern Strömen über sein Gesicht.

(Artemowskij-Gulak, aus «Herr und Hund»)

«Hast du am Ende wirklich etwas stibitzt, Gevatter?» frug Tscherewik, der mit dem Gevatter gefesselt unter einem Strohdach lag.

«Auch du, Gevatter, auch du sprichst so! Daß mir Hände und Füße verdorren mögen, wenn ich jemals etwas gestohlen habe, es sei denn Quarkkuchen mit Sahne bei meiner Mutter, und auch das nur, als ich erst zehn Jahr alt war!»

«Warum werden wir nur so vom Unheil heimgesucht, Gevatter? Mit dir ist's noch nicht so arg, dich beschuldigt man nur, jemand anderem etwas gestohlen zu haben. Doch mich Unglückswurm hat irgendein unguter Geist verleumdet, daß ich mir selber meine Stute gestohlen haben soll! Ach, Gevatter, uns ist kein Glück im Leben beschieden!»

«Wehe uns armen Waisen!»

Und beide Gevattern schluchzten jämmerlich.

«Was ist mit dir los, Ssolopij?» frug Gritzko, der in diesem Augenblick eingetreten war, «wer hat dich gefesselt?»

«Ah! Golopupenko! Golopupenko!» schrie Tscherewik voller Freude auf. «Gevatter, das ist derselbe Bursche, von dem ich dir erzählt habe. Ein Prachtkerl! Gott soll mich hier gleich auf der Stelle erschlagen, wenn er nicht vor meinen leibhaftigen Augen einen Krug Schnaps, so groß wie dein Kopf, auf einen Zug ausgesüffelt hat, ohne eine Miene zu verziehen!»

«Und warum hast du denn einen so prächtigen Jungen abgewiesen, Gevatter?»

«Da siehst du es selbst», fuhr Tscherewik, sich an Gritzko wendend, fort, «wie Gott mich dafür straft, daß ich mich gegen dich vergangen habe. Verzeih mir, Liebster! Bei Gott! Ich würde gerne alles für dich tun ... Aber was ist da zu machen? In meiner Alten sitzt der Teufel.»

«Ich bin nicht nachträgerisch. Willst du, so befrei' ich euch.»

Er winkte einige Burschen herbei. Es waren dieselben, die die Gefangenen bewacht hatten und nun herbeistürzten, sie wieder loszubinden.

«Dafür mußt du aber auch durchsetzen, was sich gehört: unsere Hochzeit! Und wir wollen ein Fest feiern, daß uns die Füße vom Tanzen noch ein Jahr lang weh tun sollen!»

«Recht bleibt Recht!» sagte Tscherewik und schlug in Gritzkos Hand ein, «mir ist jetzt so froh zumute, als sei meine Alte von den Moskowitern entführt worden. Was gibt's da noch viel nachzudenken? Ob's ihr paßt oder nicht — heute ist Hochzeit! Und damit aus und fertig!»

«Schau zu, Ssolopij, in einer Stunde bin ich bei dir. Und jetzt geh nach Haus', dort warten Käufer für deine Stute und deinen Weizen auf dich.»

«Wie? Hat meine Stute sich wieder eingefunden?»

«Ja, das hat sie, sie ist wieder da.»

Tscherewik war ganz starr vor Freude, als er dem sich entfernenden Gritzko nachschaute.

«Nun, Gritzko? Haben wir unsere Sache schlecht gemacht?» frug der lange Zigeuner den eilig ausschreitenden Burschen, «die Ochsen sind jetzt doch mein?»

«Sie sind dein, sie sind dein!»

XIII.

«Fürchte keinen bösen Bann,
Mädchen, zieh die Goldschuh an!
Tanze mit vergnügtem Sinn
über deine Neider hin!
Laß am Schuh die Eisen klirren,
ihre Köpfe zu verwirren,
bis sie in beschämtem Schweigen
sich vor deiner Schönheit neigen.»
(Hochzeitslied)

Das anmutige Kinn auf die Hand gestützt, saß Parasska in Gedanken verloren allein in der Hütte. Viele Träume umschwirrten ihren blonden Kopf. Dann und wann spielte ein leichtes Lächeln auf ihren roten Lippen, und ihre dunkeln Brauen hoben sich in einer unbestimmten Freude. Doch gleich darauf umwölkten sich wieder ihre hellen braunen Augen, und sie schaute sinnend vor sich hin.

«Wie, und wenn das nicht eintrifft, was er gesagt hat?» flüsterte sie, von einem leisen Zweifel angeweht, «und wenn man mich ihm nicht gibt? Wenn ... Nein, nein! Das darf nicht sein! Die Stiefmutter tut alles, was ihr durch den Kopf geht. Warum soll ich nicht ebenfalls tun, was mir beliebt? Trotzig genug bin ich dazu. — Wie schön er ist! Wie wunderbar brennen seine schwarzen Augen! Wie lieb sagt er zu mir: ‚Parasska, mein Täubchen!' Wie gut steht ihm der weiße Kittel! Nur sein Gürtel dürfte noch ein wenig bunter sein. Doch den will ich ihm schon weben, sobald wir in unsere neue Hütte eingezogen sind ... Ich kann gar nicht ohne Freude daran denken», fuhr sie fort, indem sie einen kleinen, mit rotem Papier umklebten Spiegel, den sie auf dem Jahrmarkt erstanden hatte, aus dem Busen zog und sich mit kindlicher Freude in ihm betrachtete, «ich kann gar nicht ohne Freude daran denken, wie ich der Stiefmutter dann irgendwo begegne und mich um nichts auf der Welt vor ihr verneige, und wenn sie platzt! Nein, aus ist's mit dem Prügeln, Stiefmutter! Eher wächst Sand auf einem Stein, eher beugt sich ein Eichbaum wie eine Trauerweide zum Wasser nieder, eh ich mich vor dir verneige! ... Ach, das hab' ich ja ganz vergessen ... ich wollte mir doch eine Haube anprobieren, sei es auch die meiner Stiefmutter. Ich muß sehen, wie sie mir steht.»

Sie erhob sich, den Spiegel in den Händen, und neigte den Kopf über ihn. Als sie im Spiegelbilde statt des Fußbodens die Deckenbalken und die mit Kochgeschirren vollgestellten Borte gewahrte, von denen unlängst der Popensohn heruntergekollert war, wurden ihre Schritte beinahe zaghaft, als fürchtete sie sich, umzufallen.

«Was ist nur mit mir? Ich bin wirklich noch wie ein kleines Kind», rief sie lachend aus, «ich fürchte mich, mit den Füßen aufzutreten!»

Da fing sie im Takt zu stampfen an — je länger, desto beherzter; ihre linke Hand sank herab und stemmte sich in die Hüfte, während die rechte immer noch den Spiegel festhielt, aus dem ihr Bild sie anschaute —, und schon schwang sie sich, mit den Schuheisen klirrend, im Tanz und sang dazu ihr Lieblingslied:

«Grüner, grüner Schlehenzweig,
neig dein Laubgefieder!
Schwarzbrauiger Liebster du,
setz dich zu mir nieder!

Grüner, grüner Schlehenzweig,
stich mich immer weher!
Schwarzbrauiger Liebster du,
rück mir immer näher!»

Unterdessen hatte Tscherewik zur Tür hereingeschaut und war, als er seine Tochter mit dem Spiegel in der Hand tanzen sah, verdutzt stehengeblieben. Lange schaute er ihr zu und lachte über den launischen Einfall des Mädchens, das, ganz in sich versponnen, nichts um sich herum zu gewahren schien. Doch als er die vertrauten Klänge des alten Liedes vernahm, zuckte es in all seinen Adern; mit stolz in die Hüften gestemmten Armen ließ er sich in die Kniebeuge nieder und schleuderte, alle seine anderen Geschäfte vergessend, die Beine tanzend nach beiden Seiten. Da ließ das laute Gelächter des Gevatters die beiden zusammenfahren.

«Das ist mir das Rechte! Vater und Tochter feiern hier mit sich allein die Hochzeit! Kommt, kommt! Der Bräutigam ist schon da!»

Parasskas Gesicht flammte bei diesen Worten röter auf als das Rot des Bandes, das ihre Haare zusammenhielt; und ihr allzu unbesorgter Vater erinnerte sich erst jetzt daran, was er zu tun hatte.

«Nun, Töchterchen, machen wir rasch! Chiwrja ist vor Freude darüber, daß ich die Stute verkauft habe, davongelaufen», sagte er, sich furchtsam nach allen Seiten umsehend, «um sich Weiberröcke und sonstigen Kram einzukaufen. Wir müssen alles noch vor ihrer Rückkehr erledigt haben.»

Kaum war Parasska über die Schwelle der Hütte hinausgetreten, als sie sich schon in Gritzkos Armen fühlte, der sie mit einem ganzen Schwarm auf der Straße erwartet hatte.

«Gott segne euch!» rief Tscherewik aus und legte ihre Hände ineinander, «zum Kranze gewunden, bleibt immer verbunden!»

Da erhob sich in der Volksmenge eine keifende Stimme.

«Ich platze lieber, als daß ich das zulasse!» schrie die Gefährtin Tscherewiks, die von der lachenden Menge immer wieder zurückgedrängt wurde.

«Tobe nicht so, Herzchen, tobe nicht!» rief Tscherewik kaltblütig aus, als er sah, wie sie von einigen kräftigen Zigeunern an den Armen festgehalten wurde, «geschehn ist geschehn! Ich mag keine Änderungen!»

«Nein, nein! Das darf nicht sein!» heulte Chiwrja. Doch niemand achtete auf sie. Viele Paare umringten die Neuverbundenen und bildeten eine undurchdringliche tanzende Mauer um sie.

Jeder unbeteiligte Zuschauer wäre von einem seltsamen, unaussprechlichen Gefühl ergriffen worden, wenn er gesehen hätte, wie beim ersten Geigenstrich des grobgekleideten Fiedlers mit dem langausgezogenen Schnurrbart alle Einzelnen — ob sie wollten oder nicht — zu einem Ganzen verschmolzen und alles in einer einträchtigen Lust aufging. Selbst Leute, über deren grämliche Gesichter vielleicht noch nie ein Lächeln geglitten war, stampften mit den Beinen und zuckten mit den Schultern. Alles wurde mitgerissen, alles tanzte. Und ein noch sonderbareres, noch rätselhafteres Gefühl wäre aus dem untersten Seelengrunde des Zuschauers aufgestiegen, wenn er die schon vom Grabeshauch angewehten Greisinnen mit erloschenen Gesichtern erblickt hätte, wie sie sich unter die jungen, lachenden, lebendigen Menschen mischten. Die Unbekümmerten! Ohne eine Spur von kindlicher Freude, ohne einen Funken von Mitgefühl zu empfinden, nur vom allgemeinen Rausche angetrieben, wie künstliche Puppen von einem Mechaniker, der sie menschenähnliche Gebärden zu vollführen zwingt, ließen sie nickend ihre betrunkenen Köpfe wackeln, wiegten sich im Takte der übermütigen Menge und warfen auch nicht einen Blick auf das junge Paar.

Der Lärm, das Gelächter, der Gesang wurden immer leiser und leiser. Das Geigenspiel erstarb, immer schwächer und undeutlicher verhallend, in der leeren Luft. Irgendwo war noch ein Gestampfe zu hören, das an das Anprallen von Wogen an ein fernes Meeresufer gemahnte. Und bald war alles stumm und öde.

Entflieht nicht auch uns so die Freude, der schöne und ungetreue Gast? Vergebens versucht noch ein letzter einsamer Ton von ihrer Lust zu singen. Im eigenen Widerhall vernimmt er schon den Gram der Verlassenheit und lauscht ihm in wildem Erschrecken. Verlieren sich nicht auch so die Herzensfreunde einer stürmischen und freien Jugend einer nach dem andern in alle Welt und lassen ihren alten Bruder allein zurück? Es fröstelt ihn in der Leere. Sein Herz ist schwer von Trauer. Und nichts ist, was ihm helfen kann.

DIE JOHANNISNACHT

Erzählt vom Küster der . . . schen Kirche

Foma Grigorjewitsch hatte eine wunderliche Eigenheit: er liebte es auf den Tod nicht, irgend etwas noch einmal zu erzählen; und wenn es trotzdem zuweilen geschah, daß er unseren Bitten nachgab und eine seiner Geschichten wiederholte, so schmuggelte er, ehe man es sich versah, irgendeinen neuen Zug in sie ein oder veränderte sie so, daß man sie kaum wiedererkannte.

Einmal war es einem jener Herrn — wir einfachen Leute wissen gar nicht, wie wir sie nennen sollen; Schreiber sind sie und doch keine Schreiber; am ehesten gleichen sie noch den Maklern auf unsern Jahrmärkten: sie greifen alles mögliche auf, betteln es sich zusammen oder stehlen es einfach und geben dann allmonatlich Bücher heraus, dünner als ein Abc-Buch —, einem jener Herrn also war es gelungen, aus Foma Grigorjewitsch eine Geschichte herauszulocken, was dieser gleich darauf vergessen hatte. Doch ein wenig später war derselbe junge Mann in erbsgrünem Überrock — eine seiner Erzählungen kennt ihr ja wohl schon — wieder einmal aus Poltawa angefahren gekommen und hatte uns, ehe er weiterreiste, so ein schmales Büchlein hinterlassen; er hatte es in der Mitte aufgeschlagen und uns auf einen bestimmten Abschnitt hingewiesen.

Foma Grigorjewitsch wollte bereits die Nase mit seiner Brille satteln, als ihm einfiel, daß diese zerbrochen war und er es ganz vergessen hatte, sie mit Hilfe eines Fadens und eines Tröpfchens Wachs wieder in Ordnung zu bringen. Er reichte das Büchlein daher mir herüber. Da ich der Schrift einigermaßen kundig bin und keine Brille trage, machte ich mich darüber her, hatte aber kaum zwei Seiten vorgelesen, als Foma Grigorjewitsch mir die Hand auf den Arm legte und mich unterbrach:

«Einen Augenblick, bitte! Sagt mir erst, was Ihr da eigentlich lest!»

Ich gestehe, daß diese Frage mich einigermaßen verwunderte.

«Wieso, Foma Grigorjewitsch? Das ist doch Eure Geschichte mit Euren eigenen Worten!»

«Wer hat Euch gesagt, daß das meine Worte sind?»

«Was denn sonst? Da steht's ja gedruckt: erzählt vom Küster Soundso.»

«Spuckt dem Schurken auf den Kopf, der das gedruckt hat! Er schwindelt, dieser Moskowiterhund! So soll ich gesprochen haben? Das klingt ja, als hätte einem der Teufel einen Sparren in den Kopf gesetzt. Hört alle zu! Ich will Euch die Geschichte noch einmal erzählen!»

Wir rückten näher an den Tisch heran, und er begann.

Mein Großvater (Gott hab' ihn selig! Möge er in der anderen Welt nur noch Weizenbrötchen und Mohnkuchen mit Honig zu essen bekommen!) verstand sich herrlich aufs Erzählen. Wenn er einmal anfing, konnte man den ganzen Tag dasitzen und mochte nichts als zuhören. Kein Vergleich mit den heutigen Firlefanzen: wenn so einer zu lügen anhebt, daß sich die Balken biegen, und dazu noch mit einer Schnauze, als hätte er drei Tage lang nichts gefressen, dann greift man am besten zur Mütze und läuft davon.

Meine alte Mutter selig war damals noch am Leben. Bis heute sehe ich es vor mir, als wäre es erst gestern gewesen, wie sie an langen Winterabenden, wenn draußen der Frost knirschte und das schmale Fensterchen unserer Stube mit Eis zumauerte, am Spinnrocken saß, den langen Faden zog, die Wiege schaukelte und ein Lied dazu sang, das mir immer noch im Ohre klingt. Die Talglampe beleuchtete die Stube mit einem zitternden und manchmal wie vor Schreck aufflackernden Schein. Die Spindel surrte. Und wir Kinder drängten uns auf einen Haufen zusammen und hörten dem Großvater zu, der seinen Platz auf dem Ofen vor Altersschwäche bereits an die fünf Jahre nicht mehr verlassen hatte. Seine wundersamen Berichte aus alter Zeit von den Feldzügen der Saporoger Kosaken und Polen und von den Großtaten Podkowas, Poltawa-Koshuchas und Sagaidatschnys fesselten uns indessen nicht so sehr wie seine Geschichten von lang vergessenen unheimlichen und rätselhaften Vorkommnissen, bei denen es uns immer eiskalt über den Rücken lief und unsere Haare sich sträubten. Manchmal befiel uns sogar solch eine Angst, daß wir abends alle Dinge für Gott weiß was für Ungeheuer hielten. Es geschah zuweilen, daß du nachts, wenn du deine Stube verlassen hattest, um deine Notdurft zu verrichten, dir plötzlich einbildetest, ein Sendling aus der anderen Welt habe sich unterdessen in dein Bett schlafen gelegt. Gott soll mich auf der Stelle strafen, so daß ich diese Geschichte nie zu Ende bringe, wenn ich nicht oft meinen eigenen Kittel am Kopfende des Bettes für einen zusammengekauerten Teufel angesehen habe! Die Hauptsache an den Geschichten meines Großvaters aber war, daß er zeit seines Lebens niemals geschwindelt hat: wie er es berichtete — genau so hatte sich alles zugetragen.

Eine seiner seltsamsten Geschichten will ich euch hier wiedererzählen. Ich weiß sehr gut, daß es heute Neunmalgescheite gibt: Gerichtsschreiber und ähnliches Gelichter; sie lesen sogar weltliche Bücher, verstehen aber auch nicht ein Tüttelchen von einem ganz gewöhnlichen Gebetbuch, sondern wetzen nur ihre Zähne an ihm — das ist ihre ganze Weisheit! Diesen Neunmalweisen wird alles, was man ihnen auch erzählen mag, zum Gelächter: solch ein Unglaube hat sich über die ganze Welt verbreitet. Was lohnt sich's, viel darüber zu reden? Mögen Gott und die allerheiligste Jungfrau sich von mir abwenden und mögt auch ihr an mir zweifeln — doch es ist die reinste Wahrheit, daß sich einmal, als ich gerade ein Wort über die Hexen fallen ließ, tatsächlich so ein Tollkopf gefunden hat, der nicht an die Hexen glauben wollte. Dabei lebe ich doch schon lange genug auf dieser Welt und bin manchen Ketzern und Heiden begegnet, denen es leichter fällt, einen Popen hinter dem Beichtstuhlgitter anzuschmieren, als unsereinem, eine Prise Tabak zu nehmen — doch auch diese haben sich, Gott sei Dank, immer noch vor den Hexen bekreuzigt. Wenn so ein Kerl einmal im Traume ... doch ich sag's lieber nicht ... auch nur davon zu reden, ist müßig!

Es ist schon sehr lange her, mehr als hundert Jahre mögen es sein — so erzählte mein Großvater einmal —, da hat unser Dorf so anders als heute ausgesehen, daß keiner von euch es erkannt hätte. Es war nur ein Weiler, der ärmlichste von allen. Zehn Hütten, kaum mehr, staken da und dort, ungetüncht und dürftig bedacht, mitten im freien Felde. Es gab weder richtige Zäune noch ordentliche Scheunen, in denen man Vieh oder Fuhrwerke unterbringen konnte. Und das waren noch die Reichen, die so wohnten. Was die weniger Begüterten, so wie unsereins, anlangt, so hausten sie in Lehmkaten und ausgehobenen Erdlöchern — und damit fertig! Daß dort Christenmenschen wohnten, hätte man nur am Herdrauch erkennen können.

Ihr werdet fragen, warum man dort so lebte. Aus Armut? Nein. Einfache Armut war es nicht. Denn damals war fast jedermann ein freier Kosak und erbeutete sich in der Fremde genug Schätze. Es kam eher daher, daß es nur wenig Sinn hatte, sich eine richtige Hütte zu bauen.

Was für ein Gesindel trieb sich zu jener Zeit überall im Lande herum! Krimtataren, Polen, Litauer ... Es kam sogar vor, daß die eigenen Leute in Banden herumstrolchten und sich gegenseitig ausraubten. Alles hat es schon gegeben ...

In diesem kleinen Weiler nun tauchte hin und wieder ein Mensch, oder besser, ein Teufel in Menschengestalt auf. Woher und wozu er kam, das wußte niemand: er verlustierte sich, soff — und verschwand plötzlich spurlos, als hätte ihn das Wasser verschluckt. Dann war er aber, wie vom Himmel gefallen, auf einmal wieder da und trieb sich von neuem im Weiler herum, von dem ja heute nichts mehr vorhanden ist und der sich vielleicht kaum hundert Schritt weit vom jetzigen Dikanjka befunden haben mag. Er machte sich an junge Kosaken heran, mit denen er zufällig zusammentraf, johlte und zechte mit ihnen, streute Geld um sich und ließ den Schnaps in Strömen fließen. Oder er war hinter den hübschen Mädchen her und beschenkte sie mit bunten Bändern, Ohrgehängen und Halsketten, so daß sie nicht wußten, wo sie sie hintun sollten. Freilich, manches Mädchen trug Bedenken, sich so beschenken zu lassen: man konnte ja nicht wissen, ob diese Gaben nicht durch unsaubere Hände gegangen waren. Die leibliche Tante meines Großvaters, zum Beispiel, die damals eine Schenke unweit der Straße nach Oposchnjansk innehatte, wo Bassawrjuk (so hieß jener Satansmensch) häufig seine Gelage abhielt, pflegte sich zu äußern, sie hätte um nichts in der

Welt etwas von ihm angenommen. Wie sollte man aber seine Geschenke zurückweisen? Die meisten fürchteten sich vor ihm, wenn er seine borstigen Brauen finster zusammenzog und einem einen so schiefen Blick zuwarf, daß man am liebsten Hals über Kopf Gott weiß wohin davongelaufen wäre. Nahm man die Geschenke wiederum an, so mußte man dessen gewärtig sein, daß einen schon in der nächsten Nacht ein Gast aus dem Moor mit Hörnern auf dem Kopf heimsuchte und einen zu würgen begann, wenn man so eine Kette am Halse trug, oder einen in den Finger biß, wenn so ein Ring an ihm stak, oder einem die Haare ausriß, wenn man die bunten Bänder in sie hineingeflochten hatte. Vor solchen Gaben muß man sich hüten; denn sie haben das an sich, daß man sich ihrer nicht mehr zu entledigen vermag: Du wirfst sie ins Wasser — und so ein Teufelsring oder so eine Halskette kommen wieder hoch und stecken sich dir von selbst wieder an den Finger oder schlingen sich um deinen Hals.

Im Weiler stand eine Kirche; wenn ich mich recht erinnere, war sie dem heiligen Pantelej geweiht. In ihr amtierte ein Priester, Vater Athanasius seligen Angedenkens. Als er sah, daß Bassawrjuk nicht einmal am heiligen Ostersonntag zur Kirche kam, wollte er ihm zusetzen und ihm eine Kirchenbuße auferlegen. Aber woher? Kaum daß der arme Gottesmann mit heiler Haut davonkam! «Nimm dich in acht und spiel dich nicht als großen Herrn auf», hatte Bassawrjuk ihn angeschrien, «geh deinen eigenen Geschäften nach und misch dich nicht in andere! Es könnte sonst geschehen, daß man dir deinen Ziegenhals mit kochendheißem Brei zukleistert!» Was war mit diesem Verdammten anzufangen? Vater Athanasius verkündete nur, daß er jeden, der sich mit Bassawrjuk einlasse, für einen Katholiken und einen Feind der christlichen Kirche und des ganzen Menschengeschlechtes erklären werde.

Im gleichen Weiler diente beim Kosaken Korsch ein Knecht, den alle Welt Petro Besrodny, das heißt «Petro ohne Eltern», nannte. Das hing wohl damit zusammen, daß er sich weder seines Vaters noch seiner Mutter erinnern konnte. Der Kirchenvorsteher sagte zwar, daß beide Eltern im Jahre nach seiner Geburt an der Pest verstorben wären; doch die Tante meines Großvaters wollte nichts davon wissen und mühte sich aus allen Kräften, ihm eine Verwandtschaft anzudichten, obwohl der arme Petro dessen ebensowenig bedurfte wie wir des vorjährigen Schnees. Sie behauptete steif und fest, sein Vater halte sich im Gebiet der Saporoger Kosaken verborgen; nachdem er in türkischer Gefangenschaft Gott weiß was für Qualen erduldet, sei es ihm wie durch ein Wunder gelungen, als Eunuch verkleidet zu entfliehen.

Die schwarzbrauigen Mädchen und jungen Frauen kümmerten sich indessen wenig um Petros Stammbaum und fanden, man brauche ihm nur einen neuen Rock anzuziehen, einen buntgestickten Gürtel umzutun, eine neue Lammfellmütze mit schmuckem Tuchboden aufzusetzen, einen türkischen Säbel an die Seite zu hängen und in die eine Hand eine Peitsche, in die andere eine schönverzierte Tabakspfeife zu geben — und er würde sämtliche Burschen der ganzen Umgegend ausstechen. Schade nur, daß er nichts als einen alten grauen Kittel besaß, der mehr Löcher aufwies, als ein Jude Dukaten in der Tasche hat. Übrigens wäre das noch nicht das Allerschlimmste gewesen — das größte Unglück war, daß der alte Korsch eine Tochter hatte, die solch eine Schönheit war, wie ihr sie wohl kaum jemals gesehen haben werdet. Die Tante meines seligen Großvaters pflegte zu sagen — und das will etwas heißen; denn ihr wißt ja selbst, daß sich ein Frauenzimmer lieber vom Teufel abküssen läßt, als ein anderes weibliches Wesen schön zu nennen —, die Tante pflegte also zu sagen, daß die runden Wangen der Kosakentochter frisch und zart wie rosenfarbener Mohn waren, wenn er, von Gottes Tau gebadet, aufglüht, seine Blättchen aufrichtet und sich für die aufgehende Sonne schön macht; daß ihre Brauen jenen schwarzen Schnüren glichen, wie unsre Mädchen sie heutzutage bei den moskowitischen Hausierern einhandeln, um sich ihre Kreuze und Schaumünzen um den Hals zu hängen, und sich so ebenmäßig über den klaren Augen schwangen, als wollten sie es diesen an Anmut gleichtun; daß ihr Mündchen, bei dessen Anblick sich die damaligen Schürzenjäger die Lippen ableckten, dazu wie geschaffen schien, Nachtigallenlieder ertönen zu lassen; und daß ihre Haare, schwarz wie Rabenflügel und weich wie junger Flachs, in freien Locken auf ihr goldgesticktes Überkleid hinabfielen (denn zu jener Zeit flochten die Mädchen sie noch nicht in straffe, von bunten Bändern durchzogene Zöpfe). Gott der Herr vergönne mir nie wieder, im Kirchenchor das Halleluja zu singen, wenn ich sie nicht gleich hier auf der Stelle abküssen würde, obwohl der alte Wald, der meinen Schädel bedeckt, schon zu ergrauen anfängt und ich mit meiner Alten behaftet bin, wie ein Auge mit dem Star.

Nun, wenn ein Bursch und ein Mädchen nah beieinander hausen, so wißt ihr ja, wie das auszugehen pflegt. Man konnte oft genug schon in der ersten Herrgottsfrühe die Spuren von kräftigen Kosakenstiefeln und roten Mädchenschuhen an allen jenen Stellen nahe beieinander finden, wo Pidorka mit ihrem Petro gekost hatte.

Der alte Korsch wäre von sich aus gewiß nicht darauf verfallen, daß sich da etwas Ernsthaftes anspann. Aber einmal — und das kann nur der arglistige Feind so gedreht haben — übermannte es den Jungen, so daß er dem Mädchen, ohne sich erst vorsorglich im dunkeln Hausflur umzusehen, aus ganzer Seele einen langen und lauten Kuß auf die rosigen Lippen klebte. Und jener selbe arglistige Feind (möge dem Hundesohn dafür das heilige Kreuz im Traume erscheinen!) richtete es so ein, daß gerade in diesem Augenblick der alte Meerrettich Korsch eintrat. Er hielt sich am Türgriff fest und erstarrte mit offenem Maul zum Holzblock. Der verdammte Kuß hatte ihn augenscheinlich völlig betäubt: er klang ihm lauter als ein Schlag des Mörserklöppels, mit dem die Bauern heute, in Ermanglung von Flinten und Schießpulver, in der Johannisnacht die bösen Geister vertreiben.

Wie aus einem Traume erwachend, riß er die von den Vätern ererbte dreischwänzige Peitsche vom Nagel und wollte sie schon auf den Rücken des armen Petro niedersausen lassen, als unversehens der sechsjährige Iwassj, der Bruder Pidorkas, auftauchte, entsetzt die Beine des Vaters mit seinen Ärmchen umklammerte und ihn anflehte: «Vater, Vater! Schlag den Petro nicht!» Was war da zu machen? Das Herz des Alten war nicht von Stein. Er hing die Peitsche also wieder an den Nagel, führte Petro an der Hand zur Tür hinaus und sagte ihm: «Hör gut zu, Petro! Wenn du dich jemals wieder in meiner Hütte oder auch nur vor meinen Fenstern blicken läßt — bei Gott! dann ist's aus mit deinem schwarzen Schnurrbart und deiner Kosakenlocke, die du dir schon bald zweimal ums Ohr wickeln kannst. Ich will nicht Terentij Korsch sein, wenn sie sich dann nicht von deinem Mohnkopf trennen muß!» Nach diesen gewichtigen Worten versetzte er ihm einen leichten Stoß ins Genick, daß Petro nur so dahinflog.

Das hatten sie nun von ihrem Geschlecke! Bitterer Gram befiel unsere beiden Täubchen. Dazu kam noch, daß im Weiler das Gerücht umging, ein schnurrbärtiger Pole in goldgestickter Kleidung, mit Säbel und Sporen, in dessen Taschen es so klimperte wie im Klingelbeutel, den unser Mesner Taraß in der Kirche herumgehen läßt, finde sich jetzt häufig beim alten Korsch ein. Es ist ja bekannt, aus welchem Grunde man einen Vater besucht, wenn er eine schwarzbrauige Tochter hat.

Da nahm Pidorka eines Tages ihren kleinen Bruder auf die Arme und sagte unter strömenden Tränen:

«Lieber Iwassj! Süßer Iwassj! Lauf zu Petro, mein Goldjunge, so rasch, wie ein Pfeil von der Sehne schnellt, und erzähl ihm alles: ich würde so gern in seine braunen Augen schaun und ihm sein weißes Gesicht küssen; aber mein Schicksal will es anders. Mehr als ein Handtuch hab' ich mit meinen Tränen vollgeweint. Schwer und beklommen ist mir's ums Herz. Mein leiblicher Vater ist mein schlimmster Feind. Er will mich zwingen, einen ungeliebten Polen zum Mann zu nehmen. Sage Petro, daß man schon die Hochzeit vorbereitet. Es wird aber keine Hochzeitsmusik geben: statt der Zimbeln und Schalmeien wird nur der Gesang der Popen ertönen. Ich werde nicht mit dem Bräutigam tanzen: man wird mich davontragen. Dunkel, dunkel wird meine Hütte aus Ahornbrettern sein, und statt eines Schornsteins wird ein Kreuz auf ihrem Dache stehn.»

Wie versteint, ohne sich zu regen, hörte Petro zu, wie das unschuldige Kind die Worte Pidorkas nachlallte.

«Und ich, Unseliger, dachte schon daran, zu den Krimtataren oder den Türken zu gehen, Gold zu erbeuten und, mit Schätzen beladen, zu dir, meine Schönste, heimzukehren! Doch das soll wohl nicht sein. Ein böses Auge hat uns angeblickt. Auch ich, mein liebes Fischchen, auch ich werde Hochzeit feiern. Statt eines Popen wird ein schwarzer Rabe über mir krächzen; das weite Feld wird meine Hütte, eine graue Wolke mein Dach sein; ein Adler wird mir meine braunen Kosakenaugen aushacken; der Regen wird meine Knochen bleichen, der Sturmwind wird sie trocknen. Was bin ich denn? Über wen beklage ich mich? Vor wem beklage ich mich? Gott hat es wohl so vorbestimmt. Soll ich untergehn, dann will ich auch untergehn!»

Und er begab sich gradenwegs in die Schenke.

Die Tante meines seligen Großvaters war etwas verwundert, als Petro die Schenke betrat, und dazu noch um eine Zeit, da anständige Menschen zur Frühmesse gehn, und schaute ihn mit aufgerissenen Augen an, als er einen Krug Schnaps, groß wie einen halben Eimer, verlangte. Vergebens versuchte der Arme seinen Kummer zu ersäufen. Der Schnaps brannte ihm wie Nesseln auf der Zunge und schmeckte ihm bitterer als Wermut. Er schleuderte den Krug weit von sich fort, daß er zu Boden fiel.

«Genug des Jammers, Kosak!» hörte er da eine Baßstimme über seinem Kopfe dröhnen. Er blickte auf: es war Bassawrjuk. Huh! Was für eine Fratze! Die Haare wie Schweinsborsten, die Augen wie bei einem Bullen.

«Ich weiß, woran es dir fehlt: an dem da!» Teuflisch grinsend klimperte er mit dem ledernen Geldsack, der ihm am Gürtel hing. Petro zuckte zusammen. «He, he, he!» schrie Bassawrjuk und schüttete Goldstücke aus einer Hand in die andere, «he, he, he, wie das glitzert, wie das klingt! Und es wird nur ein Geringes von dir verlangt für einen ganzen Berg solcher Schnipselchen!»

«Satan! Deine Hand! Ich bin zu allem bereit!» schrie Petro und schlug in die dargebotene Hand ein.

«Hör zu, Petro», sagte Bassawrjuk, «du kommst gerade zur rechten Stunde. Morgen ist Johannistag. Nur in dieser einzigen Nacht im Jahr blüht das Farnkraut. Versäum es nicht. Um Mitternacht erwarte ich dich am Bärengraben.»

Ich glaube, nicht einmal die Hühner warten so gierig auf die Stunde, da die Bauersfrau ihnen Körner streut, wie Petro auf diesen Abend wartete. Von einer Minute zur anderen schaute er danach aus, ob die Schatten der Bäume nicht länger würden und die sinkende Sonne sich nicht rötete. Von Mal zu Mal wurde er ungeduldiger. Ach, dieses träge Kriechen der Zeit! Dem Gottestage schien sein Ende unauffindbar abhanden gekommen zu sein. Langsam schwand die Sonne. Ein fahles Rot verblaßte am Himmel. Es dämmerte, dämmerte immer tiefer, bis es ganz dunkel geworden war. Wie unerträglich lang hatte das gedauert!

Mit hämmerndem Herzen, das ihm aus der Brust springen zu wollen schien, machte Petro sich auf den Weg und klomm durch dichten Wald zur tiefen Schlucht hinab, die man den

Bärengraben heißt. Bassawrjuk wartete dort schon auf ihn. So finster war der Schattenschlund, daß man die Hand nicht mehr vor den Augen sehen konnte. Einer mußte sich am andern festhalten. So tappten sie, sich immer wieder im Dorngebüsch verfangend und bei jedem Schritte stolpernd, durch den moorigen Grund. Endlich hatten sie eine Lichtung erreicht. Petro sah sich um: er war noch nie hier gewesen. Auch Bassawrjuk blieb stehen.

«Siehst du die drei Hümpel dort? Viele Blumen werden auf ihnen erblühen. Doch alle Mächte der andern Welt mögen dich davor bewahren, eine von ihnen auch nur anzurühren. Erst wenn du das Farnkraut blühen siehst, dann greif zu. Schau dich nicht um, was auch hinter dir vor sich gehn mag!»

Petro wollte ihn noch etwas fragen — doch es war niemand mehr da. Er ging auf die drei Hümpel zu. Wo waren denn die Blumen? Nichts war zu sehen. Schwarzes Steppengras hatte sie wohl unter sich erstickt. Da zuckte am Himmel ein Wetterleuchten auf, und in seinem fahlen Schein gewahrte Petro dicht vor sich einen ganzen Garten wundersamer, niegesehener Blumen, mitten zwischen einfachen Farnkrautwedeln. Unschlüssig stemmte er beide Arme in die Hüften und frug sich nachdenklich:

«Ist das alles? Zehnmal am Tage habe ich dieses Kraut gesehen. Was soll das für ein unerhörtes Wunder sein? Ist es dieser Teufelsfratze etwa beigefallen, sich über mich lustig zu machen?»

Doch auf einmal rötete sich am Farnkraut eine kleine Knospe und begann sich zu regen, als wenn sie lebendig wäre. Das war nun wirklich ein Wunder! Sie richtete sich auf, schwoll immer mehr und mehr an und glomm wie eine glühende Kohle. Ein Sternchen funkelte in ihr auf, man hörte ein leises Knistern — und die Blume entfaltete sich wie eine Flamme vor seinen Augen und überstrahlte alle anderen mit ihrem Licht.

Es ist Zeit! dachte Petro und streckte seine Hand nach ihr aus. Doch er sah, wie Hunderte von zottigen Armen gleichfalls nach ihr greifen wollten, und hörte, wie hinter seinem Rücken etwas unruhig hin und her rannte. Mit zugedrückten Augen faßte er nach dem Stengel — und die Blume blieb in seiner Hand.

Im Nu war alles wieder still geworden. Und auf einem nahen Baumstumpf hockte Bassawrjuk, bläulich wie eine Leiche anzuschaun. Wenn er nur einen Finger geregt hätte! Doch seine Augen waren starr auf etwas gerichtet, das für ihn allein sichtbar sein mochte. Sein Mund war halb aufgetan. Aber er sprach kein Wort. Nichts regte sich in der Runde. Huh! War das schauerlich!...

Doch jetzt ertönte ein Pfiff, so schrill, daß Petro das Blut in den Adern gefror. Ihm war, als ob die Gräser tuschelten, die Blumen silberglockenstimmig miteinander redeten und die Bäume murrend und grollend dazwischenfuhren. Das Gesicht Bassawrjuks belebte sich plötzlich, und in seinen Augen blitzte es auf. «Da ist sie endlich wieder heimgekehrt, die Hexe!» stieß er zwischen den Zähnen hervor. «Schau hin, Petro: gleich wird ein schönes Frauenzimmer vor dir stehen. Tu alles, was sie befiehlt. Sonst bist du für alle Ewigkeit verloren!»

Mit einem dicken Knotenstock schob er das Gestrüpp eines Dornbuschs auseinander, und sie erblickten eine winzige Hütte, die, wie es im Märchen heißt, gleichsam auf Hühnerbeinen stand. Bassawrjuk schlug mit der Faust gegen die Wand, daß die ganze Hütte schwankte. Und ein schwarzes Hundeungeheuer stürzte ihnen entgegen, verwandelte sich winselnd in eine Katze und sprang ihnen ins Gesicht.

«Nicht so toll, nicht so toll, alte Teufelsbrut!» schrie Bassawrjuk und fügte ein Wörtchen hinzu, daß jeder anständige Mensch sich die Ohren zugehalten hätte. Und siehe da: statt der Katze stand plötzlich, verrunzelt wie ein Bratapfel, gekrümmt wie ein Bogen, ein altes Weib vor ihnen; Nase und Kinn glichen einer Kneifzange, mit der man Nüsse knackt.

Eine liebliche Fresse! dachte Petro und bekam eine Gänsehaut.

Die Hexe riß ihm die Blume aus der Hand, neigte sich über sie, besprach sie mit undeutlich gemurmelten Worten und besprengte sie mit Wasser. Funken sprühten aus ihrem Munde, Schaum trat ihr auf die Lippen. Dann gab sie ihm die Blume zurück und befahl:

«Wirf sie in die Luft!»

Petro schleuderte sie in die Höhe, und — o Wunder! — die Blume fiel nicht gleich wieder zu Boden, sondern flackerte eine Weile als kleine

Feuerkugel in der Finsternis und glitt wie ein Boot durch die Luft; dann erst senkte sie sich langsam und ließ sich so weit von Petro entfernt auf die Erde nieder, daß er ihr Sternchen nicht größer als ein Mohnkorn glühen sah.

«Dort!» krächzte die Alte.

Bassawrjuk reichte Petro einen Spaten hin und sagte: «Grabe dort nach, Petro — und du wirst mehr Gold finden, als du und Korsch sich je träumen ließen.»

Petro spuckte in die Hände, packte den Spaten, setzte den Fuß auf das Schaufelblatt und warf Erde aus — einmal, zweimal, dreimal, und noch einmal . . . Da stieß er auf etwas Hartes... Der Spaten klirrte, daß man nicht weitergraben konnte. Petro erkannte immer deutlicher eine kleine, eisenbeschlagene Truhe. Schon wollte er nach ihr greifen. Doch die Truhe sank vor seinen Augen immer tiefer und tiefer in die Erde. Und hinter seinem Rücken erscholl ein Lachen, das ihm wie Schlangenzischen klang.

«Nein! Das Gold bekommst du nur für Menschenblut», kicherte die Hexe und führte ihm ein etwa sechsjähriges Kind zu, das mit einem weißen Laken bedeckt war. Mit einer Gebärde gab sie ihm zu verstehen, daß er dem Kinde den Kopf abzuhauen habe. Petro erstarrte. Es ist ja keine Kleinigkeit, einem Menschen mir nichts, dir nichts den Kopf abzuhauen, und dazu noch einem unschuldigen Kinde. Zornig riß er dem Kleinen das Laken vom Kopf. Und was sah er? Iwassj stand vor ihm, mit gekreuzten Ärmchen und gesenktem Köpfchen.

Wie ein Wahnsinniger sprang Petro mit gezücktem Messer auf die Hexe zu und hob schon seinen Arm . . .

«Und was hast du mir versprochen, wenn du das Mädchen bekommst?» brüllte Bassawrjuk ihn an und jagte ihm mit diesen Worten gleichsam eine Kugel in den Rücken.

Die Hexe stampfte mit dem Fuß. Eine blaue Flamme schlug aus dem Boden. Und die Erde unter ihr leuchtete von innen her und wurde durchsichtig wie Glas. Alles, was sie in sich barg, bot sich den Blicken wie auf einer Hand ausgebreitet dar: Goldstücke und Edelsteine in Truhen und Töpfen waren gerade unter jenem Platze aufgehäuft, auf dem sie sich befanden.

Petros Augen brannten, seine Gedanken verwirrten sich . . . Wie von Sinnen schwang er das Messer — und das unschuldige Blut spritzte ihm ins Gesicht.

Schauriges Gelächter erdröhnte von allen Seiten. Mißgestaltete Ungeheuer umkreisten ihn in ganzen Herden. Die Hexe verkrallte sich in die enthauptete Kinderleiche und schlürfte gierig von ihrem Blut.

Alles drehte sich in Petros Kopf. Er nahm seine letzten Kräfte zusammen und raste davon. Alles, was er erblickte, dünkte ihn wie in rotes Licht getaucht. Die Bäume tropften von Blut und schienen ihm zu brennen und zu stöhnen. Der glühende Himmel schwankte und bebte. Feuerkugeln zersprangen wie Blitze in seinen Augen. Von allen Lebensgeistern verlassen, verkroch er sich in seine Lehmhütte und fiel wie eine abgemähte Ähre zu Boden. Ein todesähnlicher Schlaf überwältigte ihn.

Petro schlief ohne Unterbruch zwei Tage und zwei Nächte lang. Als er am dritten Tage erwachte und sich aufrichtete, starrte er lange in alle Ecken seiner Kammer, ehe er erkannte, wo er sich befand, konnte sich aber auf das, was geschehen war, nicht mehr besinnen. Sein Gedächtnis glich der Geldtasche eines Geizigen, aus der auch nicht ein halber Groschen herauszulocken ist. Er reckte und streckte sich und hörte auf einmal, wie es zu seinen Füßen klirrte. Er schaute näher hin: da lagen zwei Säcke voll von Gold. Erst jetzt fiel es ihm wie im Traume ein, daß er nach irgendeinem Schatz gesucht und daß er Angst bekommen, als er allein durch den Wald nach Hause gelaufen war. Wie und um welchen Preis er aber den Schatz gehoben — das konnte er sich auf keine Weise mehr zusammenreimen.

Kaum hatte Korsch die Säcke gesehen, als er weich wie Butter wurde. «Ja, dieser Petro, das ist mir einer! Ein Goldjunge! Und habe ich ihn denn nicht schon immer geliebt? Habe ich ihn nicht wie einen Sohn gehalten?» Der alte Schlaufuchs fing so unverschämt zu schwindeln und zu schmeicheln an, daß Petro vor Rührung die Tränen in die Augen traten.

Pidorka erzählte Petro, daß herumziehende Zigeuner den kleinen Iwassj gestohlen hätten; doch er vermochte sich seiner fast nicht zu erinnern, so sehr hatte ihn die verfluchte Teufelsbrut mit ihrem Gespinst umwoben.

Es hatte keinen Sinn mehr, lange zu zögern. Dem Polen gab man einen Nasenstüber und bereitete die Hochzeit vor. Man buk Kuchen über Kuchen, bestickte Handtücher und Kopftücher, rollte ein Faß mit Schnaps aus dem Keller und ließ das junge Paar am Tisch Platz nehmen. Der Hochzeitskuchen wurde angeschnitten, Leiern, Zimbeln, Banduren und Schalmeien ertönten — und das Fest hub an.

In den alten Zeiten wurde solch eine Hochzeit noch ganz anders begangen als heutzutage. Es ging einem wie Lulli-lulli-lulli im Kopf herum, wenn die Tante meines Großvaters erzählte, wie da die Mädchen in ihrem prächtigen Kopfputz aus gelben, blauen und rosenfarbenen Bändern, die oben von einer goldenen Tresse zusammengehalten wurden, antraten; wie sie in ihren zartgewebten, an allen Nähten rot bestickten und mit Silberblüten verzierten Hemden und in ihren eisenbeschlagenen roten Saffianstiefelchen stolz wie Pfauen einherschritten und dann wie in einem sausenden Wirbelwind tanzend dahinflogen; wie die jungen Frauen mit dem bootsförmigen Haarschmuck aus Goldbrokat, aus dessen Ausschnitten vorn und hinten die mit kleinen schwarzen Lammfellhörnchen versehenen Hauben hervorlugten, in ihren blauseidenen Überröcken mit roten Aufschlägen in würdiger Haltung einzeln aufzogen und, die Hände in den Hüften, einen gemessenen Hoppak tanzten; wie die Burschen mit hohen Kosakenmützen in feinen Tuchröcken mit silbergestickten Gürteln, ihre Tabakspfeifen zwischen den Zähnen, gleich Teufeln zwischen dem Weibsvolk herumflitzten und scharwenzelten.

Selbst der alte Korsch konnte nicht länger an sich halten, als er die Jungen sah, und ließ seine eigene Jugend wieder aufleben. In der einen Hand eine Bandura, von Zeit zu Zeit an seiner Pfeife saugend und zugleich heiser singend, einen Schnapsbecher auf dem Kopf, hockte er in die Kniebeuge nieder und legte, angefeuert vom lauten Geschrei der übermütigen Festteilnehmer, mit einem Hoppak los. Was den Leuten nicht alles in den Kopf kommt, wenn sie angeheitert sind! Manchmal verkleidete man sich so, daß man — o du mein lieber Herrgott! — nichts Menschlichem mehr ähnlich sah. Das ist nicht mit den Maskenbällen auf heutigen Hochzeiten zu vergleichen. Wie ist's denn heute? Man vermummt sich als irgendwelche Zigeuner oder Moskowiter. Aber damals kam einer als Jude, ein anderer als Teufel; erst küssen sie sich, dann geraten sie sich in die Haare. Gott mit ihnen! Man lachte so, daß man sich den Bauch halten mußte. Man trug türkische und tatarische Goldröcke, die wie Feuer funkelten. Und dann fing man an, so saftigen Unsinn zu treiben und solche Streiche zu spielen, daß es zuweilen besser gewesen wäre, die Heiligenbilder währenddessen aus dem Zimmer zu tragen. Der Tante meines seligen Großvaters stieß bei dieser Hochzeit, der sie beiwohnte, eine ganz besonders komische Geschichte zu. Mit einem weiten tatarischen Gewande angetan, ging sie, einen Krug in der Hand, von Gast zu Gast und schenkte ihnen ein. Da stiftete der arglistige Feind einen der Burschen an, sie von hinten ein wenig mit Schnaps zu begießen; ein anderer schlug im selben Augenblick Feuer, hielt es nah an sie heran — und eine Flamme loderte auf. Die arme Tante riß sich in ihrer Angst vor allen Leuten sämtliche Kleider vom Leibe. Das gab einen Lärm, ein Gelächter, ein Tohuwabohu, wie auf dem Jahrmarkt! Selbst die ältesten Leute wußten sich keiner so lustigen Hochzeit zu erinnern.

Pidorka und Petro führten von da an ein Leben wie große Herrschaften. Alles war im Überfluß vorhanden, alles blitzte und blinkte... Aber die Leute schüttelten bald die Köpfe, wenn sie dieses Wohlstands gewahr wurden. «Vom Teufel kann nichts Gutes kommen», meinten sie einstimmig, «woher, wenn nicht vom Versucher der Christenheit, sollte solch ein Reichtum stammen? Woher hat Petro diesen Haufen Gold? Warum ist gerade in jenen Tagen, als er so reich geworden, Bassawrjuk wie vom Erdboden verschwunden?» Da sieht man wieder, was sich die Leute alles zusammendenken!

Trotzdem — noch war kein Monat vergangen, als man Petro kaum mehr wiedererkannte. Was mit ihm vor sich gegangen war, mochte Gott allein wissen. Stundenlang konnte er auf einem Fleck hocken. Wenn er wenigstens zu jemand ein Wort gesprochen hätte! Doch er grübelte stumm über etwas nach, als mühte er sich vergebens, es in sein Gedächtnis zurückzurufen.

Wenn es Pidorka zuweilen gelang, ihn aus diesem Zustand herauszureißen, so daß er, gleichsam erwacht, wieder zu reden begann und sogar ganz heiter wurde, so genügte es, daß sein Blick zufällig auf die zwei Säcke fiel; er rief: «Halt! Halt! Ich habe da etwas vergessen!» — und fiel von neuem in seine Grübelei.

Hin und wieder, wenn er so dasitzt, ist es ihm, als müsse ihm jetzt, jetzt gleich alles wieder einfallen ... doch schon ist es versunken. Er sieht sich in der Schenke sitzen, man bringt ihm Schnaps, der Schnaps brennt ihm auf der Zunge und ist ihm widerlich, jemand kommt und schlägt ihn auf die Schulter, er ... doch da wird alles wie von einem Nebel zugedeckt. Der Schweiß rinnt ihm in dicken Tropfen von der Stirn, und er fällt ganz erschöpft auf seine Bank zurück.

Was Pidorka auch unternahm — ob sie Wahrsagerinnen befrug, Zinn gießen oder Wasser besprechen ließ —, nichts wollte helfen. So verging der Sommer. Viele Kosaken hatten schon ihr Korn geerntet und ihr Heu abgemäht; die Verwegeneren hatten sich aufgemacht und waren ins Feld gezogen. Noch tummelten sich die Wildenten auf den Mooren und Teichen; doch von den Zaunkönigen war nichts mehr zu sehen. Die Steppen färbten sich rot vom Heidekraut. Getreidegarben lagen bald hier, bald dort, bunt wie Kosakenmützen, über die Stoppelfelder verstreut. Auf den Straßen begegneten einem Fuhren, mit Reisig und Brennholz beladen. Die Erde wurde hart und härter und fing stellenweise zu gefrieren an. Schon wirbelten die ersten Schneeflocken vom Himmel, und die Zweige der Bäume schmückten sich mit Reif wie mit Hasenpelzchen. Schon erging sich an einem klaren Frosttage der rotbrüstige Gimpel, wie ein eitler polnischer Schlachziz, auf den Schneehaufen und scharrte nach Körnern. Die Kinder trieben mit dicken Knüppeln Holzkugeln über das glatte Eis, indes ihre Väter sich geruhsam auf den Öfen herumrekelten und sich von Zeit zu Zeit erhoben, um hinauszuschauen und, die brennende Pfeife zwischen den Zähnen, wie es gang und gäbe war, auf den rechtgläubigen russischen Frost zu schimpfen, oder sich ein wenig auszulüften und das Korn im Flur, damit es nicht stockig werde, noch einmal durchzudreschen. Und dann begannen die Schneemassen wieder zu schmelzen, und der Hecht schlug, wie man zu sagen pflegt, mit seinem Schwanze das Eis auf.

Doch mit Petro war während dieser ganzen Zeit keine Veränderung vor sich gegangen, ja er schien sich allmählich immer mehr zu verdüstern. Die beiden Geldsäcke zu seinen Füßen, sitzt er wie angekettet mitten in seiner Hütte; er hat sich verwildern lassen, ist ganz mit Haaren überwachsen und sieht furchterregend aus. Immer denkt er an ein und dasselbe; er versucht sich an etwas zu erinnern und ärgert sich und gerät in Wut, daß es ihm nicht einfallen will. Oft springt er wild von seinem Platz auf, fuchtelt mit den Armen und stiert mit bohrenden Blicken auf etwas Unsichtbares, als wolle er es fangen. Seine Lippen bewegen sich, als mühe er sich, ein lang vergessenes Wort auszusprechen, und erstarren wieder unbeweglich. Tobsucht packt ihn: wie ein Irrer nagt und kaut er an seinen Händen und reißt sich in der Raserei ganze Haarbüschel aus, bis er endlich, stille geworden, in sich zusammenfällt und wie in Vergessenheit ertrinkt, um sich im nächsten Augenblick von neuem damit abzuplagen, in seinem Gedächtnis nach etwas Verlorenem zu suchen; und er wird von neuer Raserei befallen, von neuer Qual ergriffen . . .

Welch schreckliche Heimsuchung Gottes! Es war kein Leben mehr, das Pidorka führte. Zuerst war es ihr furchtbar gewesen, allein mit ihm in der Stube zu bleiben; später gewöhnte die Ärmste sich an ihr Leid. Doch es war nicht mehr die frühere Pidorka. Keine Röte auf den Wangen, kein Lächeln auf den Lippen, vergrämte und verzehrte sie sich und weinte sich ihre klaren Augen aus.

Einmal erbarmte sich jemand ihrer und riet ihr, zur Hexe im Bärengraben zu gehn, von der es allgemein hieß, sie vermöge alle Krankheiten auf der Welt zu heilen. Sie entschloß sich zu diesem äußersten Mittel und überredete die Alte mit vielen Worten und Bitten, mit ihr zu kommen.

Es war gerade Johannisabend. Petro lag besinnungslos auf der Bank und hatte den Besuch augenscheinlich gar nicht wahrgenommen. Doch nach einer kleinen Weile richtete er sich langsam auf und starrte die Alte an. Plötzlich durchzuckte es ihn wie auf dem Blutgerüst. Die Haare standen ihm zu Berge. Und er brach in solch ein Gelächter aus, daß die Angst Pidorka ins Herz schnitt.

«Jetzt weiß ich's! Jetzt weiß ich's!» schrie er in grauenhafter Fröhlichkeit auf, griff zu seiner Axt und ließ sie aus aller Kraft auf die Alte niederfallen.

Die Axt war zwei Zoll tief in die eichene Tür eingedrungen. Die Alte hatte sich wie in Luft aufgelöst. Und ein siebenjähriges Kind in weißem Hemd, den Kopf mit einem Leintuch zugedeckt, stand plötzlich mitten in der Stube. Das Leintuch fiel von ihm ab . . . «Iwassj!» schrie Pidorka auf und stürzte zu ihm hin. Doch das Gespenst war vom Kopf bis zu den Füßen mit Blut bespritzt und erleuchtete die ganze Hütte mit rotem Licht. Entsetzt floh Pidorka in den Flur hinaus. Im nächsten Augenblick besann sie sich aber und wollte in die Stube zurück, um ihrem Bruder zu helfen. Doch vergebens. Die Tür war so fest hinter ihr zugeschlagen, daß sie nicht wieder zu öffnen war.

Die Leute liefen zusammen. Man pochte an die Tür und hob sie schließlich aus den Angeln. Aber keine Seele war zu sehen. Stickiger Dunst erfüllte die Stube. Und nur in der Mitte, dort, wo Petro gestanden, lag ein Häufchen Asche, aus dem ab und zu noch Rauch aufstieg. Man stürzte sich auf die Säcke. Doch statt der Goldstücke fand man nur zerbrochene Tonscherben. Mit hervorquellenden Augen und offenen Mündern standen die Kosaken wie angewurzelt da und wagten nicht, ihre Schnurrbärte zu bewegen. Solch einen Schrecken hatte ihnen das Wunder eingejagt.

Was weiter geschah, daran erinnere ich mich

nicht mehr. Pidorka gelobte eine Pilgerfahrt. Sie suchte alle vom Vater ererbte Habe zusammen und hatte schon einige Tage darauf den Weiler verlassen. Wohin sie sich gewandt, wußte niemand zu sagen. Überfromme alte Frauenzimmer tuschelten schon überall herum, sie habe sich an den gleichen Ort begeben wie Petro. Doch ein Kosak, der aus Kijew kam, erzählte, er habe dort im Höhlenkloster eine zum Skelett abgemagerte unausgesetzt betende Nonne gesehen, in der einige Landsleute Pidorka erkannt haben wollten. Man habe nie ein Wort aus ihrem Munde vernommen. Sie sei zu Fuß angekommen und habe für das heilige Muttergottesbild eine mit so glänzenden Steinen geschmückte Fassung gestiftet, daß es einem vor den Augen flimmere, wenn man nur hinsähe.

Doch verzeiht, die Geschichte ist noch nicht ganz zu Ende. Am selben Tage, da der Arglistige Petro zu sich geholt, erschien Bassawrjuk von neuem im Weiler. Aber jetzt machte man einen weiten Bogen um ihn. Man hatte erkannt, was das für ein Vogel war: kein anderer als der Leibhaftige selbst, der Menschengestalt angenommen hatte, um Schätze zu heben. Da ihm das aber mit seinen unreinen Händen nicht gelingen konnte, verführte er junge Burschen dazu.

Im selben Jahre noch verließen alle ihre alten Lehmhütten und siedelten ins neugebaute Kirchdorf über. Doch auch dort hatten sie immer noch keine Ruhe vor diesem verfluchten Bassawrjuk. Die Tante meines seligen Großvaters behauptete, daß er es ganz besonders auf sie abgesehen hätte. Da sie die alte Schenke auf dem Wege nach Oposchnjansk aufgegeben, versuchte er sich immer wieder von neuem an ihr zu rächen. Eines Tages waren die Dorfältesten in der neuen Schenke, die sie übernommen, versammelt, saßen, wie man so sagt, nach Amt und Würden um den Tisch herum und unterhielten sich miteinander. Auf dem Tisch stand eine Schüssel mit einem gebratenen Hammel — es wäre eine Sünde gewesen, diesen Hammel klein zu nennen. Man schwatzte über alles mögliche, unter anderem auch über unheimliche und wunderliche Geschehnisse. Auf einmal wollte es ihnen nun so vorkommen — und nicht nur einem von ihnen, das hätte nicht viel zu bedeuten, sondern allen zusammen —, als höbe der Hammel seinen Kopf. Sie sahen, wie seine gebrochenen Augen sich belebten und funkelten, wie ihm plötzlich ein borstiger Schnauzbart wuchs und sich ihnen bedeutungsvoll entgegensträubte. Alle ohne Ausnahme erkannten im Hammelkopf die Fresse Bassawrjuks; die Tante meines Großvaters glaubte sogar schon, er würde gleich Schnaps bestellen. Die ehrenwerten Ältesten griffen im Nu nach ihren Mützen und machten sich auf die Socken.

Ein anderes Mal trug es sich zu, daß der Kirchenvorsteher selbst, der es zuweilen liebte, sich ein Stündchen mit Großvaters Becher zu unterhalten, den Schnaps gerade zum zweitenmal an die Lippen führen wollte, als das Glas sich vor ihm bis zur Erde verneigte. «Zum Teufel mit dir!» rief er aus und schlug hastig ein Kreuz.

Damit nicht genug: am gleichen Tage sollte auch seinem Ehegespons ein Wunder widerfahren. Als sie in einem großen Troge Teig knetete, hob sich der Trog plötzlich in die Höhe. «Halt! Halt!» rief sie. Doch umsonst. Die Henkel in die Seiten gestemmt, tanzte der Trog durch die ganze Stube ...

Ja, lacht nur! Unseren Vorvätern war es nicht nach Lachen zumute. Vergebens ging Vater Athanasius mit seinem Weihwasser durchs ganze Dorf und versuchte, den Teufel mit dem Wedel durch alle Gassen zu jagen. Die Tante meines Großvaters beklagte sich noch lange darüber, daß jemand, kaum daß der Abend sinke, an ihr Dach klopfe und an den Wänden kratze.

Und auch das ist noch nicht alles. Heutzutage scheint ja an diesem Platze, wo unser Dorf steht, alles ruhig zu sein. Es ist indessen nicht allzulange her — mein Vater und ich haben es noch erlebt —, daß kein anständiger Mensch an der verfallenen Schenke (die von den unsauberen Geistern immer wieder repariert wurde) ungeschoren vorbeigehen konnte. Aus dem verrußten Schornstein stiegen ganze Rauchsäulen empor, so hoch, daß einem die Mütze vom Kopf fiel, wenn man ihnen nachschaute; und aus dem Rauch prasselten glühende Kohlen auf die ganze Steppe nieder. Der Teufel aber — man sollte den Hundesohn lieber gar nicht beim Namen nennen — heulte so kläglich in seinem Loch, daß die aufgescheuchten Raben sich in Scharen aus dem nahen Eichwald erhoben und mit wildem Gekrächz am Himmel umherjagten.

DER VERLORENE BRIEF

Erzählt vom Küster der ... schen Kirche

Ihr wollt noch etwas von meinem Großvater hören? Gut! Warum soll ich euch nicht mit einer Schnurre aufwarten?

O Vergangenheit, Vergangenheit! Welche Freude, welche Lust überfällt unser Herz, wenn wir vernehmen, was sich vor langer, langer Zeit — niemand weiß mehr Jahr und Tag — zugetragen hat! Und wenn gar irgendein Verwandter, ein Großvater oder ein Urahn, mit in die Geschichte verwickelt ist, dann ist's ganz aus mit mir: möge sich mir in der Kirche, wenn ich den Lobgesang auf die hochheilige Märtyrerin Barbara anstimme, das Unterste zuoberst kehren, wenn es mir dann nicht so vorkommt, mir selber sei das alles zugestoßen — als lebte ich in der Haut jenes Urahns oder als gespenstere seine Seele in meiner herum.

Am schlimmsten plagen mich unsere Mädchen und jungen Weiber: ich brauche ihnen nur zu Gesicht zu kommen — und schon geht es los: «Foma Grigorjewitsch, Foma Grigorjewitsch! Bitte, eine Geschichte, so gruselig wie nur möglich! Bitte, bitte!» Taratata, taratata —

und sie hängen sich an mich und lassen nicht ab von mir. Ich erzähle ja gern. Aber was geschieht dann später mit ihnen, wenn sie schlafen gegangen sind? Ich weiß doch, daß jede in ihrem Bette zittert und am liebsten den Kopf unter die Decke stecken würde; da braucht nur eine Ratte an einem Topf zu kratzen oder sie selber mit dem Fuß an den Schürhaken anzustoßen — und schon fährt ihr, Gott bewahre!, das Herz in die Fersen. Doch am nächsten Tage ist's, als wäre gar nichts vorgefallen, und sie betteln von neuem um so eine Gruselgeschichte.

Was soll ich euch also erzählen? Das Gedächtnis will manchmal nichts hergeben ... Schön, ihr sollt hören, wie die Hexen einmal mit meinem Großvater Schafskopf gespielt haben ... Doch ich bitt' euch, Herrschaften, unterbrecht mich nicht und bringt mich nicht aus meinem Fahrwasser; denn sonst wird solch ein Brei daraus, daß man sich schämen muß, ihn in den Mund zu nehmen.

Ich muß vorausschicken, daß mein Großvater selig keiner von den gewöhnlichen Kosaken war. Er verstand zu lesen und nach allen Regeln der Kunst zu schreiben; an Feiertagen psalmodierte er die Apostel herunter, daß auch heute noch mancher Popensohn sich vor ihm verstecken könnte. Ihr wißt ja selbst, wie es damals war: hätte man die Schriftkundigen von ganz Baturin einsammeln wollen, so wäre es nicht nötig gewesen, eine Mütze unterzuhalten — sie hätten sämtlich in einer hohlen Hand Platz gefunden. Kein Wunder also, daß alle, die dem Großvater begegneten, sich tief vor ihm verneigten.

Eines Tages nun war es dem hochmögenden Herrn Hetman eingefallen, aus irgendeinem Grunde ein Sendschreiben an die Zarin zu schikken. Der Regimentsschreiber — ich kann mich jetzt, Schockschwerenot!, nicht auf seinen Namen besinnen ... Wiskrjak? ... Nein, so hieß er nicht, auch nicht Motusotschka oder Goloputzek ... Ich weiß nur noch, daß es ein ausgefallener Name war, der sehr komisch anfing — der Regimentsschreiber also ließ meinen Großvater zu sich kommen und eröffnete ihm, er sei vom Hetman zum Kurier bestimmt worden und habe der Zarin jenen Brief zu überbringen.

Mein Großvater war nicht für lange Reisevorbereitungen. Er nähte den Brief in seine Mütze ein, zog das Pferd aus dem Stall, schmatzte seine Frau und seine beiden Ferkelchen, wie er sie nannte, gehörig ab — einer davon war mein Vater — und ließ solch eine Staubwolke hinter sich zurück, daß man hätte glauben können, fünfzehn Bengel spielten mitten auf der Landstraße Schlagball.

Am nächsten Tage — der Hahn hatte noch nicht zum vierten Male gekräht — befand er sich bereits in Konotop. Dort war gerade Jahrmarkt; und bei solch einem Jahrmarkt wimmeln so viele Leute auf den Straßen herum, daß es einem vor den Augen flimmert. Zu jener frühen Stunde freilich, als mein Großvater dort anlangte, lagen die meisten noch auf dem Erdboden ausgestreckt und schliefen. Neben einer

Kuh lag ein versoffener Kerl mit einer Nase, rot wie ein Gimpel; etwas weiter schnarchte im Sitzen eine Händlerin mit Feuersteinen, Waschblau, Schrot und Brezeln; unter einem Wagen wälzte sich ein Zigeuner, oben auf dem Wagen lag der Fuhrmann; mitten auf der Straße schlummerte mit gespreizten Beinen ein bärtiger Moskowiter, der Gürtel und Fausthandschuhe feilzubieten hatte — mit einem Wort: das übliche Jahrmarktsgesindel. Der Großvater machte halt und sah sich alles neugierig an. In den Zelten und Buden begann es sich endlich langsam zu regen: Jüdinnen klirrten mit ihren Flaschen, hie und da erhoben sich Rauchschwaden, und der Geruch heißer Fladen und Waffeln zog durch das ganze Lager.

Da fiel es dem Großvater ein, daß er weder Feuerzeug noch Tabak mitgenommen hatte. Er strich also durch den Jahrmarkt, um sich damit zu versehen. Noch hatte er keine zwanzig Schritte getan, als er auf einen Saporoger Kosaken stieß, einen richtigen Draufgänger, dem seine Art schon von weitem anzusehen war. Feuerrote Pluderhosen, ein blauer Überrock, ein grellbunter Gürtel, ein Säbel an der Seite neben einer an einer langen Kette befestigten Pfeife — kurz ein waschechter Saporoger. Ach, war das ein Völkchen! Da richtet sich so einer auf, reckt sich und streckt sich, streicht mit der Hand über den kühnen Schnauzbart, klirrt mit den Stiefeleisen — und legt los. Und wie legt er los! Die Füße wirbeln im Tanz hin und her wie eine Spindel in Weiberhänden; einem Sturmwind gleich fährt die Hand über die Saiten seiner Bandura — und schon hockt er, die Arme in den Hüften, in die Kniebeuge nieder und schleudert die Beine nach rechts und links oder singt ein Lied, daß einem die Seele in den siebenten Himmel entfliegt . . . Nein, jene Zeiten sind vorbei; heute findet man keine richtigen Saporoger mehr . . . Mit solch einem Saporoger also traf mein Großvater zusammen. Ein Wort gab das andere — der Weg zu einer neuen Bekanntschaft ist ja rasch zurückgelegt —, und sie zogen selbander schwatzend durch das Jahrmarktsgelände, so daß mein Großvater darüber ganz seine Weiterreise vergaß und sich mit ihm in ein Zechgelage wie auf einer Hochzeit vor den großen Fasten einließ. Doch schließlich waren sie dessen überdrüssig geworden, Töpfe entzweizuschlagen und Geld unter das Volk zu werfen. Man kann sich ja auch nicht ewig auf so einem Jahrmarkt herumtreiben. Die neuen Freunde verabredeten daher, sich nicht voneinander zu trennen und die Reise gemeinsam fortzusetzen.

Es war Abend, als sie ins Freie hinausritten. Die Sonne war schon untergegangen. Hie und da glühte noch ihr Widerschein in roten Streifen am Himmel. Die Felder leuchteten bunt wie Feiertagsröcke junger Weiber. Unser Saporoger aber wurde von einer unhemmbaren Schwatzlust befallen. Mein Großvater und noch ein anderer kosakischer Zechkumpan, der sich ihnen zugesellt, frugen sich schon, ob nicht irgendein Gottseibeiuns von ihm Besitz ergriffen hätte. Was er nicht alles auskramte! So ausgelassene und unwahrscheinliche Geschichten, daß sich mein Großvater den Bauch vor Lachen festhalten mußte, sonst wäre er geplatzt.

In der Steppe war es mittlerweile immer finsterer geworden. Und auch das tolle Gerede des Saporogers wurde immer zusammenhangsloser. Schließlich verstummte er ganz und zuckte bei jedem leisen Geräusch zusammen.

«He, Landsmann», redete ihn mein Großvater an, «was ist denn mit dir los? Du scheinst ja in der Tat schon die Eulen zu zählen. Möchtest du lieber heimreiten und dich auf den Ofen legen?»

«Es hat keinen Sinn, es vor euch zu verheimlichen», erwiderte der Saporoger und hielt plötzlich, die Augen starr auf seine beiden Gefährten gerichtet, das Pferd an. «Wißt ihr, daß ich meine Seele schon lange dem unsauberen Geiste verkauft habe?»

«Als ob das etwas Großes wäre!» meinte mein Großvater. «Wer hat sich nicht schon einmal mit dem Bösen eingelassen? Gerade dann darf man sich aber nicht unterkriegen lassen. Man muß toben und herumtollen, daß es nur so kracht!»

«Ach, liebe Gesellen, ich würde ja gerne mit euch herumtollen. Doch heute nacht ist meine Frist um! Brüder!» rief er aus und packte sie an den Armen, «gebt mich nicht preis! Wacht diese Nacht mit mir! Mein Lebtag will ich dieses Freundschaftsdienstes gedenken.»

Warum einem Menschen in solcher Not nicht beistehen? Mein Großvater erklärte ihm geradeheraus, er würde sich eher seinen Kosakenschopf abschneiden lassen, als dem Teufel zu gestatten, daß er mit seiner Hundeschnauze an einer Christenseele auch nur schnüffele.

Die Kosaken wären vielleicht noch lange weitergeritten, wenn die Nacht den Himmel nicht mit einem dichten Netze übersponnen hätte und es auf der Steppe nicht so dunkel geworden wäre wie unter einem Schafpelz. In der Ferne tauchte ein Lichtschein auf, und die Pferde spitzten, einen Stall witternd, ihre Ohren; sie bohrten ihre Augen in die Finsternis und setzten sich in einen schärferen Trab. Das Licht wurde immer deutlicher, und die Kosaken erkannten bald eine morsche Schenke, windschief wie ein Frauenzimmer, das von einem Taufgelage heimkehrt. In jenen Zeiten waren Schenken etwas anderes als heute. Nicht nur, daß nicht Raum genug zum Tanzen vorhanden war, es gab auch keinen Platz, auf den man sein betrunkenes Haupt niederlegen konnte, wenn die Füße Kringel auf den Boden zu zeichnen begannen. Der ganze Hof war mit Fuhrwerken vollgestopft; unter den Dachvorsprüngen, in den Krippen, im Hausflur — überall lagen ausgestreckte oder zusammengekrümmte Leute herum und schnarchten wie die Kater. Einzig der Schankwirt saß vor seiner Talglampe und schnitt Kerben in einen Stock, um sich zu merken, wieviel Viertel oder Achtel die Fuhrleute in sich hineingegossen hatten.

Der Großvater bestellte ein Drittel Eimer Schnaps für alle drei und begab sich zu den andern in die Scheune, wo sie sich dicht nebeneinander hinlagerten. Kaum hatte er sich umgedreht, als er sah, wie seine beiden Landsleute schon in einen todesähnlichen Schlaf versunken waren. Er weckte den Kosaken, der sich ihnen als Dritter angeschlossen, und erinnerte ihn an das dem unglücklichen Kameraden abgegebene Versprechen . . . Jener richtete sich halb auf, rieb sich die Augen und war sofort wieder eingeschlafen. Da war nichts zu wollen. Der Großvater mußte allein Wache halten. Um sich den Schlaf zu vertreiben, besichtigte er alle Wagen, schaute nach den Pferden, brannte sich eine neue Pfeife an, kehrte zurück und hockte wieder neben seinen Gefährten nieder. Es war so still, daß man jede Fliege summen hören konnte.

Da will es ihn bedünken, daß etwas Graues hinter der benachbarten Fuhre seine Hörner hervorstrecke. Doch seine Augenlider klebten so aneinander, daß er sie in einem fort mit den Fäusten reiben und mit dem Rest des Schnapses anfeuchten mußte. Wenn er dann wieder besser sehen konnte, war nichts mehr zu erblicken. Doch nach einer kleinen Weile lugte das Ungeheuer wieder hinter dem Wagen hervor. Der Großvater riß die Augen auf, so weit er nur konnte; aber die verfluchte Schläfrigkeit vernebelte alles um ihn. Seine Arme wurden steif, der Kopf sank zur Seite, und ein schwerer Schlaf überwältigte ihn so unwiderstehlich, daß er wie ein Toter umfiel.

Er mußte ziemlich lange geschlafen haben; denn als er erwachte, brannte schon die Sonne auf seinen rasierten Mohnkopf nieder. Er sprang auf, reckte sich, kratzte seinen Rücken und bemerkte erst jetzt, daß nicht mehr so viele Wagen dastanden wie gestern. Einige hatten sich wohl noch vor Tag auf den Weg gemacht. Als er nach seinen Gefährten Umschau hielt, schlief der andere Kosak noch, vom Saporoger dagegen war nichts zu sehen. Nur sein Überrock lag noch auf demselben Platz. Der Großvater war besorgt und versank in Nachdenken. Er sah nach den Pferden; doch sowohl sein eigenes wie das des Saporogers waren verschwunden. Was hatte das zu bedeuten? Zugegeben, daß der Teufel den Saporoger geholt haben mochte — wer aber hatte die Pferde mit sich gehn heißen?

Alle diese Überlegungen zusammenfassend, kam mein Großvater zum Schluß, daß der Teufel, der wahrscheinlich zu Fuß hergekommen war, sich, in Anbetracht des langen Rückweges zur Hölle, auch der Pferde bemächtigt haben konnte. Schmerzlich war ihm dabei nur, daß er dem Saporoger nicht sein Kosakenwort gehalten hatte. Was das Pferd anging, so sagte er sich: «Nichts zu machen. Ich geh' zu Fuß. Vielleicht hab' ich Glück und begegne einem Pferdehändler, der auf den Jahrmarkt reist; von dem kann ich ein neues Pferd einhandeln.» Er wollte nach seiner Mütze greifen — doch auch sie war fort. Er schlug die Hände zusammen, als er sich dessen entsann, wie er gestern in der Betrunkenheit mit dem Saporoger die Mützen ausgetauscht hatte. Wer anders konnte sie jetzt also besitzen, als der Leibhaftige selbst? Der Hetman würde ihm einen saftigen Lohn dafür zuteil werden lassen! Schön hatte er den Brief an die Zarin bestellt!

Da bedachte der Großvater den Teufel mit solchen Namen, daß dieser in seiner Hölle gewißlich mehr als einmal geniest haben muß. Doch Schimpfworte helfen nicht allzuviel. Der Großvater mochte sich noch so sehr den Nakken kratzen, ihm wollte kein rettender Einfall kommen. Ihm blieb nichts übrig, als sich an den Verstand von Fremden zu wenden. Er versammelte alle noch in der Schenke befindlichen Fuhrleute und Reisenden um sich und erzählte: so und so und dieses Unglück ist mir dabei zugestoßen. Die Fuhrleute dachten, das Kinn auf die Peitschenstiele gestützt, lange nach, schüttelten ihre Köpfe und erklärten, in der ganzen Christenwelt noch nie davon gehört zu haben, daß der Teufel je einen Hetmansbrief gestohlen hätte. Andere fügten hinzu, wenn der Teufel oder die Moskowiter etwas mit sich gehen ließen, so gäbe es nichts anderes, als auszuspucken: was die sich einmal angeeignet, bekäme niemand mehr zurück.

Nur der Schankwirt saß stumm in seiner Ecke. Der Großvater frug auch ihn um seine Meinung; denn wenn jemand beharrlich schweigt, so hat er oft seine Hintergedanken. Der Schankwirt indessen war nicht sehr freigebig mit Ratschlägen. Und wenn der Großvater nicht fünf Goldstücke aus der Tasche gezogen hätte, so würde er nichts aus ihm herausgelockt haben.

«Ich will dir sagen, wie du den Brief vielleicht wiederbekommen kannst», tuschelte der Schankwirt ihm schließlich zu und nahm ihn beiseite. Dem Großvater fiel eine Last von der Seele. Und der Schankwirt sagte: «Ich seh' es deinen Augen an, daß du ein Kosak und kein altes Weib bist. Paß auf! Nicht weit von der Schenke biegt ein Weg nach rechts in den Wald ab. Sobald es dämmert, mußt du bereit sein. Im Walde hausen Zigeuner. In finsteren Nächten, wie jetzt, wenn niemand mehr zu sehen ist außer den Hexen, die auf ihren Schürhaken ausfahren, kriechen sie aus ihren Höhlenlöchern, um Eisen zu schmieden. Was sie in Wirklichkeit treiben, braucht dich nichts anzugehen. Im Wald wird ein großes Gehämmer zu hören sein. Kümmere dich nicht darum und geh nicht dorthin, wo gehämmert wird. Neben einem verkohlten Baumstamm wird sich ein enger Pfad vor dir auftun. Nimm diesen Pfad und geh immer weiter, weiter und weiter ... Dornen werden dich stechen, dichtes Haselgebüsch wird dir den Weg versperren. Du aber geh immer weiter. Erst wenn du an ein schmales Flüßchen gelangst, kannst du stehnbleiben. Dort wirst du finden, was du brauchst. Vergiß aber nicht, dir vorher das in die Tasche zu tun, wofür die Taschen da sind ... Du verstehst, ich meine das, was den Teufeln nicht weniger wohlgefällt als den Menschen.»

Mit diesen Worten zog sich der Wirt wieder in seinen Winkel zurück, und es war kein Wort mehr aus ihm herauszubringen.

Mein Großvater gehörte gewiß nicht zur Gilde der Furchtsamen; er konnte, wenn's sein mußte, einen Wolf, der ihm begegnete, beim Schwanz packen oder mit seinen Fäusten derart durch einen aufsässigen Kosakenhaufen hindurchschreiten, daß die Leute wie Birnen rechts und links von ihm zu Boden fielen. Trotzdem lief ihm ein leichter Schauder über den Rücken, als er in stockfinsterer Nacht den Wald betrat. Wenn nur ein Sternchen zu sehen gewesen wäre! Aber es war dunkel wie in einem Weinkeller. Er hörte nur, wie hoch, hoch über ihm ein kühler Wind durch die Baumkronen strich. Die Bäume wiegten sich wie berauschte Kosakenköpfe und raunten sich mit ihrem lallenden Laub trunkene Rufe zu.

Auf einmal wehte es ihn so kalt an, daß er an seinen Schafpelz denken mußte. Und gleich darauf erhob sich ein so lautes Geklinge von Hunderten von Schmiedehämmern, daß es dröhnend in seinen Ohren widerhallte. Der ganze Wald wurde plötzlich für einen Augenblick wie von einem Wetterleuchten erhellt. Und der Großvater erkannte gleich einen schmalen Pfad, der sich zwischen niederem Gestrüpp dahinzog. Da zeigten sich auch der verkohlte Baumstamm und die Dornenbüsche — genau wie man es ihm vorausgesagt hatte. Nein, der Schankwirt hatte ihn nicht betrogen. Indessen war es nicht sehr erheiternd, sich durch das Dickicht zu winden: noch niemals hatte er es erlebt, vom verfluchten Dorngezweig so schmerzhaft zerstochen und zerkratzt zu werden; fast bei jedem Schritt hätte er am liebsten laut aufgeschrien. Allmählich hatte er sich bis zu einer Lichtung durchgearbeitet. Die Bäume standen nicht mehr so dicht, waren aber, soweit er erkennen konnte, so breit und gewaltig, wie er sie diesseits des Polenreiches noch nie geschaut hatte.

Jetzt sah er zwischen ihrem Geäst ein Flüßchen aufblinken, schwarz glänzend wie geronnener Stahl. Lange blieb er am Ufer stehen und blickte sich still nach allen Seiten um. Am jenseitigen Ufer flackerte ein Lagerfeuer, das immer ausgehen zu wollen schien, um dann von neuem aufzuflammen und sich im Wasser widerzuspiegeln, das in diesem unruhigen Licht zitterte wie ein polnischer Schlachziz unter dem Zugriff von Kosakenfäusten. Und da führte ja auch ein schwanker Steg über das Wasser! «Nur eine Teufelskutsche könnte über diese Brücke fahren!» murrte der Großvater, setzte aber, ohne zu zögern, seinen Fuß auf sie und war, rascher, als man eine Prise aus seiner Tabaksdose nehmen kann, auf der anderen Seite.

Jetzt erst konnte er die Gestalten erkennen, die um das Feuer herumhockten. Das waren Unholde mit so ausgesuchten Fressen, daß er zu anderer Zeit Gott weiß was alles getan hätte, einer Bekanntschaft mit ihnen zu entgehen. Doch nun half ihm nichts, er mußte sich schon mit ihnen einlassen, machte ihnen eine tiefe Verbeugung und sagte:

«Gott mit euch, ihr Guten!»

Wenn auch nur einer von ihnen mit dem Kopf genickt hätte! Aber sie hockten stumm da und schürten das Feuer. Da er einen freien Platz in ihrem Kreise entdeckte, setzte er sich ohne weitere Umschweife zu ihnen nieder. Die Fressen blieben stumm. Er ebenso. So hockten sie lange schweigend da. Endlich wurde es ihm zu dumm. Er kramte in seiner Tasche herum, zog seine Pfeife hervor und sah sich fragend um. Sie beachteten ihn gar nicht.

Mein Großvater war ein weltläufiger Mann; er verstand es, seine Worte zu setzen und wäre selbst vor dem Zaren mit seinem Gesicht nicht in den Dreck gefallen. Er begann also:

«Wollen Euer Hochwohlgeboren die ausgezeichnete Güte haben, mir sozusagen ... Ich habe hier Pfeife und Tabak, doch nichts, um sie anzubrennen ...»

Auch hierauf erfolgte keine Antwort. Doch eine dieser Teufelsschnauzen ergriff ein brennendes Holzscheit und hielt es meinem Großvater so dicht vor die Stirn, daß er eines seiner Augen verloren hätte, wenn er nicht gerade noch ausgewichen wäre. Als er erkannte, daß die Zeit ungenutzt verstrich, entschloß er sich, seine Sache vorzutragen, einerlei, ob die Teufelsbrut ihm zuhören wollte oder nicht. Da spitzten die Kerle ihre Ohren und hielten ihm ihre Pfoten entgegen. Der Großvater begriff. Er legte alles Geld, das er bei sich hatte, zu einem Haufen zusammen und warf es ihnen wie Hunden zu. Kaum hatte er das getan, so geriet alles um ihn durcheinander, die Erde erbebte, und er befand sich im nächsten Augenblick — ohne daß er sich erklären konnte, wie das vor sich gegangen war — mitten in der Hölle.

«Ach du meine Güte!» schrie er auf, als er sich, aus der Betäubung erwachend, aufmerksam umsah. Was für Ungeheuer! Fressen hinter Fressen! Solch eine Unzahl von Hexen, wie Schneeflocken zu Weihnachten, geputzt und angemalt wie Jahrmarktsdirnen. Und alle, so viel ihrer nur waren, begannen wie Besoffene so etwas wie einen Teufelshoppak zu tanzen. Der Staub wirbelte nur so auf, daß Gott erbarm. Ein Schauer mußte jeden Christenmenschen beim bloßen Anblick ergreifen, wie hoch dieses Gezücht zu springen verstand. Mein Großvater mußte, trotz aller heimlichen Furcht, laut auflachen, als er sah, wie diese Mißgestalten sich in zierlichen deutschen Tanzschritten versuchten und schweifwedelnd um die Hexen herumscharwenzelten wie unsere Kosakenburschen um schöne Mädchen. Die Musikanten paukten auf ihre aufgeblasenen Backen und pfiffen durch die Nasen, als wären es Waldhörner. Kaum hatten die Ungetüme meinen Großvater erblickt, stürzten sie sich in ganzen Scharen auf ihn. Schweinerüssel, Hundeschnauzen, Bocksbärte, Gänseschnäbel und Pferdemäuler reckten sich zu ihm hin, umdrängten ihn wimmelnd und wollten ihn küssen. Er spuckte aus, solch ein Ekel überkam ihn.

Schließlich rissen sie ihn mit sich fort und setzten ihn an einen langen, langen Tisch, so lang wie der Weg von Konotop bis Baturin. Nun, das ist noch nicht das Allerschlimmste, dachte er, als er Schweinebraten, Würste, Kohl mit Zwiebeln und noch viele andere Leckerbissen auf dem Tische stehen sah, das Teufelspack scheint nicht zu fasten. Mein Großvater pflegte, müßt ihr wissen, die Gelegenheit, einen guten

Bissen zu sich zu nehmen, nicht vorübergehen zu lassen. Er hatte einen guten Appetit. Ohne sich daher auf weitere Erklärungen einzulassen, zog er eine Schüssel mit Speck und aufgeschnittenem Schinken an sich heran, nahm eine Gabel, kaum geringer als eine Heugabel, spießte ein gewichtiges Stück auf, ergriff noch eine mächtige Brotscheibe — und schob das alles in einen fremden Mund, der ganz dicht neben seinen Ohren aufgetaucht war und den Bissen laut schmatzend verschlang. Der Großvater tat, als wenn nichts geschehen wäre, spießte sich ein anderes Stück auf und glaubte es schon mit den Lippen zu berühren — da stak es wieder in einem fremden Schlund. Mit dem dritten Stück ging es ihm ebenso. Da packte ihn die Wut. Er vergaß seine Furcht, dachte nicht mehr daran, in wessen Händen er sich befand, und fuhr auf die Hexen los:

«Was, ihr Herodesbrut? Ihr glaubt wohl, daß ihr mich zum Narren halten könnt? Augenblicks gebt ihr mir meine Kosakenmütze zurück — sonst will ich ein Katholik sein, wenn ich euch nicht eure Schweineschnauzen auf dem Nacken umdrehe!»

Noch hatte er diese Worte nicht zu Ende gesprochen, als die Unholde ihre Zähne fletschten und solch ein Gelächter erhoben, daß es ihm kalt ums Herz wurde.

«Gut!» kreischte eine der Hexen, die er für das Oberhaupt der ganzen Zunft hielt, denn sie hatte eine noch lieblichere Schnauze als alle anderen, «deine Mütze sollst du wiederhaben; doch zuvor mußt du dreimal Schafskopf mit uns spielen.»

Was war da zu machen? Ein Kosak sollte mit solchen Frauenzimmern beim Schafskopf zusammensitzen? Mein Großvater sträubte und sträubte sich dagegen. Doch schließlich ließ er sich breitschlagen und setzte sich nieder. Karten wurden herbeigeschafft, fettig wie die Wahrsagekarten unserer Popenweiber.

«Gib acht!» bellte die Oberhexe ihn wieder an, «wenn du auch nur ein einziges Mal gewinnst, ist die Mütze dein. Bleibst du aber alle drei Male Schafskopf, so wirst du nicht nur nicht die Mütze, sondern vielleicht auch die Welt nicht mehr wiedersehen.»

«Her damit, alte Vettel! Wie's kommt, so kommt's!»

Die Karten wurden ausgeteilt. Der Großvater nahm die seinen in die Hand — und wollte erst gar nicht richtig hinsehn, so schäbig waren sie. Wenn auch nur zum Spaß ein einziger Trumpf dabeigewesen wäre! Eine Zehn war die höchste Karte. Nicht einmal ein Paar war dabei. Die Hexe aber spielte lauter Fünfer aus. So blieb er denn Schafskopf. Und die Schnauzen wieherten, bellten und grunzten von allen Seiten: «Schafskopf! Schafskopf! Schafskopf!»

«Platzt, ihr Teufelsbrut!» brüllte der Großvater und stopfte sich mit den Fingern die Ohren zu. Na, dachte er, die Hexe wird beim Mischen sicherlich gemogelt haben. Jetzt bin ich an der Reihe. Er mischte, gab die Karten, sagte Trumpf an und blickte in sein Spiel. Die Karten waren vorzüglich, auch Trümpfe waren dabei. Zuerst ging die Sache gut, besser hätte sie gar nicht gehen können. Zwar hatte die Hexe eine Fünf und alle Könige, der Großvater aber seine Trümpfe. Ohne groß nachzudenken, deckte er die Könige mit den Trümpfen.

«He, he! Das ist nicht kosakisch! Womit stichst du, Landsmann?»

«Womit ich steche? Mit Trümpfen natürlich.»

«Das nennt ihr Trümpfe? Bei uns sind das keine Trümpfe.»

Der Großvater sah auf die Karten, mit denen er gestochen hatte: es waren in der Tat nur einfache Farben. Da mußte ein Teufelszauber im Spiel sein! Zum zweiten Male hatte er verloren, und das Teufelsgezücht heulte wieder: «Schafskopf! Schafskopf! Schafskopf!», daß der Tisch wackelte und die Karten auf ihm herumsprangen. Der Großvater erhitzte sich und verteilte zum letztenmal die Karten. Wieder ging es zunächst leidlich. Die Hexe spielte eine Fünf aus, der Großvater stach sie und kaufte eine ganze Hand voller Trümpfe.

«Trumpf!» schrie er und haute mit der Karte so hart auf den Tisch, daß sie sich krümmte. Die Hexe deckte sie, ohne ein Wort zu verlieren, mit einer einfachen Acht. «Womit stichst du, alte Teufelshure?» Die Hexe hob ihre Acht auf, und unter ihr lag eine gewöhnliche Sechs. «Satansblendwerk!» rief der Großvater und schlug vor Ärger mit der Faust auf den Tisch. Ein Glück war nur, daß die Hexe schlechte Karten hatte, der Großvater dagegen hielt lauter Paare in der Hand. Er kaufte neue Karten hinzu; doch die waren so schlecht, daß er die Hände sinken ließ. Es gab nichts mehr zu kaufen. Und nun spielte er, ohne erst viel hinzusehen, eine einfache Sechs aus. Die Hexe deckte sie. Schau mal an. Da stimmt doch etwas nicht! dachte der Großvater, hielt seine Karten rasch unter den Tisch und schlug heimlich ein Kreuz über sie. Und siehe da — auf einmal hatte er ein Trumpfas, einen Trumpfkönig, einen Trumpfbuben, und statt der Sechs hatte er eine Dame ausgespielt.

Was für ein Esel bin ich gewesen, ging es ihm durch den Kopf. «Nun? Wie ist's?» höhnte er, «kannst du die stechen? Willst du noch das Trumpfas? Und den Trumpfbuben?...»

Da erdröhnte die ganze Hölle, die Hexe wand sich in Krämpfen, und dem Großvater flog — hast du nicht gesehen? — seine vermißte Mütze gradenwegs ins Gesicht.

«Nein, das ist nicht genug!» schrie er, wieder mutig geworden, und stülpte sich die Mütze auf den Kopf. «Im nächsten Augenblick hat mein wackeres Pferd zur Stelle zu sein! Sonst möge mich der Blitz erschlagen, wenn ich euch nicht alle mit dem heiligen Kreuze zeichne!»

Schon wollte er die Hand erheben, als er plötzlich das Klappern von Pferdegebeinen vernahm.

«Da hast du dein Pferd!»

Der Ärmste brach bei diesem kläglichen Anblick in Tränen aus wie ein kleines Kind, so leid tat ihm sein alter Gefährte.

«Gebt mir irgendein anderes Pferd, daß ich aus eurem Loch herauskomme!»

Der Teufel knallte mit seiner Hetzpeitsche — und unter dem Großvater flammte ein Pferd auf und entführte ihn gleich einem Vogel in die Lüfte.

Auf diesem Ritte wurde der Großvater aber doch wieder von Angst befallen; denn das Pferd gehorchte weder seinen Zurufen noch den Zügeln und sprengte mit ihm über Schlünde und Sümpfe davon. Ein Zittern packt einen, wenn man nur davon hört, über welche Orte er dahinbrauste. Einmal blickte er hinab und erbebte: vor ihm gähnte ein steiler Abgrund. Doch dem Satansroß machte das nichts aus — mit einem Satz sprang es hinüber. Der Großvater wollte sich festhalten. Aber woran? Über Baumstrünke und Erdbuckel kollerte er in die Tiefe und schlug so hart auf den Boden auf, daß ihm die Seele fast aus dem Leibe fuhr. Er konnte sich an nichts erinnern, was weiter mit ihm geschah. Als er wieder zu sich kam und sich umblickte, war es schon Tag geworden. Alles kam ihm seltsam vertraut vor. Er lag auf dem Dach seiner eigenen Hütte.

Vom Dach heruntergekrochen, bekreuzigte er sich. Teufelsspuk! Was für Wunderdinge einem Menschen zustoßen können! Er sah seine Hände an — sie waren ganz voller Blut. Er betrachtete sein Spiegelbild in einer Wassertonne — und auch das Gesicht war blutig. Um die Kinder nicht zu erschrecken, wusch er sich erst gründlich und betrat dann leise die Hütte. Was mußte er aber erblicken? Die Kinder drängten sich angstvoll mit ihren kleinen Hintern an ihn, wiesen mit den Fingern vor sich hin und riefen:

«Schau nur, schau! Die Mutter springt wie eine Verrückte herum!»

Und wirklich: seine Frau saß eingeschlummert vor ihrem Spinnrad, hielt die Spindel in der Hand und vollführte mit ihren Füßen hüpfende Tanzbewegungen. Der Großvater faßte sie an der Hand und weckte sie sanft:

«Guten Morgen, Frau! Bist du nicht ganz gesund?»

Sie starrte ihn erst lange mit aufgerissenen Augen an. Doch dann erkannte sie ihn endlich und erzählte, ihr hätte geträumt, der Ofen sei in der Stube herumgetanzt; er habe mit der Schaufel alle Töpfe und Schüsseln aus dem Hause gejagt und weiß der Teufel was nicht noch alles getrieben . . .

«Nun ja», sagte der Großvater, «du im Traume, ich in Wirklichkeit . . . Ich seh', man muß unser Haus mit Weihwasser besprengen lassen. Doch jetzt darf ich nicht länger herumtrödeln.»

Nachdem er ein wenig ausgeruht, beschaffte er sich ein Pferd, schwang sich in den Sattel und ritt Tag und Nacht ohne Aufenthalt, bis er sein Ziel erreicht und der Zarin den Brief zugestellt hatte. So viel Wunderbares hat er auf dieser Reise und bei der Zarin zu sehen bekommen, daß er später noch lange davon zu erzählen wußte. Er wurde in einen Palast geführt, der so hoch war, daß man zehn Häuser in ihm übereinanderzustellen vermocht hätte — und auch damit wäre es noch nicht genug gewesen. Er schaute in einen Saal hinein — da war die Zarin nicht; im zweiten und dritten ebenfalls nicht, auch nicht im vierten. Im fünften endlich traf er sie an. Eine goldene Krone auf dem Haupt, saß sie, mit einem schönen, nagelneuen grauen Kittel angetan und rote Stiefel an den Füßen, auf ihrem Thron und aß goldene Knödel. Sie befahl, daß man ihm die ganze Mütze mit blauen Scheinen vollstopfen solle und daß man ... Er konnte sich nicht mehr an alles erinnern.

Von seinem Handel mit dem Teufel wollte er später nichts mehr wissen; er schien ihn ganz vergessen zu haben. Wenn jemand darauf anspielte, tat er immer, als ginge ihn das gar nichts an. Es kostete viel Mühe, ihn hin und wieder dahin zu bringen, daß er alles der Reihe nach erzählte, so wie es sich zugetragen hatte.

Wohl zur Strafe dafür, daß er seine Hütte damals nicht gleich mit Weihwasser hatte besprengen lassen, wurde seine Frau jedes Jahr, und immer um die gleiche Zeit, von einer unwiderstehlichen Tanzlust befallen. Wie sie sich auch dagegen wehren mochte, ihre Beine hatten einen anderen Willen und zwangen sie dazu, in der Kniebeuge einen Tanz aufzuführen.

DIE MAINACHT
ODER DIE ERTRUNKENE

«Weiß der Teufel! Verfolgen Christenmenschen irgendein Ziel, so mögen sie mit hängender Zunge dahinter her sein wie Windhunde hinter einem Hasen — und sie werden es doch nicht erreichen; mischt sich aber der Gottseibeiuns ins Spiel, so braucht er nur mit dem Schwanz zu wackeln — und alles geht, wie vom Himmel gefallen.»

Hanja

Heller Gesang flutete durch die Dorfgassen. Es war um die Stunde, da die Burschen und Mädchen, müde von der Arbeit und den Sorgen des Tages, sich im Kreise zu versammeln pflegen, um im Glanz des reinen Abends ihre Jugendlust in Tönen zu verströmen, die von sehnsüchtiger Schwermut unzertrennlich sind.

Ein traumseliger Abend umfing den blauen Himmel und verwandelte alles in Unbestimmtheit und Weite. Schon dämmerte es, doch der Gesang wollte immer noch nicht verstummen. Eine Bandura in der Hand, schlich sich Lewko, der Sohn des Dorfschulzen, aus der Schar der

Sänger; die hohe Kosakenmütze auf dem Kopf, schlenderte er durch die Gassen, zupfte leise an den Saiten und versuchte ein paar Tanzschritte. Vor der Tür einer mit niedrigen Kirschbäumen umstandenen Hütte machte er halt. Wem gehörte die Hütte? Zu wem führte die Tür? Er wartete ein wenig, ließ dann die Saiten erklingen: und sang:

«Die Sonne sinkt, der Tag vergeht,
Komm, liebes Herz, es ist schon spät.»

«Nein, meine helläugige Liebste scheint schon fest zu schlafen», sagte der Kosak, als er das Lied zu Ende gesungen hatte, und trat dicht ans Fenster heran. «Hanja, Hanja!» rief er, «schläfst du oder willst du nicht zu mir herauskommen? Du fürchtest dich gewiß, wir könnten ertappt werden, oder du willst am Ende dein weißes Gesichtchen nicht der Kühle aussetzen. Hab keine Angst! Niemand ist zu sehn, der Abend ist warm. Und wenn sich auch jemand zeigen sollte, ich hülle dich in meinen Kittel, umwinde dich mit dem Gürtel, verdecke dich mit den Armen. Niemand wird uns erkennen. Und wenn es dir zu kalt werden sollte, so press' ich dich ganz fest an mein Herz, wärme dich mit Küssen und zieh' meine Mütze über deine weißen Füßchen. Mein Herz, mein Fischchen, mein Schatz! Schau nur für einen Augenblick heraus, streck deine kleine weiße Hand aus dem Fenster! . . . Nein, du schläfst nicht, du Stolze!» rief er unmutig und wie von einer plötzlichen Demütigung beschämt, «du möchtest dich nur über mich lustig machen! Leb wohl!»

Er wandte sich ab, schob die Mütze schief aufs Ohr und wollte sich schon, mit der Hand auf den Saiten klimpernd, zögernd entfernen. Da drehte sich der hölzerne Türgriff, die Angeln kreischten, und ein Mädchen von etwa siebzehn Lenzen trat, dicht von Dämmerung umwoben, über die Schwelle; ohne den Holzgriff aus der Hand zu lassen, sah sie sich scheu nach allen Seiten um. Ihre hellen Augen glänzten im Halbdunkel wie freundliche Sternlein, ihr Korallenkettchen blinkte, und den Adleraugen des Burschen konnte nicht die Schamröte entgehn, die auf ihren Wangen aufglühte.

«Du bist mir aber ein Ungeduldiger!» rief sie leise aus, «schon zürnst du mir! Warum hast du dir gerade diese Stunde ausgesucht? Noch treibt sich eine Menge Menschen auf den Straßen herum . . . Ich zittere am ganzen Leibe . . .»

«Oh, zittere nicht, mein rotes Wacholderbeerchen!» sagte der Bursche, während er sich rasch die an einem langen Riemen hängende Bandura auf den Rücken schob, «schmieg dich enger an mich!» Er umarmte sie und ließ sich mit ihr neben der Haustür nieder. «Du weißt doch, wie bitter es mir ist, dich auch nur eine Stunde lang nicht zu sehn!»

«Weißt du, was ich glaube?» unterbrach ihn das Mädchen und heftete die Augen sinnend auf ihn, «mir ist's immer so, als flüstre mir jemand ins Ohr, wir würden uns hinfort nicht mehr so häufig sehen können. Die Menschen bei euch sind nicht gut. Die Mädchen schaun mich neidisch an. Und die Burschen ... Selbst meine Mutter paßt seit einiger Zeit strenger auf mich auf. Ich muß dir gestehn, in der Fremde war mir fröhlicher ums Herz.»

Etwas Sehnsüchtiges glitt bei diesen Worten über ihr Gesicht.

«Erst zwei Monate in der Heimat — und schon treibt's dich wieder fort! Bist du auch meiner schon überdrüssig geworden?»

«Nein, deiner nicht», erwiderte sie lächelnd, «dich liebe ich, mein schwarzbrauiger Kosak! Ich liebe dich, weil du so braune Augen hast. Wenn du mich anschaust, so lacht alles in mir und es wird mir froh und gut zumute. Ich liebe dich, weil du so freundlich mit dem schwarzen Schnurrbart zuckst und weil du auf der Straße spielst und singst und weil es wohl tut, dir zuzuhören.»

«O meine Hanja!» rief der Bursche aus, küßte sie zärtlich und drückte sie noch fester an seine Brust.

«Halt, Lewko, genug! Sag mir zuerst, hast du schon mit deinem Vater gesprochen?»

«Was?» stieß er, wie aus einem Traume auffahrend, hervor, «daß ich dich heiraten möchte? Und daß du mich haben möchtest? Ja, ich habe mit ihm gesprochen ...» Doch das Wort «gesprochen» fiel mißmutig und hoffnungslos von seinen Lippen.

«Nun, und?»

«Ja, was ist mit ihm anzufangen? Er stellte sich wie gewöhnlich taub, dieser alte Meerrettich!

Er tat, als hörte er nichts, und schimpfte mich noch aus, daß ich mich Gott weiß wo herumtreibe und mit meinen Kameraden die Straßen unsicher mache. Doch verzage nicht, meine Hanja! Mein Kosakenwort darauf, daß ich ihm noch den Nacken beuge!»

«Ja, Lewko, dich kostet es nur ein Wort — und alles geschieht nach deinem Willen. Ich hab's an mir selbst erfahren: so manches Mal wollte ich nicht auf dich hören; dann sprachst du ein Wort — und ich mußte gegen meinen Willen tun, was du verlangtest ... Sieh nur, sieh!» fuhr sie fort, lehnte ihren Kopf an seine Schulter und erhob ihre Augen zum warmen, tiefblauen ukrainischen Himmel, der unten von den nahen wirren Kirschbaumzweigen verhängt war, «sieh nur, da, fern, fern blinken Sternchen auf, eines, ein zweites, ein drittes, ein viertes, ein fünftes ... Nicht wahr, Gottes Engel haben da oben die Fenster ihrer lichten Häuser aufgetan und schaun zu uns herab? Nicht wahr, Lewko, sie schaun auf unsere Erde herab? Ach, wenn die Menschen doch Flügel hätten wie die Vögel und hoch, hoch da hinauffliegen könnten! ... Oh, das muß schrecklich sein! Keine Eiche reicht bis zum Himmel. Und doch sagt man, es gebe in einem fernen, fernen Lande einen Baum, dessen Krone hoch oben im Himmel rausche, und Gott steige an ihm in der Osternacht auf die Erde nieder.»

«Nein, Hanja, Gott hat eine lange Leiter vom Himmel bis auf die Erde. Die wird in der heiligen Osternacht von den Erzengeln aufgerichtet.

Und wenn Gott die oberste Sprosse betritt, so müssen alle bösen Geister in hellen Haufen, den Kopf nach unten, die Beine nach oben, zur Hölle fahren. Daher ist am Feste Christi kein böser Geist auf der Erde zu finden.»

«Wie leise das Wasser sich wiegt. Wie ein Kind in der Wiege», fuhr Hanja fort und wies auf den Teich, der von mürrischem, dunklem Ahorngehölz umstanden war und von Weiden umklagt wurde, die trauernd ihre Zweige in ihn eintauchten. Wie ein kraftloser Greis hielt sein Spiegel den fernen dunklen Himmel in kalter Umarmung fest und überschüttete mit eisigen Küssen die fernen Sterne, die trübe im warmen Ozean der Nachtluft schimmerten, als ahnten sie das Nahen des strahlenden Königs der Nacht. Am Waldrand auf dem Berge schlummerte mit geschlossenen Fensterläden ein altes, hölzernes Herrenhaus; Moos und Unkraut wucherten auf seinem Dach; krausgelockte Apfelbäume verwilderten vor seinen Fenstern; der Wald umarmte es mit seinen Schatten und hüllte es in grause Finsternis; und vor ihm breitete sich ein Nußbaumhain aus und klomm bis zum Teich herab.

«Ich erinnere mich wie im Traum», sagte Hanja, ohne die Augen vom Hause abzuwenden, «daß man mir — lang, lang ist's her — ich muß ein kleines Kind gewesen sein und wohnte bei meiner Mutter — etwas Schreckliches über dieses Haus erzählt hat. Du weißt es sicher, Lewko. Erzähle! . . .»

«Ach, du mein lieber Gott! Was doch die Weiber und das dumme Volk nicht alles auskramen! Du wirst dich nur aufregen, dich ängstigen und um deinen Schlaf kommen.»

«Erzähl, erzähl, mein lieber schwarzbrauiger Junge!» bat sie hartnäckig, schmiegte ihr Gesicht an seine Wange und umarmte ihn. «Nein, du liebst mich nicht mehr, dein Sinn steht nach einem anderen Mädchen. Ich werde mich nicht ängstigen, ich werde die ganze Nacht ruhig schlafen. Nur wenn du es mir nicht erzählst, werde ich nicht einschlafen können. Ich werde mich quälen und nachgrübeln... Erzähl, Lewko!»

«Da scheinen die Leute ja recht zu haben, wenn sie immer behaupten, daß der Teufel den Mädchen im Nacken sitze und sie zur Neugier aufstachele!... Also gut, mein Herz, hör zu! — Vor langer Zeit lebte in jenem Hause ein Hauptmann. Der Hauptmann hatte eine Tochter. Die war ein schönes Fräulein mit einem schneeweißen Gesichtchen, ganz wie du. Die Frau des Hauptmanns war schon lange gestorben, und er gedachte, eine andere Frau zu heiraten. ‚Wirst du mich auch noch so lieb haben wie bisher, Väterchen, wenn du dir eine andere Frau nimmst?' — ‚Das werde ich, Töchterchen, das werde ich. Ich werde dich noch viel inniger ans Herz drücken und dich mit noch funkelnderen Halsketten und Juwelen schmücken.'

Der Vater brachte also die Frau in sein Haus. Schön war die junge Frau, rot wie Blut und weiß wie Schnee. Doch sie schaute das Fräulein so böse an, daß dieses erschrocken aufschrie.

Den ganzen Tag sprach die Stiefmutter kein Wort zu ihm. Als es Nacht geworden war, zog sich der Hauptmann mit seiner neuen Frau ins Schlafgemach zurück. Auch die arme Tochter schloß sich in ihre Kammer ein. Da sieht sie, wie eine schreckliche schwarze Katze auf sie zuschleicht; ihr Fell sprüht Funken, ihre eisernen Krallen schlagen hart auf den Boden. Entsetzt flüchtet sie auf die Ofenbank — die Katze hinter ihr her. Von der Ofenbank versuchte sie sich auf das Bett zu retten — die Katze immer nach. Da wurde sie von Verzweiflung ergriffen. An der Wand hing ein Säbel ihres Vaters. Sie riß ihn herab, holte aus und traf eine der eisenkralligen Tatzen. Heulend verschwand die Katze in der Finsternis. Den ganzen folgenden Tag verließ die junge Frau nicht ihr Schlafgemach. Erst am dritten Tage erschien sie wieder mit einer verbundenen Hand. Da erriet die arme Tochter, daß ihre Stiefmutter eine Hexe war, deren Hand sie mit dem Säbel verwundet hatte. Am vierten Tag befahl der Hauptmann seiner Tochter, Wasser zu holen und die Stuben zu scheuern, als wäre sie eine einfache Magd; er verbot ihr auch, sich in den Herrschaftszimmern aufzuhalten. Schwer fiel es der Ärmsten. Doch was war da zu machen? Sie mußte gehorchen. Am fünften Tage trieb der Vater sie mit bloßen Füßen aus dem Haus und gab ihr nicht einmal ein Stück Brot mit auf den Weg. Da schluchzte das kleine Fräulein auf und bedeckte ihr weißes Gesichtchen mit den Händen. ‚O Vater, du hast deine leibliche Tochter zugrunde gerichtet! Die Hexe hat deine sündige Seele ins Verderben gestürzt. Mag Gott dir verzeihen! Mir Unglücklichen scheint er es nicht länger vergönnen zu wollen, daß ich auf der weiten Welt lebe.‘ Und dort», wandte sich Lewko an Hanja, mit dem Finger auf das Haus zeigend, «schau hin, dort, nicht weit vom Hause, ist das Ufer am steilsten. Von dieser Stelle aus stürzte sich das Fräulein ins Wasser und ward nicht mehr gesehen ...»

«Und die Hexe?» unterbrach ihn Hanja und richtete ihre tränenfeuchten Augen auf ihn.

«Die Hexe? Die alten Weiber wollen es wissen, daß alle Mädchen, die sich selbst ertränkt haben, seit jener Zeit in den Vollmondnächten aus dem Wasser stiegen, um sich im Park am Mondschein zu wärmen, und daß die Hauptmannstochter ihre Anführerin geworden sei. Eines Nachts nun, heißt es, erblickte sie ihre Stiefmutter am Rande des Teiches, stürzte sich auf sie und riß sie schreiend mit sich in die Flut hinab. Doch Hexe bleibt Hexe: sie verwandelte sich im Wasser in eine der Ertrunkenen und entzog sich so der Züchtigung durch die grüne Schilfpeitsche, mit der die Mädchen sie strafen wollten. Glaube einer den alten Weibern! Sie wissen noch zu erzählen, daß die Hauptmannstochter ihre Mädchen allnächtlich um sich versammle und jeder einzeln ins Antlitz schaue, ob sie nicht vielleicht die Hexe sei. Bisher aber habe sie sie noch nicht entdeckt. Und wenn ihr in der Nacht ein Lebender begegnet, so zwingt sie auch ihn zu raten, wer von den Mädchen die Hexe sei, und droht ihm, daß sie ihn ertränken werde, wenn er nicht darauf eingehe ... Der jetzige Besitzer will dort eine Schnapsbrennerei errichten lassen und hat daher schon einen Schnapsbrenner zu uns ins Dorf geschickt ... Doch ich höre Stimmen. Das sind die Unsrigen, die vom Singen heimkehren. Leb wohl, Hanja. Schlaf ruhig und denk nicht an diese Altweibermärchen!»

Er umarmte sie noch einmal, küßte sie und ging.

«Leb wohl, Lewko!» rief Hanja ihm nach und ließ ihre Augen versonnen auf dem dunklen Walde ruhen.

Ein feuerroter Riesenmond stieg gerade majestätisch aus dem Boden empor. Die eine Hälfte war noch unter der Erde. Doch schon war die Welt von einem geheimnisvollen, feierlichen Licht erfüllt. Der Teich wurde von Funken übersprüht. Die Schatten der Bäume hoben sich scharf vom dunklen Grün ab.

«Leb wohl, Hanja!» hörte sie es hinter sich rufen und fühlte einen Kuß auf ihrer Wange.

«Bist du noch einmal umgekehrt?» frug sie und schaute auf. Doch sie erblickte einen fremden Burschen und wandte sich ab.

«Leb wohl, Hanja!» ertönte es von neuem, und wieder küßte jemand sie auf die Wange.

«Da hat der Teufel noch einen andern hergeführt!» stieß sie zürnend hervor.

«Leb wohl, liebe Hanja!»

«Ach, ein dritter!»

«Leb wohl, Hanja, leb wohl!» Und die Küsse regneten nur so auf sie herab.

«Das ist ja eine ganze Rotte!» schrie Hanja und riß sich von den Burschen los, die sie wie um die Wette zu umarmen versuchten. «Wie werdet ihr nur dieser ewigen Küsserei nicht überdrüssig? Man wird sich bald nicht mehr auf der Gasse zeigen können!»

Mit diesen Worten floh sie ins Haus, die Tür schlug zu, und man hörte, wie der kreischende Eisenriegel vorgeschoben wurde.

II.

Der Dorfschulze

Kennt ihr die ukrainische Nacht? Nein, ihr kennt nicht die ukrainische Nacht. Schaut euch in sie hinein! Von der Himmelsmitte blickt der Mond herab. Das unermeßliche Gewölbe hat sich noch weiter ausgedehnt und ist noch unermeßlicher geworden; es loht und atmet. Die ganze Erde liegt in silbernem Lichte da; die wundersame Luft ist kühl und schwül zugleich, voll von Wollust und einem Ozean von Wohlgerüchen. Göttliche Nacht! Berückende Nacht! Unbeweglich und wie in Begeisterung verzückt, ragen die Wälder auf, von schwarzer Finsternis erfüllt, und werfen ungeheure Schatten. Still ruhen die Teiche; das kühle Dunkel ihrer Wasser ist von düstergrünen Gartenmauern eingefaßt. Die jungfräulichen Faulbaum- und Kirschenhecken haben ihre Wurzeln scheu in die kalten Quellen versenkt und lispeln hin und wieder mit ihrem Laub, als grollten sie dem schönen nächtlichen Windhauch, der sich jäh herangeschlichen hat und sie küßt. Das ganze Land schläft. Doch oben atmet alles, alles ist fremdartig und feierlich. Die Seele dehnt sich ins Unendliche, und eine wundersame Schar silberner Gesichte taucht aus ihrer Tiefe auf. Göttliche Nacht! Berückende Nacht! Da, auf einmal, wird alles lebendig, Wälder und Teiche und Steppen: das gewaltige Schmettern der ukrainischen Nachtigall rollt dahin, und selbst der Mond lauscht ihr von seiner Himmelshöhe ... Wie verzaubert träumt das Dorf auf seinem Hügel. Die zusammengedrängten Hütten scheinen noch weißer, noch geheimnisvoller zu strahlen; noch blendender hebt sich ihr niederes Gemäuer von der Finsternis ringsum ab. Die Lieder sind verstummt. Alles ist still. Die Einwohner schlafen schon. Nur hie und da blinkt noch Licht in einem schmalen Fenster, oder eine Familie sitzt auf der Hausschwelle und nimmt ihr spätes Nachtmahl ein.

«Ach was! Der Hoppak wird ganz anders getanzt! Ich schau und schau, und er kommt nicht in Schwung ... Was hat der Gevatter da zu meckern? ... Los! Los! Hopp trala, hopp trala, hopp, hopp, hopp!» So unterhielt sich ein betrunkener Bauer mittleren Alters mit sich selbst und torkelte, plumpe Tanzschritte versuchend, über die Gasse. «Bei Gott, so tanzt man den Hoppak nicht! Warum soll ich lügen? Bei Gott, nicht so, nicht so! Also los! Hopp trala, hopp trala, hopp, hopp, hopp!»

«Der Kerl hat einen weg! Wenn's noch ein junger Bursch wäre! Aber das ist ja ein alter Bock, der sich da zum Kindergespött macht und nachts auf der Straße tanzt!» rief im Vorübergehn ein altes Weib mit einem Strohbündel im Arm aus. «Marsch nach Hause! Es ist schon lange Schlafenszeit!»

«Ich geh' ja schon», entschuldigte sich der Bauer und blieb stehen, «ich geh' ja schon! Ich scher' mich den Teufel um den Schulzen! Ich pfeif' auf ihn! Was denkt er sich denn? Weil er Dorfschulze ist und die Leute bei Frost mit kaltem Wasser begießen läßt, trägt er die Nase hoch. Schulze! Was ist das schon, ein Schulze? Ich bin mein eigener Schulze! Gott soll mich totschlagen, hier auf der Stelle totschlagen, wenn ich nicht mein eigner Schulze bin! Ja, so ist es und nicht anders.»

Er wankte auf die erste beste Hütte zu, blieb vor dem Fenster stehen und mühte sich, mit den Fingern über die Scheiben tastend, vergebens damit ab, den Fenstergriff zu finden. «Weib! Mach auf! Mach schnell auf, Weib, ich sag' dir's! Dein Kosak muß schlafen!»

«Wohin, Kalenik? Du bist an eine fremde Hütte geraten!» rief lachend eine Mädchenschar in seinem Rücken, die gerade vom Singen heimkehrte. «Sollen wir dir deine Hütte zeigen?»

«Ach ja, zeigt sie mir, meine lieben jungen Fräulein!»

«Fräulein? Habt ihr's gehört, wie höflich Kalenik heute ist?» nahm eine von ihnen das Wort. «Dafür müssen wir ihm schon seine Hütte zeigen . . . Doch nein, zuerst tanz uns etwas vor, Kalenik!»

«Vortanzen? . . . Nein, wie schlau diese Mädchen sind!» lallte Kalenik, drohte ihnen kichernd mit dem Finger und wankte einen Schritt nach rückwärts, da seine Füße nicht mehr auf demselben Fleck stillstehen konnten. «Aber werdet ihr euch auch dann von mir küssen lassen? Alle will ich abschlecken, alle . . . !» Und schon stolperte er im Zickzack auf sie los. Sie schrien auf und jagten auseinander. Doch bald faßten sie wieder Mut, als sie sahen, daß Kalenik nicht allzu fest auf den Beinen stand, und liefen lachend auf die andere Seite der Straße.

«Hier ist deine Hütte, hier!» riefen sie ihm zu und wiesen auf eine Hütte, die größer als alle anderen war. Sie gehörte dem Dorfschulzen. Kalenik torkelte gehorsam über die Straße und brach von neuem in Beschimpfungen des Schulzen aus.

Wer ist nun eigentlich jener Dorfschulze, über den so wenig schmeichelhaft geurteilt und geredet wurde? Bis Kalenik das vorläufige Ende seiner Irrfahrt erreicht haben wird, bleibt uns Zeit genug, einiges über ihn zu verlautbaren. Alle im Dorfe ziehn vor ihm die Mütze, wenn sie ihn erblicken, und selbst die kleinen Mädchen sagen ihm guten Tag. Wer von den Burschen wäre nicht gern Schulze? Dem Schulzen stehen alle Tabaksdosen offen, und selbst die stärksten Bauern nehmen mit abgezogener Mütze eine ehrerbietige Haltung an, solange der Schulze geruht, mit seinen dicken und groben Fingern in ihren bastenen Tabatieren zu wühlen. Im Gemeinderat hat er immer die Oberhand, wenn seine Macht auch bis zu einem gewissen Grade durch die Stimmen der anderen beschränkt ist; er bestimmt fast willkürlich, wer sich mit der Straßenausbesserung oder mit dem Anlegen von Gräben zu befassen hat. Er ist mürrisch, sieht streng drein und liebt nicht, viele Worte zu machen. Vor vielen, vielen Jahren, als die große Zarin Katharina seligen Angedenkens einmal in die Krim reiste, war er dazu ausersehen worden, sich für ein Stück des Weges ihrem Gefolge anzuschließen. Zwei ganze Tage lang hatte er diesem Amte obgelegen und sogar die Ehre gehabt, auf dem Bocke neben ihrem Kutscher zu sitzen. Von da an hatte er die Gewohnheit angenommen, den Kopf nachdenklich und würdig zu senken, wenn er mit jemand sprach, seinen langen, herabhängenden Schnurrbart zu streichen und drohende Falkenblicke um sich zu werfen. Er versteht es, worüber man auch mit ihm sprechen mag, immer wieder die Rede darauf zu bringen, daß er einmal die Zarin begleitet habe und auf dem Bocke ihrer Kutsche gesessen sei ... Zuweilen liebt er es, sich taub zu stellen, besonders, wenn man etwas vorbringt, das er durchaus nicht hören will. Da er wenig Wert auf Kleidung legt, trägt er immer denselben Kittel aus hausgewebtem schwarzem Tuch mit einem farbigen Wollgürtel. Nie ist er von jemand in einem anderen Gewande gesehen worden, es sei denn während der Fahrt der Zarin in die Krim: damals trug er einen blauen

Kosakenrock. Doch kann sich kaum einer der Dorfbewohner mehr daran erinnern, so lang ist das schon her. Jenen Rock aber bewahrt er in einer Truhe unter festem Verschluß auf. Der Schulze ist Witwer. Doch in seinem Hause wohnt seine Schwägerin, die das Mittag- und das Abendessen kocht, die Böden scheuert, die Wände weißt, Flachs für seine Hemden spinnt und überhaupt die ganze Wirtschaft besorgt. Im Dorf munkelt man, es sei gar nicht seine Schwägerin. Wir haben aber schon gesehen, daß viele ihm übelwollen und froh sind, wenn sie ihm etwas anhängen können. Vielleicht gründeten sich diese Gerüchte darauf, daß die Schwägerin es nicht leiden kann, wenn er sich allzu oft mit den jungen Schnitterinnen auf den Feldern unterhält oder einen Kosaken besucht, der eine junge Tochter besitzt. Der Schulze hat nur ein Auge; dafür ist dieses Auge aber ein Tunichtgut und erspäht schon von weitem jedes hübsche Frauenzimmer. Bevor er sich aber so ein reizendes Gesichtchen näher ansieht, blickt er sich erst vorsichtig um, ob ihn seine Schwägerin nicht beobachtet.

Nun haben wir fast alles Nötige über den Schulzen berichtet — und Kalenik hat noch nicht die Hälfte seines Weges zurückgelegt. Immer noch belegt er den Schulzen mit erlesenen Schimpfworten, wie sie ihm gerade auf seine träge und zusammenhangslos lallende Zunge geraten.

III.

Ein unerwarteter Nebenbuhler
Eine Verschwörung

«Nein, Freunde, ich mach' nicht mit. Was soll dieses ewige Getobe? Wächst es euch nicht schon zum Halse heraus? Auch ohne dies sind wir als Gott weiß was für Tollköpfe verschrien. Geht lieber schlafen!» So sprach Lewko zu seinen ausgelassenen Genossen, die ihn zu neuen Streichen überreden wollten. «Lebt wohl, Brüder! Gute Nacht!» Er wandte sich ab und ging mit raschen Schritten davon.

Ob meine helläugige Hanja schon schläft? dachte er, als er an der bekannten Hütte mit den niederen Kirschbäumen vorbeischritt. Da vernahm er in der Stille ein leises Gespräch. Er blieb stehen. Zwischen den Bäumen schimmerte ein weißes Kleid...

«Was hat das zu bedeuten?» frug er sich, schlich näher heran und verbarg sich hinter einem Baum. Im Mondlicht erkannte er ein Mädchengesicht. Es war Hanja. Doch wer war jener hochgewachsene Mann, der mit dem Rükken zu ihm stand? Vergeblich strengte Lewko seine Augen an: ein Schatten hüllte den Fremden vom Kopf bis zu den Füßen ein. Nur von vorn fiel ein wenig Licht auf ihn. Der geringste Schritt hätte Lewko verraten und ihn der Unannehmlichkeit einer Entdeckung aussetzen können. Er lehnte sich an den Baum und entschloß sich, geräuschlos auszuharren; denn das Mädchen hatte eben deutlich seinen Namen ausgesprochen.

«Was heißt das — Lewko? Lewko ist noch ein Grünschnabel!» krächzte der hochgewachsene Mann mit halber Stimme, «wenn ich ihn jemals bei dir treffe, reiß' ich ihm seinen Schopf aus . . .»

«Ich würde zu gern wissen, welcher Halunke damit prahlt, daß er mir meinen Schopf ausreißen werde», murmelte Lewko unhörbar vor sich hin und streckte den Kopf vor, um kein Wort zu verlieren. Doch der Unbekannte sprach jetzt so leise, daß nichts mehr zu verstehen war.

«Schämst du dich denn nicht?» rief Hanja aus, als er zu Ende geredet hatte, «du lügst ja! Du beschwindelst mich. Du liebst mich gar nicht. Niemals werde ich dir glauben, daß du mich liebst.»

«Ich weiß schon», unterbrach sie der Mann, «Lewko hat dir Unsinn vorgeschwatzt und dir den Kopf verdreht.» (Hier kam Lewko die Stimme gar nicht mehr so fremd vor, er mußte sie irgendwo schon einmal gehört haben.) «Er soll mich aber kennenlernen!» fuhr der Unbekannte fort, «er glaubt, daß ich seine Streiche nicht kenne. Er soll meine Fäuste zu schmecken bekommen!»

Lewko konnte seinen Zorn nicht länger beherrschen. Er trat drei Schritte vor und holte schon mit aller Kraft zu einer so heftigen Backpfeife aus, daß sie den Fremden, trotz seiner augenscheinlichen körperlichen Überlegenheit, augenblicks niedergestreckt hätte. Doch in diesem Augenblick fiel ein Mondstrahl auf das Gesicht seines Gegners, und Lewko hielt wie erstarrt inne; denn er erkannte, daß es sein Vater war, der vor ihm stand. Einzig ein unwillkürliches Kopfschütteln und ein leiser Pfiff durch die Zähne drückten seine Betroffenheit aus. Es raschelte in der Nähe. Hanja flüchtete eilig in ihre Hütte und schlug die Tür hinter sich zu.

«Leb wohl, Hanja!» rief in diesem Augenblick einer der Burschen, die leise herangeschlichen waren, schlang seine Arme um den Hals des Schulzen, um ihn zu küssen, und prallte erschrocken zurück, als er auf seine stachligen Schnurrbarthaare traf.

«Leb wohl, meine Schöne!» ließ sich ein anderer hören, erhielt aber vom Schulzen solch einen Stoß vor die Brust, daß er Hals über Kopf umflog.

«Leb wohl, Hanja, leb wohl!» riefen mehrere auf einmal und versuchten, sich dem Schulzen ebenfalls an den Hals zu hängen.

«Zur Hölle mit euch, ihr Lumpengesindel!» schrie der Schulze, sich ihrer mit Fußtritten erwehrend, auf. «Was bin ich für eine Hanja? Schert euch zu euren Vätern an den Galgen, ihr Satansgelichter! Kleben an mir wie Bienen am Honig! Ich werde euch zeigen, was für eine Hanja ich für euch bin!»

«Der Schulze! Der Schulze! Es ist der Schulze!» schrien die Burschen und stoben nach allen Richtungen auseinander.

«Ei, ei, Väterchen!» sagte sich Lewko, der aus seinem Erstaunen wieder erwacht war und dem schimpfend davonschreitenden Erzeuger nachschaute. «Auf solchen Wegen wandelst du also? Ausgezeichnet! Und ich wunderte mich und zerbrach mir den Kopf, warum du dich immer taub stelltest, wenn ich mit dir über diese Sache sprechen wollte. Warte nur, alter Meerrettich! Du sollst es zu spüren bekommen, was es heißt, unter den Fenstern von jungen Mädchen herumzustrolchen und andern die Bräute abspenstig zu machen! ... Heda! Hierher, Kameraden! Zu mir!» schrie er und winkte den Burschen zu, die sich von neuem zusammenzurotten begannen. «Kommt näher! ... Ich schickte euch schlafen. Jetzt hab' ich mich umbesonnen und bin bereit, die ganze Nacht mit euch durchzugehen.»

«Das ist ein Wort!» rief ein breitschultriger stämmiger Bursche aus, der als der mutwilligste Draufgänger des ganzen Dorfes galt. «Mir wird immer eng ums Herz, wenn sich keine Gelegenheit bietet, gehörig herumzutollen und Schabernack zu treiben. Mir fehlt dann irgend etwas, als hätte ich meine Mütze oder meine Pfeife verloren. Mit einem Wort: man fühlt sich nicht mehr als Kosak.»

«Habt ihr Lust, den Schulzen heute nach allen Regeln der Kunst verrückt zu machen?»

«Den Schulzen?»

«Ja, den Schulzen! Was denkt er sich denn? Er spielt sich hier auf, als wenn er irgendein großer Hetman wäre. Nicht genug, daß er mit uns wie mit beliebigen Knechten umgeht: jetzt fängt er noch an, unseren Mädchen an den

Wagen zu fahren. Im ganzen Dorf wird es bald keine mehr geben, der er nicht auflauert.»

«So ist's! So ist's!» schrien die Burschen wie aus einem Munde.

«Sind wir denn Knechte, Brüder? Sind wir nicht aus dem gleichen Holze geschnitzt wie er? Gott sei Dank, wir sind freie Kosaken. Zeigen wir ihm, Burschen, daß wir freie Kosaken sind!»

«Zeigen wir's ihm!» brüllten die Burschen. «Und wenn's dem Schulzen an den Kragen geht, muß auch der Schreiber daran glauben!»

«Auch der Schreiber soll seine Portion abbekommen! Mir sind gerade schöne Schandverse auf den Schulzen eingefallen. Kommt mit, ich bringe sie euch bei!» fuhr Lewko fort und schlug mit der Hand auf die Saiten seiner Bandura, «und dann noch eins: wir müssen uns alle vermummen, wie sich's gerade trifft.»

«Leg los, Kosakenseele!» jubelte der stämmige Draufgänger, knallte die Hacken aneinander und schlug in die Hände. «Wenn ich vor Tollheit rasend werde, ist mir's, die alte Zeit sei wieder zurückgekehrt. Es wird einem leicht und frei zumute, und die Seele fährt zum Himmel auf. Los, Jungens, los! Drauf und dran!»

Lärmend wälzte sich der Schwarm durch die Gassen. Die frommen alten Weiber aber schoben, vom Geschrei erwacht, ihre Fenster in die Höhe, bekreuzigten sich mit verschlafenen Händen und murmelten: «Ach ja, jetzt fangen die Burschen wieder zu tollen an.»

IV.

Die Burschen tollen

Nur in einer Hütte am Ende der Straße brannte noch Licht. Es war die Schulzenwohnung. Der Schulze hatte sein Nachtmahl beendet und wäre vielleicht schon zu Bett gegangen, wenn er nicht einen Gast gehabt hätte, den Schnapsbrenner, den der neue Gutsherr, der sich mitten im freien Kosakengebiet das alte Herrenhaus oberhalb des Teiches erworben, hergeschickt hatte, um dort eine Schnapsbrennerei zu errichten. Der Gast, ein kleines dickes Männchen, saß auf dem Ehrenplatz unter den Heiligenbildern; in seinen schmalen, immer lachenden Äuglein spiegelte sich das Vergnügen, mit dem er, unter ständigem Ausspucken, seine kurze Pfeife schmauchte und den in Asche verwandelten Tabak alle paar Minuten mit dem Finger niederdrückte. Wolken von Dunst wuchsen über ihm empor und hüllten ihn in einen grauen Nebel ein. Es war, als wenn der dicke Schornstein einer Schnapsbrennerei, überdrüssig des Daches, auf dem er festsaß, auf den Einfall gekommen wäre, herunterzuspazieren und sich mit geziemendem Anstand am Tisch des Schulzen niederzulassen. Unter seiner Nase sträubte sich ein kurzer, dichter Schnurrbart, der in der tabakgeschwängerten Luft fast einer Maus glich, die der Brenner sich gefangen hatte und nun, das Monopol des Scheunenkaters brechend, mit den Zähnen festhielt. Der Schulze als Hausherr saß im bloßen Hemde und in weiten Leinenhosen da. Sein Adlerauge blinzelte und erlosch allmählich wie abendlicher Sonnenschein. Am Tischende rauchte einer der Dorfpolizisten, die dem Schulzen beigegeben waren, seine Pfeife. Aus schuldiger Ehrfurcht vor dem Dorfgewaltigen hatte er sich seines Kittels nicht zu entledigen gewagt.

«Glaubt Ihr, daß die Brennerei bald aufgebaut sein wird?» frug der Schulze und bekreuzigte seinen gähnenden Mund.

«Mit Gottes Hilfe werden wir vielleicht schon in diesem Herbst brennen können. Ich möchte wetten, daß die Füße des Herrn Schulzen schon zu Mariä Geburt Kringel in den Straßenstaub schreiben werden.»

Bei diesen Worten verschwanden die Äuglein des Brenners ganz; statt ihrer zogen sich ganze Strahlenbündel von Runzeln bis zu den Ohren hin; sein Bauch wackelte vor Lachen, und seine Lippen vergaßen sogar für eine Weile, an der dampfenden Pfeife zu saugen.

«Das walte Gott!» sagte der Schulze und ließ auf seinem Gesicht so etwas wie ein Lächeln sehn. «Es gibt immer noch viel zu wenig Brennereien. In der alten Zeit, als ich die Zarin auf ihrer Fahrt nach Perejaslawlj begleitete, sagte schon der selige Besborodko . . .»

«An was für Zeiten erinnert Ihr da, Gevatter! Auf dem ganzen Wege von Krementschug bis Romny gab es damals kaum zwei Brennereien . . . Habt Ihr schon gehört, worauf diese verfluchten Deutschen verfallen sind? Es heißt, sie werden ihre Brennöfen bald nicht mehr mit Holz heizen, wie ehrliche Christenmenschen, sondern mit irgend solch einem Teufelsdampf . . .»

«Was für Esel sind doch diese Deutschen, verzeih' mir Gott!» erwiderte der Schulze, «ich würde diese Hundesöhne mit Stöcken verprügeln lassen. Hat man je davon gehört, daß man irgend etwas mit Dampf zum Kochen bringen kann? Wenn das wahr wäre, so könnte man ja keinen Löffel dampfende Kohlsuppe mehr an die Lippen bringen, ohne sich zu versengen, so wie man ein Ferkel absengt . . .»

«Wie ist das nun, Gevatter?» ließ sich auf einmal die Schwägerin des Schulzen vernehmen, die mit untergeschlagenen Beinen auf der Ofenbank hockte, «werdet Ihr die ganze Zeit ohne Eure Frau bei uns wohnen?»

«Wozu hab' ich sie nötig? Ja, wenn noch etwas an ihr dran wäre!»

«Ist sie etwa nicht hübsch?» frug der Schulze und heftete sein eines Auge auf ihn.

«Hübsch?! Sie ist alt wie der Teufel. Und ihre Visage ist voller Runzeln wie ein leerer Geldbeutel.» Der Bauch des kleinen Brenners wackelte wieder vor Lachen.

Unterdessen hatte sich draußen jemand umständlich mit der Tür zu schaffen gemacht. Sie flog auf. Und ein Bauer trat, ohne die Mütze abzunehmen, über die Schwelle, blieb wie in Gedanken verloren mitten im Raum stehen, sperrte den Mund auf und betrachtete die Stubendecke. Es war der uns schon bekannte Kalenik.

«Ja, da bin ich also endlich zu Hause angelangt», sagte er, ließ sich auf der Bank an der Tür nieder und schenkte den Anwesenden keinerlei Beachtung. «Der böse Feind hat den Weg tüchtig in die Länge gezogen. Du gehst und gehst, und es ist kein Ende abzusehen. Als ob mir jemand die Beine gebrochen hätte. Gib mir den Pelz her, Weib, daß ich ihn mir unter die Füße lege! Zu dir auf den Ofen kriech' ich nicht. Bei Gott nicht. Dazu tun mir die Beine zu weh. Den Pelz her! Er muß dort bei den Heiligenbildern liegen. Wirf nicht den Topf mit dem geriebenen Tabak um! ... Nein, rühr ihn gar nicht an ... Du bist am Ende heute besoffen ... Ich will lieber selbst ...»

Kalenik versuchte, sich ein wenig aufzurichten. Doch eine unüberwindliche Macht hatte ihn gleichsam an die Bank geschmiedet.

«So etwas liebe ich!» stieß der Schulze hervor. «Kommt der Kerl da in eine fremde Hütte und tut, als wenn er zu Hause wäre! Schmeißt ihn hinaus, ob er will oder nicht!»

«Laßt ihn doch ein wenig ausruhen, Gevatter!» sagte der Schnapsbrenner und hielt den Schulzen am Ärmel fest, «das ist ein nützlicher Mensch. Etwas mehr von dieser Sorte — und unsere Brennerei geht wie geschmiert.»

Nicht Gutmütigkeit veranlaßte ihn indessen zu diesem Einspruch. Er gab viel auf Vorzeichen. Und einen Menschen, der sich schon auf die Bank niedergelassen hatte, gleich wieder aus dem Hause zu treiben, hieß für ihn, ein Unheil heraufbeschwören.

«Mir scheint, das Alter schleicht schon um mich herum», murrte Kalenik und streckte sich auf der Bank aus. «Wenn ich wenigstens besoffen wäre! Aber nein, ich bin nicht besoffen... Warum sollte ich lügen? Ich bin bereit, es dem Schulzen selbst ins Gesicht zu sagen. Was ist mir schon der Schulze? Verrecken soll er, der Hundesohn! Ich spucke auf ihn. Daß eine Fuhre ihn überfahren möge, den einäugigen Teufel! Bei solchem Frostwetter läßt er Menschen mit Wasser übergießen...»

«He, he. Kommt mir so ein Schwein in die Stube — und legt gleich die Beine auf den Tisch!» begehrte der Schulze auf und erhob sich zornig. Doch gerade in diesem Augenblick zerschmetterte ein großer Stein die Fensterscheiben und flog dem Schulzen vor die Füße. Dieser blieb erstaunt stehen. «Wenn ich wüßte», sagte er, den Stein aufhebend, «welcher Galgenvogel den Stein da geschleudert hat, so würde ich ihm das Steinewerfen schon beibringen!... Das sind mir Streiche!» fuhr er fort und starrte den Stein, den er immer noch in der Hand hielt, wütend an. «Ersticken soll er an diesem Stein!»

«Halt! Halt! Da sei Gott vor, Gevatter!» unterbrach ihn der bleichgewordene Schnapsbrenner. «Gott behüte Euch davor in dieser und in jener Welt, einen Menschen mit solchen Flüchen zu segnen!»

«Der hat einen schönen Beschützer gefunden! Verrecken soll er...»

«Nein, Gevatter, nein. Wißt Ihr denn nicht, was meiner seligen Schwiegermutter zugestoßen ist?»

«Eurer Schwiegermutter?»

«Jawohl, meiner Schwiegermutter. Da sitzen sie also einmal eines Abends, es kann etwas früher gewesen sein als heute, beim Nachtmahl zusammen: die Schwiegermutter, der Schwiegervater, der Knecht und an die fünf Stück Kinder. Die Schwiegermutter tut einige Knödel aus dem großen Kessel auf eine Schüssel, damit sie abkühlten. Nach der Tagesarbeit waren alle sehr hungrig geworden und wollten nicht warten, bis sie im Kessel abgedampft wären. Man spießte sie also auf lange Holzspäne und begann zu essen. Plötzlich steht da irgend so ein Mensch in der Stube — Gott weiß, woher er gekommen sein mag — und bittet, ihn am Essen teilnehmen zu lassen. Wie soll man einen Hungrigen nicht speisen? Man gab ihm auch einen Holzspan, und der Gast vertilgte die Knödel schneller als eine Kuh ihr Heu. Die andern hatten unterdessen nur je einen Knödel verzehrt. Als sie die Späne wieder in die Schüssel tauchten, um sich neue zu holen, war der Boden der Schüssel schon so gesäubert worden wie die Diele eines Herrenhauses. Meine Schwiegermutter füllte sie von neuem aus dem Kessel und dachte, der Gast habe sich endlich satt gegessen und werde sich nun bescheidener bedienen. Aber woher? Er griff noch beherzter zu und hatte die Schüssel im Nu wieder geleert. Daß du an den Knödeln ersticken mögest! dachte die hungrig gebliebene Hausfrau. Doch kaum hatte sie das gedacht, als jener sich auf einmal umdrehte und zu Boden sank. Man stürzte zu ihm hin — doch sein Geist war schon auf und davon.»

«Recht ist ihm geschehn, dem verdammten Vielfraß», sagte der Schulze.

«Recht oder nicht — es kam jedenfalls ganz anders. Meine Schwiegermutter hatte von da an keine Ruhe mehr. Jede Nacht, kaum daß es dunkel geworden, kommt der Tote angerückt. Setzt sich rittlings auf den Schornstein, dieser verfluchte Hund, und hält einen Knödel zwischen den Zähnen. Am Tag ist alles still, er läßt nichts von sich sehn und hören. Doch es braucht nur zu dämmern — und schon sieht man den Hundesohn oben auf dem Schornstein reiten.»

«Mit einem Knödel im Maul?»

«Ja, mit einem Knödel im Maul.»

«Merkwürdig, Gevatter. Ich habe schon etwas Ähnliches von der verstorbenen ...»

Hier hielt der Schulze jäh inne. Denn draußen unter dem Fenster war Lärm und das Stampfen von tanzenden Füßen zu vernehmen. Zuerst hörte man nur ein leises Präludieren auf einer Bandura, dann gesellte sich eine Menschenstimme hinzu. Die Saiten erklangen lauter, mehrere Stimmen fielen ein — und wie ein Wirbelwind erdröhnte es im Chor:

«Burschen, habt ihr's schon gehört?
Wacklig steht's mit manchem Kopfe:
Selbst dem Schulzen tät' es gut,
daß man ihm den Grind verklopfe.
Böttcher, laß um seine Stirn
einen Reif aus Eisen nageln,
laß die Hammerschläge hell
auf ihn hageln, auf ihn hageln!

Unser Schulze, grau und schief,
trottet mit geblähten Nüstern
allen schönen Mädchen nach,
wie ein Teufel alt und lüstern.
Misch dich nicht in unser Tun,
alter Bock, und bleib zu Hause,
daß dir unsre Faust den Schopf
nicht zerzause, nicht zerzause!»

«Ein prächtiges Lied, Gevatter», wandte sich der Schnapsbrenner, den Kopf ein wenig zur Seite geneigt, an den Schulzen, der ob dieser Frechheit der Burschen ganz erstarrt war, «ein prächtiges Lied! Schlimm ist nur, daß man mit so unanständigen Worten auf den Schulzen anspielt . . .»

Und er stützte wieder die Ellbogen auf den Tisch, um, mit einer gewissen süßen Rührseligkeit in den Augen, von neuem dem Liede zu lauschen; denn unter dem Fenster wurde johlend «Noch einmal, noch einmal!» geschrien. Ein schärferes Auge als seines hätte sofort gesehen, daß nicht nur die Verblüffung den Schulzen so reglos gemacht hatte. So läßt nur ein alter erfahrener Kater bisweilen eine unerfahrene Maus über seinen Schwanz hüpfen und legt sich währenddessen einen Plan zurecht, wie er ihr den Rückweg in ihr Loch abschneiden könnte. Noch war das eine Auge des Schulzen auf das Fenster gerichtet; doch schon hielt er, nachdem er dem Polizeidiener ein Zeichen gegeben, den hölzernen Türgriff in der Hand — und auf der Straße erhob sich ein lautes Geschrei . . . Der

Schnapsbrenner, zu dessen vielen Tugenden auch die Neugier gehörte, hatte sich noch rasch seine Pfeife gestopft und lief ihm auf die Straße nach. Doch die Schelme waren schon nach allen Seiten auseinandergelaufen.

«Nein, du entkommst mir nicht!» schrie der Schulze, hielt einen in einen umgewendeten schwarzen Schafpelz gekleideten Menschen an den Händen fest und schleppte ihn mit sich. Der Schnapsbrenner lief herbei, um sich diesen Ruhestörer anzusehen, fuhr aber gleich wieder ängstlich zurück, als er einen langen Bart und eine schaurig angemalte Fratze zu erkennen glaubte.

«Nein, du entkommst mir nicht!» schrie der Schulze noch einmal und zog den Gefangenen in seinen Hausflur, obwohl dieser nicht den geringsten Widerstand leistete und ihm ruhig folgte, als führte man ihn in seine eigene Hütte. «Karpo, mach die Kammer auf!» befahl der Schulze seinem Polizisten, «wir schließen ihn im Dunkeln ein. Und dann wecke den Gemeindeschreiber. Auch die andern Polizisten müssen zusammengerufen werden. Wir fangen alle diese Taugenichtse und werden ihnen noch heute das Urteil sprechen.»

Der Polizist klirrte mit dem Vorhängeschloß im Flur und öffnete die Kammer. Da riß sich der Gefangene im Schutze der Dunkelheit mit ungewöhnlicher Kraft aus den Händen, die ihn festhielten, los.

«Wohin?» schrie der Schulze und packte ihn noch fester am Kragen.

«Laß los! Das bin ja ich!» rief eine hohe dünne Stimme.

«Hilft dir nicht, Brüderchen, hilft dir nicht. Winsle meinetwegen wie ein Teufel und nicht nur wie ein altes Weib — mich überlistest du nicht!» brüllte der Schulze und stieß ihn so heftig in die dunkle Kammer, daß der arme Gefangene aufstöhnend zu Boden fiel. Er selbst aber begab sich in Begleitung des Polizisten zur Behausung des Gemeindeschreibers, und hinter ihnen keuchte wie ein in Rauchwolken gehülltes Dampfschiff der Schnapsbrenner.

Sie schritten schweigend mit nachdenklich gesenkten Gesichtern vor sich hin. Doch beim Einbiegen in eine dunkle Nebengasse stießen sie gemeinsam einen lauten Schrei aus; denn alle drei hatten unversehens einen starken Schlag vor die Stirn erhalten — und ein ebensolcher Schrei hallte ihnen als Antwort entgegen. Der Schulze zwinkerte mit seinem Auge und erkannte voller Erstaunen den Schreiber mit zwei Polizisten.

«Ich war auf dem Wege zu dir, mein Herr Schreiber.»

«Und ich wollte zu dir, Herr Schulze.»

«Es gehn Wunderdinge vor sich, Herr Schreiber.»

«Ja, es gehn Wunderdinge vor sich, Herr Schulze.»

«Was ist denn nun eigentlich los?»

«Die Burschen sind toll geworden und treiben auf allen Straßen Unfug. Sie ergehen sich in solchen Worten über deine Gnaden, daß man sich schämt, sie in den Mund zu nehmen; selbst ein besoffener Moskowiter würde sich scheuen, sie mit seiner gotteslästerlichen Zunge auszusprechen. (Alles das begleitete der Schreiber mit ruckweisem Hervorstrecken und raschem Wiederzurückziehen seines Halses.) Ich war gerade ein wenig eingeschlummert, da holten mich diese verdammten Halunken mit ihren unflätigen Liedern und ihrem Poltern wieder aus dem Bett. Ich wollte ihnen eine saftige Lehre verabfolgen; doch als ich Hosen und Weste angezogen hatte, waren sie schon in alle vier Winde verweht. Der Rädelsführer ist uns aber nicht entwischt. Jetzt zwitschert er im Gemeindegefängnis. Ich brannte darauf, herauszubekommen, was für ein Vogel uns ins Garn gegangen ist. Doch seine Fratze ist mit Ruß verschmiert wie bei einem Teufel, der Nägel für die armen Sünder schmiedet.»

«Wie ist er gekleidet, Herr Schreiber?»

«Er steckt in einem umgewendeten schwarzen Schafpelz, der Hundesohn, Herr Schulze.»

«Lügst du nicht, Herr Schreiber? Wie? Wenn nun dieser selbe Halunke bei mir, im Arrestloch meines Hauses säße?»

«Nein, Herr Schulze, ärgere dich nicht; aber da irrst du doch sozusagen ein wenig.»

Sie waren mittlerweile am Schulzenhause angelangt.

«Bringt Licht!» befahl der Schulze, «wir wollen uns meinen Gefangenen einmal genauer ansehn.»

Man brachte Licht, schloß die Kammertür auf — und der Schulze ächzte verwundert, als er im Gefangenen seine Schwägerin erkannte.

«Sage mir, bitte», keifte sie, drohend auf ihn zu gehend, «bist du um den letzten Rest deines Verstandes gekommen? Ist in deinem einäugigen Gehirnkasten auch nur ein Fetzen von deinem auseinandergegangenen Brägen übriggeblieben, daß du mich in dieses dunkle Loch gestoßen hast? Es ist noch ein Glück, daß ich mit meinem Kopf nicht auf den Eisenhaken gefallen bin. Habe ich dir nicht zugeschrien, daß ich es war? Doch du, verfluchter Bär, packtest mich mit deinen Eisentatzen und stießest mich hinein. Daß dich der Teufel in der anderen Welt so stoßen möge!»

Die letzten Worte verhallten schon hinter der Haustür, da sie aus irgendeinem persönlichen Bedürfnis auf die Straße gelaufen war.

«Ja, jetzt seh' ich, daß du es warst!» rief der Schulze, wie aus einem Traum erwachend, aus. — «Nun, Herr Schreiber, was sagst du? Ist der Taugenichts, der uns so angeschmiert hat, nicht ein Galgenstrick?»

«Ein Galgenstrick, gewiß, Herr Schulze, ein Galgenstrick. So ist es.»

«Und ist es nicht an der Zeit, all diesen Tausendsassas einen ordentlichen Denkzettel zu geben und sie zu nützlicher Arbeit anzuhalten?»

«Es ist schon lange an der Zeit, Herr Schulze, es ist schon lange an der Zeit.»

«Diese Nichtsnutze haben ... Zum Teufel noch einmal, mir war es eben, als hörte ich meine Schwägerin draußen schreien ... Na, einerlei ... Diese Nichtsnutze haben sich in den Kopf gesetzt, ich, der Schulze, sei ihresgleichen;

sie meinen, ich sei irgend so ein einfacher Kosak.» Das kurze Hüsteln, das er diesen Worten folgen ließ, und der blitzende Blick, mit dem er die Anwesenden der Reihe nach anschaute, bereiteten alle darauf vor, daß er ihnen etwas Hochbedeutsames zu eröffnen habe. «Im Jahre eintausend ... ich kann diese verfluchten Jahreszahlen ums Verrecken nicht behalten ... also im Jahre soundsoviel hatte der damalige Kommissar Ladatschnij den Befehl erhalten, aus der Schar der Kosaken jemand auszusuchen, der mehr Grütze im Kopfe hätte als alle anderen. O ja (bei diesem ‚O ja' hob der Schulze mit gewichtiger Miene seinen Finger), mehr Grütze im Kopfe als alle anderen; denn er sollte die Zarin begleiten. Ich wurde damals ...»

«Wozu das noch erwähnen? Jeder weiß es, Herr Schulze, wie du dir die Gnade der Zarin verdient hast. Gib aber zu, daß ich recht hatte. Gesteh's, du hattest dich sozusagen geirrt, als du behauptetest, diesen Kerl im Schafpelz erwischt zu haben.»

«Ja, was diesen Kerl im umgewendeten Schafpelz angeht, so muß er, zum warnenden Beispiel für jedermann, in Ketten geschlagen und exemplarisch bestraft werden. Sie müssen es einmal am eigenen Leibe erfahren, was die Obrigkeit ist. Von wem ist der Schulze denn eingesetzt, wenn nicht vom Zaren selbst? Wir müssen auch noch der anderen Missetäter habhaft werden. Ich habe nicht vergessen, wie diese Schurken einmal nachts eine ganze Schweineherde in meinen Gemüsegarten getrieben haben, so daß von meinen Kohlköpfen und Gurken nichts mehr übriggeblieben ist. Ich hab's nicht vergessen, wie diese Teufelsbraten sich geweigert haben, mir mein Korn zu schneiden. Ich hab's nicht vergessen... Doch sie mögen von mir aus in die Erde versinken: zuerst muß ich wissen, wer der Galgenvogel im umgewendeten Pelz ist.»

«Das scheint ein flinker Vogel zu sein», sagte der Schnapsbrenner, dessen Backen sich während dieses ganzen Gesprächs wie ein Belagerungsgeschütz mit Tabakdampf vollgeladen hatten und dessen Lippen nun eine wahre Rauchfontäne ausstießen, «so einen sollte man für alle Fälle in unserer Brennerei anstellen oder, noch besser, an einem Eichbaum als Kirchenkronleuchter aufhängen.»

Dieser Witz dünkte ihn so treffend, daß er, ohne erst die Zustimmung der anderen abzuwarten, sofort beschloß, sich selbst mit einem heiseren Gekicher zu belohnen.

Sie näherten sich jetzt der kleinen, fast in die Erde versunkenen Hütte, die dem Dorfe als Arrestlokal diente. Ihre Neugier hatte sich inzwischen noch gesteigert. Alle drängten sich an der Eingangstür zusammen. Der Schreiber zog einen Schlüssel hervor und machte sich am Schloß zu schaffen. Doch es war sein eigener Schrankschlüssel. Die Ungeduld wuchs. Er wühlte in seinen Taschen herum; aber es kam zunächst nur verstaubter Unrat zum Vorschein.

«Hier!» schrie er endlich auf. Er hatte den Schlüssel in der untersten Tiefe seiner unergründlichen Hosentasche gefunden.

Bei diesem Worte verschmolzen die Herzen unserer Helden zu einem einzigen Herzen. Und dieses gemeinsame große Herz schlug so stark, daß sein unregelmäßiges Pochen nicht einmal vom Kreischen des Schlosses übertönt werden konnte. Die Tür tat sich auf — und der Schulze wurde so weiß wie ein Handtuch. Der Schnapsbrenner fühlte, wie es ihn kalt überrieselte, ihm war, als flögen seine Haare gen Himmel; das Gesicht des Schreibers war ein einziges Entsetzen; die Polizisten standen wie in die Erde gewurzelt da und waren nicht mehr imstande, ihre aufgerissenen Mäuler zu schließen: denn vor ihnen stand die Schwägerin des Schulzen.

Nicht weniger betroffen als die anderen, fand sie als erste zu sich selbst zurück und machte Miene, auf sie zuzugehen.

Doch der Schulze gebot ihr mit überschnappender Stimme Halt, floh mit den anderen ins Freie und schlug ihr die Tür vor der Nase zu.

«Meine Herrn!» stöhnte er, «meine Herrn! Das ist der Satan ... Feuer, rasch Feuer her! Und wenn die Hütte auch Kronsgut ist — sie muß brennen. Man zünde sie an! Auch kein Knöchelchen vom Satan darf auf Erden übrigbleiben!»

Die Schwägerin heulte vor Angst, als sie hinter der Tür diesen fürchterlichen Beschluß vernahm.

«Was tut ihr, Brüder?» widersprach der Schnapsbrenner, «euer Haar ist mit Gottes Hilfe schon weiß geworden; aber mit der Vernunft hapert es noch immer. Glaubt ihr denn, daß ganz gewöhnliches Feuer einer Hexe etwas anhaben kann? Nein, nur das Feuer aus einer Pfeife vermag so einem Werwolf den Garaus zu machen. Einen Augenblick, ich will es selber für euch anlegen.»

Und schon schüttete er Glut aus seiner Pfeife auf ein Strohbündel und blies hinein. Die Verzweiflung verlieh der armen Schwägerin neuen Mut: sie begann laut zu flehen und versuchte, die Leute von ihrem Vorsatz abzubringen.

«Wartet, Brüder!» mischte sich jetzt der Schreiber ein. «Wozu ohne jeden Grund eine Sünde auf uns laden? Vielleicht ist es wirklich gar nicht der Satan. Wenn es — ich meine das Wesen da drinnen hinter der Tür —, wenn es bereit ist, ein Kreuz zu schlagen, so wäre das ein sicheres Anzeichen dafür, daß es nicht der Teufel sein kann.»

Der Vorschlag wurde gutgeheißen.

«Höre mich, Satan!» rief der Schreiber, seine Lippen an einen Spalt in der Tür legend, «wenn du dich nicht von der Stelle rührst, so öffnen wir dir!»

Die Tür tat sich auf.

«Bekreuzige dich!» rief der Schulze und hielt zugleich für alle Fälle nach einer ungefährdeten Rückzugsmöglichkeit Ausschau.

Die Schwägerin schlug ein Kreuz.

«Teufel auch, das ist ja wirklich die Schwägerin...!»

«Welch unsaubere Macht hat dich denn hierher gebracht, Gevatterin?»

Die Schwägerin berichtete schluchzend, wie

die Burschen sie, trotz ihrer Gegenwehr, auf der Straße aufgegriffen, wie sie sie durch das Fenster in diese Stube geworfen und dann die Fensterläden zugesperrt hätten. Der Schreiber untersuchte die Läden und stellte fest, daß die Angeln herausgerissen und das Fenster von außen mit einem Balken verrammelt war.

«Jetzt hab ich dich, einäugiger Satan!» fuhr die Schwägerin den Schulzen keifend an und machte einen drohenden Schritt auf ihn zu, so daß er zurückwich und sie immer noch furchtsam mit seinem einen Auge musterte, «jetzt kenne ich deine unsauberen Absichten! Du freutest dich schon über die Gelegenheit, mich aufzufressen. Dann hättest du unbehelligt den Mädchen nachstellen können, weil niemand mehr dich alten Hengst daran gehindert hätte, dich zum Narren zu machen. Glaubst du etwa, ich wüßte es nicht, worüber du heute abend mit Hanja gesprochen hast? Oh, ich weiß alles! Mich führt niemand so leicht hinters Licht, am wenigsten so ein verblödeter Hammel wie du. Ich kann lange geduldig zuschaun. Aber dann... Gnade dir Gott!»

Sie zeigte ihm die Faust, entfernte sich rasch und ließ ihn völlig benommen zurück.

Nein, hier hat sich der Satan nicht nur zum Spaß eingemischt, dachte er und kratzte sich den Kopf.

«Wir haben ihn!» riefen einige Polizisten, die eilig herbeigelaufen kamen.

«Wen habt ihr?» frug der Schulze.

«Den Teufel im umgewendeten Schafpelz.»

«Her mit ihm!» befahl der Schulze und riß den Gefangenen an sich, den sie angeschleppt hatten. «Ja, seid ihr denn verrückt geworden? Das ist doch der besoffene Kalenik!»

«Pest, Hölle und Schwefel! Und dabei glaubten wir ihn schon geschnappt zu haben», entschuldigten sich die Polizisten. «In einer Seitengasse umzingelten uns diese verfluchten Burschen, sprangen um uns herum, zupften uns an den Ärmeln, zeigten uns die Zunge und versuchten, ihn zu befreien ... Die Pest soll sie holen! ... Wie konnten wir auch nur auf diese gerupfte Krähe verfallen! Gott allein mag das wissen.»

«Kraft meines Amtes und im Namen der ganzen Dorfgemeinde», verkündete der Schulze feierlich, «ergeht an euch der Befehl, alle diese Räuber sofort aufzugreifen, desgleichen jeden andern Menschen, der sich auf der Straße herumtreibt, und sie mir unverzüglich zur Bestrafung vorzuführen!»

«Gnade, Herr Schulze, erbarme dich!» riefen die Polizisten und verneigten sich vor ihm bis zur Erde, «wenn du diese Fressen nur gesehen hättest! Straf' uns Gott, aber seit wir geboren und getauft worden sind, haben wir so grausige Fratzen noch nie geschaut. Der Weg zum Unheil ist nicht weit, Herr Schulze. Die können einem guten Menschen solch einen Schrecken ins Gebein jagen, daß ihn keine weise Frau mehr zu besprechen vermag.»

«Ich werd' euch! Was?! Ihr wagt es, mir den Gehorsam zu verweigern? Ihr macht wohl mit den Verbrechern gemeinsame Sache? Aufrührer! Was heißt das? Was hat das zu bedeuten?... ihr... ihr...! Das melde ich dem Kommissar!... Auf der Stelle, hört ihr?, auf der Stelle macht ihr euch auf und fliegt wie die Vögel!... Daß ich euch!... Daß ihr mich!...»

Und sie stoben davon.

V.

Die Ertrunkene

Unbekümmert um das alles und ohne sich um die ausgesandte Hetzjagd irgendwelche Sorgen zu machen, schritt der Urheber dieses ganzen Aufruhrs langsam auf das alte Herrenhaus am Teich zu. Unnötig zu sagen, daß es Lewko war. Sein schwarzer Pelz war aufgeknöpft, die Mütze hielt er in der Hand, und der Schweiß rann in Strömen an ihm nieder.

Majestätisch und düster stand der schwarze Ahornwald da; einzig an der dem Monde zugekehrten Seite war er wie mit feinem Silberstaub bestreut. Der unbewegliche Teich wehte den ermatteten Fußgänger mit erfrischender Kühle an und verlockte ihn, an seinem Ufer auszuruhen. Alles war still. Nur im tiefen Waldesdickicht war das Schmettern und Flöten einer Nachtigall zu hören. Ein unüberwindliches Schlafbedürfnis wollte ihm die Augenlider schließen. Der Kopf neigte sich zur Seite.

«Nein, so schlafe ich noch ein», sagte er sich,

stand wieder auf und rieb sich die Augen. Er blickte sich um. Die Nacht schien ihm immer unwirklicher zu glänzen. Das war nicht nur der Mond: ein geheimnisvolles, zauberisches Leuchten war seinem Lichte beigemengt. Noch nie hatte er etwas Ähnliches gesehen. Ein Silbernebel bedeckte alles, was ihn umgab. Über das ganze Land ergoß sich der Duft der blühenden Apfelbäume und Nachtblüten.

Verwundert starrte er in die Wasser des Teiches: das umgekehrte Spiegelbild des alten Herrenhauses war dort in seltsamer Klarheit und Entrücktheit zu sehen. Anstatt der verschlossenen düsteren Läden blickten ihm heiter glitzernde Glasfenster und Türen entgegen. Hinter den Scheiben flimmerte es wie Gold.

Da glaubte er zu sehen, wie eines der Fenster sich öffnete. Mit angehaltenem Atem, ohne sich zu regen und ohne einen Blick vom Spiegelbild im Teich zu verwenden, fühlte er sich in seine Tiefe versetzt und gewahrte, wie sich im geöffneten Fenster zuerst ein weißer Arm und dann ein liebliches Gesicht mit glänzenden Augen und matt schimmernden dunkelblonden Haaren zeigte. Sein Herz begann plötzlich zu hämmern ... Das Wasser erzitterte, und das Fenster schloß sich wieder. Leise kehrte er sich vom Teich ab und schaute auf das Haus: die finstern Läden standen offen, die Scheiben blinkten im Mondlicht.

Da sieht man es wieder, wie wenig man auf das Gerede der Leute geben soll, dachte Lewko, das Haus ist ja wie neu, die Farben sind frisch, als wäre es erst gestern angestrichen worden. Da wohnt doch jemand.

Schweigend trat er näher. Doch im Hause regte sich nichts. Stark und volltönend antworteten einander die Nachtigallenlieder im Walde, und wenn sie in Wollust und Sehnsucht hinstarben, vernahm man das Rascheln und Zirpen der Heimchen oder das hohle Schnarren eines Sumpfvogels, der seinen schleimigen Schnabel in den breiten Wasserspiegel versenkte.

Lewko fühlte in seinem Herzen eine süße Ruhe und Weite. Er stimmte seine Bandura, griff in die Saiten und hub zu singen an:

«Leuchte, lieber Mondenschein,
durch die klare Nacht,
strahle in das Haus hinein,
wo mein Mädchen wacht!»

Lautlos tat sich ein Fenster auf, und dasselbe Köpfchen, dessen Widerspiegelung er eben erst im Teich erblickt hatte, schaute hinaus und lauschte dem Gesang. Lange Wimpern beschatteten die Augen. Das Gesicht war bleich wie der Mondenglanz, doch wie wundersam! wie schön! Sie lachte leise auf. Lewko erbebte.

«Sing mir ein Lied, junger Kosak!» bat sie, neigte den Kopf zur Seite und ließ die langen Wimpern noch tiefer über die Augen sinken.

«Was für ein Lied soll ich dir singen, mein schönes kleines Fräulein?»

Stille Tränen rannen über ihr weißes Gesicht.

«Lieber Knabe!» sagte sie, und etwas unsagbar Rührendes klang in ihren Worten mit, «finde mir meine Stiefmutter, lieber Knabe! Nichts soll mir zu kostbar für dich sein. Ich will dich belohnen, reich und herrlich belohnen. Ich habe seidene, gestickte Gewänder, Korallen und Juwelen. Ich will dir einen perlenbesetzten Gürtel schenken. Ich habe Gold . . . Aber finde mir meine Stiefmutter, lieber Knabe. Sie ist eine furchtbare Hexe. Ich habe keine Ruhe vor ihr auf Gottes weiter Welt. Sie hat mich gequält, hat mich wie eine einfache Magd arbeiten lassen. Sieh mein Gesicht: sie hat das Rot meiner Wangen mit ihren argen Künsten gebleicht. Sieh meinen weißen Hals: kein Wasser wäscht die blauen Flecken ab, die von ihren Eisenkrallen stammen, nichts, gar nichts kann sie abwaschen. Sieh meine weißen Füße an: sie sind lange gewandert, nicht nur über weiche Teppiche, nein, über glühenden Sand, über feuchte Erde, über stechende Dornen. Sieh meine Augen an: sie können vor Tränen nichts sehen. Finde sie mir, lieber Knabe, finde mir meine Stiefmutter!»

Ihre Stimme, die immer tönender geworden war, verstummte plötzlich. Tränenbäche rollten über ihre blassen Wangen. Ein beklommenes Gefühl, schwer von Mitleid und Trauer, regte sich in Lewkos Brust.

«Ich will alles für dich tun, kleines Fräulein», sagte er bebenden Herzens, «doch wie und wo soll ich sie finden?»

«Schau nur, schau», rief sie schnell, «sie ist hier! Hier am Ufer. Sie schlingt sich mit meinen

Mädchen im Reigen und wärmt sich am Mondlicht. Schlau ist sie und hinterlistig. Sie hat die Gestalt einer der Ertrunkenen angenommen. Ich weiß es, ich fühle es, daß sie hier ist. Dumpf und stickig wird mir zumute in ihrer Gegenwart. Seit sie dabei ist, kann ich nicht mehr leicht und frei wie ein Fisch dahinschwimmen, ich sinke, versinke, fall' wie ein Schlüssel auf den Grund. Finde sie mir, mein Knabe!»

Lewko schaute zum Ufer hin. In dünnem Silbernebel schimmerten die Mädchen in ihren hellen Gewändern, weiß wie Maiglöckchenwiesen. Juwelen, Perlenketten, Schaumünzen blitzten an ihren Hälsen. Doch alle waren sie bleich, ihre Leiber waren wie aus Wolken gefügt und schillerten durchsichtig im Mondsilber. Das Reigenspiel zog sich näher und näher zu ihm hin. Und schon hörte er ihre Stimmen.

«Laßt uns das Rabenspiel spielen! Laßt uns das Rabenspiel spielen!» lispelten sie durcheinander wie das Uferschilf, wenn es zur stillen Dämmerstunde von den luftigen Lippen des Windes angehaucht wird.

«Wer soll der Rabe sein?»

Das Los wurde geworfen, und ein Mädchen trat aus dem Schwarm hervor. Lewko schaute schärfer hin. Das Antlitz, das Gewand — alles war so wie bei den andern. Nur das war ihr anzusehen, daß sie diese Rolle nicht gern spielte. Der Schwarm zog sich zu einer langen Reihe auseinander und versuchte in raschem Hin- und Herlauf den Angriffen des räuberischen Feindes zu entgehen.

«Nein, ich will nicht der Rabe sein!» rief das Mädchen erschöpft aus, «es tut mir weh, der armen Glucke ihre Küchlein zu rauben.»

Du bist nicht die Hexe, dachte Lewko.

«Wer soll nun Rabe sein?»

Die Mädchen drängten sich wieder zusammen, um das Los neu zu werfen.

«Ich will Rabe sein!» bot sich eine von ihnen freiwillig an.

Lewko blickte ihr aufmerksam ins Gesicht. Rasch und kühn jagte sie die Reihe ab und stürzte nach allen Seiten vor, um ihr Opfer zu fangen. Da bemerkte Lewko, daß ihr Leib nicht so hell leuchtete wie bei den andern. Etwas Schwarzes schien sich in seinem Innern zusammenzuballen. Ein jäher Schrei schrillte auf: die Rabenspielerin warf sich auf eines der Mädchen, um sie zu greifen, und Lewko glaubte Fänge und Krallen an ihr zu erkennen und eine boshafte Freude ihr Gesicht verzerren zu sehen.

Im Nu wies er mit den Fingern auf sie und rief zum Hause hin:

«Die Hexe! Die Hexe!»

Das kleine Fräulein lachte auf, und die anderen Mädchen ergriffen die Hexe und schleppten sie mit sich fort.

«Womit soll ich dir lohnen, lieber Knabe? Ich weiß, du brauchst kein Gold. Du liebst deine Hanja. Doch dein strenger Vater will sie dir nicht gönnen. Er wird dir keine Hindernisse mehr in den Weg legen. Nimm dieses Briefchen und gib es ihm!»

Ihr weißes Händchen streckte sich ihm entgegen, ihr Antlitz leuchtete und strahlte wundersam. Mit einem niegekannten Schauer und einem sehnsüchtigen Herzklopfen griff er nach dem Brief — und erwachte.

VI.

Das Erwachen

«Habe ich wirklich nur geschlafen?» frug sich Lewko, als er sich von der niederen Böschung erhob. «Es war alles so wirklich wie im Wachen! . . . Seltsam, seltsam . . .» Er blickte sich um. Der Mond strahlte ihm hoch zu Häupten; es mußte gerade Mitternacht sein. Nichts regte sich. Vom Teich her wehte es kühl. Oben stand verödet das alte Haus; seine Fensterläden waren geschlossen. Moos und Unkraut ließen erkennen, daß es schon lange von Menschen verlassen war.

Lewko öffnete seine Hand, die sich im Schlafe zusammengekrampft hatte, und schrie vor Verwunderung auf, als sich in ihr ein Brief vorfand. Ach, wenn ich doch lesen gelernt hätte! dachte er und betrachtete den Brief von allen Seiten. Da erhob sich hinter ihm ein lautes Gelärm.

«Habt keine Angst! Greift zu, Feiglinge! Wir sind zehn gegen einen. Ich wette, das ist ein Mensch und kein Teufel!» feuerte der Schulze seine Begleiter an, und Lewko fühlte, wie viele Hände ihn packten, wenn auch einige von ihnen furchtsam zitterten.

«Zeig dein Gesicht, Freundchen! Hör auf, die Leute an der Nase herumzuführen!» rief der Schulze, hielt ihn am Kragen fest, erstarrte aber im nächsten Augenblick und glotzte ihn mit seinem einen Auge an.

«Lewko! Mein Sohn!» stöhnte er und ließ, vor Erstaunen zurückweichend, die Hände sinken. «Du bist das also, du Hundesohn? So sieht also eine Ausgeburt der Hölle aus? Ich zergrübelte mir schon immer den Kopf: was für ein Kobold, was für ein verkleideter Teufel treibt diesen Unfug? Und nun bist du das, du unausgekochter Brei, der seinem Vater in der Kehle steckt. Du bist's, der alle diese Räubereien auf den Straßen anzuzetteln geruht hat! Du bist's, der diese Schandlieder verfaßt hat! He, he, he! Lewko! Was wolltest du mit all dem erreichen? Dir juckte wohl der Rücken? Man schlage ihn in Ketten!»

«Halt, Väterchen! Ich habe den Befehl erhalten, dir diesen Brief zu überreichen», sagte Lewko.

«Jetzt ist keine Zeit für Briefe. Man fessele ihn!»

«Einen Augenblick, Herr Schulze», unterbrach ihn der Schreiber, der den Brief entfaltet hatte, «es ist die Handschrift des Kommissars.»

«Des Kommissars?»

«Des Kommissars?» echoten die Polizisten.

Des Kommissars? dachte Lewko, das ist verwunderlich. Es wird immer unbegreiflicher...

«Lies, lies!» befahl der Schulze. «Was schreibt uns der Kommissar?»

«Hören wir, was der Kommissar schreibt!» sagte der Schnapsbrenner, die Pfeife zwischen den Zähnen, und schlug Feuer.

Der Schreiber hüstelte und begann vorzulesen:

«Befehl an den Dorfschulzen Eutuchius Makogonenko. Es ist uns zu Ohren gekommen, daß Du, alter Narr, statt Steuerrückstände einzutreiben und Ordnung im Dorf zu halten, den Verstand verloren hast und auf Pfaden der Unzucht wandelst ...»

«Bei Gott», unterbrach ihn der Schulze, «ich bin taub, ich kann nichts hören.»

Der Schreiber begann von neuem:

«Befehl an den Dorfschulzen Eutuchius Makogonenko.

Es ist uns zu Ohren gekommen, daß Du, alter Narr ...»

«Halt, halt! Nicht nötig», wehrte ihm der Schulze, «wenn ich auch nichts gehört habe, so weiß ich doch, daß das nur die übliche Einleitung und nicht die Hauptsache ist. Lies weiter!»

«Aus diesem Grunde tu ich Dir kund und zu wissen, daß Du Deinen Sohn Lewko Makogonenko unverzüglich mit der in Deinem Dorfe wohnhaften Kosakentochter Hanja Petrytschenkowa zu verheiraten hast. Des ferneren befehle ich Dir, die Brücken auf den Landstraßen ausbessern zu lassen, und verbiete Dir, die Pferde der Einwohnerschaft ohne meine besondere Einwilligung den jungen Herrchen vom Gericht zur Verfügung zu stellen, selbst wenn sie direkt von einer Amtssitzung heimkehren.

Sollte ich bei meiner Durchreise durch Dein Dorf feststellen müssen, daß diese Befehle nicht erfüllt sind, so ziehe ich Dich ganz allein zur Verantwortung.

Der Kommissar: Oberleutnant a. D.
Kosjma Derkatsch-Drischpanowskij.»

«Da haben wir's!» sagte der Schulze und stand mit offenem Munde da. «Hört ihr's? Hört ihr's?» nahm er, wieder zu sich kommend, das Wort: «für alles ist der Dorfschulze allein verantwortlich. Da gibt's nur noch eines: Gehorsam! Unverbrüchlichen Gehorsam! Wenn nicht, so werde ich euch, mit Verlaub, schon zeigen, wer hier ... Dich aber», fuhr er, sich an Lewko wendend, fort, «dich werde ich auf Befehl des Kommissars verheiraten, wenn es mir auch sonderbar vorkommt, wieso er von alledem erfahren hat. Doch vorher sollst du noch die Nagaika zu schmecken bekommen. Du kennst sie doch, die neben den Heiligenbildern an der Wand hängt. Ich werde sie morgen wieder einmal tanzen lassen ... Wo hast du diesen Brief her?»

Lewko war, trotz seiner Verblüffung über die unerwartete Wendung der Dinge, klug genug gewesen, sich im Kopf eine andere Erklärung zurechtzulegen, und zu verschweigen, wie er in Wirklichkeit zum Briefe gekommen war.

«Ich war gestern abend noch in der Stadt», sagte er, «und traf den Kommissar, als er gerade aus seinem Wagen stieg. Als er erfuhr, daß ich aus unserem Dorfe komme, händigte er mir diesen Brief da ein und befahl mir noch, dir, Vater, zu sagen, daß er auf seiner Rückreise bei uns zu Mittag zu essen gedenke.»

«Das hat er dir gesagt?»

«Ja, das hat er mir gesagt.»

«Hört ihr's?» verkündete der Schulze in würdevoller Haltung seinen Begleitern, «der Kommissar selbst hat sich in eigener Person bei unsereinem, das heißt, bei mir, zur Tafel geladen ... Oh!» Hier hob der Schulze seinen Finger in die Höhe und neigte seinen Kopf zur Seite, als wenn er auf etwas lauschte. «Habt ihr's gehört? Der Kommissar selbst kommt zu mir zum Mittagessen! Was meinst du, Herr Schreiber, und auch du, Gevatter — das ist keine geringe Ehre für mich, nicht wahr?»

«Soweit ich mich erinnern kann», ergriff der Schreiber das Wort, «soweit ich mich erinnern kann, hat noch kein einziger Dorfschulze einen Kommissar mit einem Mittagessen bewirten dürfen.»

«Dorfschulze und Dorfschulze ist eben zweierlei», erklärte der Schulze selbstzufrieden. Sein Mund verzog sich wohlgefällig, und etwas wie ein schweres heiseres Lachen, das eher an das Grollen eines fernen Gewitters gemahnte, kam über seine Lippen. «Was meinst du, Herr Schreiber, sollte man nicht, um den hohen Gast gebührend zu ehren, den Befehl erlassen, jede Hütte habe zum mindesten ein Hühnchen zu spenden ... und noch ein wenig Tischwäsche und was sonst noch so dazu gehört?»

«Das sollte man, Herr Schulze, das sollte man.»

«Und wann soll die Hochzeit sein, Vater?» frug Lewko.

«Die Hochzeit? Ich möchte dir am liebsten eine Hochzeit ausrichten, daß du ... Nun meinetwegen, um des hohen Gastes willen ... Morgen soll euch der Pope zusammentun. Zum Teufel mit euch beiden! Der Kommissar soll sehen, was Pünktlichkeit ist. Und nun, Kinder, zu Bett! zu Bett! Geht nach Hause! ... Der heutige Tag hat mich an die Zeit erinnert, als ich ...»

«Jetzt wird er gleich zu erzählen anfangen, wie er die Zarin begleitet hat», sagte sich Lewko und lief frohen Herzens rasch zur wohlbekannten, mit niederen Kirschbäumen umstandenen Hütte. Gewähre dir Gott, in sein himmlisches Reich einzugehn, liebes und schönes kleines Fräulein! dachte er. Mögen dir dort in der anderen Welt alle Engel zulächeln. Keinem Menschen auf der Welt will ich das Wunder erzählen, das mir heute nacht widerfahren ist. Nur du, Hanja, sollst alles wissen. Du allein wirst mir glauben und mit mir zusammen für die Seele der armen Ertrunkenen beten.

Unterdessen hatte er die Hütte erreicht. Ein Fenster stand offen. Mondstrahlen drangen in die Stube und fielen auf die schlafende Hanja. Ihr Kopf lag auf ihrem Arm, ihre Wangen waren sanft gerötet, ihre Lippen murmelten kaum hörbar seinen Namen.

«Schlaf, meine Liebste! Träume vom Allerschönsten, das es auf Erden gibt: es kann nicht schöner sein als unser Erwachen.»

Er machte das Zeichen des Kreuzes über sie,

schloß leise das Fenster und schlich von dannen. Kurze Zeit darauf war alles im Dorfe eingeschlafen. Nur der Mond glitt noch ebenso wundersam und glänzend durch die unermeßliche Weite des funkelnden Himmels; ebenso feierlich wie vorher atmete die ungeheure Höhe und verglühte die Nacht, die göttliche Nacht; ebenso schön lag die Erde im verzauberten Silberlicht. Doch niemand berauschte sich mehr an alledem, alles war in Schlaf versunken. Nur hin und wieder wurde die Stille von einem Hundegebell unterbrochen, und lange noch wankte der betrunkene Kalenik durch die schlafenden Straßen und suchte nach seiner Hütte.

FURCHTBARE RACHE

I.

Es dröhnt, es lärmt in der Vorstadt Kijews: der Essaùl Gorobetz feiert die Hochzeit seines Sohnes. Viele Gäste haben sich bei ihm eingefunden. In der alten Zeit liebte man es, gut zu essen, noch mehr liebte man es, gut zu trinken, am meisten aber liebte man es, miteinander fröhlich zu sein. Der Saporoger Kosak Mikitka war geradenwegs von einem wilden Gelage auf dem Pereschlaj-Felde, wo er die Schlachta des polnischen Königs sieben Tage und sieben Nächte mit Rotwein getränkt hatte, auf seinem braunen Pferde angeritten gekommen. Auch der Blutsfreund des Essaùl, Danilo Burulbasch, hatte sich vom andern Ufer des Dnjepr, wo er zwischen zwei Bergen einen Gutshof besaß, mit seiner jungen Frau Katharina und seinem einjährigen Söhnchen herüberrudern lassen. Die Gäste staunten über die weiße Gesichtshaut der Pani Katharina, über ihre Augenbrauen, die schwarz wie deutscher Sammet waren, über ihr schmuckes Gewand, ihren Überrock aus schwerer dunkelblauer Seide und über ihre silberbeschlagenen Stiefel; noch mehr aber waren sie darüber erstaunt, daß sie nicht ihren alten Vater mitgenommen hatte. Fast ein Jahr schon lebte er hier in dieser Gegend hinter dem Dnjepr; er war, nachdem er einundzwanzig Jahre lang spurlos verschollen gewesen, erst kürzlich zu seiner Tochter zurückgekehrt, die sich inzwischen verheiratet und einen Sohn geboren hatte. Wieviel Wunderbares hätte er erzählen können! Was ist nicht alles zu berichten, wenn man so lange in der Fremde geweilt hat! Alles ist dort anders: die Leute sind nicht so wie hier, und es gibt dort keine Christenkirchen ... Doch er war nicht mitgekommen.

Die Gäste wurden mit süßem Rosinen- und Pflaumenschnaps bewirtet. Eine große Schüssel mit Hochzeitskuchen wurde aufgetragen. Die Musikanten unterbrachen ihr Spiel, legten ihre Zimbeln, Geigen und Schellentrommeln für eine Weile beiseite und machten sich über die untere Kuchenkruste her, in die Geld für sie eingebacken war. Unterdessen wischten die jungen Frauen und Mädchen ihre Gesichter mit gestickten Tüchlein ab und traten aus ihren Reihen heraus, während die Burschen, die Arme in die Hüften gestemmt und stolz um sich blikkend, sich schon bereit machten, ihnen entgegenzutanzen — als der alte Essaùl zwei Ikonen aus dem Hause trug, um die Neuvermählten zu segnen. Er hatte diese Ikonen vom ehrwürdigen greisen Einsiedler Bartholomäus erhalten; sie waren weder reich verziert noch blitzten sie von Gold und Silber — wer sie aber im Hause hat, an den wagt sich keine unsaubere Macht heran. Der Essaùl hob die Ikonen mit beiden Händen hoch und wollte gerade ein kurzes Gebet sprechen — da schrien die Kinder, die im Hofe herumspielten, plötzlich entsetzt auf; das Volk hinter ihnen wich zurück, und alle wiesen voller Angst mit ihren Fingern auf einen Kosaken, der mitten unter ihnen stand. Wer er war, wußte niemand zu sagen. Eben erst hatte er mit aller Kunst einen Kasatschok* getanzt und die Leute, die ihn umringten, mit seinen Späßen zum Lachen gebracht; doch als der Essaùl die beiden Ikonen hochhob, hatte sich das Gesicht des Fremden grausig verändert: die Nase schoß länger hervor und bog sich schief zur Seite, die braunen Augen sprühten grünliches Feuer, die Lippen nahmen eine bläuliche Färbung an, das Kinn begann zu zucken und spitz wie ein Speer zu werden, aus dem Munde stach ein Stoßzahn, der Rücken krümmte sich zum Buckel — und der Kosak war in einem Nu zu einem Greise geworden.

«Er ist's! Er ist's!» schrie es in der eng aneinandergedrängten Menge auf.

«Der Hexer! Er ist wieder da!» riefen schrill die Frauen und hielten die Kinder an ihren Händen fest.

Doch der Essaùl trat majestätisch und würdevoll vor ihn hin, hielt ihm die beiden Ikonen entgegen und rief mit lauter Stimme:

«Hebe dich fort, Satansgebilde! Du bist hier fehl am Ort!»

Da zischte der unheimliche Greis auf,

* Kasatschok: ein Kosakentanz, bei dem die Beine aus der Hockstellung nach beiden Seiten geschleudert werden.

knirschte wie ein Wolf mit den Zähnen und war im nächsten Augenblick verschwunden.

Wie Meereswogen im Ungewitter brausten die Schreie und Ausrufe der Menge durcheinander.

«Was ist das für ein Hexer?» frugen die Jungen und Unerfahrenen.

«Das bedeutet Unheil!» sagten die Alten und schüttelten ihre Köpfe. Überall auf dem weiten Hofe des Essaùl bildeten sich Gruppen und redeten aufgeregt über den schrecklichen Hexer. Doch jeder brachte etwas anderes vor, und niemand wußte Sicheres auszusagen.

Währenddessen war ein Faß mit Met auf den Hof gerollt worden. Ganze Eimer voll Griechenwein wurden herbeigetragen. Und allmählich erwachte wieder die allgemeine Fröhlichkeit. Die Musikanten spielten wieder auf. Die Mädchen, die jungen Frauen und die rotberockten feurigen Burschen flogen im Reigen dahin. Und sogar die ein wenig bezechten neunzig- und hundertjährigen Greise versuchten, eingedenk ihrer nicht umsonst verlebten Jugend, ein Tänzchen. Bis spät in die Nacht hinein dauerte das Gelage, und man zechte so, wie man heute nicht mehr zu zechen versteht. Beim Aufbruch begaben sich nur wenige Gäste nach Hause, viele blieben zurück, um im geräumigen Hofe des Essaùl auf Strohlagern zu übernachten; noch mehr Kosaken aber waren schon unaufgefordert unter den Bänken, auf der bloßen Erde, bei den Pferden und vor den Ställen eingeschlafen. Wo ein berauschtes Kosakenhaupt hinsank, da blieb es liegen und schnarchte über ganz Kijew hinweg.

II.

Still leuchtet es über der Welt: das ist der Mond, der hinter dem Berge emporgestiegen ist. Wie mit einem Damasttuch, wie mit einem schneeweißen Schleier bedeckt sein Schein das hügelige Dnjeprufer, so daß die Schatten noch tiefer in das Fichtendickicht zurückweichen.

Mitten im Dnjepr schwimmt ein eichener Einbaum. Zwei Burschen sitzen vorn und haben die schwarzen Kosakenmützen schief in die Stirn gerückt; unter ihren Ruderschlägen sprüht der Wasserschaum nach allen Seiten wie Funken unter dem Feuerstahl.

Warum singen die Kosaken nicht? Warum sprechen sie weder davon, daß die römischen Pfaffen durch die ganze Ukraine schleichen, um alles Kosakenvolk katholisch umzutaufen, noch davon, wie sie sich unlängst zwei Tage lang am Salzsee mit einer Tatarenhorde schlugen? Wie sollten sie auch singen und ihre kühnen Taten preisen? Ihr Herr, Danilo Burulbasch, sitzt tief in Gedanken da. Der Ärmel seines karmoisinroten Überrockes hängt über den Bootsrand hinab und wird vom Wasser durchtränkt; ihre Herrin Katharina wiegt, ohne den Blick von ihm abzuwenden, ihr Kind, während der Wasserstaub ihr von keiner Leinwand geschütztes kostbares Gewand wie mit grauer Asche bestreut.

Schön ist es, von der Mitte des Dnjepr aus auf die hohen Berge, die weiten Wiesen, die dunklen Wälder zu schauen! Die Berge sind keine Berge: sie haben keine Sohlen, unter ihnen und über ihnen sind nur spitze Gipfel, unter ihnen und über ihnen ist nur der hohe Himmel zu sehen. Jene Wälder auf den Hügeln sind keine Wälder: es sind die Haare auf dem struppigen Haupte des Waldgeistes; unter ihm umspült das Wasser seinen Bart, über dem Bart und den Haaren erhebt sich der hohe Himmel. Jene Wiesen sind keine Wiesen: sie sind ein Gürtel, der die runde Himmelskuppel in der Mitte umgürtet; und in der oberen wie in der unteren Hälfte der Kuppel lustwandelt der Mond.

Doch Pan Danilo sieht das alles nicht, er schaut nur sein junges Weib an.

«Mein junges Weib, meine goldene Katharina! Warum bist du in Leid versunken?»

«Ich bin nicht in Leid versunken, mein Pan Danilo! Mich haben nur die sonderbaren Geschichten über den Hexer erschreckt. Man erzählt sich, er sei schon so geboren worden. Von seinen frühesten Jahren an habe sich jedes Kind gesträubt, mit ihm zu spielen. Stell dir nur vor, mein Pan Danilo, wie schrecklich das ist, was man von ihm berichtet: es habe ihm sein ganzes Leben lang so geschienen, als verhöhnten ihn alle anderen. Da trifft er etwa an einem dunkeln Abend mit irgend jemand zusammen — und sofort will es ihn bedünken, daß der andere nur den Mund auftue, um ihm die Zähne zu zeigen. Am nächsten Tage habe man dann jenen Menschen tot aufgefunden. Es erschreckte mich, es graute mir, als ich diese Geschichten hörte», sagte Katharina, zog ein Tüchlein hervor und wischte dem schlafenden Kinde das Gesicht ab. Sie hatte dieses Tüchlein einmal mit gelben Blättern und Beeren bestickt.

Pan Danilo erwiderte kein Wort. Er blickte von Zeit zu Zeit auf die andere Seite ins Dunkel hinüber, wo sich fern hinter dem Walde ein schwärzlicher Erdwall abzeichnete, über den ein altes Schloß emporragte. Über seinen Augenbrauen zeigten sich auf einmal drei tiefe Furchen; mit der linken Hand fuhr er sich über den buschigen Schnurrbart. «Nicht das ist so schrecklich», sagte er, «daß er ein Hexer ist; viel schrecklicher scheint mir, daß er ein unguter Gast ist. Was hat ihn nur gestochen, sich hier einzuschleichen? Es gehen Gerüchte um, die Polen planten, hier irgendwo eine Festung zu bauen, um uns den Weg zu den Saporogern zu verlegen. Wenn das wahr wäre! ... Ich zerschmettere sein Teufelsnest, wenn es mir zu Ohren kommen sollte, es sei ein feindliches Versteck. Ich verbrenne den alten Hexer, daß nicht einmal die Raben mehr etwas zum Aufpicken finden sollen! Ich glaube, er wird nicht wenig Gold und sonstige Schätze zusammengescharrt haben. Dort drüben haust dieser Satan. Wenn er Gold haben sollte ...! Wir rudern bald vorbei, dort, gleich bei den Kreuzen. Das ist der Friedhof, wo seine unsauberen Ahnen verfaulen. Sie alle sind, wie es heißt, bereit gewesen, sich selbst samt ihren Seelen für rotes Gold an den leibhaftigen Satan zu verkaufen... Wenn wirklich Gold dasein sollte, so hat es keinen Sinn, noch lange zu zögern. Nicht auf jedem Kriegszug ist es zu erbeuten ...»

«Ich weiß, worauf du sinnst. Die Begegnung mit ihm weissagt nichts Gutes. Du atmest so schwer, du blickst so streng drein, deine Brauen ziehen sich so finster über deinen Augen zusammen ...»

«Schweig, Weib!» verwies Danilo sie unmutig, «wer sich mit euch einläßt, wird selber zum Weibe. — Gib mir Feuer für die Pfeife, Bursche!» wandte er sich an den einen der Ruderer, der glimmende Glut aus seiner Pfeife hervorklopfte und sie in die Pfeife seines Herrn tat. «Sie will mir mit dem Hexer Schrecken einjagen», fuhr Danilo fort, «doch ein Kosak fürchtet sich, Gott sei Dank, weder vor Teufeln noch vor Pfaffen! Das würde etwas Schönes geben, wenn wir auf unsere Weiber hören wollten! Nicht so, ihr Burschen? Pfeife und Säbel — das ist unsere Braut!»

Katharina war verstummt und schaute auf den verschlafenen Fluß hinaus. Der Wind ließ einen leichten Schauer über das Wasser laufen, und der ganze Dnjepr schimmerte silbern wie ein Wolfsfell zur Nacht. Der Einbaum wendete und hielt sich am waldigen Abhang. Am Ufer wurde ein Friedhof sichtbar: morsche Kreuze drängten sich aneinander. Kein Wacholder wuchs zwischen ihnen, kein Gras grünte, nur der Mond beschien sie von der Himmelshöhe.

«Hört ihr's schreien, Burschen?» wandte sich Pan Danilo an die Ruderer, «jemand ruft uns um Hilfe.»

«Wir hören die Schreie», antworteten die Burschen und wiesen auf den Friedhof, «sie kommen von dorther.»

Doch alles war wieder still geworden. Der Kahn bog um eine vorspringende Landzunge. Auf einmal ließen die Burschen ihre Ruder sinken und starrten reglos auf einen Fleck am Ufer. Auch Pan Danilo war wie versteinert. Angst und kaltes Grauen jagten durch die Adern des Kosaken.

Eines der Kreuze begann zu wanken. Und dem Grabe entschwebte ein verdorrter Leichnam. Der Bart fiel ihm bis zum Gürtel herab. An seinen Fingern krümmten sich lange Nägel, länger als die Finger selbst. Lautlos hob er seine Arme in die Höhe. Das ganze Gesicht zuckte und verzerrte sich. Er schien furchtbare Qualen zu leiden. «Schwül ist mir, schwül!» stöhnte er mit wilder, nicht mehr menschlicher Stimme, die wie ein Messer ins Herz schnitt. Und jäh war der Tote wieder in der Erde verschwunden. Ein anderes Kreuz wankte, ein anderer Leichnam entstieg seinem Grabe, noch grauenhafter, noch riesiger als der vorige, ganz von Haaren überwachsen, mit einem bis an die Knie reichenden Bart und noch längeren knöchernen Krallen. Noch wilder rief er: «Mir ist schwül!» — und versank wieder in die Erde. Ein drittes Kreuz wankte, ein dritter Toter tauchte empor, nichts als ein Haufen Knochen schien sich über das Grab zu erheben. Der Bart reichte bis an die Fußsohlen, die Finger bohrten sich mit ihren Krallen in die Erde. Schaurig reckte er seine Arme gen Himmel, als wenn er nach dem Monde greifen wollte, und heulte so schrill, als zersägte jemand sein gelbes Gebein.

Das Kind in Katharinas Armen wimmerte und erwachte; Katharina selbst schrie auf; den Ruderern flogen ihre Mützen in den Strom; sogar Pan Danilo erbebte.

Auf einmal war alles verschwunden, als wenn es nie gewesen wäre. Doch die Burschen griffen noch lange nicht nach ihren Rudern. Besorgt blickte Burulbasch auf seine junge Frau, die voller Entsetzen ihr Kind in den Armen wiegte, es an ihr Herz preßte und es auf die Stirn küßte.

«Hab keine Angst, Katharina! Schau doch nur! Es ist nichts!» sagte er und wies rings um sich. «Der Hexer will den Menschen nur Furcht einjagen, daß niemand sich an sein schmutziges Nest heranwage. Damit kann er nur Weiber erschrecken. Gib mir den Sohn in die Arme!»

Mit diesen Worten hob Pan Danilo seinen Sohn hoch und berührte ihn mit den Lippen. «Nicht wahr, Iwan, du fürchtest dich doch nicht vor Hexern? Sage: ‚Nein, Vater, ich bin ein Kosak!' — Genug! Hör auf zu weinen! Bald sind wir zu Hause. Zu Hause wird dich die Mutter mit Grütze füttern, wird dich in die Wiege schlafen legen und wird singen:

‚Lulli, lulli, lulli,
lulli, Söhnchen, lulli!
Gleich den alten Recken
wird dich Ruhm bedecken,
jedem Feind zum Schrecken.'

Höre, Katharina, mir scheint, dein Vater will nicht in Frieden mit uns leben. Immer ist er finster und mißmutig, als sei er über irgend etwas ergrimmt ... Nun gut, mag er mit uns unzufrieden sein — warum ist er dann überhaupt zu uns gekommen? Da wollte er kürzlich nicht auf unsere Kosakenfreiheit trinken! Hat unser Kind noch nie auf die Arme genommen! Zuerst wollte ich ihm alles sagen, was mir auf dem Herzen liegt; aber ich brachte nichts heraus, die Worte blieben mir im Halse stecken. Nein, er hat kein Kosakenherz! Wenn sich zwei Kosakenherzen begegnen, so springen sie aus der Brust aufeinander zu. — Nun, wie ist's, meine lieben Burschen? Sind wir bald angelangt? Ihr sollt neue Mützen von mir bekommen. Dir, Stetzko, schenke ich eine samtene, mit Gold verzierte. Ich habe sie einmal einem Tataren zusammen mit seinem Kopfe abgeschlagen, seine ganze Rüstung fiel mir zur Beute, nur seine Seele ließ ich laufen ... Nun, legt an! Da sind wir zu Hause, Iwan — und du weinst noch immer! Nimm ihn, Katharina!»

Alle gingen an Land. Hinter dem Berge zeigte sich ein Strohdach: Pan Danilos Erbsitz. Dahinter erhebt sich ein anderer Berg. Und dann kommt gleich das freie Feld, und du kannst hundert Werst weit gehn und wirst keinem Kosaken mehr begegnen.

III.

Der Gutshof Pan Danilos liegt zwischen zwei Bergen in einem engen, auf den Dnjepr zu gehenden Tal. Nicht groß ist sein Haus; von außen gleicht es einer Hütte, wie sie auch die einfachen Kosaken besitzen, und hat nur eine einzige umfangreichere Stube; doch die ist so geräumig, daß Platz genug für alle da ist: für ihn, für seine Frau, für die alte Dienstmagd und für die zehn auserlesenen jungen Kosaken. Den Wänden entlang ziehen sich oben eichene Borte hin, mit Schüsseln und Kochgeschirren vollgestellt, aber auch mit silbernen Bechern und vergoldeten Pokalen, geschenkten wie im Kriege erbeuteten. Unter den Borten hängen kostbare Musketen, Säbel, Hakenbüchsen und Lanzen, die mit oder gegen den Willen ihrer früheren tatarischen, türkischen und polnischen Besitzer in die Hände Pan Danilos übergegangen sind. Aus diesem Grunde weisen manche von ihnen Scharten auf. Und wenn Pan Danilo sie betrachtet, rufen diese Scharten die Erinnerung an viele überstandene Gefechte in ihm wach. Unten laufen glattgehobelte Eichenbänke der Wand entlang. Neben der Ofenbank hängt an Stricken, die durch einen Ring an der Decke gezogen sind, die Wiege. In der ganzen Stube ist der Fußboden glattgestampft und mit Lehm ausgestrichen. Auf den Bänken schläft Pan Danilo mit seiner Frau, auf der Ofenbank die alte Magd; in der Wiege spielt und schlummert das kleine Kind; auf dem Fußboden übernachten die jungen Kosaken. Am liebsten schläft der Kosak auf der bloßen Erde unter dem freien Himmel; er braucht weder Kissen noch Federbett: ein Bündel frischen Heus unter dem Nacken, streckt er sich im Grase aus. Er hat seine Lust daran, wenn er mitten in der Nacht erwacht, in den hohen sternbesäten Himmel zu schaun und von der nächtlichen Kühle, die seine Kosakenknochen durchrieselt, zusammenzuschauern; er dehnt dann seine Glieder, murmelt im Halbschlaf vor sich hin, brennt seine Pfeife wieder an und wickelt sich fester in seinen warmen Pelz.

Burulbasch war nach dem gestrigen Gelage nicht allzufrüh erwacht. Er erhob sich, setzte sich in eine Bankecke und begann einen kürzlich eingetauschten türkischen Säbel zu schleifen. Pani Katharina bestickte indessen ein seidenes Tüchlein mit goldenen Fäden.

Da trat Katharinas Vater in die Stube; verdrossen und griesgrämig, eine ausländische Pfeife zwischen den Zähnen, ging er auf die Tochter zu und begann sie streng auszufragen, aus welchem Grunde sie gestern so spät nach Hause gekommen wäre.

«Danach hast du nicht sie, sondern mich zu fragen, Schwiegervater! Nicht die Frau, sondern der Mann hat Antwort zu stehn. Nimm's mir nicht übel, doch das ist nun einmal so bei uns Sitte», sagte Danilo, ohne von seiner Arbeit abzulassen, «es kann sein, daß in den fremden heidnischen Ländern andere Sitten herrschen. Doch davon weiß ich nichts.»

Das finstere Gesicht des Alten verfärbte sich;

in seinen Augen blitzte es auf. «Wer anders als der Vater hat auf seine Tochter aufzupassen?» knurrte er gleichsam in sich hinein, «nun gut, so frage ich dich: wo hast du dich bis in die späte Nacht herumgetrieben?»

«Das ist eine andere Sache, lieber Schwiegervater. Darauf kann ich dir nur antworten, daß ich schon lange nicht mehr zu den Säuglingen gehöre, die von den Weibern in Windel gewickelt werden. Ich weiß, wie man im Sattel sitzt, weiß, wie man einen scharfen Säbel schwingt, und weiß noch sonst allerlei. Ich weiß auch, daß ich niemand Rechenschaft darüber abzulegen brauche, was ich tu und lasse.»

«Ich sehe, Danilo, daß du Streit suchst. Wer etwas verbirgt, hat sicher böse Absichten.»

«Denk dir, was du willst», sagte Danilo, «auch ich mache mir meine Gedanken. Gottlob, habe ich noch nie an einer ehrlosen Tat Anteil gehabt; ich bin immer für die Rechtgläubigkeit und für die Heimat eingetreten — anders als manche Landstreicher, die sich Gott weiß wo umhergetrieben haben und dann herkommen, um das nicht von ihnen gesäte Korn einzuernten, während sich die Rechtgläubigen auf Tod und Leben herumschlagen. Nicht einmal den Unierten sind sie gleichzuachten: sie schaun niemals in eine Christenkirche hinein. Diese Herren sollte man einmal in aller Form ausfragen, wo sie sich herumtreiben!»

«He, Kosak, weißt du... ich schieße schlecht: nur noch auf hundert Klafter trifft meine Kugel ins Herz; ich fechte auch nicht sonderlich: von einem Menschen bleiben nur noch kleinere Stücke übrig als die Körner, aus denen man Grütze kocht.»

«Ich bin bereit!» sagte Pan Danilo und hieb mit seinem Säbel ein Kreuz in die Luft, als wüßte er endlich, wozu er ihn geschliffen.

«Danilo!» schrie Katharina laut auf, packte ihn bei der Hand und hielt sie fest; «bedenke, du Rasender, gegen wen du die Hand erhebst! Und du, Vater, hast dich, trotz deines weißen Haares, hinreißen lassen wie ein unverständiger kleiner Junge!»

«Weib!» herrschte Danilo sie drohend an, «du weißt, ich mag so etwas nicht! Kümmere dich um deine Weiberangelegenheiten!»

Schrecklich schlugen die Säbel aufeinander; Eisen traf auf Eisen; wie Staub sprühten die Funken über den Kosaken. Weinend lief Katharina in ihre Kammer, warf sich aufs Bett und hielt sich die Ohren zu, um die Säbelhiebe nicht mehr zu hören. Doch die Kosaken fochten nicht so schwach, daß man das Geklirr auf diese Weise ersticken konnte. Katharina war es, als wenn man ihr Herz in Stücke risse. Sie fühlte die Hiebe in ihrem ganzen Körper widerhallen. «Nein, ich halt' es nicht aus, ich halt' es nicht aus! Vielleicht schießt das Blut schon wie ein Springquell aus seinem weißen Leibe! Vielleicht ist mein Liebster schon verblutet — und ich liege noch hier!» Totenbleich und schwer atmend begab sie sich wieder in die Stube zurück.

Gleichmäßig und schrecklich fochten die Kosaken. Keiner vermochte den anderen zu überwältigen. Da dringt Katharinas Vater vor — und Danilo weicht ihm aus. Da dringt Danilo vor — und der harte Vater weicht ihm aus. Wieder stehn sie beide gleich. Es kocht in ihnen hoch. Sie holen aus. Ach, wie die Säbel klirren! . . . Und die Klingen fliegen zerbrochen auf die Seite.

«Herrgott! Ich danke dir!» sagte Katharina, schrie aber gleich wieder auf, als sie die beiden Männer zu ihren Musketen greifen sah. Sie richteten die Feuersteine und spannten die Hähne.

Pan Danilo drückte zuerst ab und hatte fehlgeschossen. Da zielte der Vater . . . Er ist alt, er sieht nicht mehr so scharf wie der Junge, doch seine Hand zittert nicht. Ein Schuß kracht. Pan Danilo wankte: hellrotes Blut färbte den linken Ärmel seines Überrockes.

«Nein!» schrie er, «so billig verkaufe ich mich nicht! Nicht der linke, der rechte Arm hat zu gebieten! Da an der Wand hängt eine türkische Pistole. Noch nie im Leben hat sie mich im Stich gelassen. Komm von der Wand herab, alter Kamerad! Erweise dem Freund den Dienst!» Und er streckte die Hand nach ihr aus.

«Danilo!» rief Katharina verzweifelt, warf sich zu seinen Füßen nieder und ergriff seine Hand; «ich fleh' dich nicht für mich an. Mit mir ist es aus: unwürdig ist das Weib, das seinen Mann überlebt! Der Dnjepr, der kalte Dnjepr wird mein Grab sein . . . Aber schau auf deinen Sohn, Danilo, schau auf deinen Sohn! Wer wird das arme Kind hegen und wärmen? Wer wird es liebkosen? Wer wird es lehren, auf einem Rappen dahinzufliegen, für Freiheit und Glauben zu kämpfen, zu zechen und sich seines Lebens zu freun wie ein echter Kosak? Geh zugrunde, mein Sohn, geh zugrunde! Dein Vater will nichts von dir wissen. Sieh, wie er sein Gesicht abwendet! Oh, jetzt kenne ich dich! Eine Bestie bist du und kein Mensch! Ein Wolfsherz hast du und den Sinn einer falschen Schlange! Ich hatte immer gedacht, daß ein Tropfen Erbarmen in dir sei, daß ein menschliches Gefühl in deinem steinernen Körper brenne. Wie grauenhaft habe ich mich getäuscht! Deine Gebeine werden im Grabe zu tanzen beginnen, wenn du vernehmen wirst, wie diese verruchten Ungeheuer, die Polen, deinen Sohn ins Feuer werfen und wie dein Sohn unter ihren Messern im siedenden Wasser schreien wird. Oh, ich kenne dich! Du wirst dich freudig aus deinem Grabe erheben und mit deiner Mütze das Feuer anfachen, das unter ihm emporzüngelt.»

«Halt ein, Katharina! Komm, komm, mein Augapfel, mein Iwan, ich will dich küssen. Nein, mein Junge, niemand soll dir auch nur ein Haar krümmen. Du sollst zum Ruhm der Heimat aufwachsen. Wie ein Sturmwind sollst du an der Spitze deiner Kosaken dahinfliegen, die Sammetmütze auf dem Kopf, den scharfen Säbel in der Faust! — Gib mir die Hand, Vater! Vergessen wir, was zwischen uns vorgefallen ist! Sollte ich dir Unrecht getan haben, so bekenne ich mich schuldig ... Wie? Warum willst du mir nicht die Hand reichen?» sagte Danilo zu Katharinas Vater, der reglos auf einem Fleck stand und auf dessen Gesicht weder Zorn noch Versöhnung zu erkennen waren.

«Vater!» bat Katharina und umarmte und küßte ihn, «sei nicht unerbittlich! Vergib Danilo! Er wird dich nicht mehr kränken.»

«Nur dir zuliebe, Tochter, nur dir zuliebe vergeb' ich ihm», erwiderte er und gab ihr einen Kuß, während es in seinen Augen seltsam auffunkelte.

Katharina zuckte leicht zusammen: sowohl der Kuß des Alten wie das seltsame Funkeln in seinen Augen wollten ihr befremdlich vorkommen. Sie neigte sich über den Tisch, auf dem ihr Mann seinen verwundeten Arm verband; dabei schoß es ihm durch den Kopf, wie falsch und unkosakisch es gewesen sei, um Verzeihung zu bitten, ohne sich einer Schuld bewußt zu sein.

IV.

Ein neuer Tag dämmerte auf, doch ein Tag ohne Sonne. Der Himmel war grau, und ein feiner Regen rieselte auf die Felder, die Wälder und den breiten Dnjepr nieder. Pani Katharina erwachte; doch es war kein freudiges Erwachen. Ihre Augen waren verweint, sie fühlte sich verwirrt und beunruhigt.

«Lieber Mann, teurer Mann, mir hat böse geträumt.»

«Was hat dir denn geträumt, meine liebe Katharina?»

«Der Traum war so unheimlich und dabei

so deutlich, daß ich zu wachen glaubte. Mir träumte, mein Vater sei jenes Ungeheuer gewesen, das wir beim Essaùl gesehen haben. Aber ich flehe dich an, glaub nicht dem Traum: wieviel Unsinniges stößt einem in solch einem Traume zu! Ich stand also vor ihm und zitterte am ganzen Leibe. Ich verging vor Angst. Seine Worte klangen wie ein Stöhnen in allen meinen Adern wider. Wenn du wüßtest, was er mir gesagt hat!»

«Was hat er dir denn gesagt, meine goldene Katharina?»

«Er sagte: ‚Schau mich an, Katharina, wie schön ich bin! Die Leute halten mich zu Unrecht für häßlich. Ich würde einen stattlichen Ehemann für dich abgeben. Sieh nur, wie meine Augen blitzen!' Und dann richtete er seine Flammenaugen auf mich, daß ich aufschrie und erwachte.»

«Ja, Träume sagen oft viel Wahres aus... Weißt du übrigens, daß hinter den Bergen allerlei Beunruhigendes vor sich zu gehen scheint, so, als ob die Polen sich wieder vorwagen wollten? Gorobetz hat mir durch einen Boten anraten lassen, wachsam zu sein. Er ist umsonst besorgt, der Alte, ich wache ohnedies. Meine Burschen haben heute nacht zwölf Schanzen aufgeworfen. Wir wollen die Herrn vom polnischen Reichstag mit Bleipflaumen bewirten, und die Schlachta soll zu unseren Peitschen tanzen lernen!»

«Weiß der Vater davon?»

«Ach, dein Vater, der sitzt mir auf dem Halse.

Bis auf den heutigen Tag ist er ein Rätsel für mich geblieben. Viele Sünden muß er in der Fremde auf sich geladen haben. Was das nur für einen Grund haben mag: so viele Monate schon hockt er bei uns und hat noch keinmal mit uns gezecht, wie sich das für einen guten Kosaken geziemt. Wollte keinen Met mit uns trinken. Stell dir vor, Katharina, er weigerte sich, vom Met zu trinken, um den ich die Brester Juden erleichtert habe. — He, Bursche!» rief Pan Danilo, «lauf, Junge, und hol mir vom Judenmet aus dem Keller! — Auch Schnaps will er nicht trinken, pfui Teufel! Es kommt mir so vor, Pani Katharina, daß er nicht einmal an unsern Herrn Christus glaubt. Wie scheint dir das?»

«Gott weiß, was du da alles sprichst, Pan Danilo!»

«Es ist zu merkwürdig!» fuhr Pan Danilo fort und nahm dem Burschen, der aus dem Keller wiedergekehrt war, den tönernen Metkrug aus der Hand; «selbst diese katholischen Ketzer sind noch auf den Schnaps versessen. Nur die Türken trinken nicht. — Nun, Stetzko, wieviel Met hast du im Keller in dich geschüttet?»

«Ich habe nur ein wenig probiert, Pan.»

«Das lügst du, Hundesohn! Schau doch nur, wie die Fliegen über deinen Schnurrbart hergefallen sind! Ich sehe es deinen Augen an, daß du mindestens einen halben Eimer ausgeschleckt hast. Ach, diese Kosaken! Tolles Volk! Alles sind sie bereit, für einen Kameraden hinzugeben. Nur beim Trinken denkt jeder an sich allein

Ich, Pani Katharina, bin, wie mir scheint, lange nicht mehr richtig betrunken gewesen. Oder?»

«Was sagst du? Lange? Wie war's denn am vergangenen . . .?»

«Hab keine Bange, hab keine Bange! Mehr als einen Krug trinke ich nicht. — Ah, da kommt unser türkischer Abt angeschlichen», stieß er zwischen den Zähnen hervor, als er seinen Schwiegervater erblickte, der sich bücken mußte, um durch die niedere Tür einzutreten.

«Was heißt das, meine Tochter?» sagte der Alte, nahm die Mütze ab und rückte den Gürtel zurecht, an dem ein mit kostbaren Steinen geschmückter Säbel hing; «die Sonne steht schon hoch am Himmel, und das Essen ist noch nicht fertig!»

«Das Essen ist fertig, Vater, es wird gleich aufgetragen. — Nimm den Topf mit den Klößen vom Feuer!» befahl Katharina der alten Magd, die das hölzerne Geschirr abtrocknete; «warte, ich tu es lieber selber. Ruf du die Burschen zusammen!»

Alle setzten sich im Kreis auf den Boden nieder: der Vater gegenüber der Wand mit den Heiligenbildern, Pan Danilo zu seiner Linken, Pani Katharina zu seiner Rechten, und dann die zehn treuen Burschen in ihren blauen und gelben Überröcken.

Als der Alte ein paar Bissen gekostet hatte, legte er den Löffel nieder und murrte: «Ich kann die Klöße nicht leiden. Sie haben gar keinen Geschmack.»

Ich weiß schon, daß dir Judennudeln besser

schmecken, ging es Pan Danilo durch den Kopf. Laut erwiderte er nur: «Warum sagst du, daß die Klöße keinen Geschmack haben, Schwiegervater? Sind sie denn schlecht zubereitet? Meine Katharina kocht so gut, daß selbst der Hetman solche Klöße nur selten zu essen bekommt. Man sollte sie nicht verschmähen: sie sind eine Christenspeise. Alle heiligen und Gott wohlgefälligen Menschen essen Klöße ...»

Der Vater antwortete mit keinem Wort. Auch Danilo verstummte.

Ein gebratener Eber mit Kraut und Pflaumen wurde aufgetragen.

«Ich mag kein Schweinefleisch», sagte der Alte und fischte sich mit seinem Löffel nur ein wenig Kraut aus der Schüssel.

«Wie kann man das Schweinefleisch nicht mögen?» widersprach Danilo; «nur Türken und Juden essen kein Schweinefleisch.»

Der Alte schaute noch finsterer drein.

Er nahm nur noch etwas Mehlbrei mit Milch; statt des Schnapses schenkte er sich von einer schwarzen Flüssigkeit ein, die er in einer Flasche bei sich trug.

Nach dem Essen legte sich Pan Danilo zu einem tüchtigen Mittagsschlaf nieder und erwachte erst gegen Abend. Er setzte sich an den Tisch und fertigte Botschaften an das Kosakenheer aus. Pani Katharina saß auf der Ofenbank und schaukelte die Wiege. Pan Danilo sitzt nachdenklich da, überliest mit einem Auge, was er geschrieben hat, und schaut mit dem anderen zum Fenster hinaus. Hinter dem Fenster schimmern draußen die Berge und der Dnjepr und blauen die gegenüberliegenden Wälder; über den Wäldern glänzt der frühe Nachthimmel, der sich wieder aufgeheitert hat. Doch Pan Danilo ergötzt sich nicht am fernen Himmel und an den blauen Wäldern, er behält die vorspringende Landzunge im Auge, auf der sich schwarz das alte Schloß erhebt: er hat in einem der schmalen Schloßfenster das Aufleuchten eines Lichtes zu sehen geglaubt. Doch alles bleibt still. Es hatte ihm wohl nur so geschienen. Nichts ist zu hören als das dumpfe Rauschen des Dnjepr dort unten und der Widerhall der erwachten Wellen, die eine nach der andern von drei Seiten an das Ufer schlagen. Der Fluß ist nicht in Aufruhr, er brummt nur und murrt wie ein alter Mann, dem nichts mehr recht gefällt, da alles um ihn herum sich verändert hat. Er ist voller Mißmut über die Uferberge, die Wälder und die Wiesen und trägt seine Klagen über sie dem Schwarzen Meere zu.

Da ist plötzlich mitten im breiten Strom ein schwärzliches Boot zu sehen, und auch im Schloß scheint wieder ein Licht aufzublitzen. Pan Danilo pfeift leise durch die Zähne, und auf seinen Pfiff läuft einer der getreuen Burschen herbei.

«Nimm einen scharfen Säbel und eine Flinte mit, Stetzko, und begleite mich!»

«Willst du noch ausgehn?» frug Pani Katharina.

«Ja, ich gehe. Ich muß nachsehen, ob alles in Ordnung ist.»

«Ich hab' aber Angst, allein zu bleiben. Der Schlaf sitzt mir schon in den Augen. Wenn mir nun heute wieder dasselbe träumte wie gestern? Ich bin nicht einmal ganz sicher, ob es wirklich nur ein Traum war — so deutlich sah ich alles vor mir.»

«Die Alte bleibt bei dir. Und im Flur und auf dem Hof schlafen die Kosaken.»

«Die Alte ist schon eingeschlafen. Und zu den Kosaken hab' ich kein rechtes Zutraun. Weißt du was, Pan Danilo? Schließ mich in meine Kammer ein und nimm den Schlüssel mit dir. Die Kosaken aber mögen sich vor meiner Schwelle niederlegen.»

«Gut, ganz wie du willst», entgegnete Pan Danilo, wischte den Staub von seinem Gewehr und tat Pulver auf die Pfanne.

Der treue Stetzko wartete schon in seiner vollen Kosakenausrüstung auf ihn. Danilo setzte seine Lammfellmütze auf, schloß das Fenster, schob die Riegel vor die Tür, drehte den Schlüssel um und ging leise an seinen schlafenden Kosaken vorbei aus dem Hof, den Bergen zu.

Der Himmel hatte sich fast ganz aufgeklärt. Vom Dnjepr her wehte ein kaum spürbarer frischer Windhauch. Hätte man nicht die fernen Möwenschreie gehört, so wäre einem alles wie erstarrt vorgekommen.

Plötzlich ließ sich ein Rascheln vernehmen. Lautlos duckten sich Burulbasch und sein treuer Diener hinter einem Dorngebüsch nieder, das einen Verhau verdeckte. Ein Mann in rotem

Überrock, zwei Pistolen im Gürtel, einen Säbel an der Seite, klomm bergabwärts.

«Das ist der Schwiegervater!» flüsterte Pan Danilo, aus dem Gebüsch hervorspähend; «was tut er hier um diese Zeit? Wohin geht er? ... Halt beide Augen offen, Stetzko, und paß auf, welchen Weg der Herr Vater nimmt.»

Der Mann im roten Überrock war bis ans Ufer hinabgestiegen und wandte sich jetzt der Landzunge zu. «Ah! Dahin also!» sagte Pan Danilo; «wie scheint's dir, Stetzko? Begibt er sich ins alte Hexernest?»

«Ja, gewiß, nirgendwo anders hin, Pan Danilo. Sonst hätten wir ihn an der anderen Seite hervorkommen sehn müssen. Doch er ist dicht vor dem Schlosse verschwunden.»

«Wart, wir wollen hier hervorkriechen und seine Spur verfolgen. Dahinter steckt etwas! Nein, Katharina, ich hab' es dir gleich gesagt, dein Vater ist ein Bösewicht. Er hätte sich sonst nicht immer anders verhalten als alle Rechtgläubigen.»

Schon sind Pan Danilo und sein treuer Bursche auf der Landzunge. Schon sind sie nicht mehr zu sehen. Der dicht verwachsene Wald um das Schloß hat sie verschluckt. Oben im Schloß leuchtet in einem der Fenster ein stilles Licht auf. Unten stehen die beiden Kosaken und überlegen, wie sie hinaufgelangen können. Weder Tor noch Tür sind zu entdecken. Zwar muß es vom Hof her einen Eingang geben. Doch wie in ihn eindringen? Von weitem hört man Ketten klirren und Hunde umherirren.

«Was gibt's da viel nachzudenken!» rief Pan Danilo aus, als er eine hohe Eiche erblickte, deren Wipfel bis an das Fenster reichte. «Bleib hier stehn, Junge, ich klettre hinauf. Von dort kann man grade ins Fenster schaun.»

Er entgürtete sich, legte seinen Säbel ab, damit sein Klirren ihn nicht verriete, griff ins Geäst und kletterte nach oben. Das Fenster leuchtete immer noch. Auf einem Ast neben dem Fenster niederhockend, hielt er sich am Stamme fest und schaute hinein.

Keine Kerze oder Lampe ist zu sehen, und doch ist der Raum hell erleuchtet. An den Wänden glitzern geheimnisvolle Zeichen. Auch viele fremdartige Waffen sind dort aufgehängt, wie sie weder die Türken noch die Krimtataren, noch die Polen, noch andere Christen, noch die tapferen Schweden tragen. Unter der Decke huschen Fledermäuse hin und her, und ihre Schatten gleiten über die Wände, die Türen und die Dielenbretter. Jetzt hat sich eine Tür geräuschlos aufgetan. Ein Mann in rotem Überrock tritt ein und geht auf den mit einem weißen Tuch bedeckten Tisch zu. «Er ist's! Der Schwiegervater!» Pan Danilo läßt sich etwas tiefer hinab und schmiegt sich fester an den Eichenstamm.

Doch der Schwiegervater achtet nicht darauf, ob jemand zum Fenster hineinschaut oder nicht. Finster und grimmig war er eingetreten. Jetzt reißt er das Tuch vom Tisch — und auf einmal ist der ganze Raum von einem ruhigen blauen Schein durchflutet, der sich aber nicht mit den

Wellen des blaßgoldenen Lichtes, die das Gemach vorher erfüllt hatten, vermengt, sondern das Gold ergießt sich gleichsam in Schichten in ein blaues Meer und durchzieht es, wie Marmoradern, mit leuchtenden Fäden. Inzwischen hat der Alte ein Gefäß auf den Tisch gestellt und beginnt Kräuter hineinzuwerfen.

Danilo schaut näher hin und gewahrt nicht mehr den roten Überrock. Die Beine des Hexers sind von breiten Hosen umhüllt, wie die Türken sie tragen, in seinem Gürtel stecken Pistolen, auf seinem Kopfe trägt er einen wunderlichen Hut, mit Schriftzeichen bedeckt, die weder russischen noch polnischen Buchstaben ähnlich sehen. Danilo schaut ihm ins Gesicht — doch auch das Gesicht hat sich verwandelt: die Nase ist länger geworden und hängt über die Lippen herab; der Mund zieht sich bis zu den Ohren hin; ein Stoßzahn ragt aus ihm hervor — und derselbe Hexer steht da, den er damals auf der Hochzeit beim Essaùl gesehen. «Dein Traum hat wahr gesprochen, Katharina», sagt sich Burulbasch.

Der Zauberer begann den Tisch zu umschreiten, die glitzernden Zeichen an den Wänden veränderten immer schneller ihre Umrisse, die Fledermäuse flatterten immer aufgeregter auf und nieder, hin und her. Das blaue Licht wurde blasser und blasser und schien auf einmal ganz erloschen. Ein zarter rosenfarbener Schein erfüllte jetzt das Gemach. Es schien sich mit einem leisen Klingen bis in alle Winkel zu ergießen und ist dann auf einmal verweht. Nur ein Sausen ist zu hören, wie wenn der Wind in stiller Abendstunde über dem Wasserspiegel kreist und die Silberweiden immer tiefer beugt. Pan Danilo ist es, als ob der Mond in das Zimmer hineinstrahlte und die Sterne am Deckengewölbe ihre Bahnen zögen; er glaubt undeutlich den dunkelblauen Himmel schimmern zu sehen und den kühlen Anhauch der Nachtluft auf seinen Wangen zu spüren. Gleich darauf scheint es ihm wieder (und er zupft an seinem Schnurrbart, um sich zu vergewissern, daß er nicht schlafe), er erblicke nicht mehr den Himmel im Turmgemach des alten Schlosses, sondern schaue in die Wohnstube seines eigenen Hauses hinein; tatarische und türkische Säbel hängen an den Wänden unter den mit Geschirr und sonstigem Gerät vollgestellten Borten, Brot und Salz stehen auf dem Tisch, die Wiege hängt von der Decke herab ... Doch statt der Heiligenbilder glotzen ihn grausige Fratzen an; auf der Ofenbank... Da hüllt ein immer dichterer Nebel alles ein, und es ist finster geworden. Und wieder wird das Turmgemach des Schlosses klingend von rosenfarbenem Licht erhellt, wieder steht der Hexer mit dem sonderbaren Turban auf dem Kopf reglos da. Das Klingen wird immer lauter, das rosenfarbene Licht immer heller. Und jetzt weht etwas Weißes wie eine Wolke durch den Raum. Doch diese Wolke scheint Danilo keine Wolke zu sein, er meint, eine Frau zu sehen. Aus welchem Stoff ist ihre Gestalt? Ist sie aus Luft gewoben? Warum berührt sie den Boden nicht mit den Füßen und schwebt frei im Raum? Warum leuchten das rosenfarbene Licht und die glitzernden Zeichen an den Wänden durch sie hindurch? Da bewegt sie leicht ihr durchsichtiges Haupt, und man sieht ihre blaßblauen Augen glänzen; wie ein lichtgrauer Nebel fallen ihr die Haare in geringelten Locken von den Schultern herab; die Lippen färben sich mit fahlem Rot, als erglühe der frühe Morgenhimmel vom ersten kaum wahrnehmbaren Schein der Dämmerung; die Augenbrauen schwärzen sich ein wenig ... Ach! Das ist Katharina! Danilo fühlt sich wie an allen Gliedern gefesselt; er will rufen, seine Lippen bewegen sich, doch er bringt keinen Ton hervor.

Unbeweglich verharrte der Hexer am gleichen Fleck. «Wo warst du?» frug er. Die weiße Gestalt vor ihm erbebte.

«Warum hast du mich hierhergerufen?» stöhnte sie leise auf; «mir war so selig zumute. Ich war am Ort, wo ich geboren bin und fünfzehn Jahre lang gelebt habe. O wie ist es dort gut! Wie grün und duftig ist die Wiese, auf der ich als Kind gespielt habe! Dieselben Feldblumen, dieselbe Hütte, derselbe Gemüsegarten wie einst! O wie hat mich meine gute Mutter umarmt! Wieviel Liebe strahlte aus ihren Augen! Sie herzte mich und küßte mich auf Mund und Wangen und kämmte meine Locken mit einem dichten Kamm ... Vater!» — hier richtete sie ihre blassen Augen auf ihn — «warum hast du die Mutter erschlagen?»

Der Hexer drohte ihr zornig mit dem Finger. «Habe ich dich gebeten, daß du mir all das erzählst?» Die luftige Schöne zitterte. «Wo ist deine Herrin?» frug der Hexer.

«Meine Herrin Katharina ist eingeschlafen. Ich freute mich darüber, entschlüpfte ihrem Leib und flog frei davon. Schon lange wollte ich die Mutter wiedersehen. Auf einmal war ich wieder fünfzehn Jahr alt und wurde leicht wie ein Vogel. Warum riefst du mich nur?»

«Erinnerst du dich an alles, was ich dir gestern gesagt habe?» frug der Hexer so leise, daß man es kaum verstehen konnte.

«Ich erinnere mich, erinnere mich. Was gäb' ich nicht darum, wenn ich's vergessen könnte! Arme Katharina! Sie weiß vieles nicht, was ihre Seele weiß.»

«Das ist Katharinas Seele», sagte sich Pan Danilo, wagte aber noch immer nicht, sich zu rühren.

«Tu Buße, Vater! Ist es nicht furchtbar, daß nach jeder Mordtat, die du begehst, sich die Toten aus ihren Gräbern erheben?»

«Immer das alte Lied!» unterbrach der Hexer sie schroff; «ich bestehe auf dem Meinen! Ich werde dich zwingen, zu tun, was mir beliebt! Katharina wird sich in mich verlieben!...»

«Ein Ungeheuer bist du, und nicht mein Vater!» stöhnte sie auf; «nein, es wird nicht so geschehen, wie du willst. Wohl hast du durch unsauberen Zauber die Macht erlangt, Katharinas Seele zu dir zu rufen und sie zu quälen. Doch nur Gott allein kann sie zwingen, das zu tun, was Ihm wohlgefällig ist. Nein, niemals wird Katharina, solange ich ihrem Leibe innewohne, sich zu einer schlimmen Tat entschließen! Vater! Das schreckliche Gericht ist nahe! Selbst wenn du nicht mein Vater wärest — auch dann könntest du mich nie dazu bewegen, an meinem lieben, treuen Mann Verrat zu üben. Auch wenn mein Mann mir nicht die Treue hielte und mich nicht mehr liebte — ich bliebe ihm treu; denn Gott verschmäht die meineidigen und untreuen Seelen.»

Hier heftete sie ihre blassen Augen auf das Fenster, hinter dem Pan Danilo saß, und hielt wie erstarrt inne.

«Wohin schaust du? Was siehst du dort?» schrie der Hexer sie an.

Die Luftgestalt Katharinas zuckte zusammen. Doch Pan Danilo war schon längst wieder hinuntergeklettert und hatte sich mit seinem treuen Stetzko auf den Heimweg gemacht. «Furchtbar! Furchtbar!» sagte er zu sich selbst und fühlte, wie eine unbestimmte Angst sich seines Kosakenherzens bemächtigte. Bald darauf durchschritt er seinen Hof, in dem die Kosaken immer noch fest schliefen, außer jenem, der Wache hielt und seine Pfeife rauchte.

Der ganze Himmel war mit Sternen übersät.

V.

«Wie gut hast du getan, mich zu wecken!» sagte Katharina, während sie sich mit ihrem gestickten Hemdärmel die Augen rieb und ihren Mann, der vor ihr stand, vom Kopf bis zu den

Füßen anstarrte. «Ich habe einen schrecklichen Traum gesehen. Wie Felsen lag es auf meiner Brust. Ach, mir war, als müßte ich sterben . . .»

«Was für einen Traum hast du gesehen? Etwa diesen?» Und Burulbasch erzählte seiner Frau alles, was er wußte.

«Woher weißt du das, mein Gemahl?» frug Katharina tief erstaunt; «doch nein, vieles von dem, was du sagst, ist mir nicht bekannt. Mir hat nicht geträumt, daß mein Vater die Mutter ermordet hat. Auch die Toten habe ich nicht gesehen. Nein, Danilo, du erzählst es nicht richtig. Ach! Wie furchtbar ist mein Vater!»

«Kein Wunder! Du wirst noch manches andere nicht im Traum gesehen haben. Dir ist auch nicht der zehnte Teil von dem bekannt, was deine Seele weiß. Weißt du denn, daß dein Vater ein Antichrist ist? Erst im vorigen Jahr, als ich zusammen mit den Polen gegen die Krimtataren in den Krieg zog (damals hielt ich es noch mit diesem treulosen Volke), sagte mir der Abt des Brüderklosters — und der ist ein heiliger Mann, Katharina —, daß der Antichrist die Macht hat, jede Menschenseele zu beschwören; denn wenn der Mensch eingeschlafen ist, schweift seine Seele frei umher und schwebt mit den Erzengeln um Gottes Thronsaal . . . Vom ersten Tag an wollte mir das Gesicht deines Vaters nicht gefallen. Wenn ich gewußt hätte, daß du solch einen Vater hast, hätte ich dich nie zur Frau genommen. Ich hätte dich verlassen und mir nicht die Sünde aufgeladen, mit der Antichristenbrut verwandt zu sein.»

Katharina bedeckte ihr Gesicht mit den Händen und brach in Tränen aus.

«Danilo!» schluchzte sie, «bin ich es, die sich auch nur im geringsten gegen dich vergangen hat? Habe ich dich denn je verraten, lieber Mann? Wodurch habe ich deinen Zorn auf mich herabgezogen? Habe ich dir denn nicht treu gedient? Habe ich dir je ein böses Wort gesagt, wenn du von einem lustigen Zechgelage betrunken nach Hause kamst? Habe ich dir nicht einen schwarzbrauigen Sohn geboren?...»

«Weine nicht, Katharina! Jetzt kenn' ich dich ja und werde dich niemals verlassen. Die Sünden lasten allein auf deinem Vater.»

«Nein! Nenne ihn nicht mehr meinen Vater! Er ist mir nicht mehr Vater. Gott sei mein Zeuge, ich sage mich von diesem Vater los! Er ist ein Antichrist, ein Abtrünniger von Gott. Mag er zugrunde gehn! mag er ertrinken — ich werde keine Hand ausstrecken, um ihn zu retten! Mag er an einem geheimen Gift verdorren — ich werde ihm keinen Tropfen Wasser reichen! Du bist mir jetzt mein Vater!»

VI.

In eiserne Ketten geschmiedet, sitzt der Hexer hinter drei Schlössern im tiefen Keller Pan Danilos. Auf der Landzunge am Dnjepr verbrennt seine Teufelsburg, und blutrote Wellen umbranden und umlecken die alten Mauern. Nicht um seiner Zauberei und um seiner widergöttlichen

Untaten willen sitzt er hier im tiefen Verließ — denn darüber richtet Gott allein —, sondern wegen seines geheimen Verrats und seiner Verschwörung mit den Feinden des rechtgläubigen russischen Landes, die das ukrainische Volk an die Katholiken zu verkaufen und die christlichen Kirchen in Flammen aufgehen zu lassen trachteten.

Finster hockt der Hexer da; ein einziger Gedanke, schwarz wie die Nacht, wälzt sich in seinem Schädel: nur ein Tag noch ist ihm zu leben vergönnt, morgen heißt es, von der Welt Abschied zu nehmen, morgen wird er hingerichtet. Kein leichter Tod wartet auf ihn. Noch Gnade wär es, wenn man sich damit begnügte, ihn lebend in einem Kessel zu sieden und ihm die sündige Haut abzuziehen. Verdüstert läßt er den Kopf sinken. Vielleicht bereut er vor seiner letzten Stunde? Doch seine Sünden sind nicht so, daß Gott sie ihm verzeihen könnte. Über ihm befindet sich ein schmales, mit dicken Eisenstangen vergittertes Fenster in der Wand. Mit den Ketten klirrend, reckt er sich zu ihm empor, um zu sehen, ob nicht seine Tochter vorbeigehe. Sie ist sanft wie eine Taube und nicht nachtragend: würde sie sich nicht ihres Vaters erbarmen? ... Doch niemand ist zu erblicken. Unten ist ein Stück der Straße zu sehen; doch niemand geht auf ihr vorbei. Noch tiefer unten zieht der Dnjepr dahin; doch der kümmert sich um keinen: er braust und schäumt, und der Gefangene lauscht verzweifelt seinem eintönigen Rauschen.

Da zeigt sich jemand auf der Straße. Es ist ein Kosak. Der Angekettete seufzt schwer auf. Wieder ist alles leer. Doch da — von weitem — nähert sich wieder jemand, ein grünes Kleid bläht sich im Winde, im Haar glänzt ein goldenes Schiffchen . . . Sie ist's! Er preßt sein Gesicht ans Fenster. Jetzt ist sie ganz nahe.

«Katharina! Töchterchen! Hab Mitleid! Sei barmherzig!»

Doch sie bleibt stumm, sie will nichts hören; mit keinem Blick streift sie die Gefängnismauern. Schon ist sie vorübergegangen und verschwunden. Die ganze Welt ist verödet. Grämlich rauscht draußen der Dnjepr. Trauer lastet auf dem Herzen. Doch, vermag der Hexer wirklich menschliche Trauer zu empfinden?

Der Tag neigt sich. Schon sinkt die Sonne, schon ist sie verglüht. Es ist Abend geworden. Die Kühle steigt. Irgendwo brüllt ein Stier. Töne werden von weitem herübergeweht. Die Leute kehren wohl von ihrer Arbeit heim und schwatzen vergnügt. Auf dem Dnjepr gleitet ein Kahn dahin — doch wem ist es um den Gefangenen zu tun? Am Himmel erglänzt die silberne Sichel. Da geht wieder jemand über die Straße, in der anderen Richtung. Schwer ist's, in der Dunkelheit etwas zu erkennen. Doch! Es ist Katharina, die zurückkehrt.

«Tochter! Um Christi willen! Auch die wilden Wolfsjungen zerreißen nicht ihre Mutter. Tochter, schau dich doch nur einmal nach deinem verworfenen Vater um!»

Sie hört nicht und geht weiter.

«Tochter! Um deiner unglückseligen Mutter willen ...!»

Sie ist stehngeblieben.

«Komm! Vernimm meine letzten Worte!»

«Warum rufst du mich an, Gottverlorener? Nenne mich nicht deine Tochter! Zwischen uns gibt es keine Verwandtschaft. Was willst du von mir um meiner unglücklichen Mutter willen?»

«Katharina! Mein Ende ist nahe. Ich weiß, daß dein Mann mich an den Schwanz einer Stute anbinden und übers freie Feld schleifen lassen will. Vielleicht hat er sich sogar eine noch schrecklichere Todesart für mich ausgedacht ...»

«Ja, gibt es denn in der Welt eine Strafe, die deine Sünden aufwöge? Erwarte deinen Tod; niemand wird ein Wort für dich einlegen.»

«Katharina! Ich fürchte nicht die Strafe. Ich fürchte die Qualen in der anderen Welt ... Du bist unschuldig, Katharina, deine Seele wird sich zum Paradiese erheben und um Gott kreisen. Doch die Seele deines von Gott abgefallenen Vaters wird im ewigen Feuer brennen — und nie wird dieses Feuer erlöschen; es wird immer stärker und stärker flammen; kein Tropfen Tau wird niederfallen, kein Windhauch wird mir Kühle zuwehen ...»

«Diese Strafe zu lindern, hab' ich keine Macht», sagte Katharina und wandte sich ab.

«Katharina! Warte! Nur noch ein Wort! Du kannst meine Seele retten. Du weißt noch nicht, wie gütig und barmherzig Gott ist. Hast du nicht vom Apostel Paulus gehört, welch großer

Sünder er gewesen, und wie er dann Buße tat und ein Heiliger wurde?»

«Was kann ich denn tun, um deine Seele zu retten?» sagte Katharina, «wie kann ich schwaches Weib auch nur daran denken?»

«Wenn es mir gelänge, von hier herauszukommen, so würde ich alles verlassen. Ich will Buße tun, in einer Höhle hausen, ein härenes Gewand tragen und Tag und Nacht zu Gott flehen. Weder Fleischspeisen noch Fischspeisen sollen mehr über meine Lippen kommen, kein Fell will ich unter mich breiten, wenn ich mich zum Schlafen niederlege. Nur noch beten werde ich, nur noch beten. Und sollte Gottes Barmherzigkeit nicht wenigstens den hundertsten Teil meiner Sünden tilgen, so will ich mich bis zum Hals in die Erde eingraben oder mich in eine steinerne Wand einmauern und bis zu meinem Tode nicht Speise noch Trank zu mir nehmen. All mein Hab und Gut will ich den Mönchen geben, auf daß sie vierzig Tage und vierzig Nächte lang Totenmessen für mich lesen.»

Katharina dachte ratlos nach. «Und wenn ich dir auch dir Tür öffnete — von deinen Ketten kann ich dich nicht lösen.»

«Die Ketten fürcht' ich nicht», erwiderte er; «du glaubst, daß sie mich an Händen und Füßen festgeschmiedet haben? Nein, ich habe ihre Augen mit einem Nebel geblendet und ihnen an Stelle der Arme ein Holzstück hingestreckt. Schau nur hin, ich trage keine Ketten mehr!» rief er aus und trat in die Mitte des Verließes. «Auch Mauern würde ich nicht fürchten und durch sie hindurchschreiten. Doch mit diesen Mauern hier ist es etwas anderes; nicht einmal dein Mann weiß, was das für Mauern sind. Ein heiliger Einsiedler hat sie geschichtet, und keine Macht der Welt kann einen Gefangenen aus ihnen befreien, es sei denn, man öffnete die Tür mit demselben Schlüssel, mit dem der Heilige seine Zellentür zu versperren pflegte. Solch eine Zelle will auch ich, der ärgste aller Sünder, mir errichten, wenn ich wieder in Freiheit bin.»

«Höre, ich will dich herauslassen», sagte Katharina, vor der Tür stehenbleibend, «doch wie, wenn du mich betrögst und wenn du, statt Buße zu tun, dich wieder mit dem Teufel verbrüdertest?»

«Nein, Katharina, ich habe nicht lange mehr zu leben. Auch ohne daß man mich zu Tode führt, geht es bald mit mir zu Ende. Glaubst du wirklich, ich würde mich selbst der ewigen Qual überantworten?»

Die Schlösser kreischten.

«Lebe wohl! Der barmherzige Gott behüte dich, mein Kind!» sagte der Hexer und küßte sie.

«Rühr mich nicht an, furchtbarster aller Sünder! Mach dich rasch von dannen!» wehrte ihm Katharina.

Doch er war schon verschwunden.

«Ich habe ihn herausgelassen», sagte sie sich und starrte mit wildem Blick die Mauern an. «Wie soll ich das vor meinem Mann verantworten? Ich bin verloren. Mir bleibt nichts übrig, als mich lebenden Leibes selber zu begraben!» Aufschluchzend fiel sie fast über den Baumstumpf, auf dem eben noch der Gefangene gesessen hatte. «Doch ich habe eine Seele gerettet», versuchte sie sich zu trösten, «ich habe eine Gott wohlgefällige Tat vollbracht. Aber mein Mann...? zum erstenmal im Leben hab' ich ihn verraten! Wie furchtbar, wie unerträglich wird es für mich sein, ihm die Unwahrheit zu sagen!... Da kommt jemand! Mein Mann!» schrie sie verzweifelt auf und fiel ohnmächtig zu Boden.

VII.

«Ich bin es, mein Töchterchen! Ich bin es, mein Herzchen!» hörte es Katharina, wieder zu sich gekommen, sprechen — und erblickte die alte Magd, die sich zu ihr niederbeugte, irgend etwas vor sich hinmurmelte und sie mit Wasser aus ihrer dürren Hand besprengte.

«Wo bin ich?» frug Katharina, erhob sich ein wenig und sah sich um. «Vor mir rauscht der Dnjepr, hinter mir sehe ich die Berge... Wo hast du mich hingeführt, Alte?»

«Nirgendwo hab' ich dich hingeführt, ich hab' dich herausgeführt. Auf meinen Armen hab' ich dich aus dem dumpfen Kellerloch getragen. Und die Tür hab' ich mit dem Schlüssel zugesperrt, damit Pan Danilo nicht in Wut über dich gerät.»

«Wo ist denn der Schlüssel?» frug Pani Katharina und schaute auf ihren Gürtel hinunter, «ich seh' ihn nicht.»

«Dein Mann hat ihn dir abgebunden, Kind, um nach dem Hexer zu sehn.»

«Um nach dem Hexer zu schaun? . . . Alte, ich bin verloren!» schrie Katharina auf.

«Gott soll uns davor bewahren, Kind! Du mußt nur schweigen, kleine Pani, und niemand wird je etwas davon erfahren.»

Pan Danilo kam angelaufen. «Entflohn ist er, der verdammte Antichrist! Hast du's schon gehört, Katharina? Entflohn ist er!» rief er aus. Seine Augen sprühten Feuer, der Säbel an seiner Seite klirrte.

Katharina wurde leichenblaß. «Hat ihn jemand herausgelassen, mein lieber Mann?» frug sie zitternd.

«Herausgelassen? Jawohl, da hast du recht. Der Teufel selbst hat ihn herausgelassen. Stell dir vor, Katharina, statt seiner ist ein Stück Holz an die Ketten geschmiedet. Warum hat Gott es nur so eingerichtet, daß der Teufel sich nicht vor Kosakenfäusten fürchtet? Wenn es einem meiner Burschen beigefallen wäre und ich davon erführe — ich könnte mir keine Strafe ausdenken, die fürchterlich genug für ihn wäre!»

«Und wenn ich selber . . .?» frug Katharina unwillkürlich und hielt erschrocken inne.

«Wenn du das getan hättest, so wärst du nicht mehr meine Frau. In einen Sack würde ich dich einnähen und mitten im Dnjepr versenken lassen!»

Katharinas Atem stockte. Ihr war, als lösten sich ihr die Haare vom Kopf.

VIII.

Die Polen haben sich in einer Schenke an der Grenze versammelt und halten schon zwei Tage lang ein Gelage ab. Nicht wenig Gesindel hockt dort beieinander. Sie scheinen einen Überfall zu planen. Einige tragen Musketen; Sporen klingen und Säbel rasseln. Die Pans sind vergnügt und prahlen mit nie vollbrachten Taten, verhöhnen die Rechtgläubigkeit und nennen die Ukrainer ihre Sklaven, zwirbeln wichtigtuerisch ihre Schnurrbärte, werfen die Köpfe stolz in die Nacken und flegeln sich auf den Bänken herum. Auch ein Priester ist unter ihnen; doch der ist von ihrer Art und sieht überhaupt nicht nach einem christlichen Priester aus: er säuft, verlustiert sich und führt mit schamloser Zunge unzüchtige Reden. Auch die Dienstmannen stehen ihren Herrn in nichts nach. Sie haben die Ärmel ihrer zerlumpten Kaftane zurückgeworfen und spreizen sich, als wären sie etwas Rechtes. Sie spielen und hauen einander die Karten auf die Nasen. Sie haben fremde Weiber mitgeschleppt, lärmen und raufen. Ihre Herrn erhitzen sich und treiben Unfug: sie halten einen Juden am Barte fest und malen ihm das Zeichen des Kreuzes auf seine ungläubige Stirn, sie schießen mit blindgeladenen Flinten auf die Weiber und tanzen mit ihrem gottlosen Priester Krakowiak. Nicht einmal die Tataren haben sich jemals so aufgeführt. Gott selbst muß wohl solche Schmach über das ukrainische Volk als Strafe für seine Sünden verhängt haben.

Mitten in diesem Sodom hört man die polnischen Herrn vom Gute Pan Danilos hinter dem Dnjepr und von seiner schönen Frau reden... Zu einer üblen Tat hat sich die Bande zusammengefunden.

IX.

Pan Danilo hat in seinem Wohngemach die Ellenbogen auf den Tisch gestützt und grübelt vor sich hin. Auf der Ofenbank sitzt Pani Katharina und summt ein Lied.

«Ach, Frau, ich bin traurig», sagt Pan Danilo, «der Kopf schmerzt und das Herz tut weh. Mir ist schwer zumute, als lauere irgendwo in der Nähe der Tod auf mich.»

«O mein liebster Mann! Lehne den Kopf an meine Brust!... Warum verlierst du dich in so trübe Gedanken?» wollte Pani Katharina ausrufen, doch sie wagte es nicht: zu bitter schien es ihr, der Schuldbeladenen, sich von ihrem Gatten liebkosen zu lassen.

«Höre, Frau», sagte Danilo, «verlasse nicht meinen Sohn, wenn ich einmal nicht mehr sein sollte. Gott würde dir weder in dieser noch in jener Welt Glück schenken, wenn du ihn im Stich ließest. Meinem Gebein würde es schwerfallen, in der feuchten Erde zu verfaulen, und noch schwerer würde es auf meiner Seele lasten.»

«Was redest du da, lieber Mann? Warst du es nicht, der sich immer über uns schwache Weiber lustig gemacht hat? Und jetzt sprichst du selber wie ein schwaches Weib! Du hast noch lange zu leben.»

«Nein, Katharina, meine Seele spürt den nahen Tod. Auf der Erde wird es bald traurig aussehen. Böse Zeiten stehen vor der Tür. Immer wieder denk' ich der vergangenen Jahre: sie werden nimmer wiederkehren. Damals lebte er noch, der alte Konaschewitsch, die Ehre und der Ruhm unseres Heeres. Mir ist, ich sähe seine Kosakenregimenter leibhaft vor meinen Augen vorüberziehen. Das war eine goldene Zeit, Katharina! Der alte Hetman saß auf seinem rabenschwarzen Rappen, den edelsteinbesetzten Feldherrnstab in der Faust; rings um ihn ragten die Feldzeichen auf; zu beiden Seiten wogte das rote Meer der Saporoger Kosaken. Der Hetman begann zu reden — und alle standen wie eingewurzelt da. Der Alte weinte, als er der einstigen Taten und Schlachten gedachte. Ach, wenn du wüßtest, Katharina, wie wir uns damals mit den Türken geschlagen hatten! Bis auf den heutigen Tag ist die Schramme auf meinem Kopf zu sehen. Vier Flintenkugeln sind an vier Stellen durch meinen Leib geflogen — und keine dieser Wunden ist je ganz verheilt. Wieviel Gold erbeuteten wir! Und die Pferde — wenn du wüßtest, Katharina, wieviel Pferde wir zusammengetrieben hatten! Ach, solche Kämpfe werd' ich nie mehr auszufechten haben. Noch bin ich, will mir scheinen, nicht alt; der Körper ist noch rüstig. Doch das Kosakenschwert entsank meiner Hand; ich lebe untätig dahin und weiß nicht mehr, wofür ich lebe. Es ist keine Ordnung mehr in der Ukraine. Die Obersten und Essaùls beißen sich untereinander wie Hunde; kein Oberhaupt erhebt sich mehr über ihnen. Unser Adel äfft den polnischen Adel nach und hat sich seine Heimtücke zu eigen gemacht, hat seine Seele an die uniierte Kirche verhökert. Die Judenschaft saugt das arme Volk aus ... O Zeiten, o Zeiten, vergangene Zeiten! Wohin seid ihr entschwunden, meine Jahre? — Lauf, Bursche, und hol mir einen Krug Met aus dem Keller! Ich will auf das frühere Leben und die alten Zeiten trinken!»

Da stürzte Stetzko in die Stube. «Womit sollen wir unsere Gäste empfangen, Pan?» rief er hastig aus; «von der Wiesenseite her rücken die Polen an!»

«Ich weiß, warum sie kommen!» stieß Pan Danilo hervor und erhob sich. «Sattelt die Pferde, getreue Burschen! Zu den Waffen! Die Säbel heraus! Vergeßt die bleiernen Graupen nicht! Wir müssen sie mit Ehren empfangen!»

Doch die Kosaken waren kaum auf die Pferde gesprungen und hatten ihre Musketen geladen, als die Polen schon wie welkes Laub, das im Herbst von den Bäumen fällt, den Berg übersäten.

«Ha, da sind manche dabei, mit denen es sich zu unterhalten lohnt!» rief Pan Danilo und betrachtete die dicken polnischen Herrn, die goldgeschient und sich würdevoll auf ihren Pferden wiegend, anritten. «Das wird noch einmal einen Tanz abgeben! Freu dich, Kosakenseele, freu dich zum letzten Male! Tanzt auf, Burschen! Unser Festtag ist gekommen!»

Und die Lust brauste über die Berge hin, das Gelage hatte angehoben, die Schwerter blitzten, die Pferde wieherten und stampften. Das Geschrei betäubt die Köpfe, der Rauch blendet die Augen, alles hat sich miteinander vermengt. Doch ein Kosak erwittert, wer Freund und wer Feind ist. Eine Kugel pfeift — und ein braver Reiter stürzt vom Pferde; ein Säbel zischt — und ein Kopf rollt lallend zu Boden.

Mitten im Gemenge ist immer das Rot des Mützenbodens von Pan Danilo zu sehen, leuchtend glänzt der goldene Gürtel über seinem blauen Rock; wie ein Wirbelwind weht die schwarze Mähne seines Rappen. Einem Vogel gleich, fliegt er bald hierhin, bald dorthin, schreit laut auf und haut mit seiner Damaszenerklinge nach rechts und nach links um sich. Schlag zu, Kosak! Spiel auf, Kosak! Sättige dein wildes Herz! Schau dich nicht um nach den goldenen Waffen und Schienen! Stampf Gold und Edelsteine in die Erde! Stich zu, Kosak! Hau zu, Kosak! Blick nicht zurück! — Die ruchlosen Polen zünden schon die Hütten an und treiben das aufgescheuchte Vieh von dannen. Stürmisch wendet Pan Danilo sein Roß, seine Mütze mit dem roten Boden leuchtet schon bei den Hütten, der Haufe um ihn lichtet sich immer mehr.

Nicht eine Stunde, nicht zwei Stunden fechten schon die Polen und Kosaken. Auf beiden Seiten werden ihrer immer weniger. Doch Pan Danilo ermattet nicht. Er hebt sich im Sattel und sticht mit seiner langen Lanze die Reiter von ihren Pferden, er stampft mit seinem Rappen das Fußvolk nieder. Schon ist der Hof gesäubert, schon ziehn die Kosaken den Erschlagenen die goldgestickten Röcke ab und bemächtigen sich ihrer prunkvollen Waffen. Schon macht sich Pan Danilo zur Verfolgung bereit und schaut nach den Seinen aus, um sie zusammenzurufen. Da kocht die Wut in ihm hoch: er erblickt Katharinas Vater, der auf dem Berge steht und mit einer Muskete auf ihn anlegt. Danilo treibt sein Roß gerade auf ihn zu. Kosak, du jagst in dein Verderben!... Ein Schuß kracht — und der Hexer verschwindet hinter dem Berge; nur der getreue Stetzko hat den roten Kaftan und den Zauberhut aufleuchten sehen. Danilo schwankt und sinkt aus dem Sattel. Der getreue Stetzko eilt zu seinem Herrn hin. Der liegt hingestreckt da und hat die klaren Augen geschlossen; ein Strom hellroten Blutes quillt aus seiner Brust. Er spürte wohl die Gegenwart seines treuen Dieners; denn er hob langsam die Lider und schaute ihn noch einmal mit seinem blitzenden Blick an. «Leb wohl, Stetzko! Sag Katharina, sie soll den Sohn nicht verlassen! Verlaßt auch ihr ihn nicht, meine treuen Burschen!» Dann verstummte er. Die Kosakenseele entflog dem adeligen Leib: die Lippen wurden blau; nie mehr wird der Kosak aus seinem Schlaf erwachen.

Stetzko schluchzte auf und winkt Katharina mit der Hand: «Komm herbei, Pani, komm herbei! Dein Pan hat einen tiefen Trunk getan. Bezecht liegt er auf der feuchten Erde und wird lange nicht mehr nüchtern werden.»

Katharina schlug die Hände zusammen und sank wie eine abgemähte Garbe über den leblosen Leib hin. «Mein Mann! Bist du es, der mit geschlossenen Augen daliegt? Steh auf, mein lichter Falke, streck deine Hand aus! Erhebe dich! Schau nur noch einmal deine Katharina an, öffne die Lippen, sprich nur noch ein einziges Wort! ... Doch du schweigst, du schweigst, mein hoher Herr! Dunkelblau bist du geworden wie das Schwarze Meer. Dein Herz schlägt nicht mehr. Warum bist du so kalt, mein Pan? Nicht heiß genug scheinen meine Tränen; sie haben nicht die Kraft, dich zu erwärmen. Nicht laut genug ist meine Klage; sie kann dich nicht wachrufen. Wer wird jetzt deine Heerschar anführen? Wer wird jetzt auf deinem Rappen dahinjagen, mit lautem Schrei deine Kosaken anfeuern und den Säbel vor ihnen schwingen? Kosaken, Kosaken! Wohin ist eure Ehre und euer Ruhm? Da liegt eure Ehre und euer Ruhm auf der feuchten Erde und wird nimmer die Augen auftun. Begrabt mich, begrabt mich mit ihm! Schüttet meine Augen mit Erde zu, preßt Ahornbretter auf meine weißen Brüste — meine Schönheit ist mir nichts mehr nütze!»

Während Katharina so klagt und vor Schmerz vergeht, ist eine Staubwolke in der Ferne aufgewirbelt: der alte Essaùl Gorobetz eilt zur Hilfe herbei.

X.

Wundersam ist der Dnjepr bei stillem Wetter, wenn er seine gewaltigen Fluten zwischen Wäldern und Bergen vor sich her treibt! Er rauscht nicht, er dröhnt nicht. Du schaust — und weißt nicht, ob seine ungeheure Fläche sich bewegt oder nicht bewegt. Sie scheint dir ganz wie aus Glas gegossen, eine blaue Spiegelstraße, die sich unermeßlich breit und unendlich lang in großen Bögen durch die Welt zieht. Selbst die heiße Sonne liebt es dann, von der Himmelshöhe aus ihr eigenes Bild zu betrachten und ihre Strahlen in die Kühle der kristallenen Wasser untertauchen zu lassen; und auch die Uferwälder spiegeln sich gern in ihnen wider. Die Grünlockigen! Sie drängen sich mit den Feldblumen zusammen an die Flut heran, neigen sich über sie, schaun in sie hinein und können sich nicht satt sehen an ihrem lichten Spiegelbild; sie lächeln ihm zu und grüßen es mit ihrem winkenden Gezweig. In die Mitte des Dnjeprs jedoch wagen sie nicht zu schaun; niemand vermag das, außer der Sonne und dem blauen Himmel; ganz selten nur verfliegt sich ein Vogel bis dahin. Der Üppige! Kein anderer Fluß auf der Welt ist ihm gleich.

Wundersam ist der Dnjepr auch in warmer Sommernacht, wenn alles eingeschlafen ist — Menschen und wilde Tiere und Vögel — und nur noch Gott allein über Himmel und Erde dahinschaut und majestätisch seinen Mantel schüttelt: dann entstürzen die Sterne seinen

Mantelfalten und brennen und leuchten über der Welt, und ihrer aller Licht wird vom Dnjepr zurückgestrahlt, sie alle birgt der Dnjepr in seinem dunklen Schoß, kein Stern kann ihm entgehen, außer, er erlösche am Himmel. Der schwarze Wald voll schlafender Raben und die von alters her zerklüfteten Berge hängen über ihn hinab und versuchen, ihn mit ihren langen Schatten zuzudecken. Umsonst! Nichts auf der Welt kann den Dnjepr zudecken. Tiefblau und unaufhaltsam wallt seine Flut dahin, und bei Tag wie bei Nacht ist er so weit zu sehen, wie das Menschenauge nur zu blicken vermag. Erschauernd von der nächtlichen Kühle und sich zärtlich immer dichter ans Ufer schmiegend, läßt er einen Silberstreifen aufschimmern, sprühend wie das Gefunkel einer Damaszenerklinge; doch er, der blaue, ist schon wieder eingeschlummert. Auch dann ist der Dnjepr wundersam, und kein Fluß auf der Welt ist ihm gleich.

Doch wenn dunkle Wolken über den Himmel ziehn und sich zu Bergen türmen; wenn der schwarze Wald bis in die Wurzeln erbebt; wenn die Eichen krachen und die Blitze, aus den Wolken hervorflammend, in jähem Nu die ganze Welt erhellen —: dann ist der Dnjepr furchtbar. Die Wasserberge rollen donnernd gegen die Felsen an, fluten, zu glitzerndem Gischt zerstäubt, aufstöhnend wieder zurück und zerlaufen mit Klagegeheul in der Ferne. So jammert eine alte Kosakenmutter, wenn sie ihren Sohn zum Heere geleitet. Trunken von Mut, sitzt er munter auf seinem Rappen, die Arme in die Hüften gestemmt, die Mütze keck in den Nacken gerückt; sie aber läuft schluchzend hinter ihm her, hascht nach seinen Zügeln, greift in seine Steigbügel, ringt die Hände und zerfließt in heißen Tränen.

Wild ragen zwischen den gegeneinander anrennenden Wogen verkohlte Baumstümpfe und geschwärztes Gestein am vorspringenden Ufer der Landzunge auf. Ein Boot versucht zu landen, schlägt aber immer wieder, bald hochgehoben, bald hinuntergerissen, gegen den Uferrand. Wer von den Kosaken hat sich in einem Kahn auf den erzürnten Dnjepr hinausgewagt? Weiß er denn nicht, daß der Strom Menschen wie Fliegen verschlucken kann?

Endlich ist es gelungen, das Boot am Ufer festzubinden. Und der Hexer entsteigt ihm. Ihm ist nicht froh zumute. Bitter war das Totenmahl, das die Kosaken ihrem erschlagenen Herrn bereitet haben. Die Polen haben nicht wenig zahlen müssen: vierundvierzig Edelleute mit ihren goldgestickten Röcken und ihrer ganzen Ausrüstung und dreiunddreißig Knechte sind in Stücke gehauen worden. Die übrigen wurden mit ihren Pferden gefangengenommen, um als Sklaven an die Tataren verkauft zu werden.

Auf Steinstufen zwischen den verkohlten Baumstümpfen stieg der Hexer tief in die Erde hinab, wo er sich einen Unterschlupf ausgegraben hatte. Leise, ohne mit der Tür zu knarren, trat er ein, stellte ein Gefäß auf den mit einem Tuch bedeckten Tisch und begann mit seinen langen Händen unbekannte Kräuter ins Gefäß zu werfen. Dann ergriff er einen aus fremdländischem Holz gedrechselten Krug, schöpfte Wasser und goß es, dunkle Beschwörungsformeln murmelnd, zu den Kräutern. Ein rosenfarbenes Licht breitete sich im Gemach aus, und es war schrecklich, dem Hexer ins Gesicht zu schaun: es schien blutrot und von tiefen schwarzen Furchen durchzogen; die Augen flackerten wie Flammen. Der ruchlose Bösewicht! Schon lange weißbärtig und verrunzelt, am ganzen Körper ausgedorrt, hegte er immer noch gottwidrige Absichten. Ein weißes, wolkenähnliches Gebilde zeigte sich inmitten des Gelasses, und etwas wie Triumph leuchtete in seinem Gesicht auf. Doch warum blieb er wie erstarrt und mit aufgerissenem Munde stehen? Warum wagte er sich nicht zu rühren? Warum sträubten sich seine Haare wie Borsten? In der Wolke war ein fremdes, seltsames Gesicht aufgestrahlt. Ungebeten, ungerufen war es bei ihm zu Gaste gekommen; es wurde immer deutlicher und durchbohrte ihn mit unbeweglichen Augen. Die Züge, die Brauen, die Augen, die Lippen — alles war ihm unbekannt. Niemals in seinem Leben hatte er dies Gesicht gesehen. Es hatte nichts besonders Schreckliches an sich. Und doch befiel den Hexer ein unüberwindbares Entsetzen. Immer noch schaute ihn das Gesicht aus der Wolke mit unbeweglichen Augen an. Die Wolke hatte sich fast ganz in Dunst aufgelöst; doch die unbekannten Züge traten schärfer und schärfer hervor, und die bohrenden Augen verwandten keinen Blick von ihm. Der Hexer wurde weiß wie ein Leintuch. Mit wilder Stimme, die nicht mehr der seinen glich, schrie er gellend auf, stieß den Topf um — und alles war verschwunden.

XI.

«Beruhige dich, meine liebe Schwester!» sagte der alte Essaùl Gorobetz, «Träume sprechen nur selten wahr».

«Leg dich nieder, Schwesterchen», sagte seine junge Schwiegertochter, «ich lasse die alte Wahrsagerin rufen. Keine unsaubere Macht kann ihr widerstehen. Sie wird dir Blei gießen und dein Ungemach erkunden.»

«Fürchte nichts!» sagte der Sohn des Essaùl und griff nach seinem Säbel, «niemand soll dir etwas zuleide tun.»

Düster sah Katharina alle mit trüben Augen an und vermochte kein Wort hervorzubringen. Ich selber habe ja das Verderben auf mich herabgezogen, dachte sie, ich habe ihn freigelassen. Endlich sagte sie: «Er läßt mir keine Ruhe. Da bin ich nun schon zehn Tage hier bei euch in Kijew; doch mein Kummer hat noch um keinen Tropfen abgenommen. Ich hoffte, meinen Sohn in der Stille als Rächer großzuziehen ... Furchtbar, furchtbar ist er mir im Traum erschienen! Gott bewahre euch davor, ihn je zu erblicken. Mein Herz klopft jetzt noch davon. ‚Ich werde dein Kind in Stücke hauen, Katharina', schrie er, ‚wenn du mich nicht zum Manne nimmst!'» Schluchzend stürzte sie zur Wiege, und das erschrockene Kind streckte ihr schreiend seine Ärmchen entgegen.

Der Sohn des Essaùl kochte vor Zorn, wenn er solche Reden hörte.

Auch der Essaùl geriet außer sich: «Möge er es nur versuchen, hierherzukommen, der gottverfluchte Antichrist! Er soll es zu schmecken bekommen, welche Kraft noch in den Armen eines alten Kosaken steckt! Gott ist mein Zeuge!» sagte er, die scharfen Augen zum Himmel erhebend. «Bin ich denn nicht sofort aufgebrochen, meinem Bruder Danilo die Hand zur Hilfe zu reichen? Doch es war Gottes heiliger Wille: ich fand ihn schon auf dem kalten Lager, auf das sich so viel Kosakenvolk gebettet hat. Haben wir ihm aber nicht ein üppiges Totenmahl gerüstet? Ist auch nur *einer* von den Polen davongekommen? Beruhige dich doch, mein Kind: niemand wird es wagen, dir etwas anzutun, solange ich und mein Sohn noch am Leben sind!»

Er trat an die Wiege heran; und als das Kind die rote, silberbeschlagene Pfeife an seinem Riemen hängen sah und das glänzende Feuerzeug erblickte, streckte es seine Ärmchen nach ihm aus und lachte über das ganze Gesicht. «Der schlägt seinem Vater nach!» rief der alte Essaùl aus, löste die Pfeife vom Riemen und reichte sie dem Knaben hin, «liegt noch in der Wiege und will schon die Pfeife rauchen!»

Katharina seufzte leise auf und begann die Wiege zu schaukeln. Man beschloß, diese Nacht zusammenzubleiben, und bald waren alle eingeschlafen. Auch Katharina schlief. Auf dem

Hofe und in der Hütte war alles still. Nur die wachthabenden Kosaken schliefen nicht. Plötzlich fuhr Katharina mit einem Aufschrei aus dem Schlaf empor, daß alle anderen gleichfalls erwachten. «Er ist erschlagen! Er ist ermordet!» schrie sie und stürzte zur Wiege hin. Alle umringten die Wiege und erstarrten vor Schrecken, als sie das Kind leblos daliegen sahen. Keiner von ihnen sprach ein Wort, keiner wußte, was er von dieser neuen Untat denken sollte.

XII.

Fern vom ukrainischen Land, hinter dem Polenreiche, noch weiter, als die volkreiche Stadt Lemberg liegt, ziehen sich hochgipflige Bergketten hin. Berg hinter Berg, haben sie die Erde gleichsam in Fesseln geschlagen und lasten auf ihr mit ihrer Felsenschwere, damit das brausende, aufrührerische Meer nicht durchdringen kann. Bis in die Walachei und bis ins Siebenbürgener Land ziehen sich diese steinernen Ketten hin und ragen wie ein ungeheures Riesenhufeisen zwischen dem galizischen und dem ungarischen Volk in die Höhe. Solche Berge gibt es bei uns zulande nicht. Das Auge wagt nicht, sie mit seinen Blicken zu umfassen. Manche von ihnen hat noch nie eines Menschen Fuß betreten. Verwunderlich ist ihr Anblick. Hat nicht das übermütige Meer die weiten Ufer im Sturm überflutet, und hat es nicht ungeschlachte Wogen wirbelnd emporgeschleudert, die nun, versteint, sich reglos in die Lüfte recken? Haben sich nicht schwere Wolken vom Himmel losgerissen und wie ein Sperriegel auf die Erde hingelagert? Denn diese Berge sind von der gleichen grauen Farbe wie die Wolken, und nur ihre weißen Gipfel glänzen und funkeln in der Sonne.

Bis zu diesen Karpatenbergen hörst du noch russisch sprechen; auch gleich hinter ihnen klingt es noch hie und da wie ein Widerhall von vertrauten Worten an deine Ohren — doch dann beginnt ein anderer Glaube und eine andere Sprache: dort wohnt das zahlreiche Volk der Ungarn. Die Ungarn reiten, schlagen sich und zechen nicht schlechter als die Kosaken. Für Zaumzeug und prächtige Gewandung scheuen sie sich nicht, manche Dukaten aus ihren Taschen zu ziehen. Zwischen ihren Bergen liegen weite und große Seen; unbeweglich wie Glas ist ihr Wasser und fängt wie in einem Spiegel die kahlen Gipfel und die grünen Sohlen der Berge auf.

Doch wer reitet dort — ob die Sterne scheinen oder nicht — auf einem ungeheuren schwarzen Pferde durch die Nacht? Welcher Hüne von übermenschlichem Wuchs jagt unter den Berggipfeln über die Seen dahin und spiegelt sich mit seinem Rosse in ihren stillen Wassern, indes sein endloser Schatten unheimlich den Felswänden entlanghuscht? Weithin glänzt seine stählerne Rüstung; über der Schulter trägt er eine Lanze; an seinem Sattel klirrt ein Schwert. Das Visier ist herabgelassen. Der Schnurrbart ist schwarz; die Augenlider sind gesenkt. Er schläft und führt im Schlaf die Zügel. Hinter ihm auf dem Pferde sitzt ein knabenhafter Page; auch er schläft und hält sich im Schlaf am Hünen fest. Wer ist er? Warum und wohin reitet er durch die Nacht? Niemand weiß es. Nicht erst einen, nicht erst zwei Tage sind es her, daß er so durchs Gebirge jagt. Wenn der Tag erstrahlt und die Sonne aufgeht, ist er nicht zu sehen. Nur zuweilen haben Bergbewohner, obwohl der Himmel klar war und keine Wolken an ihm hinzogen, einen langen, sonderbaren Schatten wahrzunehmen geglaubt. Wenn aber die Nacht mit ihrem Dunkel heraufzieht, wird er von neuem sichtbar und wirft sein Spiegelbild auf das Wasser der Seen, während sein Schatten zitternd hinter ihm herhastet. Schon viele Berge hat er durchstreift. Doch jetzt hat er den Kriwan erklommen. Es gibt keinen höheren Berg in den Karpaten: wie ein Zar überragt er alle anderen. Dort macht das Roß halt, der Reiter scheint noch tiefer in Schlaf zu versinken, und die Wolken lassen sich rings um ihn nieder und verhüllen ihn.

XIII.

«Ssssst! Leiser, Alte! Lärm nicht so! Mein Sohn ist eingeschlafen. Er hat lange geschrien. Jetzt schlummert er ... Ich will in den Wald gehn, Alte ... Was schaust du mich so an? Du bist schrecklich. Aus deinen Augen recken sich eiserne Zangen. Huh, wie sind sie lang! Sie glühen wie Feuer. Eine Hexe bist du! Heb dich von dannen! Du sollst mir nicht meinen Sohn stehlen! ... Wie hirnlos ist dieser Essaùl! Er glaubt, es macht mir Spaß, in Kijew zu leben. Nein, hier ist mein Mann und mein Sohn. Wer soll denn unser Haus hüten? Ich bin so leise davongeschlichen, daß keine Katze und kein Hund es gehört haben ... Willst du wieder jung werden, Alte? Das ist gar nicht schwer. Man muß nur tanzen! Schau, wie ich tanze ...!»

Kaum hatte Katharina diese zusammenhanglosen Worte ausgesprochen, so kreiselte sie schon los und sah sich, die Arme in die Hüften gestemmt, irr nach allen Seiten um. Aufwinselnd, stampfte sie mit den Füßen; ohne Maß, ohne Takt klapperten ihre silberbeschlagenen Absätze. Ihre aufgelösten schwarzen Flechten schlangen sich um ihren weißen Hals. Wie ein Vogel schwirrte sie, ohne innezuhalten, durch das Gemach, schwang die Arme und nickte mit dem Kopf, daß es schien, sie müsse im nächsten Augenblick, ihrer Sinne nicht mehr mächtig, umsinken und aus dieser Welt hinausfliegen.

Die alte Kinderfrau stand traurig da und ließ die Tränen über ihre tiefen Runzeln rinnen. Wie ein schwerer Stein lag es auf den Herzen der treuen Burschen, als sie ihre Herrin sich so gebärden sahen. Endlich schien sie zu ermatten und stampfte mit den Füßen immer auf demselben Fleck: sie glaubte den Turteltaubentanz zu tanzen. «Eine Halskette habe ich, ihr Burschen!» rief sie und hielt plötzlich inne, «ihr aber habt keine! ... Wo ist mein Mann?» schrie sie jäh auf und zog einen türkischen Dolch aus ihrem Gürtel. «Ach, das ist nicht das Messer, das ich brauche!» Ihre Augen füllten sich mit Tränen, ihr Gesicht verzog sich vor Gram. «Das Herz meines Vaters liegt tief, die Klinge reicht nicht so weit. Sein Herz ist aus Eisen, eine Hexe hat es ihm im Höllenfeuer hart geschmiedet ... Warum kommt mein Vater nicht? Weiß er denn nicht, daß es an der Zeit ist, ihn totzustechen? Er will wohl, daß ich selbst zu ihm komme ...» Sie verstummte und lachte sonderbar auf. «Mir kam eben eine lustige Geschichte in den Sinn. Ich dachte daran, wie mein Mann begraben wurde. Man hat ihn ja lebendig begraben. Ich habe so lachen müssen ... Hört nur, hört zu!» Und anstatt weiterzusprechen, fing sie leise zu singen an:

«Zieht ein Karren durch die Felder,
kommt von einem blut'gen Tanze;
ein Kosak liegt tot im Karren,
hält im Arme eine Lanze.
Blut rinnt von der Lanze nieder,
will die durst'ge Erde laben;
auf dem Ahornbaum am Ufer
hocken krächzend schwarze Raben.
Weinend folgt ihm seine Mutter.
Klag nicht, Mutter, um den Toten:
hat er doch zum Hochzeitsmahle
das Kosakenvolk entboten.
Unterm grünen Rasen zechen
sie wie einst am runden Tische,
und das Liedchen geht zu Ende,
und der Krebs tanzt mit dem Fische.
Und wer mich nicht liebt, deß Mutter soll
die Pest holen!»

So bringt sie alle Lieder durcheinander. Einen Tag und noch einen haust sie schon wieder in ihrer Hütte, will nichts mehr von Kijew wissen, spricht keine Gebete, flieht vor den Menschen und irrt vom Morgen bis zum späten Abend in den dunklen Eichenhainen umher. Spitzige Zweige ritzen ihr das weiße Gesicht und die Schultern. Der Wind zerzaust ihre offenen Haare. Die Herbstblätter rascheln unter ihren Füßen. Doch sie achtet dessen nicht. Zur Stunde, da das Abendrot erlischt, die Sterne noch nicht scheinen und der Mond noch nicht leuchtet, ist es unheimlich, durch den Wald zu gehen: durchs Gezweig trudeln ungetaufte Kinder, schwingen sich von Ast zu Ast, winseln, lachen und kollern wie Knäuel über den Weg und durch die Brennesseln; den Wellen des Dnjepr enttauchen in Reihen die Mädchen, die sich selber den Tod gegeben; ihre Haare fließen ihnen von den grünen Köpfen auf die Schultern hinab, das Wasser rinnt mit klingendem Glucksen aus ihren langen Flechten auf die Erde; die Mädchenleiber schimmern in der Flut wie durch gläserne Hemden hindurch, ihre Lippen lächeln wunderlich, ihre Wangen glühen, ihre Augen locken einem die Seele aus dem Leibe ... sie verbrennen vor Liebe, sie würden dich zu Tode küssen ... Flieh, Christenmensch! Ihre Lippen sind Eis, ihr Bett die kalte Flut, sie werden dich bis zur Ohnmacht kitzeln und dich in den Strom hinabziehen ... Katharina aber sieht das alles nicht; die Wahnsinnige fürchtet nicht die Wasserjungfern; noch spät in der Nacht läuft sie mit ihrem Dolch umher und sucht ihren Vater.

Eines Morgens kommt in aller Frühe ein stattlicher fremder Gast in rotem Überrock angeritten und fragt nach Pan Danilo. Er vernimmt, was vorgefallen ist, wischt mit dem Ärmel die hervorquellenden Tränen aus den Augen und zuckt mit den Schultern. Er sei einst ein Kampfgenosse des Verblichenen gewesen und habe mit ihm zusammen gegen die Türken und die Tataren gefochten. Nie hätte er gedacht, daß Pan Danilo ein solches Ende finden könnte. Er erzählt noch manches andere und äußert den Wunsch, Pani Katharina zu sehen.

Katharina hört erst gar nicht darauf hin, was der Gast sagt, beginnt dann aber in der Folge, gleichsam zu sich kommend, seinen Worten zu lauschen. Er berichtet davon, wie er brüderlich mit Pan Danilo zusammengelebt und wie sie sich einmal vor den Krimtataren hinter einem Damm versteckt hätten. Katharina hört zu und wendet keinen Blick von ihm.

Sie wird wieder zu Verstand kommen, dachten die Burschen, als sie das bemerkten, dieser Gast wird sie heilen, sie hört ihm schon zu, als sei sie wieder bei Sinnen.

Der Gast erzählte unterdessen, wie ihm Pan Danilo einst in einer vertraulichen Stunde gesagt hätte: «Hör zu, Bruder Koprian: wenn ich nach Gottes Willen einmal nicht mehr auf der Welt sein sollte, so nimm meine Frau zu dir! Möge sie dann deine Frau sein!»

Entsetzt durchbohrte ihn Katharina mit ihren

Blicken. «Ah!» schrie sie auf, «er ist's! Mein Vater!» und stürzte sich mit dem Dolch auf ihn.

Er rang mit ihr, um ihr das Messer zu entreißen. Endlich war es ihm gelungen. Er holte aus — und das Furchtbare war geschehn: der Vater hatte seine wahnsinnige Tochter erstochen.

Als die Kosaken aus ihrer Erstarrung erwachten und sich auf ihn werfen und ihn festnehmen wollten, hatte der Hexer sich schon auf sein Pferd geschwungen und war davongejagt.

XIV.

Nahe bei Kijew hatte sich ein nie erhörtes Wunder begeben. Alle Herrn und Hetmans sind zusammengekommen, um sich das Wunder anzuschaun: man konnte plötzlich bis in alle vier Enden der Welt sehen. In der Ferne blaute die vielarmige Mündung des Dnjepr, dahinter wogte das Schwarze Meer. Weitgereiste Leute erkannten auch die Krim, die sich wie ein Berg aus dem Meer erhob, und den moorigen Siwasch. Links aber erblickte man das galizische Land.

«Und was ist denn das dort?» frug das versammelte Volk die Vielbefahrenen und wies auf die am Himmel aufschimmernden, wolkenähnlichen grauen und weißen Höhen.

«Das sind die Karpatenberge», antworteten die Alten, «es gibt welche unter ihnen, auf denen der Schnee nie schmilzt — dort landen und nächtigen die Wolken.»

Da geschah ein neues Wunder: die Wolken

auf dem höchsten Berge zerteilten sich, und man erblickte auf seinem Gipfel einen geharnischten berittenen Mann, der die Augen fest geschlossen hielt. Er war so deutlich zu sehen, als befände er sich in nächster Nähe.

In diesem Augenblick sprang jemand inmitten des angstvoll staunenden Volkes auf sein Pferd, sah sich wild nach allen Seiten um, wie um sich zu vergewissern, daß er nicht verfolgt werde, trieb sein Pferd an und stob davon.

Es war der Hexer. Doch was hatte ihn so erschreckt? Als er seinen Blick auf den seltsamen Reiter geheftet, hatte er in ihm das Gesicht wiedererkannt, das ihm ungerufen während seiner letzten Beschwörung erschienen war. Er konnte selber nicht verstehn, was ihn bei diesem Anblick so aufwühlte. Scheu um sich blickend, stürmte er auf seinem Rosse dahin, bis es Abend wurde und die Sterne blinkten. Erst dann kehrte er um und wollte heimwärts reiten, vielleicht, um die unsaubere Macht zu befragen, was dieses Wunder zu bedeuten habe. Schon setzte er zum Sprung über ein schmales Flüßchen an, das seinen Weg kreuzte — als sein Pferd jäh stehenblieb, ihm das Maul zuwandte und — o Grauen! — zu lachen begann. Schrecklich blitzten die beiden Reihen weißer Zähne in der Finsternis. Die Haare standen dem Hexer zu Berge. Er schrie auf, schluchzte wie ein Besessener und trieb sein Pferd wieder auf Kijew zu. Ihm war, als wenn alles, was er sah, ihm nachhetzte, um ihn zu fangen: die Bäume drängten sich um ihn zu einem finstern Walde zusammen, nickten ihm mit ihren Bärten wie lebende Wesen zu und reckten ihre langen Äste aus, als wollten sie ihn erwürgen; die Sterne schienen ihm vorauszulaufen und vor allen Leuten auf ihn zu weisen; die Straße selbst schien ihm nachzusetzen.

Der verzweifelte Hexer hastete nach Kijew, zum heiligen Höhlenkloster.

XV.

Vor einer Öllampe saß ein Einsiedler einsam in seiner Höhle und verwandte keinen Blick vom heiligen Buch, in dem er las. Schon viele Jahre waren es her, daß er sich hierher zurückgezogen und sich einen rohen Brettersarg gezimmert hatte, in dem er sich allnächtlich zum Schlafe niederlegte. Endlich schlug der heilige Büßer das Buch zu und begann ein Gebet zu sprechen ... Da stürzte plötzlich ein seltsamer Mann, schauerlich anzusehen, in die Höhle. Der Einsiedler erschrak zum erstenmal in seinem Leben und wich zurück, als er den Fremden erblickte, der wie Espenlaub zitterte; seine Augen liefen irr schielend umher und sprühten von einem unheimlichen Feuer; sein verzerrtes Gesicht machte die Seele erschauern.

«Bete, Vater, bete! Bete für meine verlorene Seele!» stieß er mit einem Schrei hervor und fiel zu Boden.

Der heilige Einsiedler schlug ein Kreuz, griff zum Buche, schlug es wieder auf, wich aber entsetzt zurück und ließ das Buch fallen. «Nein, du unerhörter Sünder!» rief er aus, «für dich gibt es keine Gnade. Fliehe von hier! Ich kann nicht für dich beten!»

«Wirklich nicht?» schrie der Bösewicht wie wahnsinnig auf.

«Schau her! Die heiligen Lettern im Buch sind rot wie Blut geworden. Noch niemals hat es auf der Welt einen solchen Sünder wie dich gegeben!»

«Vater, du verhöhnst mich!»

«Hebe dich fort von hier, verdammter Sünder! Ich verhöhne dich nicht, Angst packt mich an. Es ist nicht gut für einen Menschen, mit dir zusammen zu sein.»

«Nein! Nein! Du verhöhnst mich! Leugne es nicht ab! Als du deinen Mund auftatest, sah ich, wie du mich mit deinen alten Zähnen weiß anblecktest!»

Und wie ein Rasender fiel er über den Alten her und erschlug ihn.

Schwer stöhnte etwas auf, und das Stöhnen wurde weit über Feld und Wald dahingetragen. Aus dem Walde griffen dürre, hagere Hände mit langen Krallen nach dem Hexer, zuckten und verschwanden wieder.

Doch schon fühlt er keine Angst mehr. Er fühlt überhaupt nichts mehr. Alles wird ihm zu unwirklichem Trug. In seinen Ohren braust es, als wenn er betrunken wäre. Was er um sich erblickt, scheint ihm wie mit Spinnennetzen überzogen. Er schwingt sich aufs Pferd, reitet auf Kanjew zu und gedenkt, von dort aus über Tscherkassy den Weg zu den Krimtataren einzuschlagen — zu welchem Zweck, weiß er selber nicht. Er reitet einen Tag, er reitet zwei Tage; doch von Kanjew ist nichts zu sehn. Er ist immer auf dem gleichen Wege geblieben; schon längst müßte er in Kanjew sein; doch es ist wie vom Erdboden verschwunden. Da glänzen in der Ferne Kirchenkuppeln auf: doch es ist nicht Kanjew, es ist Schumsk. Der Hexer staunte, daß er eine ganz andere Richtung genommen hatte. Er trieb sein Pferd nach Kijew zurück. Nach einem Tage tauchte wieder eine Stadt am Horizont auf; doch es war nicht Kijew, es war Halitsch. Halitsch ist noch weiter von Kijew entfernt als Schumsk und liegt schon nahe an der ungarischen Grenze. Er weiß nicht, was er tun soll, und kehrt noch einmal um. Doch wieder spürt er, daß er in entgegengesetzter Richtung weiterreitet.

Kein Mensch auf der Welt hätte sagen können, was in der Seele des Hexers vor sich ging. Wenn jemand vermocht hätte, in ihn hineinzuschaun, er hätte keine Nacht mehr zu Ende schlafen und nie mehr lachen können. Es war weder Bosheit noch Angst noch wütiger Grimm, was der Hexer empfand. Keine menschliche Sprache hat ein Wort dafür. Es brannte in ihm, es brodelte in ihm, er hätte mit seinem Pferde die ganze Welt zertreten, er hätte das ganze Land von Kijew bis nach Halitsch mit allen Menschen und allem, was auf ihm lebt, im Schwarzen Meer ersäufen können. Doch er hätte es nicht aus Haß getan: er wußte selbst nicht, was ihn dazu trieb.

Er zitterte am ganzen Leibe, als sich dicht vor

ihm die Karpatenberge auftaten und er den hohen Kriwan erblickte, dessen Scheitel von einer grauen Wolke wie von einem Hut bedeckt war. Und das Roß raste immer weiter mit ihm und jagte schon durchs Gebirge. In einem Nu verzogen sich die Wolken. Und vor ihm erschien in schauerlicher Majestät der riesenhafte Reiter. Der Hexer will sein Pferd zum Stehen bringen und reißt es hart an den Zügeln. Doch das Pferd wiehert gellend, schüttelt seine Mähne und stürmt auf den Ritter zu. Der Hexer fühlt, wie alles in ihm erstirbt: ihm ist, als ob der starre Ritter sich zu regen beginne, jäh die Augen auftue und beim Anblick des auf ihn zu Jagenden in ein Gelächter ausbreche. Wie Donnergeroll dröhnt das wilde Lachen durch die Berge, tönt im Herzen des Hexers wider und erschüttert sein ganzes Inneres. Ihm will scheinen, ein Übermächtiger sei in ihn eingedrungen, ginge in ihm um und schlage mit Hämmern auf sein Herz und seine Adern, so schaurig widerhallt das Gelächter in ihm.

Da griff der Ritter mit seinem gewaltigen Arm nach dem Hexer und hob ihn hoch in die Luft. Im selben Nu starb der Hexer und öffnete nach dem Tode seine Augen. Doch er war schon tot und schaute mit den Augen eines Toten. So furchtbar blickt weder ein Lebender noch ein vom Tode Erstandener. Er rollte seine toten Augen nach allen Seiten und sah, wie sich von Kijew bis zum Halitscher Land und bis zu den Karpaten Tote aus ihren Gräbern erhoben, die ihm selber wie ein Tropfen Wasser dem anderen glichen.

Bleich, bleich, einer immer größer als der andere, einer immer knochiger als der andere, umschwebten sie den Reiter mit seiner Beute. Noch einmal lachte der Geharnischte auf und schleuderte den Hexer in den Abgrund. Und die Toten stürzten dem Leichnam in den Abgrund nach und schlugen ihre Zähne in ihn. Einer von ihnen, größer und schrecklicher als alle anderen, wollte sich ebenfalls aus der Erde erheben. Doch es ging über seine Kräfte — zu groß war er in der Erde geworden: wenn er aufgestanden wäre, so hätte er die Karpaten umgestürzt und das ganze siebenbürgische und türkische Land um und umgewühlt. Ein wenig nur hatte er sich geregt — und es erbebte schon die ganze Erde; viele Häuser fielen um und begruben viel Volks unter ihren Trümmern.

In den Karpaten ist oft ein pfeifendes Sausen zu hören, als ob tausend Mühlen ihre Räder im Wasser drehten: in einem unzugänglichen Abgrund, den noch kein Menschenauge gesehen, da alle sich davor fürchten, an ihm vorbeizugehen, nagen dann die Toten an einem Toten. Zuweilen geschieht es, daß die Erde von einem Ende bis zum andern erbebt. Die Gelehrten meinen, das rühre von einem Berge her, der irgendwo an einem Meeresufer Feuer speie und aus dem heiße Glutströme hervorbrächen. Doch die alten Männer in Ungarn und im Halitscher Land wissen es besser und sagen, das rühre daher, daß der tief in der Erde zu ungeheurer Größe herangewachsene Tote von Zeit zu Zeit seine Glieder rege.

XVI.

In der Stadt Gluchow hat sich das Volk um einen alten Bandurenspieler versammelt und hört schon seit mehr als einer Stunde zu, wie der Blinde auf seiner Pandora musiziert. Kein Pandorist hat noch so viele wundersame Lieder gekannt und sie so schön gesungen wie dieser. Zuerst sang er von den Hetmans alter Zeiten, von Sagaidatschny und Chmelnitzky: damals war es noch anders zugegangen als heute, die Kosakenschaft war weithin berühmt und zerstampfte die Feinde mit den Hufen ihrer Rosse; niemand wagte es, sie zu schmähen. Aber auch lustige Lieder sang der Alte und ließ seine Augen, als könne er sehen, über die Menge schweifen; dann flogen seine Finger, an denen beinerne Stäbchen befestigt waren, wie Fliegen über die Saiten, so daß diese wie von selber zu tönen schienen. Und das Volk, das ihn umringte — die Alten mit gesenkten Köpfen, die Jungen zum blinden Sänger aufblickend —, wagte nicht einmal zu flüstern.

«Wartet!» rief der Greis, «ich singe euch noch eine Geschichte aus lang vergessener Zeit!»

Das Volk rückte enger zusammen, und der Alte begann zu singen:

«Zur Zeit, da Pan Stephan Fürst in Siebenbürgen und König in Polen war, lebten zwei Kosaken: Iwan und Petro. Sie hausten wie Brüder miteinander. ‚Schau, Iwan, alles, was uns zufällt, wird geteilt: hat der eine eine Freude, so hat sie auch der andere; stößt dem einen ein Leid zu, so trägt's der andere mit; erbeutet der eine etwas, so erhält der andere die Hälfte; gerät der eine in Gefangenschaft, so verkauft der andere all seine Habe und zahlt das Lösegeld oder gibt sich mit gefangen.' Und sie teilten wirklich alles. Was sie auch erbeuteten — fremdes Vieh oder fremde Pferde —: jeder von ihnen erhielt seine Hälfte.

König Stephan führte einmal einen Krieg mit den Türken. Drei Wochen schon währte der Kampf, doch die Türken ließen sich nicht vertreiben, denn sie hatten einen Pascha, der allein mit zehn Janitscharen ein ganzes Regiment zusammenzuhauen verstand. Da verkündete König Stephan, daß er dem kühnen Krieger, der ihm den Pascha tot oder lebendig brächte, einen Sold bezahlen würde, der dem Solde des ganzen Heeres gleichkäme. ‚Ziehn wir aus, Bruder', sagte Iwan zu Petro, ‚und fangen wir den Pascha!' Und die beiden Kosaken ritten davon, der eine in dieser, der andre in jener Richtung.

Ob es Petro gelungen wäre, den Feind zu fangen, oder nicht — das weiß man nicht. Denn schon bald führte Iwan den Pascha mit einem Strick um den Hals zum König. ‚Braver Kosak!' rief König Stephan aus und befahl, ihm so viel Sold auszuzahlen, wie sonst das ganze Heer erhielt; auch ließ er ihm Land zuweisen, wo er nur wollte, und Vieh, wieviel er nur begehrte. Am selben Tage noch gab Iwan die Hälfte von allem, was er bekommen, an Petro ab. Petro nahm seinen Anteil am königlichen Lohn in Empfang, konnte es aber nicht verwinden, daß Iwan vom König so geehrt worden war, und sann insgeheim auf Rache.

Beide Recken ritten in das vom König verliehene Land hinter den Karpaten. Iwan setzte seinen Sohn zu sich aufs Pferd und band ihn am eignen Leibe fest. Es dämmerte schon; doch sie ritten immer noch weiter. Das Kind schlummerte ein, und auch Iwan überließ sich dem Schlummer. Schlafe nicht, Kosak: die Wege in den Bergen sind gefährlich!... Doch die Kosaken haben Pferde, die überall den Weg zu finden wissen: sie stolpern nicht und gleiten nicht aus. Zwischen den Bergen gibt es einen Abgrund. Niemand hat noch den Boden dieses Abgrundes gesehen: so hoch sich der Himmel über der Erde wölbt, so tief ist's bis zum Boden des Abgrundes. Der Weg führt oben am Rande des Abgrundes vorbei, zwei Menschen können auf ihm gerade noch nebeneinander reiten, für nichts auf der Welt aber drei. Vorsichtig setzt das Roß mit dem schlafenden Kosaken Fuß vor Fuß. Petro ritt ihm zur Seite, bebte an allen Gliedern und hielt vor Freude den Atem an. Rasch blickte er sich nach allen Seiten um und stieß dann seinen Blutsbruder in die Tiefe. Das Roß mit dem Kosaken und seinem Sohn stürzte ab.

Doch Iwan blieb bald an einem Ast hängen, nur das Roß sauste in den Abgrund. Den Sohn auf dem Rücken, kletterte er mühsam wieder aufwärts. Fast war er wieder oben, da erhob er die Augen und sah, wie Petro die Lanze gegen ihn richtete, um ihn zurückzustoßen. ‚Gerechter Gott! Hätte ich doch lieber niemals aufgeschaut, als daß ich nun sehen muß, wie mein Blutsbruder mich mit der Lanze zurückstoßen will! . . . Liebster Bruder, stoß mich nieder — das ist mir wohl von Anbeginn an so zugedacht. Verschone aber meinen Sohn! Was hat das unschuldige Kind getan, daß es eines so grausamen Todes sterben soll?‘ Doch Petro lachte nur auf, stieß mit der Lanze zu, und der Kosak und sein Sohn stürzten wieder hinab. Petro nahm alles Gut an sich und hub an, wie ein Pascha zu leben. Niemand hatte solche Pferdeherden gesehen und niemand so viel Hammel und Schafe, wie Petro sein eigen nannte. Doch einmal mußte auch er sterben.

Als Petro gestorben war, rief Gott die Seelen der beiden Blutsbrüder, Iwan und Petro, vor seinen Richterstuhl. ‚Das ist in Wahrheit ein großer Sünder!‘ sagte Gott. ‚Iwan, ich kann so bald keine Strafe für ihn finden. Bestimme du selbst die Strafe!‘ Lange sann Iwan nach, welche Strafe er für ihn ausdenken sollte, und sagte endlich: ‚Großes Leid hat mir dieser Mensch angetan: wie ein Judas hat er seinen Blutsbruder verraten und mich meines ehrlichen Geschlechts und meiner Nachkommenschaft auf Erden beraubt. Ein Mensch ohne ein ehrliches Geschlecht und ohne Nachkommenschaft ist wie ein taubes Samenkorn, das unfruchtbar in der Erde verfault: es geht nicht auf — und niemand wird wissen, daß es jemals ausgesät worden war. Füge es daher, o Gott, daß keiner seiner Nachkommen auf Erden je glücklich werde und daß der letzte Sproß seines Stammes ein Bösewicht sei, wie es noch nie einen auf der Welt gegeben hat und daß dessen Ahnen und Urahnen von jeder seiner Untaten aus ihrem Todesschlaf aufgescheucht werden und so ungeheure Qualen leiden müssen, daß sie aus ihren Gräbern emporfahren. Der Judas Petro aber soll ohnmächtig sein, sich zu erheben, und soll darob eine noch bittrere Qual erdulden: wie ein Rasender soll er Erde fressen und sich in seinem Grabe vor Schmerzen krümmen. Und wenn die Stunde schlägt, da das Maß der Untaten seines letzten Sprossen voll ist — dann erhebe mich, o Gott, mit meinem Pferde aus dem Abgrund auf den höchsten Berg in der Runde; und er soll zu mir kommen, und ich schleudre ihn in den gleichen Abgrund, und alle seine toten Ahnen und Urahnen, wo sie auch einst gelebt haben mögen, sollen von allen Enden der Erde aus ihren Gräbern herbeieilen und, um der Qualen willen, die er auf sie herabgezogen, an ihm nagen und ewig nicht aufhören, an ihm zu nagen. Ich aber werde mich am Anblick seiner Qualen laben. Und jener Judas Petro soll sich nicht aus der Erde erheben können; es soll ihn danach gieren, mit an seinem letzten Sprossen zu nagen, doch er muß an sich selber nagen. Und sein Gebein soll in der Erde immer stärker und größer anwachsen, je länger es dauert, desto größer, damit seine Qualen immer größer werden. Es gibt keine ärgere Qual für den Menschen, als sich rächen zu wollen und sich nicht rächen zu können.'

‚Furchtbar ist die Rache, die du dir ausgedacht

hast, o Mensch!‘ sagte Gott, ‚es sei so, wie du gewollt hast. Doch auch du mußt ewig auf deinem Rosse sitzen und wirst nicht ins Himmelreich aufgenommen bis an das Ende aller Tage.‘

Und es hat sich alles so erfüllt, wie es beschlossen worden war. Noch heute kann man in den Karpaten den versteinerten Reiter sehen, wie er in den unermeßlichen Abgrund hinunterstarrt, wo die Toten an einem Toten nagen, und wie er den tief in der Erde vergrabenen Leichnam des Verräters wachsen hört, der unter schrecklichen Qualen seine eigenen Knochen zerbeißt und mit seinen Zuckungen die ganze Erde erschüttert.»

Schon hatte der Blinde sein Lied zu Ende gesungen. Schon glitt er von neuem über die Saiten hin und sang lustige Lieder von den Streichen des Choma und Jeroma und des Stkljar Stokosa. Doch die Alten wie die Jungen waren immer noch wie von einem Zauber befangen, standen lange mit gesenkten Köpfen da und sannen der grausigen Sage aus alten Zeiten nach.

DIE NACHT VOR WEIHNACHTEN

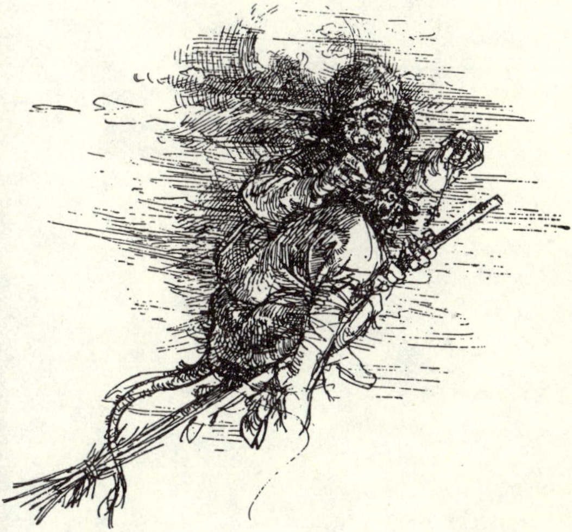

I.

Der letzte Tag vor Weihnachten war zu Ende gegangen. Eine klare Winternacht brach an. Die Sterne blinkten. Der Mond stieg feierlich am Himmel empor, um den guten Menschen auf der ganzen Welt zu leuchten, auf daß sie frohen Mutes nach altem Brauch ihre Weihnachtslieder unter den Fenstern sängen. Der Frost hatte seit dem Morgen stark zugenommen. Dafür war es aber so windstill, daß man das Knirschen des Schnees unter den Stiefelsohlen eine halbe Werst weit hören konnte.

Noch hatte sich keine Singschar auf der Straße gezeigt. Nur der Mond schien verstohlen in die Hüttenfenster, wie um die sich putzenden Mädchen daran zu erinnern, daß es an der Zeit sei, in den knisternden Schnee hinauszulaufen.

Da qualmten dicke Rauchschwaden aus einem der Schornsteine und stiegen als schwarze Wolke empor. Mit ihnen fuhr aber, auf einem Besenstiele reitend, eine Hexe zum Himmel auf.

Wäre in diesem Augenblick der Assessor von Ssorotschinzy in einer mit Bürgerpferden bespannten Troika vorbeigefahren, die nach Ulanenart pelzverbrämte Mütze auf dem Kopf, in seinem blauen, mit schwarzem Lammfell gefütterten Mantel und mit seiner teuflisch geflochtenen Peitsche, mit der er den Kutscher anzutreiben liebte — so hätte er die Hexe sicherlich bemerkt; denn es gibt keine Hexe auf der ganzen Welt, die dem scharfen Blick des Assessors von Ssorotschinzy zu entgehen vermag. Er weiß haargenau, wieviel Ferkel die Sau einer jeden Einwohnerin wirft, wieviel Leinwand sie in ihrer Truhe aufbewahrt und welche Kleidungsstücke oder Wirtschaftsgegenstände jeder ordentliche Mann an den Feiertagen in der Schenke zu versetzen pflegt. Doch der Assessor fuhr nicht vorbei und hätte sich um das fremde Dorf auch gar nicht bekümmert — er hatte seinen eigenen Bezirk.

Die Hexe hatte sich inzwischen so hoch erhoben, daß sie nur noch wie ein kleiner schwarzer Fleck am Himmel zu sehen war. Doch überall, wo sich dieser schwarze Fleck zeigte, verschwanden die Sterne am Firmament. Schon hatte die Hexe einen ganzen Arm voll von ihnen eingesammelt, nur noch drei oder vier funkelten durch die Nacht. Da zeigte sich an der entgegengesetzten Seite des Himmels ein anderer schwarzer Fleck, dehnte sich rasch aus und war bald mehr als bloß ein Fleck.

Ein kurzsichtiger Mensch, selbst wenn er sich Brillengläser, so groß wie die Wagenräder der Kommissarskutsche, auf die Nase gesetzt hätte, wäre nicht imstande gewesen, festzustellen, was es mit diesem Fleck für eine Bewandtnis hatte. Von vorn sah er ganz wie ein Deutscher oder ein sonstiger Ausländer aus: ein schmales, sich hin und her wendendes und alles, was ihm nur in die Quere kam, beschnüffelndes Schnäuzchen lief, wie bei unseren Schweinen, in ein rundes Fünfkopekenstück aus. Die Beinchen waren so dünn, daß sie der Dorfschulze von Jareskowo, wenn sie sein eigen gewesen wären, schon beim ersten Hoppak-Sprung gebrochen hätte. Von hinten dagegen glich er zum Verwechseln dem Gouvernementsanwalt in Galatracht; denn er hatte einen so langen und spitzen Schwanz, daß man an die Frackschöße der heutigen Beamtenuniformen erinnert wurde. Nur aus dem Ziegenbärtchen unter seiner Schnauze, aus den Hörnchen auf seinem Kopf und daraus, daß er im ganzen genommen nicht heller als ein Schornsteinfeger war, hätte man schließen können, daß es sich weder um einen Ausländer noch um den Gouvernementsanwalt handelte, sondern schlicht und einfach um den Teufel in höchsteigener Person, dem es nur noch in dieser Nacht vergönnt war, durch die weite Welt zu schweifen und die Leute zu verführen; denn schon morgen mußte er bei den ersten Glockenschlägen, die zur Frühmesse riefen, sich eingeklemmten Schwanzes Hals über Kopf in den Höllenschlund stürzen.

Mittlerweile hatte er sich behutsam dem Monde genähert und streckte schon die Hand aus, um ihn zu stehlen, zog sie jedoch im gleichen Augenblick hastig zurück, als wenn er sich verbrannt hätte, lutschte an seinen Fingern und schlenkerte mit einem Bein. Jetzt rückte er von einer anderen Seite an, prallte von neuem zurück und zog wieder die Hand weg. Trotz dieser Mißerfolge aber konnte der listige Teufel nicht von seinen Schelmenstreichen lassen. In einem plötzlichen Anlauf packte er den Mond mit beiden Händen zugleich, warf ihn, sich krümmend und ihn in einem fort anblasend, aus einer Hand in die andere, wie ein Bauer, der sich mit bloßen Fingern Feuer für seine Pfeife holt, und steckte ihn zu guter Letzt in seine Tasche. Dann eilte er, als wenn nichts geschehen wäre, weiter.

In Dikanjka hatte niemand bemerkt, wie der Teufel das fertiggebracht hatte. Der Gemeindeschreiber freilich, der auf allen vieren aus der Schenke kroch, glaubte gesehen zu haben, wie der Mond auf einmal mir nichts, dir nichts am Himmel hin- und hertanzte, und versuchte, unter Anrufung Gottes und aller Heiligen, das ganze Dorf von diesem Wunder zu überzeugen. Doch die Einwohner schüttelten nur ihre Köpfe und lachten ihn aus.

Was hatte den Teufel eigentlich zu einem so gesetzwidrigen Unternehmen bewogen? Der Grund war folgender. Er wußte, daß der reiche Kosak Tschub vom Küster zum allweihnachtlichen Honigreis-Schmaus eingeladen war, an welchem nicht nur der Dorfschulze und ein mit dem Küster verwandter blauberockter Vorsänger des bischöflichen Kirchenchors mit einem unwahrscheinlich tiefen Baß, sondern auch der Kosak Swerbygus und einige andere Gäste teilnehmen würden; während dieses Festmahles nun würde Tschubs Tochter, das schönste Mädchen des Dorfes, allein zu Hause sitzen und sicherlich vom jungen Schmied besucht werden, einem handfesten Riesen und Kindskopf, der dem Teufel noch widerwärtiger war als die Predigten des Vaters Kondrat. In seinen Mußestunden huldigte der Schmied nämlich der edlen Malkunst und galt für den geschicktesten Maler der ganzen Gegend, so daß ihn sogar der Kosakenhauptmann L... ko, der damals noch lebte, eigens nach Poltawa hatte kommen lassen, um den Bretterzaun um sein Besitztum anzustreichen. Alle Schüsseln, aus denen die Kosaken in Dikanjka ihren Borschtsch löffelten, waren von ihm bemalt worden. Der Schmied war ein gottesfürchtiger Mann und malte zuweilen auch Heiligenbilder: heute noch kann man seinen Evangelisten Lukas in der Kirche zu T. bewundern. Der Triumph seiner Kunst aber war ein Bild, das er auf die rechte Seitenwand der Kirchenvorhalle gemalt hatte und das den heiligen Petrus darstellte, wie er, die Schlüssel in der Hand, am Jüngsten Tage den Bösen aus der Hölle vertreibt: der aufgescheuchte Teufel rennt, seinen Untergang ahnend, nach allen Seiten hin und her und wird von den Sündern, die einst von ihm in die Hölle gesperrt worden waren, mit Peitschen, Holzscheiten und allem, was ihnen in die Hände geraten ist, verprügelt. Als der Schmied an diesem Bilde schuf und es auf eine große hölzerne Tafel malte, hatte der

Teufel ihn auf jede Weise zu stören versucht; er hatte ihn unsichtbar am Arm gestoßen und das Gemälde mehrfach mit Asche aus der Schmiedeesse bestreut. Trotzdem wurde das Werk vollendet. Die Tafel wurde in die Kirche getragen und in die Wand der Vorhalle eingelassen. Damals nun hatte der Teufel sich vorgenommen, am Schmied Rache zu nehmen.

Eine Nacht nur noch war ihm im alten Jahre übriggeblieben, durch die weite Welt zu schweifen. In dieser Nacht mußte er etwas finden, um seine Wut am Schmied auslassen zu können, und war darauf verfallen, den Mond zu stehlen; denn er verließ sich darauf, daß der alte Tschub faul und nur schwer auf die Beine zu bringen war; der Weg zum Küster aber war ziemlich weit, er führte hinter dem Dorfe an den Mühlen, am Friedhof und einem steilen Abhang vorbei; bei Mondschein würde die Aussicht auf den Honigreis, den Weihnachtskuchen und den Safranschnaps den Alten freilich verlockt haben; in einer lichtlosen Nacht dagegen hätte es kaum jemand über ihn vermocht, daß er sich von seiner Ofenecke getrennt und ins Freie hinausgetraut hätte; der Schmied wiederum, der schon seit langem nicht mehr in gutem Einvernehmen mit Tschub lebte, würde es, trotz seiner Bärenkräfte, nicht wagen, die Tochter zu besuchen, solange ihr Vater im Hause war.

Und so geschah es denn, daß es auf der ganzen Welt, kaum daß der Teufel den Mond in die Tasche gesteckt, so finster wurde, daß man nicht einmal den Weg in die Schenke, geschweige denn zum Küsterhaus gefunden hätte.

Die Hexe stieß, als das Dunkel sie so plötzlich umringte, einen schrillen Schrei aus. Doch der Teufel hatte sich dicht an sie herangemacht, faßte sie am Arm und flüsterte ihr dasselbe ins Ohr, was man überall dem ganzen weiblichen Geschlecht ins Ohr zu flüstern pflegt.

Wunderlich ist's eingerichtet auf unserer Welt: alles, was lebt, beschäftigt sich zumeist damit, andern etwas abzugucken und es nachzuäffen. Es gab, zum Beispiel, einmal eine Zeit, da gingen in Mirgorod zur Winterszeit nur der Richter und allenfalls noch das Stadtoberhaupt in mit Tuch überzogenen Pelzen einher, die niedere Beamtenschaft trug das Fell nach außen. Heute dagegen haben sich nicht nur der Assessor, sondern auch der Unterrentmeister ihre Lammfellpelze mit Tuch überziehen lassen. Vor zwei Jahren kauften sich der Kanzlist und der Gemeindeschreiber bestes blaues Tuch zu sechs Kopeken die Elle ein. Und der Kirchendiener ließ sich zum Sommer Pluderhosen aus Nanking und eine Weste aus gestreiftem Kammgarn machen. Mit einem Wort: alles will hoch hinaus. Wann werden die Menschen endlich einmal nicht mehr ihrer Eitelkeit nachlaufen? Wetten wir: Vielen dürfte es sonderbar vorkommen, daß der Teufel in die gleiche Kerbe schlägt und daß er, was am ärgerlichsten ist, sich für eine Schönheit hält, während man ihn doch in Wirklichkeit kaum anzuschauen vermag: solch eine Fresse hat er, würde Foma

Grigorjewitsch sagen, daß er sich schämen sollte. Trotzdem geht auch er auf Liebesabenteuer aus.

Doch am Himmel und unter dem Himmel war es inzwischen so dunkel geworden, daß man nichts mehr davon sehen konnte, was er und die Hexe miteinander trieben.

II.

«Du bist also noch nicht im neuen Küsterhause gewesen, Gevatter?» frug der Kosak Tschub einen hochgewachsenen mageren Bauern in kurzem Pelzrock, dessen lange Bartstoppeln davon zeugten, daß das abgebrochene Sensenstück, mit dem unsere Bauern sich, in Ermangelung eines Rasiermessers, ihren Bart zu schaben pflegen, sein Gesicht schon fast zwei Wochen lang nicht mehr berührt hatte.

«Es wird dort ein beträchtliches Gelage geben», fuhr Tschub, über das ganze Gesicht schmunzelnd, fort; «daß wir nur nicht zu spät kommen!»

Mit diesen Worten rückte er den Gürtel zurecht, der seinen Pelz umspannte, drückte seine Mütze tiefer ins Gesicht und nahm seine Peitsche — den Schrecken aller zudringlichen Hunde — fester in die Hand.

«Teufel auch!» stieß er plötzlich hervor; «schau, Panass, schau nur!»

«Was?» frug der Gevatter und blickte ebenfalls nach oben.

«Wieso was? Der Mond ist fort!»

«Verflucht noch einmal, er ist wirklich fort.»

«Das ist es ja eben, daß er fort ist!» rief Tschub ein wenig ärgerlich über den unveränderlichen Gleichmut des Gevatters aus. «Dir scheint es ja einerlei zu sein.»

«Ja, was soll denn ich dabei machen?»

«Hat es da so ein Teufel nötig gehabt», nahm Tschub wieder das Wort, «hat er es wirklich nötig gehabt — möge der Hundsfott die ganze Nacht hindurch keinen Schnaps mehr bekommen! — sich hier einzumischen?... Als ob er uns verhöhnen wollte! Eben noch schaute ich in der Stube vorsorglich zum Fenster hinaus: ein Wunder von einer Nacht! Klar! Der Schnee glitzert im Mondlicht! Alles ist wie am hellichten Tage zu erkennen. Und nun — kaum trete ich aus der Tür — ist nichts mehr zu sehen, als wären mir die Augen ausgestochen worden. Daß er sich alle Zähne an einem vertrockneten Buchweizenbrot ausbeißen möge!»

Tschub murrte und schimpfte noch lange vor sich hin, frug sich aber währenddessen im stillen, wozu er sich entschließen sollte. Zum Verrecken gern hätte er beim Küster über alles nur mögliche geklönt. Sicher saßen dort schon der Dorfschulze und der zugereiste Baßsänger zusammen, vor allem aber der Teersieder Mikita, der alle zwei Wochen nach Poltawa fuhr und solche Späße zu treiben liebte, daß sich alle den Bauch vor Lachen halten mußten. In Gedanken sog Tschub schon den Geruch des würzigen Weihnachtspunsches ein. All das war gewiß verführerisch. Doch die Dunkelheit weckte in ihm auch den allen Kosaken eingeborenen Hang zur Faulheit. Wie schön wär' es jetzt, mit untergeschlagenen Beinen auf der Ofenbank zu hocken, ruhig seine Pfeife zu rauchen und angenehm dösend den Weihnachtsliedern der lustigen Burschen und Mädchen zu lauschen, die sich bald in Scharen unter den Fenstern tummeln würden! Wäre er allein gewesen, so wäre er ohne Zweifel wieder umgekehrt; doch zu zweit war es nicht mehr so langweilig und bemühend, durch die finstere Nacht zu wandern; auch wollte er vor den andern nicht faul und furchtsam scheinen. Er hörte daher zu schimpfen auf und wandte sich von neuem an den Gevatter.

«Es gibt also kein Mondlicht, Gevatter?»

«Nein.»

«Wirklich merkwürdig! Gib mir mal eine Prise. Dein Tabak ist ausgezeichnet. Wo hast du ihn her?»

«Den Teufel ist er ausgezeichnet!» antwortete der Gevatter und klappte seine birkenrindene, mit Stichmustern verzierte Dose wieder zu; «nicht einmal ein altes Huhn kann durch ihn zum Niesen gebracht werden.»

«Ich erinnere mich», fuhr Tschub im gleichen Tone fort, «daß der verstorbene Schankwirt Ssussulja einmal einen ähnlichen Tabak aus Njeshin mitgebracht hatte. Ach, war das ein Tabak! Ein guter Tabak war das! . . . Nun, Gevatter, was machen wir? Hier draußen ist's dunkel.»

«Wir können ja auch zu Hause bleiben»,

meinte der Gevatter und griff schon nach der Türklinke.

Hätte er das nicht gesagt, so würde Tschub sich gewiß entschlossen haben, zu seiner Ofenbank zurückzukehren. Jetzt aber reizte es ihn, das Entgegengesetzte zu tun.

«Nein, Gevatter», erwiderte er, «das ist ausgeschlossen, wir müssen gehn.»

Er hatte diese Worte kaum ausgesprochen, als sie ihm schon leid taten. Es war ihm äußerst unangenehm, durch solch eine Nacht zu stapfen. Doch ihn tröstete, daß er selbst es so gewollt und daß er immerhin nicht das tat, was man ihm geraten hatte.

Auf dem Gesicht des Gevatters war nicht die leiseste Regung von Ärger zu erkennen. Er war ein Mann, dem es vollkommen einerlei war, ob er zu Hause saß oder sich draußen herumtrieb. Er sah sich um, kratzte sich mit dem Peitschenstiel die Achseln — und machte sich mit Tschub auf den Weg.

III.

Nun wollen wir zusehen, was die zurückgebliebene schöne Tochter treibt.

Oxana war noch kaum siebenzehn Jahre alt, als man schon beinahe überall auf der Welt, diesseits und jenseits von Dikanjka, von nichts anderem als von ihr sprach. Die Burschen versicherten alle einstimmig, daß es ein schöneres Mädchen im Dorfe weder gegeben habe noch jemals wieder geben werde.

Oxana wußte und hörte alles, was über sie gesprochen wurde, und war so launenhaft, wie es sich für eine anerkannte Schönheit gehört. Hätte sie nicht ein Kopftuch und eine Bauernjacke, sondern ein vornehmes Kleid getragen, so würde sie alle ihre Dienstmädchen immer wieder entlassen und immer wieder neue angestellt haben. Die Burschen waren scharenweise hinter ihr her, verloren aber schließlich die Geduld, ließen einer nach dem andern von der eigensinnigen Schönen ab und wandten sich anderen, weniger verwöhnten Mädchen zu. Einzig der Schmied Wakula war hartnäckig und hörte nicht auf, sie zu umbuhlen, obgleich sie ihn durchaus nicht besser behandelte als die anderen.

Als ihr Vater das Haus verlassen, putzte und schmückte Oxana sich noch lange vor dem kleinen Spiegel im Zinnrahmen und konnte es nicht satt bekommen, sich selber zu bewundern.

«Was fällt den Leuten eigentlich ein, meine Schönheit auszuschreien?» rief sie mit gespielter Nachlässigkeit, nur um über irgend etwas mit sich selber zu schwätzen; «sie lügen, die Leute. Ich bin gar nicht schön.»

«Sind denn meine schwarzen Augen und Brauen», fuhr sie fort, ohne den Spiegel aus der Hand zu legen, «wirklich so schön, daß es ihresgleichen auf der ganzen Welt nicht gibt? Was ist denn Schönes an dieser Stupsnase, an diesen Wangen und Lippen? Als ob meine schwarzen Locken schön wären! Huh! Abends kann man ja vor ihnen erschrecken. Sie sind lange Schlangen, die sich rings um meinen Kopf geschlungen haben. Jetzt sehe ich es, daß ich gar nicht schön bin.»

Sie hielt den Spiegel weiter von sich ab und rief aus:

«Nein, ich bin doch schön! Ach, wie bin ich schön! Ein wahres Wunder! Welche Freude werde ich dem machen, dessen Frau ich einmal sein werde! Wie wird mein Mann von mir entzückt sein! Ganz außer sich vor Freude wird er sein! Er wird mich totküssen!»

«Ein wunderbares Mädchen!» sagte sich der unbemerkt eingetretene Schmied, «aber eitel bis dahinaus. Eine ganze Stunde lang steht sie vor dem Spiegel, kann gar nicht genug bekommen von ihrem Anblick und rühmt sich dessen noch laut.»

«Ja, ihr Burschen», fuhr die anmutige Kokette fort, «bin ich denn euresgleichen? Seht mich doch nur an. Seht, wie schwebend ich schreite. Mein Hemd ist mit roter Seide gestickt. Und was für Bänder trag' ich im Haar! Zeitlebens werdet ihr keine so reichen Goldborten sehen. Die hat mein Vater mir alle zusammengekauft, damit mich der schönste Bursche auf der ganzen Welt einmal zur Frau nähme.»

Auflachend wandte sie sich um und erblickte den Schmied. Sie stieß einen Schrei aus und blieb mit abweisender Miene vor ihm stehen.

Der Schmied ließ die Hände sinken.

Schwer zu sagen, was das bräunliche Gesicht des wundersamen Mädchens ausdrückte. Strenge war in ihm und durch die Strenge hindurch so etwas wie Spott über den verlegen gewordenen Schmied; auch eine kaum merkliche Röte von Verdruß färbte ihre Wangen. Alles das vermengte sich miteinander und war so unsagbar reizend, daß man nichts Besseres hätte tun können, als sie millionenmal abzuküssen.

«Warum bist du gekommen?» fuhr Oxana ihn an. «Juckt's dich etwa danach, daß ich dich mit der Ofenschaufel hinausjage? Ihr versteht es alle meisterhaft, im Nu zu erwittern, wenn die Väter aus dem Hause sind. Oh, ich kenne euch! Nun? Wie ist's? Ist meine Truhe fertig geworden?»

«Sie ist bald fertig, mein Herzchen. Gleich nach den Feiertagen wird sie fertig sein. Wenn du wüßtest, wie ich mich mit ihr abgeplagt habe! Zwei Nächte lang habe ich die Schmiede nicht verlassen. Dafür wird aber auch keine Popenfrau solch eine Truhe haben. Sie hat Eisenbeschläge, wie ich sie nicht einmal für den Wagen des Kosakenhetmans verwandt habe, als ich noch in Poltawa arbeitete. Und wie sie bemalt ist! Wenn du die ganze Gegend mit deinen weißen Füßchen abläufst, du wirst keine schönere Truhe finden. Über den ganzen Grund werden rote und blaue Blumen verstreut sein, die wie Feuer leuchten ... Zürne mir doch nicht! Gestatte mir, wenigstens mit dir zu sprechen und dich anzuschaun.»

«Wer verbietet dir das? Sprich und schaue!»

Damit setzte sie sich auf die Bank, blickte wieder in den Spiegel und ordnete ihre Flechten. Sie betrachtete ihren Hals, ihr neues seidengesticktes Hemd, und auf ihre Lippen und Wangen trat ein Ausdruck von Selbstverliebtheit und spiegelte sich in ihren Augen.

«Erlaube, daß ich mich neben dich setze», sagte der Schmied.

«Setz dich nur», sagte Oxana, ohne den selbstverliebten Ausdruck auf den Lippen und in den Augen zu verlieren.

«Wunderbare, allerschönste Oxana!» rief der Schmied ermutigt aus und drückte sie an sich, in der Hoffnung, einen Kuß erhaschen zu können. Doch Oxana wandte ihre Wange ab, die sich schon in nächster Nähe von den Lippen des Schmieds befunden hatte, und stieß ihn von sich.

«Was nicht sonst noch alles?» sagte sie. «Wenn er Honig hat, will er auch noch einen Löffel dazu. Geh, deine Hände sind härter als Eisen, und du riechst nach Rauch. Ich glaube fast, du hast mich ganz mit Ruß beschmiert.»

Sie zog den Spiegel heran und begann sich von neuem zu putzen.

Sie liebt mich nicht, dachte der Schmied und ließ den Kopf hängen. Für sie ist alles nur ein Spiel. Und ich stehe wie ein Narr vor ihr und kann meine Augen nicht von ihr wenden. Eine ganze Ewigkeit könnte ich vor ihr dastehen und sie immer nur anschaun. Ein wunderbares Mädchen! Was gäb' ich nicht drum, zu wissen, was in ihrem Herzen vor sich geht und wen sie liebt. Doch nein. Ihr ist es um niemand zu tun. Sie ist nur von sich selbst entzückt. Sie quält mich Armen — und ich gräme mich so, daß die ganze Welt mir trübe vorkommt. Ich liebe sie so sehr, wie noch kein Mensch auf der Welt je geliebt hat oder lieben wird.

«Ist es wahr, daß deine Mutter eine Hexe ist?» frug Oxana plötzlich und lachte. Da spürte der Schmied, wie auch in ihm alles zu lachen begann. Ihr Gelächter hallte in seinem Herzen und seinen leicht erschauernden Adern wider. Doch gleich darauf überfiel ihn wieder der Ärger, daß es nicht in seiner Macht stand, dieses so süß lachende Gesicht abzuküssen.

«Was hab' ich mit meiner Mutter zu schaffen? Du bist mir Mutter und Vater und alles, was es in dieser Welt an Teurem für mich gibt. Wenn der Zar mich riefe und mir sagte: ‚Schmied Wakula, du kannst mich um alles bitten, was mein Reich an Kostbarkeiten birgt. Alles soll dein sein. Ich befehle, daß man dir eine goldene Schmiede bauen soll, in der du mit silbernen Hämmern schmieden kannst' — so würde ich dem Zaren antworten: ‚Ich will weder Edelsteine noch eine goldene Schmiede noch dein ganzes Reich — gib mir lieber meine Oxana!'»

«Also so einer bist du! Doch mein Vater ist auch nicht von gestern. Paß auf — er wird deine Mutter noch heiraten!» sagte Oxana mit einem hinterhältigen Lächeln. «Aber warum kommen die Mädchen nicht? Was hat das zu bedeuten? Es ist höchste Zeit, zum Singen zu gehn. Ich fange mich schon zu langweilen an.»

«Gott mit ihnen, meine Schönste!»

«Warum nicht gar? Mit ihnen kommen die Burschen. Das wird einen Tanz geben. Ich stell mir schon vor, was für tolle Dinge sie schwatzen werden.»

«Dir ist's also froh mit ihnen?»

«Froher jedenfalls als mit dir . . . Doch da hat's geklopft. Sicher sind's die Mädchen und Burschen.»

Worauf wart' ich noch länger? sagte sich der Schmied, sie verhöhnt mich ja nur. Ich bin ihr ebensowenig wert wie ein verrostetes Hufeisen. Wenn's aber so ist, so soll mich wenigstens kein anderer auslachen. Sobald ich merke, daß ihr ein anderer Bursche mehr gefällt als ich, soll er von mir eine Lehre erhalten, daß . . .

Hier wurden seine Gedanken durch ein erneutes Klopfen an der Tür und den scharf durch die Frostluft hallenden Ruf: «Mach auf!» unterbrochen.

«Wart nur, ich öffne selbst!» rief er und begab sich in den Flur hinaus, in der Absicht, dem ersten, der ihm in den Weg kam, vor Ärger alle Rippen zu zerbrechen.

IV.

Der Frost war noch stärker geworden, und oben am Himmel herrschte solch eine Kälte, daß der Teufel von einem Pferdehuf auf den andern hüpfte und sich in seine Fäuste blies, um die erstarrten Finger ein wenig zu wärmen. Kein Wunder, daß es ihn so fror, da er sich Tag für Tag in der Hölle aufzuhalten gewohnt war, wo es bekanntlich nicht so kalt ist wie bei uns im

Winter, und wo er, eine weiße Mütze auf dem Kopfe gleich einem Küchenchef, die armen Sünder mit demselben Genuß brät wie ein altes Weib ihre Weihnachtswurst.

Selbst die Hexe fröstelte es, trotzdem sie warm angezogen war. Hocherhobener Arme und ein Bein vorstreckend, nahm sie daher die Haltung einer Schlittschuhläuferin an, sauste mit unbewegten Gliedern durch die Luft wie über einen steilen Eishang abwärts und fuhr in ihren Schornstein ein.

Der Teufel folgte ihr in der gleichen Weise unmittelbar nach. Und da dieses Vieh bchender ist als jeder seidenbestrumpfte Geck, so ist's nicht weiter erstaunlich, daß er seiner Liebsten schon beim Einflug in den Schornstein auf dem Nacken saß, und sie beide zugleich im geräumigen Ofenloch zwischen allerhand Töpfen anlangten.

Die heimgekehrte Reiterin öffnete vorsichtig die Ofentür, um sich zu vergewissern, ob ihr Sohn Wakula keine Gäste eingeladen hätte. Als sie sah, daß niemand da war und daß nur einige Säcke in der Stube herumlagen, schlüpfte sie aus dem Ofen, warf ihren warmen Pelzmantel ab und ordnete ihre Kleider. Niemand hätte ihr ansehen können, daß sie noch einen Augenblick vorher auf dem Besen geritten war.

Die Mutter des Schmiedes Wakula zählte nicht mehr als vierzig Jahre. Weder schön noch häßlich (es ist schwer, in diesem Alter noch schön zu sein), hatte sie es indessen verstanden, einige der gesetzteren Kosaken, die im übrigen den

Schönheit ebenfalls nicht mehr allzu bedürftig waren, so zu bezaubern, daß, außer dem Dorfschulzen, auch der Küster Ossip Nikiforowitsch (natürlich nur, wenn die Küsterin nicht zu Hause war), der Kosak Kornij Tschub und der Kosak Kassjan Swerbygus sie häufig zu besuchen pflegten.

Zu ihrer Ehre sei es gesagt, daß sie äußerst geschickt mit ihnen umzugehen verstand: kein einziger von ihnen kam auf den Gedanken, irgendwelche Nebenbuhler zu haben. Ging so ein frommer Bauer oder «Edelmann» (wie die Kosaken sich gerne selber nannten) in seinem Kapuzenmantel sonntags in die Kirche — oder, wenn das Wetter schlecht war, in die Schenke —, warum sollte er nicht bei der Ssolocha vorsprechen, um ein paar fette Quarkkuchen mit Schlagsahne zu verzehren und sich in der warmen Küche mit der gesprächigen und gefälligen Hausfrau zu unterhalten? Der betreffende Edelmann machte zu diesem Zwecke oft einen beträchtlichen Umweg, ehe er die Schenke erreichte, und nannte das «unterwegs ein bißchen einkehren». Und wenn Ssolocha zuweilen an einem Feiertage in ihrem grellen Kopftuch, ihrer Nankingjacke und ihrem mit goldenen Bändern benähten Überrock in der Kirche erschien und sich dicht neben dem rechten Chor aufstellte, begann der Küster leise zu hüsteln und mit zwinkernden Augen nach jener Seite zu schauen; der Dorfschulze aber strich sich über den Schnurrbart, wickelte sich die Kosakenlocke ums Ohr und sagte zu seinem Nachbarn: «Ach, ist das ein Weib! Ein Teufelsweib ist das!» Ssolocha grüßte sie alle — und jeder glaubte, sie grüße ihn allein.

Wer es jedoch liebt, seine Nase in fremde Angelegenheiten zu stecken, hätte bald herausgefunden, daß Ssolocha zum Kosaken Tschub am liebenswürdigsten war. Tschub war Witwer. Vor seiner Hütte standen acht Getreideschober. Zwei Paar kräftiger Ochsen streckten immer ihre Köpfe aus dem Flechtwerk des Stalles auf die Straße hinaus und muhten laut, wenn sie eine Gevatterin Kuh oder einen Gevatter Stier vorbeitrotten sahen. Ein bärtiger Ziegenbock kletterte hin und wieder aufs Dach und meckerte von dort aus so schrill wie der Stadthauptmann, um die sich auf dem Hofe herumtrollenden Truthühner zu ärgern, oder drehte seinen Feinden, den Dorfbuben, die ihn wegen seines Bartes hänselten, den Hintern zu. In den Truhen Tschubs lagen viele Leinwandstücke, kostbare Schupans und altertümliche, mit Goldborten verzierte Röcke; denn seine verstorbene Frau hatte sich sehr zu putzen geliebt. In seinem Gemüsegarten wuchsen nicht nur Mohn, Kohl und Sonnenblumen, es wurden auch alljährlich zwei große Beete mit Tabakstauden bepflanzt. Ssolocha hielt es durchaus nicht für abwegig, dies alles mit ihrer eigenen Wirtschaft zu vereinigen, und stellte schon im voraus Betrachtungen darüber an, welche Ordnung dort herrschen würde, wenn es in ihre Hände geriete. Sie verdoppelte daher ihr Wohlwollen für den alten Tschub. Damit aber ihr Sohn Wakula sich nicht auf irgendeine Weise an dessen Tochter heranmachte, alles für sich einheimste und sie, die Ssolocha, daran verhinderte, sich in irgend etwas einzumischen, nahm sie ihre Zuflucht zum üblichen Mittel aller vierzigjährigen Frauenzimmer: sie versuchte, den alten Tschub nach Möglichkeit mit dem Schmied zu entzweien.

Vielleicht trugen gerade diese Listen und Machenschaften dazu bei, daß die alten Dorfweiber bei fröhlichen Zusammenkünften, wenn man ein wenig über den Durst getrunken hatte, einander zutuschelten, Ssolocha sei in der Tat eine Hexe; der junge Kosak Kissjakolupenko habe bei ihr hinten einen Schwanz von der Größe einer Weiberspindel festgestellt; erst am vorigen Donnerstag sei sie als schwarze Katze über die Straße gelaufen; auch sei sie einmal als Sau bei der Popenfrau eingedrungen, habe dort wie ein Hahn gekräht, sich die Mütze Vater Kondrats aufgesetzt und sich dann wieder auf und davon gemacht.

Es fügte sich so, daß, gerade als die alten Weiber wieder einmal von alledem schwatzten, der Kuhhirt Tymisch Korostjawy hinzukam und es nicht unterlassen konnte, zu erzählen, daß er einmal im Sommer, kurz vor Peter und Paul, sich mit einem Heubündel unter dem Kopf im Stall zum Schlafen niedergelegt und mit eigenen Augen gesehen habe, wie die Hexe mit aufgelösten Haaren und im bloßen Hemde die Kühe molk; er sei so gelähmt gewesen, daß er sich nicht habe rühren können. Überdies habe sie ihm die Lippen mit einer so widerwärtigen

Flüssigkeit bestrichen, daß er den ganzen Tag fortwährend habe ausspucken müssen.

Das alles schien indessen nicht ganz glaubwürdig, da ja nur der Assessor von Ssorotschinzy eine Hexe untrüglich zu erkennen vermochte. Die angeseheneren Kosaken machten daher, wenn ihnen diese Gerüchte zu Ohren kamen, nur eine wegwerfende Handbewegung. «Sie schwindeln, diese Hundeweiber!» hieß es bei ihnen.

Als sie aus dem Ofenloch gekrochen war und ihre Kleider in Ordnung gebracht hatte, machte sich Ssolocha als gute Hausfrau gleich daran, die Stube aufzuräumen. Nur die Säcke rührte sie nicht an: «Die hat Wakula gebracht, mag er sie selber fortschaffen!»

Der Teufel aber hatte beim Einflug in den Schornstein sich unwillkürlich ein wenig umgeblickt und wahrgenommen, wie Tschub, Arm in Arm mit seinem Gevatter, sich schon weit von seiner Hütte entfernt hatte. Augenblicks flog er aus dem Ofenloch ins Freie hinaus, überholte das Paar und begann von allen Seiten den gefrorenen Schnee aufzuwühlen, so daß die Flocken in einem Wirbelsturm dahintrieben und die ganze Luft mit ihrem weißen Gestöber erfüllten. Wie ein Netz flatterten sie hin und her und drohten den Fußgängern Augen, Mund und Ohren zu verkleben.

Darauf fuhr der Teufel wieder in den Schornstein Ssolochas ein, fest davon überzeugt, Tschub werde jetzt mit seinem Gevatter umkehren, den Schmied in seinem Hause antreffen und ihn so traktieren, daß dieser lange nicht mehr imstande sein werde, einen Pinsel in die Hand zu nehmen und beleidigende Karikaturen zu malen.

V.

Und in der Tat — kaum daß das Schneegestöber sich erhoben und der Wind angefangen hatte, ihm gerade ins Gesicht zu schlagen, als Tschub schon Reue äußerte. Er zog seine Kapuze tiefer über den Kopf und bedachte sich selber, den Gevatter und den Teufel mit argen Schimpfworten. Nichtsdestoweniger war dieser Ärger nur geheuchelt, denn eigentlich freute sich Tschub über das Gestöber. Bis zum Küsterhause war es noch achtmal so weit, als sie schon gegangen waren. Die Wanderer machten also kehrt. Der Wind blies ihnen jetzt in den Nacken. Doch im Flockenwirbel war nichts mehr zu erkennen.

«Halt, Gevatter! Mir scheint's, wir sind vom Wege abgekommen», sagte Tschub nach einigen Schritten. «Keine einzige Hütte ist zu sehen. Ach, ist das ein Schneesturm! Such doch etwas seitwärts nach dem Wege. Ich will inzwischen hier suchen. Mußte uns auch der Leibhaftige bei solchem Wetter aus dem Hause treiben! Vergiß nicht, zu rufen, wenn du den Weg gefunden hast. Pfui Teufel, was für Schneemassen der Satan einem in die Augen geworfen hat!»

Doch von einem Wege war nichts zu sehen. Der Gevatter, der seitwärts gestapft war, irrte in seinen langen Stiefeln ratlos hin und her und stieß schließlich mit der Nase auf die Schenke. Diese Entdeckung versetzte ihn in solch ein Entzücken, daß er alles vergaß, den Schnee von sich abschüttelte und in der Schenke verschwand, ohne sich um den auf der Straße zurückgebliebenen Tschub zu kümmern.

Dieser wiederum glaubte den Weg gefunden zu haben, machte halt und schrie aus voller Kehle. Doch da der Gevatter sich gar nicht zeigen wollte, beschloß er, allein weiterzugehen. Bald darauf erblickte er seine Hütte. Vor der Tür und auf dem Dach türmten sich ganze Berge von Schnee. Er klatschte in die verfrorenen Hände, pochte an und befahl der Tochter, daß sie ihm öffnen solle.

Da trat der Schmied aus der Tür und fuhr ihn rauh an:

«Was hast du hier zu suchen?»

Tschub erkannte die Stimme des Schmiedes und wich ein wenig zurück.

Nein, das ist nicht meine Hütte, dachte er, der Schmied würde es nicht gewagt haben, sie zu betreten. Doch wenn ich genauer hinschaue, so ist's auch nicht die seine. Wessen Hütte es nur sein mag? Halt, ich hab's! Daß ich sie auch nicht gleich erkannte! Sie gehört ja dem Kosaken Ljewtschenko, der sich kürzlich ein junges Weib zugelegt hat. Die einzige Hütte im Dorf, die meiner ungefähr ähnlich sieht. Mir kam's ja gleich ein wenig sonderbar vor, schon so rasch zu Hause angelangt zu sein... Aber Ljewtschenko hockt heute abend beim Küster, das weiß ich ganz genau. Was hat der Schmied hier zu tun? Hehehe! Er hat die junge Frau besucht... Da haben wir's! Ausgezeichnet!... Jetzt verstehe ich alles...»

«Wer bist du? Und warum treibst du dich vor fremden Türen herum?» frug der Schmied noch rauher als vorher und trat ganz dicht an ihn heran.

Nein, dachte Tschub, ich sag's ihm nicht, wer ich bin. Sonst kriegt er es noch fertig und verprügelt mich, dieser Satanssprößling!

Er antwortete also mit verstellter Stimme:

«Ich bin's, guter Mann. Ich bin gekommen, Euch vor dem Fenster mit einigen Weihnachtsliedern zu erfreuen.»

«Scher dich zum Teufel mit deinen Weihnachtsliedern!» schrie Wakula voller Wut. «Was stehst du noch da? Kannst du nicht hören? Du sollst dich schleunigst davonmachen!»

Tschub hatte schon selbst diese Absicht gehegt. Es ärgerte ihn aber, daß er den Befehlen des Schmiedes gehorchen sollte. Als wenn ihn ein böser Geist zum Widerspruch triebe, rief er immer noch mit verstellter Stimme:

«Was schreist du so? Ich will nun aber einmal meine Weihnachtslieder singen. Und damit Schluß!»

«Aha! Man muß dir also anders als mit bloßen Worten kommen!»

Im selben Augenblick fühlte Tschub einen schmerzhaften Schlag auf der Schulter.

«So? Prügeln willst du also auch noch?» stieß er, einige Schritte zurückweichend, hervor.

«Mach dich fort! Pack dich!» schrie der Schmied und versetzte Tschub einen neuen Schlag.

«Was fällt dir ein?» rief Tschub mit einer Stimme, in der sich Schmerz, Ärger und Furcht mischten; «du haust wirklich nicht nur zum Spaß. Es tut ja ordentlich weh.»

«Pack dich!» brüllte der Schmied, ging in die Hütte zurück und schlug die Tür hinter sich zu.

«Schau einer an, wie der sich aufspielt!» rief ihm der auf der Straße allein zurückgebliebene Tschub nach; «versuch's nur und komm heran! Du bist mir einer! Blähst dich auf, wie ich weiß nicht was. Du glaubst wohl, es gibt keine Gerichte für dich? Nein, mein Täubchen. Augenblicks gehe ich zum Kommissar. Du wirst mich schon kennenlernen! Was schiert's mich, daß du Schmied und Maler bist?... Ich sollte meinen Rücken und meine Schultern untersuchen, sicher werden blaue Flecke zu finden sein. Tüchtig hat er zugehauen, dieser Teufelssohn. Schade nur, daß es so kalt ist und ich meinen Pelz nicht ausziehen mag. Warte nur, Höllenschmied! Der Satan soll dich und deine Schmiede zusammenschlagen! Ich werde dir noch das Tanzen beibringen. So ein verfluchter Tausendsassa!... Doch jetzt ist er ja nicht zu Hause ... Ssolocha wird allein sein ... Hm ... Es ist nicht mehr weit bis zu ihr ... Die Hiebe des verdammten Schmiedes tun wirklich weh ...»

Tschub kratzte sich am Rücken und schlug

ine andere Richtung ein. Die Annehmlich- :eiten, die ihn beim Wiedersehn mit Ssolocha rwarteten, dämpften ein wenig seine Schmer- en und machten ihn sogar gegen den Frost ınempfindlich, der auf allen Straßen knirschte ınd nicht einmal vom Heulen des Windes über- önt werden konnte. Über sein Gesicht, dessen Vangen und Schnurrbart vom Schneesturm ascher eingeseift wurden als von irgendeinem 3arbier, der sein Opfer tyrannisch an der Nase ·ackt, glitt von Zeit zu Zeit ein sauersüßer Aus- lruck. Wenn einem nicht der Schnee so vor len Augen getanzt hätte, daß man nichts unter- cheiden konnte, so hätte man noch lange sehen :önnen, wie Tschub hin und wieder stehenblieb, ich den Rücken rieb, laut ächzte: «Der hat nich aber gehörig versohlt, dieser verdammte ·chmied!» — und sich dann weitertrollte.

VI.

Als der geschwänzte, bocksbärtige Galan vieder in den Schornstein Ssolochas einfuhr, erhakte sich seine an einem Riemen hängende Tasche, in die er den gestohlenen Mond ge- teckt hatte, unversehens an einem Mauervor- prung und ging auf. Der Mond benutzte diese Gelegenheit, schlüpfte aus dem Schornstein ins 'reie und schwebte leicht zum Himmel empor. ılles wurde auf einmal hell. Und der Schnee- turm war wie nicht gewesen. Draußen funkelte lles wie ein weites, mit kristallenen Sternen besätes Gefild. Auch der Frost schien nachgelassen zu haben. Scharen jungen Volks zogen mit Säcken durch die Straßen, Lieder schollen auf, und es gab kaum ein Fenster, unter dem sich nicht die Weihnachtssinger drängten.

Wundersam glänzt der Mond. Es ist schwer zu beschreiben, wie schön es ist, sich unter die lachenden und singenden Mädchen und Burschen zu mischen, die zu allen Späßen und Streichen bereit sind, wie die helle und heitere Nacht sie ihnen eingibt. Unter den dicken Pelzen ist es warm; die Wangen glühen noch lebhafter vom Frost — und der Gottseibeiuns selbst scheint die Übermütigen zu immer größeren Tollheiten anzutreiben.

Ein ganzer Haufe von Mädchen mit ihren Säcken war in die Hütte Tschubs eingefallen und umringte Oxana. Ihr Geschrei, Gelächter und Geschwätz betäubte den Schmied. Alle redeten ohne Unterlaß auf die Schöne ein, erzählten Neuigkeiten, kramten ihre Säcke aus und rühmten sich all der Kuchen, Würste und Krapfen, die sie schon für ihre Lieder erhalten hatten. Oxana schien überaus vergnügt und froh zu sein, plauderte bald mit dieser, bald mit jener und lachte unausgesetzt.

Mit welchem Ärger, welchem Neid sah der Schmied diesem lustigen Getriebe zu und verfluchte insgeheim alle diese Weihnachtslieder, von denen er doch sonst selber immer so entzückt gewesen war.

«Ach, Odarka», wandte sich Oxana an eines der Mädchen, «du hast ja neue Schuhe an. O wie sind die schön! Mit Gold gestickt. Wie gut bist du daran, daß du jemand hast, der dir so etwas kauft. Ich habe niemand, der mir so prächtige Schuhe schenken würde.»

«Gräm dich nicht, schönste Oxana», fiel da der Schmied ein, «du sollst von mir Schuhe bekommen, wie kein Fräulein sie trägt.»

«Du?!» erwiderte Oxana mit einem raschen hochmütigen Seitenblick, «das wollen wir doch erst sehen, ob du mir Schuhe verschaffen kannst, die ich anziehen mag! Es sei denn, du brächtest mir Schuhe, wie die Zarin selber sie trägt.»

«Da hört ihr's, worauf sie hinauswill!» rief lachend der Mädchenschwarm.

«Jawohl», fuhr die Schöne stolz fort, «ihr alle sollt Zeugen sein! Wenn mir der Schmied Wakula die Schuhe der Zarin bringt, so verpfände ich mein Wort, daß ich ihn zur selben Stunde heiraten werde.»

Die Mädchen umringten die launische Gespielin und zogen sie mit sich fort.

«Lach nur! Lach nur!» sagte sich der Schmied, der hinter ihnen die Hütte verließ. «Ich lache ja selbst über mich. Ich grüble und grüble, wo ich nur meinen Verstand gelassen habe. Sie liebt mich nicht. Nun gut — Gott mit ihr! Als ob es auf der ganzen Welt nur diese eine Oxana gäbe! Es gibt, Gott sei Dank!, auch ohne sie noch viele schöne Mädchen im Dorf. Was soll ich mit Oxana? Aus ihr wird nie eine gute Frau werden. Nur aufs Putzen versteht sie sich und auf nichts anderes. Nein — genug! Ich lasse mich nicht länger zum Narren halten!»

Doch gerade als der Schmied diesen Entschluß fassen wollte, zauberte ihm irgendein böser Geist ihr lächelndes Antlitz vor die Augen, und er hörte im Herzen ihre spöttische Stimme: «Schaffe mir die Schuhe der Zarin herbei, Schmied — und ich heirate dich.» Alles wallte in ihm empor, und er dachte wieder an nichts als an Oxana.

Scharen von Weihnachtssingern, Burschen und Mädchen in getrennten Gruppen, eilten von einer Straße in die andere. Doch der Schmied stolperte vor sich hin, sah nichts und hörte nichts und nahm nicht teil am fröhlichen Treiben, das er früher über alles geliebt hatte.

VII.

Der Teufel war unterdessen bei Ssolocha allen Ernstes zärtlich geworden. Er küßte ihr mi ebensolchen Grimassen die Hand wie der Assessor die der Popentochter, griff sich ans Herz seufzte tief auf und erklärte ihr feurig, daß er wenn sie seine Leidenschaft nicht stillen un ihn nicht, wie es sich gehöre, belohnen wolle zu allem fähig wäre: er würde sich ins Wasse stürzen und seine Seele gradenwegs in die Höl schicken.

Ssolocha war durchaus nicht grausam. Si stak mit dem Teufel ja sowieso unter einer Deck da sie es liebte, wenn ihr ein ganzer Schwarm von Verehrern nachlief, so daß sie selten ohn Gesellschaft war. Den heutigen Abend alle lings hätte sie allein verbringen müssen; denn ie wußte, daß alle angeseheneren Leute beim Küster zum Honigreisessen eingeladen waren.

Doch alles kam ganz anders. Eben erst hatte ler Teufel seinen Antrag vorgebracht, als es plötzlich an der Haustür klopfte und man die Stimme des wohlbeleibten Dorfschulzen vernahm. Ssolocha beeilte sich, ihm aufzumachen; ler flinke Teufel aber schlüpfte rasch in einen ler Säcke.

Der Dorfschulze schüttelte sich den Schnee von der Kapuze, trank das Gläschen Schnaps, las er aus Ssolochas Händen entgegengenommen, aus und erzählte, daß er wegen des plötzichen Schneesturms nicht zum Küster gegangen ei. Da habe er Licht in ihrem Fenster gesehen ınd sei bei ihr eingekehrt, in der Hoffnung, den Abend mit ihr verbringen zu dürfen.

Er hatte noch nicht zu Ende gesprochen, da pochte es von neuem an die Haustür, und man nörte die Stimme des Küsters rufen.

«Versteck mich irgendwo», flüsterte der Dorfschulze ihr zu, «ich möchte hier nicht mit dem Küster zusammentreffen.»

Ssolocha dachte lange darüber nach, wo sie inen so umfangreichen Gast verbergen könne. Endlich verfiel sie auf den größten Sack, der nit Kohlen angefüllt war, schüttelte die Kohlen n eine Kiste und ließ den dicken Dorfschulzen nit Kopf, Kapuze und Schnurrbart in den Sack kriechen.

Der Küster kam ächzend herein, rieb sich die Hände und erzählte, daß niemand zu ihm gekommen sei. Er für seine Person scheue nicht das Unwetter, wie die andern, und danke dem Zufall für die Möglichkeit, sich bei Ssolocha ein wenig zu verlustieren. Damit trat er auf sie zu, betastete mit seinen langen Fingern ihren runden, entblößten Arm und frug mit einem zugleich schlauen und selbstgefälligen Blick:

«Ja, was habt ihr denn da, meine prächtige Ssolocha?»

Dabei hüpfte er ein paar Schritte zurück.

«Was ich da habe?» antwortete Ssolocha, «das ist mein Arm, Ossip Nikiforowitsch.»

«Hm... Euer Arm also...» meinte der Küster, herzlich zufrieden mit diesem Anfang, und ging einige Male im Zimmer auf und ab.

«Und das?» frug er, mit dem gleichen Blick an sie herantretend und leicht ihren Nacken tätschelnd, «was ist denn das da, meine teuerste Ssolocha?»

Wieder hüpfte er ein paar Schritte zurück.

«Als ob Ihr das nicht wüßtet, Ossip Nikiforowitsch!» antwortete Ssolocha, «das ist mein Hals und um den Hals eine Halskette.»

«Hm... Ein Hals und eine Halskette... Hehehe», kicherte der Küster und nahm von neuem seinen Rundgang durch die Stube auf.

«Und das? Was ist das, meine unvergleichliche Ssolocha?»

Niemand weiß, wonach der lüsterne Küster jetzt mit seinen langen Fingern gegriffen hätte; denn es wurde plötzlich an die Haustür geklopft und man vernahm die Stimme des Kosaken Tschub.

«O Gott! Ein Fremder!» rief der Küster erschrocken aus. «Was wird das geben, wenn man eine Person meines Standes hier entdeckt?... Es könnte Vater Kondrat zu Ohren kommen.»

Die wirklichen Befürchtungen des Küsters waren ganz andere: er zitterte davor, daß seine Ehehälfte es erfahren könnte, deren schreckliche Hand auch ohnedies seinen einst stattlichen geistlichen Schopf gelichtet hatte.

«Um Gottes willen, tugendsame Ssolocha», flehte er mit schlotternden Gliedern, «Eure Güte, so steht's schon im Lukas-Evangelium, Kapitel drei ... dreizehn ... Es klopft wieder. Bei Gott, es klopft ... O versteckt mich, versteckt mich, wo es auch sei.»

Ssolocha leerte einen anderen Sack in die Kohlenkiste, und der nicht sehr große Küster kroch hinein und kauerte sich ganz am Boden nieder, so daß man noch eine tüchtige Portion Kohlen über ihn hätte ausschütten können.

«Guten Abend, Ssolocha», sagte Tschub beim Eintreten, «du hast mich wohl nicht erwartet, wie? Störe ich vielleicht?» fuhr Tschub fort und setzte eine scherzhaft bedeutsame Miene auf, die schon im voraus erkennen ließ, daß sein nicht sehr erfinderischer Kopf sich abmühte, irgendeine scharfsinnige und treffende Bemerkung loszulassen. «Vielleicht hast du dich gerade mit irgend jemand vergnügt und ihn am Ende irgendwo versteckt, wie?»

Entzückt über diesen Witz, lachte Tschub laut auf und triumphierte innerlich, da er sich für den einzigen hielt, der sich der Gunst Ssolochas erfreute.

«Nun, Ssolocha, gib mir erst mal einen Schnaps. Meine Kehle ist wie zugefroren von dieser verfluchten Kälte draußen. Mußte uns Gott auch gerade zu Weihnachten solch ein Unwetter schicken! ... Als der Schneesturm losbrach ... Hörst du, Ssolocha ... als der Schneesturm losbrach ... Ach, mir sind die Finger ganz steif geworden, ich kann mir nicht einmal mehr den Pelz aufknöpfen ... Als der Schneesturm losbrach ...»

«Mach auf!» ertönte draußen eine von einem Schlag gegen die Tür begleitete Stimme.

«Da klopft jemand», sagte Tschub und hielt inne.

«Mach auf!» rief es noch lauter.

«Der Schmied!» stieß Tschub hervor und griff nach seiner Pelzkappe. «Höre, Ssolocha, versteck mich, wo du nur willst! Für nichts auf der Welt möchte ich es haben, daß diese verfluchte Mißgeburt mich hier sieht. Daß diesem Teufelssohn Blasen unter den Augen anlaufen mögen, groß wie Heuschober!»

Ssolocha war selber erschrocken, rannte wie gestochen hin und her und machte, fast von Sinnen, Tschub ein Zeichen, er möge in denselben Sack kriechen, in dem schon der Küster stak. Der arme Küster wagte weder durch ein Hüsteln noch ein Ächzen seinen Schmerz kundzutun, als der schwere Kosak sich ihm beinahe auf den Kopf setzte und ihm mit seinen hartgefrorenen Stiefeln die Schläfen zusammenpreßte.

Der Schmied trat wortlos, ohne die Mütze abzunehmen, ein und ließ sich gleich auf eine Bank niederfallen. Er schien in schlechtester Laune zu sein.

Ssolocha hatte eben erst die Tür geschlossen, als schon wieder angeklopft wurde. Es war der Kosak Swerbygus. Doch den hätte man auf keine Weise mehr in einem Sack verstecken können, da es einen so großen Sack überhaupt nicht gab: er war noch viel dicker als der Dorfschulze und hochwüchsiger als Tschubs Gevatter. Ssolocha führte ihn daher in den Gemüsegarten, um zu hören, was er ihr mitzuteilen hätte.

Der Schmied blickte zerstreut in alle Stubenwinkel und horchte hin und wieder auf die fern vom Dorf herüberhallenden Lieder der Weihnachtssinger. Schließlich blieben seine Augen auf den Säcken haften.

«Warum stehn hier diese Säcke? Man hätte sie schon lange forträumen müssen. Diese blöde Liebe hat mich ganz dumm gemacht. Morgen ist Feiertag — und in der Stube liegt noch solch ein Plunder herum. Ich will sie in die Werkstatt tragen.»

Er bückte sich zu den Säcken nieder, band sie fest zu und wollte sie sich auf die Schultern laden. Doch seine Gedanken irrten ersichtlich Gott weiß wo herum, sonst hätte er hören müssen, wie Tschub aufstöhnte, als ihm die Haare in den Knoten des Strickes hineingerieten, mit dem der Sack zugebunden wurde, und wie der feiste Dorfschulze deutlich vernehmbar den Schluckauf bekam.

«Kann ich denn diese nichtsnutzige Oxana wirklich nicht aus meinem Kopfe bringen?» murmelte der Schmied vor sich hin. «Ich will nicht an sie denken — und denke trotzdem an sie und an nichts anderes als sie. Wie kommt es nur, daß solch ein Gedanke sich wider meinen Willen in meinen Kopf einschleichen kann? . . . Teufel auch! Die Säcke scheinen schwerer als früher geworden zu sein. Da hat man sicher noch irgend etwas anderes zu den Kohlen hinzugetan . . . Tropf, der ich bin! Ich vergaß ganz, daß mir jetzt alles schwerer vorkommt. Früher konnte ich mit der Hand ein kupfernes Fünfkopekenstück oder ein Hufeisen zusammendrücken und wieder auseinanderbiegen. Und jetzt kann ich nicht einmal mehr einen Sack mit Kohlen aufheben . . . Nein!» schrie er nach einem kurzen Schweigen auf und faßte wieder Mut; «bin ich denn ein altes Weib? Niemand soll über mich lachen dürfen! Und wenn es zehn solcher Säcke wären — ich hebe sie alle auf!»

Ingrimmig lud er sich die Säcke, die sonst kaum zwei starke Männer fortzutragen vermocht hätten, auf seine Schultern.

«Auch den da nehm' ich noch mit», knurrte er und ergriff den kleineren Sack, in dem der zusammengekrümmte Teufel stak. So bepackt, verließ er die Hütte und pfiff dazu das Lied:

«Laß die Finger von den Weibern!»

VIII.

Lauter und lauter schollen Gesang, Gelächter und Geschrei durch die Straßen. Das Gedränge vermehrte sich noch durch den Zuzug von Gästen aus den Nachbardörfern. Die Burschen tobten und tollten nach Herzenslust. In die Weihnachtshymnen mischten sich häufig ausgelassene Stegreiflieder, die dieser oder jener der jungen Kosaken im Augenblick erfunden hatte. Und auf einmal ließ jemand aus der Menge anstatt eines Weihnachtsliedes ein altes Silvesterlied ertönen und sang aus vollem Halse:

«Jahrende, Jahrwende!
Tut auf Eure Hände!
Schenkt Kuchen und Wurst
und Schnaps für den Durst!»

Dröhnendes Lachen belohnte den Spaßmacher. Kleine Fenster wurden hochgeschoben, und die mageren Hände von alten Weibern (die allein mit den würdigen Vätern zu Hause geblieben waren) warfen Würste und Kuchenstücke hinaus. Die Burschen und Mädchen hielten abwechselnd ihre Säcke unter und fingen die Beute auf.

An einer Straßenecke umringten von allen Seiten herbeieilende Burschen einen Mädchenschwarm. Man schrie und lärmte. Einer warf einen Schneeball unter die Johlenden. Ein anderer riß einen mit Leckerbissen gefüllten Sack an sich. An einer anderen Straßenecke erging es einem Burschen schlecht: die Mädchen hatten ihm ein Bein gestellt — und er flog mit seinem Sack kopfüber in den Schnee.

Es sah aus, als wenn die Jugend die ganze Nacht durchjubeln wollte. Und die Nacht war wie mit Absicht licht und warm geworden. Der Mondglanz leuchtete im Widerschein des Schneeglitzers immer weißer.

Der schwer mit seinen Säcken bepackte Schmied blieb plötzlich stehen. Ihm war, er habe in einer Mädchenschar die Stimme und das helle Lachen Oxanas vernommen. Es zuckte in all seinen Adern. Er ließ die Säcke zu Boden fallen, daß der eingeschnürte Küster ächzte und der Dorfschulze aufheulte, und mischte sich, nur noch den kleineren Sack mit dem Teufel auf den Schultern, unter einige Burschen, die jener Mädchenschar nachliefen, in deren Mitte er die Stimme Oxanas erkannt zu haben glaubte.

«Ja, sie ist es! Wie eine Zarin steht sie da und läßt ihre schwarzen Augen funkeln. Der lange Bursche dort scheint ihr etwas zu erzählen. Wahrscheinlich etwas Lustiges, denn sie lacht. Aber sie lacht ja immer.»

Wie gegen seinen Willen hatte der Schmied sich durch die Schar gedrängt und stand jetzt dicht vor ihr.

«Ah, Wakula! Bist du auch da? Willkommen!» rief ihm die Schöne mit demselben spöttischen Lächeln zu, mit dem sie ihn stets um seinen Verstand brachte; «nun, hast du dir viel zusammengesungen? Ach, was für ein kleiner

Sack! Wo sind die Schuhe der Zarin? Bring sie mir — und ich heirate dich.»

Sie lachte und lief mit den Mädchen davon.

Wie angewurzelt blieb der Schmied auf demselben Fleck stehen.

«Nein, ich kann nicht mehr. Alle Kraft hat mich verlassen», grollte er in sich hinein; «o Gott, warum ist sie nur so teuflisch schön? Ihre Blicke und Worte und überhaupt alles an ihr macht mich brennen und flammen . . . Nein, ich kann's nicht länger ertragen. Es ist Zeit, mit allem Schluß zu machen. Mag meine Seele zugrunde gehn! Ich ertränk' mich im Eisloch — und niemand soll mich mehr bei meinem Namen rufen können!»

Entschlossenen Schrittes lief er vorwärts, holte die Mädchen ein, fand Oxana und sagte ihr mit fester Stimme:

«Leb wohl, Oxana! Fang dir einen andern Mann und laß ihn am Narrenseil herunter. Mich wirst du auf dieser Welt nicht mehr wiedersehen!»

Die Schöne schien erstaunt und wollte ihm etwas antworten. Doch er winkte ihr mit der Hand ab und lief rasch davon.

«Wohin, Wakula?» schrien die Burschen, als sie ihn so dahinstürmen sahen.

«Lebt wohl, ihr Brüder!» rief er ihnen zu; «vielleicht sehen wir uns in jener Welt wieder. In dieser werden wir nicht mehr miteinander tollen. Lebt wohl! Denkt nicht in bösem an mich. Sagt dem Vater Kondrat, er soll eine Messe für meine sündige Seele lesen. Die Kerzen vor den Bildern des heiligen Wundertäters und der Mutter Gottes hab' ich Sünder, in weltliche Dinge verstrickt, nicht mehr bemalen können. Das Hab und Gut in meiner Truhe soll der Kirche gehören. Lebt wohl!»

Mit diesen Worten lief der Schmied, den Sack auf dem Rücken, weiter.

«Er ist verrückt geworden», sagten die Burschen.

«Eine verlorene Seele», murmelte fromm ein altes Weibchen, das gerade vorüberging, «ich muß rasch allen erzählen, daß der Schmied sich erhängt hat.»

IX.

Als Wakula einige Straßen durchlaufen hatte, hielt er inne und schöpfte Atem.

Wohin lauf ich denn? dachte er; als wenn schon alles verloren wäre! Noch gibt's ein Mittel, das ich nicht versucht habe. Es gibt ja den Saporoger Schmerbauch Patzjuk. Man sagt, er kenne alle Teufel und vermöge alles zu erreichen, was er nur wolle. Ich begebe mich zu ihm; meine Seele geht ja sowieso zugrunde!

Der Teufel, der lange reglos im Sack gelegen, hüpfte bei diesen Worten vor Freude. Doch der Schmied glaubte, daß er sich irgendwie verhakt und selber die Bewegung verursacht hätte. Er gab dem Sack, um ihn zurechtzurücken, mit seiner harten Faust einen Stoß, schüttelte ihn mit einer Schulterbewegung durch und machte sich auf den Weg zum Schmerbauch Patzjuk.

Patzjuk war einst ein wirklicher Saporoger gewesen. Ob seine Kameraden ihn aus der Saporoger Kosakenniederlassung vertrieben hatten, oder ob er selber fortgelaufen war, das wußte niemand mehr. Er wohnte schon zehn oder fünfzehn Jahre lang in Dikanjka. Anfangs hatte er sich wie ein echter Saporoger gegeben, das heißt, er hatte nichts gearbeitet, drei Viertel des Tages verschlafen, wie sechs Scheunendrescher gegessen und fast einen ganzen Eimer Schnaps auf einen Zug geleert. Er hatte genug Platz dazu in seinem Leibe; trotz seines niederen Wuchses war er stark in die Breite gegangen, und die Hosen die er trug, waren so umfangreich, daß man seine Beine, wie weit er auch ausschreiten mochte, nie zu Gesicht bekam: man hätte denken können, eine Branntweintonne wälze sich durch die Straßen. Das war wohl auch der Grund gewesen, daß man ihm den Spitznamen «Schmerbauch» verliehen hatte. Noch waren nur wenige Wochen seit seiner Niederlassung im Dorf vergangen gewesen, als ihn schon alle als Schwarzkünstler erkannt hatten. Erkrankte jemand, so wurde sofort nach ihm geschickt, denn er brauchte nur wenige Worte zu murmeln — und die Krankheit war wie mit der Hand weggewischt. Wenn einem allzu gefräßigen Edelmann eine Fischgräte im Halse steckengeblieben war, so verstand Patzjuk ihm so kunstvoll mit der Faust auf den Rücken zu klopfen, daß die Gräte den ihr vorbestimmten Weg nahm, ohne die adelige Gurgel im geringsten zu schädigen. In der letzten Zeit war er nur selten zu sehen gewesen. Vielleicht lag das an seiner Trägheit, vielleicht aber auch daran, daß es ihm von Jahr zu Jahr schwerer fiel, sich durch seine Haustür hindurchzuzwängen. Die Einwohner mußten sich schon selbst zu ihm bemühen, wenn sie in Nöten waren.

Nicht ohne Scheu öffnete der Schmied die Tür zu Patzjuks Hütte und sah ihn mit auf türkische Weise gekreuzten Beinen vor einem Branntweinfaß am Boden hocken, auf dem eine Schüssel mit Klößen stand. Diese Schüssel war mit Absicht so aufgestellt, daß sie sich in ungefähr gleicher Höhe mit seinem Munde befand. Ohne einen Finger zu rühren, schlürfte er mit leicht geneigtem Kopf die Brühe ein und faßte von Zeit zu Zeit einen Kloß mit den Zähnen.

Nein, dieser da, dachte Wakula, ist noch fauler als Tschub: der ißt wenigstens mit dem Löffel, doch dieser mag nicht einmal die Hände heben.

Patzjuk war so sehr mit seinen Klößen beschäftigt, daß er das Eintreten Wakulas, der sich gleich beim Überschreiten der Schwelle tief vor ihm verneigte, gar nicht bemerkt zu haben schien.

«Ich komme mit einem besonderen Anliegen zu deiner Gnaden, Patzjuk», sagte Wakula und verneigte sich noch einmal.

Der feiste Patzjuk hob den Kopf, begann aber gleich wieder seine Klöße zu verschlingen.

«Die Leute erzählen sich... Du darfst es aber nicht krummnehmen», stotterte der Schmied und faßte allen seinen Mut zusammen, «ich sage das nicht etwa, um dich irgendwie zu kränken ... Die Leute erzählen sich also, du seist gewissermaßen so ein ganz klein wenig mit dem Teufel verwandt ...»

Als er diese Worte hervorgebracht, schrak Wakula zusammen, in der Befürchtung, allzudeutlich geworden zu sein und seine offenherzige Rede nicht genügend gemildert zu haben. Er erwartete schon, Patzjuk werde das Faß mitsamt der Schüssel ergreifen und ihm an den Kopf schleudern, wich daher etwas zur Seite und schützte sich mit seinem Ärmel, damit ihm die heiße Kloßbrühe nicht ins Gesicht spritze.

Doch Patzjuk schaute nur auf und fiel wieder über seine Klöße her.

So ermutigt, fuhr der Schmied entschlossen fort:

«Ich bin also zu dir gekommen, Patzjuk. Gott schenke dir alles Gute im Überfluß und Brot in entsprechenden Proportionen!» (Der Schmied verstand es, hin und wieder ein neumodisches Wort einfließen zu lassen, das er seinerzeit in Poltawa aufgeschnappt hatte, als er den Zaun des Kosakenhauptmanns anpinselte.) «Ich armer Sünder muß vor die Hunde gehen. Niemand auf der ganzen Welt kann mir helfen. Komme, was kommen mag! Jetzt heißt es, den Teufel selbst um Beistand zu bitten ... Was meinst du, Patzjuk», fügte der Schmied, da der andere beharrlich schwieg, zaghaft hinzu, «was ist da zu machen?»

«Brauchst du den Teufel, so scher dich zum Teufel!» antwortete Patzjuk, ohne die Augen zu heben, und schlang weiter.

«Deswegen bin ich ja zu dir gekommen», erwiderte der Schmied mit einer neuen Verbeugung, «denn ich glaube, daß mir außer dir niemand auf der Welt den Weg zu ihm zeigen kann.»

Patzjuk sprach kein Wort und vertilgte den letzten Rest seiner Klöße.

«Erbarme dich, guter Mann, und schlag es mir nicht ab», beharrte der Schmied. «Um Schweinefleisch, Wurst, Buchweizengrütze und Hirse soll es mir nicht leid sein. Auch nicht um Leinwand, wenn du welche brauchst ... wie das unter guten Menschen Sitte ist ... Alles sollst du von mir haben, wenn du mir nur verraten wolltest, wie ich sozusagen den Weg zum Teufel finde.»

«Der braucht nicht weit zu wandern, der den Teufel auf seinem eigenen Buckel trägt», gab Patzjuk gleichmütig Bescheid, ohne seine Stellung zu ändern.

Wakula starrte ihn an, als stünde die Erklärung für diese rätselhaften Worte auf Patzjuks Stirn geschrieben.

«Was hat er da gesagt?» schien seine Miene stumm zu fragen, und sein halbgeöffneter Mund war bereit, die geringste Andeutung wie einen Kloß zu verschlingen.

Doch Patzjuk schwieg.

Da bemerkte Wakula, daß weder das Faß noch die Schüssel mit den Klößen mehr zu sehen waren. Anstatt ihrer standen zwei Holzschalen auf dem Fußboden, die eine mit Quarkkuchen, die andere mit Schlagsahne gefüllt.

Seine Gedanken und Augen richteten sich unwillkürlich auf dieses Gericht.

«Wir wollen doch sehen», sagte er zu sich selbst, «wie Patzjuk die Quarkkuchen verspeist. Sich bis zur Erde niederzubeugen und sie wie die Klöße aufzuschlürfen, wird er sicherlich keine Lust haben. Es geht ja auch gar nicht an, denn die Quarkkuchen müssen zuvor in den Rahm getunkt werden.»

Er hatte das noch kaum zu Ende gedacht, als Patzjuk seine Lippen öffnete, die Quarkkuchen anschaute und den Mund noch weiter aufriß. In diesem Augenblick erhob sich ein Quarkkuchen von selbst aus der Schüssel, tauchte in den Rahm ein, drehte sich in ihm herum, hüpfte wieder empor und flog geradenwegs in den aufgesperrten Mund. Patzjuk verschluckte ihn, öffnete wieder die Lippen — und ein neuer Kuchen fand den Weg in seinen Mund. Er selber hatte nur die Mühe des Kauens und Schluckens auf sich zu nehmen.

Donnerwetter, ist das ein Wunder! dachte der Schmied und riß erstaunt seinen Mund auf. Im selben Nu sah er, wie auch ihm ein Quarkkuchen in den Mund fliegen wollte und seine Lippen schon mit Rahm benetzt hatte. Den Kuchen von sich stoßend und die Lippen abwischend, versank der Schmied in Nachdenken darüber, welche Wunderdinge die unsaubere Kraft zu wirken und welche Kunststücke sie den Menschen beizubringen vermag. Das überzeugte ihn von neuem, daß einzig Patzjuk ihm helfen könne.

«Ich will mich noch einmal vor ihm verneigen, damit er mir alles richtig auseinandersetze», sagte er sich. «Doch pfui! Morgen ist Weihnachten — und er ißt Quarkkuchen mit Schlagsahne. Das ist doch kein Fastenessen. Ich bin ja ein Tropf: ich stehe da und nehme diese Sünde auf mich . . . Fort von hier!»

Und der fromme Schmied floh spornstreichs aus der Hütte.

Der Teufel indessen, der im Sack saß und sich schon im voraus auf diese prächtige Beute gefreut hatte, mochte sie sich nicht entgehen lassen. Als der Schmied den Sack für einen Augenblick abwarf, so daß der Strick, mit dem dieser zugebunden war, sich lockerte, schlüpfte der Pferdefüßige hurtig ins Freie und schwang sich rittlings auf Wakulas Nacken.

Ein Frostschauer überlief die Haut des Schmiedes. Er wurde kreideweiß vor Schreck und wußte nicht, was er machen sollte. Schon wollte er sich bekreuzigen. Da beugte der Teufel seine Hundeschnauze zu ihm nieder und flüsterte ihm ins rechte Ohr:

«Ich bin's, dein Freund! Ich tue alles für einen Freund und Kameraden.»

Und ins linke Ohr flüsterte er ihm:

«Geld sollst du haben, wieviel du nur willst. Heute noch wird Oxana unser sein.»

Er machte gerade eine Bewegung, um die Schnauze wieder dem rechten Ohr Wakulas zu nähern, als dieser, der grübelnd stehengeblieben war, ihm zurief:

«Es ist gut. Um diesen Preis will ich dein sein!»

Der Teufel klatschte in die Hände und fing vor Freude auf dem Nacken Wakulas beinahe zu galoppieren an.

Jetzt bist du mir auf den Leim gegangen, Schmied! dachte er. Jetzt werde ich mich an dir wegen all deiner Malereien und Lügenmärchen, die du den Teufeln angehängt hast, rächen. Was werden meine Kameraden in der Hölle sagen, wenn sie erfahren, daß der frömmste Mann des Dorfes in meinen Händen ist!

Er lachte vergnügt auf, als er sich vorstellte, wie er sich in der Hölle vor der ganzen Horde der Geschwänzten aufspielen und den hinkenden Oberteufel, der sich immer für den Allerschlausten hielt, ärgern würde.

«Nun, Wakula», piepste er, immer noch auf dem Nacken des Schmiedes hockend, als befürchtete er, dieser könne ihm vielleicht doch noch entwischen, «du weißt ja, daß ohne Vertrag nichts in der Welt ausgerichtet werden kann.»

«Ich bin bereit», erwiderte der Schmied. «Wie ich gehört habe, unterzeichnet man bei euch mit Blut. Warte, ich will einen Nagel aus meiner Tasche holen.»

Mit diesen Worten langte er mit der Hand nach hinten und packte den Teufel — heidi! — am Schwanze.

«Laß das, du Schäker!» schrie der Teufel kichernd, «genug der Späße!»

«Halt, mein Täubchen!» rief der Schmied. «Wie gefällt dir das da?»

Und schon schlug er ein Kreuz. Da wurde der Teufel sanft wie ein Lämmchen.

«Warte nur!» fuhr Wakula fort und zog ihn am Schwanz auf die Erde hinunter; «ich werde dich lehren, anständige Menschen und ehrliche Christen zur Sünde zu verführen!»

Und in einem Hui sprang er selber auf den Rücken des Teufels und erhob wieder die Hand, um ein Kreuz zu schlagen.

«Erbarm dich, Wakula», stöhnte der Teufel kläglich; «ich werde alles tun, was du nur willst. Nur verschone mich und zeichne mich nicht mit diesem schrecklichen Kreuz!»

«Aha, du singst schon ganz anders, verfluchter Ausländer! Jetzt weiß ich, wie ich mit dir umzugehen habe. Augenblicks trägst du mich auf deinem Rücken davon, hörst du? Rasch wie ein Vogel!»

«Wohin?» ächzte der betrübte Teufel.

«Nach Petersburg! Schnurstracks zur Zarin!»

Und der Schmied wurde fast ohnmächtig vo Angst, als er fühlte, wie sich der Teufel mit ihn flugs in die Lüfte erhob.

X.

Lange stand Oxana da und dachte über di seltsamen Worte des Schmiedes nach. Scho regte sich etwas in ihrem Innern und tuschelt ihr zu, daß sie mit ihm zu grausam verfahren se

«Wie, wenn er sich nun wirklich zu etwa Schrecklichem entschlossen hätte? Das kan doch der Fall sein. Und wenn nicht, so könnt es doch geschehen, daß er sich am Ende vc

Gram in eine andere verliebt und sie, um mich zu kränken, als die Schönste im ganzen Dorfe preist. Doch nein, er liebt mich ja. Ich bin doch so schön. Er wird nie um einer anderen willen von mir lassen. Er spaßt und tut nur so. Kaum zehn Minuten werden vergehn — und er ist wieder da, um nach mir zu sehen . . . Wirklich, ich bin zu streng mit ihm. Ich muß ihm, scheinbar wider Willen, gestatten, daß er mir einen Kuß raubt. Wie er sich darüber freuen wird!»

Und schon scherzte die leichtfertige Schöne wieder mit ihren Freundinnen.

«Paßt auf!» rief eine von ihnen; «der Schmied hat hier seine Säcke liegenlassen. Schaut nur, wie seltsam die aussehen! Er hat sich etwas ganz anderes zusammengesungen als wir. Man hat ihm mindestens einen halben Hammel gespendet. Und die Würste und Brote sind wahrscheinlich gar nicht zu zählen. Prachtvoll! Da kann man sich während der ganzen Feiertage daran überessen!»

«Sind das die Säcke des Schmieds?» stimmte Oxana ein. «Dann wollen wir sie rasch zu mir in die Hütte tragen und nachschaun, was er sich alles erbeutet hat.»

Alle nahmen lachend den Vorschlag an.

«Wir können sie aber nicht aufheben!» riefen einige von ihnen, die sich vergebens abgemüht hatten, die Säcke von der Stelle zu rücken.

«Wartet», rief Oxana, «wir wollen einen Schlitten holen und sie so heimschaffen!»

Und die Schar lief auf der Suche nach einem Schlitten auseinander.

Den Gefangenen war es überdrüssig geworden, in den Säcken zu hocken, ungeachtet dessen, daß der Küster in dem seinen ein gehöriges Loch mit dem Finger ausgebohrt hatte. Wenn sich nicht so viel Volk auf der Straße herumgetrieben hätte, so würde er vielleicht doch noch ein Mittel gefunden haben, sich zu befreien und hinauszukriechen. Doch sein Erscheinen hätte ihn dem allgemeinen Gelächter ausgesetzt. Das hielt ihn zurück, und er beschloß, unter den unhöflichen Stiefeln Tschubs aufstöhnend, alles Weitere abzuwarten.

Tschub selbst trachtete nicht weniger nach seiner Freiheit. Er fühlte, daß sich unter ihm etwas befand, auf dem es äußerst unbequem zu sitzen war. Doch als er den Beschluß seiner Tochter vernommen hatte, beruhigte er sich und gab alle Befreiungsgedanken auf; denn er sagte sich, daß es bis zu seiner Hütte mindestens hundert, wenn nicht zweihundert Schritte sein mochten; wenn er jetzt schon hinauskröche müßte er seine Kleider ordnen, den Pelz zuknöpfen und den Gürtel festschnallen. Wievie Arbeit! Außerdem war seine Pelzkappe be Ssolocha geblieben. Mochten ihn doch die Mädchen auf dem Schlitten heimfahren!

Es kam jedoch ganz anders, als er erwarte hatte. Gerade als die Mädchen auseinander gelaufen waren, einen Schlitten zu holen, verließ der hagere Gevatter Tschubs verstimmt und mißgelaunt die Schenke. Die Schankwirtin war durchaus nicht dazu geneigt gewesen, ihm etwas auf Kredit zu verabfolgen. Anfangs hatt er abwarten wollen, ob sich nicht irgendein frommer Edelmann in die Schenke verirren und ihn freihalten würde. Doch alle Edelleute waren wie zum Trotz zu Hause geblieben und verspeisten als ehrsame Christen ihre Weihnachtskuchen im Kreise ihrer Familien. Als nun der Gevatter so durch die Straßen stapfte und in seinem Herzen Betrachtungen über die Sittenverderbnis im allgemeinen und über das steinerne Herz der den Schnaps verwaltenden Jüdin im besonderen anstellte, stieß er auf die Säcke und blieb betroffen stehen.

«Ei, ei, was für Säcke da jemand auf der Straße liegengelassen hat!» sagte er, sich nach allen Seiten umsehend. «Sicher ist auch Schweinefleisch dabei. Da hat aber einer einmal Glück gehabt, sich so viel zu ersingen. Was für gewaltige Säcke das sind! Nehmen wir einmal an, es seien nur Buchweizenkuchen und Brezeln darin — auch das ist nicht übel. Ja selbst gewöhnliche Brote wären mir willkommen. Denn die Jüdin würde mir für jedes Brot ein Achtelchen Schnaps geben. Ich will sie rasch fortschleppen, ehe jemand anders sie findet.»

Er versuchte sich den Sack mit dem Küster und Tschub auf den Rücken zu laden, fühlte aber gleich, daß die Last zu schwer für ihn war.

«Nein, ich allein schaff' es nicht», sagte er sich. «Doch da kommt ja gerade, wie vom Himmel geschickt, der Weber Schupowalenko des Weges. Guten Abend, Ostap!»

«Guten Abend!» sagte der Weber und blieb stehn.

«Wohin des Wegs?»

«Ach, nur so. Wohin mich die Füße tragen.»

«Hilf mir, guter Mann, diese Säcke hier fortzuschleppen. Jemand hat sich da etwas zusammengesungen und dann alles auf der Straße liegenlassen. Teilen wir — halb und halb!»

«Diese Säcke da? Was ist drin? Kuchen oder nur Brot?»

«Mir scheint, von allem etwas.»

Sie brachen Latten aus einem fremden Bretterzaun, legten einen Sack darauf und trugen ihn auf den Schultern von dannen.

«Wohin mit ihm? In die Schenke?» frug der Weber unterwegs.

«Daran hatte ich auch schon gedacht, ihn in die Schenke zu bringen. Doch das verfluchte Judenweib wird uns nicht glauben. Sie wird denken, daß wir ihn irgendwo gestohlen haben. Außerdem komme ich eben aus der Schenke. Nein, wir wollen ihn in meine Hütte tragen. Dort wird uns niemand stören. Meine Alte ist nicht zu Hause.»

«Ist sie auch wirklich nicht zu Hause?» frug der vorsichtige Weber.

«Gott sei Dank! Ich bin ja nicht auf den Kopf gefallen», sagte der Gevatter; «kein Teufel brächte mich dorthin, wo sie jetzt ist. Sie treibt sich mit andern Weibern bis zum Morgengrauen herum.»

«Wer da?» schrie die Ehefrau des Gevatters, als sie den Lärm im Hausflur vernahm, den die Ankunft der beiden Freunde mit dem Sack verursachte, und riß die Tür auf.

Der Gevatter erstarrte zur Säule.

«Da haben wir's!» stieß der Weber hervor und ließ die Hände sinken.

Die Frau des Gevatters war ein Juwel, wie nicht wenige auf dieser Welt zu finden sind. Gleich ihrem Mann, saß sie fast niemals zu Hause, kroch ganze Tage lang vor allerhand Basen und wohlhabenden alten Weibern auf dem Bauch, schmeichelte ihnen, speiste mit großem Appetit an ihrem Tisch und prügelte sich nur morgens mit ihrem Mann herum, da sie ihn einzig um diese Zeit zuweilen zu Gesicht bekam. Ihre Hütte war zweimal älter als die Pluderhosen des Gemeindeschreibers. Das Dach hatte an vielen Stellen kein Stroh mehr. Vom Zaun waren nur traurige Reste vorhanden, denn niemand nahm mehr einen Stock zur Abwehr der Dorfhunde mit, sondern rechnete damit, daß er im Vorübergehen eine Latte aus dem Zaun des Gevatters ausreißen könne. Der Ofen wurde oft zwei, drei Tage lang nicht geheizt. Alles, was sich die zärtliche Ehefrau des Gevatters bei ihren Gönnerinnen zusammenzubetteln verstand, versteckte sie möglichst entfernt von ihrem Gebieter, und nahm ihm überdies häufig auch noch das wenige ab, das er für sich selbst ergattert hatte, sofern es ihm nicht gelungen war, es rechtzeitig in der Schenke in Schnaps umzusetzen. Der Gevatter liebte es, trotz seiner gleichmütigen Art, durchaus nicht, ihr nachzugeben, und verließ das Haus daher fast immer mit blauen Flecken unter den Augen, während seine bessere Hälfte sich ächzend zu ihren alten

Weibern trollte, um über die Liederlichkeit ihres Gatten zu klatschen und sich wegen der Hiebe, die sie von ihm erhalten zu haben vorgab, auszujammern.

Man kann sich also vorstellen, wie sehr der Gevatter und der Weber von ihrer unerwarteten Anwesenheit betroffen waren. Sie ließen den Sack rasch zu Boden gleiten, stellten sich vor ihn hin und versuchten ihn mit ihren Mänteln zu verdecken. Doch es war zu spät. Obwohl die Gevattersfrau mit ihren altersschwachen Augen nicht mehr gut sah — den Sack hatte sie bereits erblickt.

«Das ist aber schön», sagte sie mit einem Blick, in dem die Beutegier eines Habichts aufglitzerte, «das ist schön, daß ihr euch so viel zusammengesungen habt, wie es alle anständigen Menschen tun. Ich fürchte nur, ihr habt den Sack da einfach mit euch gehen heißen. Zeigt mir sofort, was drin ist! Hört ihr? Sofort!»

«Der kahlköpfige Teufel wird's dir zeigen, aber nicht wir», widersprach der Gevatter und richtete sich wichtigtuerisch auf.

«Was schiert das dich?» stand ihm der Weber bei. «*Wir* haben uns etwas zusammengesungen, und nicht *Du!*»

«Nein! Du wirst es mir zeigen, nichtsnutziger Säufer!» keifte die Alte, versetzte dem langen Gevatter einen Schlag unter das Kinn und versuchte sich an den Sack heranzudrängen.

Doch der Weber und der Gevatter standen tapfer für ihre Beute ein und nötigten die Angreiferin zum Rückzug. Sie hatten indessen kaum ein wenig Atem geschöpft, als die Frau, einen Schürhaken in der Hand, wieder eilig heranstürzte. Sie schlug blitzschnell zu, bearbeitete die Hand ihres Mannes und den Rücken des Webers — und stand bereits neben dem Sack.

«Wie konnten wir sie nur heranlassen?» frug, wie aus einem Traume erwachend, der Weber.

«Was heißt das — wir?» erwiderte kaltblütig der Gevatter; «du bist's, der sie herangelassen hat!»

«Ihr habt da augenscheinlich einen eisernen Schürhaken», sagte der Weber nach einem kurzen Schweigen und rieb sich den Rücken. «Meine Frau hat sich auf dem vorjährigen Jahrmarkt für ein Geringes einen hölzernen Schürhaken gekauft. Der ist nicht so hart und tut nicht so weh . . .»

Unterdessen hatte die triumphierende Gattin den Schürhaken beiseite getan, schnürte den Sack auf und schaute hinein.

Doch ihre alten Augen, die den Sack so rasch erspäht hatten, täuschten sie diesmal.

«Aber da liegt ja ein ganzer Eber drin!» schrie sie auf und schlug die Hände vor Freude zusammen.

«Ein Eber! Hörst du's? Ein ganzer Eber!» rief der Weber und stieß den Gevatter in die Seite; «*du* bist an allem schuld!»

«Was ist da zu machen?» antwortete achselzuckend der Gevatter.

«Wieso? Was stehn wir noch länger herum? Der Sack muß ihr wieder abgenommen werden. Los!» ereiferte sich der Weber und näherte sich streitbar der Alten. «Hände weg! Das ist *unser* Eber!»

«Fort mit dir, Satansweib! Das ist nicht *dein* Eigentum!» legte sich nun auch der Gevatter ins Zeug und rückte ihr ebenfalls auf den Leib.

Schon griff sie von neuem nach dem Schürhaken. Doch mittlerweile war Tschub aus dem Sack herausgekrochen: er stand mitten im Flur und reckte sich, wie aus einem tiefen Schlaf erwacht.

Die Gevatterin schrie laut auf, schlug sich mit den Händen auf die Hüften, und allen blieben die Mäuler offen stehen.

«Was schwatzte die Närrin da von einem Eber?» sagte der Gevatter und machte Stielaugen. «Das ist ja gar kein Eber!»

«Da schau einer an, wen man in den Sack gesteckt hat!» rief der Weber aus und wich vor Schreck einige Schritte zurück. «Sagt, was ihr wollt, aber ich will auf der Stelle platzen, wenn hier nicht der Böse seine Hand im Spiel hat. Der dort kann ja nicht einmal durch ein Fenster kriechen — und nun gar in einen Sack!»

«Aber das ist ja Tschub!» schrie der Gevatter, als er genauer hinzuschaun wagte.

«Wer denn sonst, dachtet ihr?» sagte Tschub mit einem pfiffigen Lachen. «Hab' ich euch nicht einen schönen Streich gespielt? Und ihr wolltet mich schon als Schweinebraten auffressen! Wartet aber. Im Sack befindet sich noch etwas: wenn nicht ein Eber, so doch ein Ferkel oder sonst etwas Lebendiges. Unter mir hat sich unausgesetzt etwas bewegt.»

Der Weber und der Gevatter stürzten sich

auf den Sack, die Hausherrin zerrte an der anderen Seite, und die Prügelei hätte von neuem angefangen, wenn nicht der Küster endlich eingesehen hätte, daß er sich nicht länger versteckt halten konnte, und hervorgekrochen wäre.

Die Gevattersfrau wurde zu Stein und gab das Bein, an dem sie das vermeintliche Ferkel aus dem Sack ziehen wollte, frei.

«Noch einer!» rief der Weber voller Entsetzen. «Der Teufel weiß, wie es heute auf der Welt zugeht! . . . Mir dreht sich alles im Kopf... Man stopft nicht mehr Würste und Kuchen, sondern Menschen in die Säcke.»

«Der Küster!» sagte der mehr als alle andern erstaunte Tschub und dachte bei sich selbst:

Da haben wir es. Ei, ei, Ssolocha. Versteckst deine Liebhaber in Säcken . . . Und da wunderte ich mich noch, daß die ganze Stube voller Säcke stand . . . Jetzt versteh ich alles: in jedem Sacke staken zwei Menschen . . . Und ich dachte, der einzige zu sein. Da haben wir sie, diese Ssolocha!

XI.

Als die Mädchen mit dem Schlitten, den sie sich geholt, zu den beiden Säcken zurückkehrten, waren sie ein wenig verwundert, nur noch einen Sack vorzufinden.

«Nichts zu machen», sagte Oxana, «wir müssen es uns an dem einen genug sein lassen.»

Alle griffen zu und wälzten den Sack auf den Schlitten.

Der Dorfschulze beschloß, den Mund zu halten; denn er hatte es sich gerade überlegt, daß die dummen Mädchen, wenn er ihnen jetzt zuschriee, daß sie den Sack öffnen und ihn freilassen sollten, alle auseinanderlaufen würden, da sie sicher angenommen hätten, der Teufel säße im Sack — so daß er, allein auf der Straße liegengeblieben, vielleicht noch bis zum Morgen auf seine Befreiung zu warten gehabt hätte.

Die Mädchen faßten sich unterdessen an den Händen und flogen, den Schlitten nach sich ziehend, rasch wie der Wind über den knirschenden Schnee. Manche von ihnen setzten sich zum Spaß abwechselnd auf den Schlitten. Einige nahmen sogar auf dem Sack selbst Platz. Der Dorfschulze mußte alles ertragen.

Endlich waren sie am Hause Oxanas angelangt, rissen die Tür zum Flur und zum Wohnzimmer auf und schleiften den Sack mit hellem Gelächter in die Hütte.

«Jetzt schaun wir aber nach, was drin ist!» riefen alle und machten sich ans Aufknoten.

Der Schluckauf, der den Dorfschulzen während der ganzen Zeit seiner Gefangenschaft geplagt hatte, war inzwischen so schlimm geworden, daß er laut schlucken und husten mußte.

«Da sitzt ja jemand drin!» schrien die Mädchen auf und wollten vor Angst zur Tür hinausfliehen.

Doch in diesem Augenblick wurde die Tür von außen aufgetan — und Tschub trat ein.

«Warum wollt ihr davonlaufen?» frug er sie lachend.

«Ach, Vater, dort im Sack steckt jemand», sagte Oxana.

«In jenem Sack? Wo habt ihr ihn denn her?»

«Der Schmied hat ihn auf der Straße liegenlassen», riefen alle auf einmal.

«Aha», sagte sich Tschub, «hab' ich's mir doch gedacht.»

Laut äußerte er:

«Wovor habt ihr denn Angst? Wir wollen die Sache einmal untersuchen. — Nun, Menschenskind», wandte er sich an den im Sack Versteckten, «entschuldige, daß wir dich nicht bei deinem Vor- und Vatersnamen nennen können! Heraus mit dir aus dem Sack!»

Der Dorfschulze kroch heraus.

«Ah!» riefen die Mädchen.

Auch der Schulze stak also in solch einem Sack, dachte Tschub betroffen und maß ihn vom Kopf bis zum Fuß. «Ei, ei, schau mal einer an... Hehehe...» Mehr vermochte er nicht hervorzubringen.

Der Schulze war nicht weniger verlegen und wußte nicht, was er beginnen sollte. Er trat an Tschub heran und frug:

«Draußen ist's wohl kalt? Oder nicht?»

«Ja, ein ganz tüchtiger Frost», erwiderte Tschub. «Doch gestatte, womit schmierst du dir eigentlich deine Stiefel ein? Mit Schmalz oder mit Teer?»

Er hatte ihn eigentlich fragen wollen: «Wie bist du denn in den Sack gekommen?» — und begriff selbst nicht, warum er etwas ganz anderes gefragt hatte.

«Teer ist besser», antwortete der Schulze. «Na, gute Nacht, Tschub!»

Damit drückte er sich seine Pelzmütze tiefer in die Stirn und entfernte sich.

«Warum hab' ich ihn nur so dumm gefragt, womit er sich seine Stiefel einschmiert?» frug sich Tschub und schaute auf die Tür, durch die der Schulze hinausgegangen war. «Ei, ei, Ssolocha ... So einen Wanst in den Sack zu stopfen ... Bei Gott, ein Teufelsweib! Ich aber bin ein Esel ... Wo steckt er denn nur, dieser verfluchte Sack?»

«Ich habe ihn in die Ecke geworfen, es ist nichts mehr drin», sagte Oxana.

«Ich kenne diese Späße! Nichts mehr drin? Gebt ihn mir mal her. Sicher steckt noch einer drin. Schüttelt ihn richtig aus! ... Was? Niemand mehr? ... Das ist ein Frauenzimmer! Verflucht noch einmal! Sieht wie eine Heilige aus und spielt sich auf, als äße sie nur Fastenspeisen ... Nein, so etwas!»

Doch lassen wir Tschub seinen Ärger in aller Ruhe auskosten und kehren wir zum Schmied zurück, denn draußen geht es sicher schon auf neun Uhr.

XII.

Anfangs kam es Wakula recht unheimlich vor, so hoch durch die Luft davongetragen zu werden und unten auf der Erde nichts mehr unterscheiden zu können: wie eine Fliege flog er so dicht unter dem Mond vorbei, daß seine Mütze ihn fast gestreift hätte; er konnte sich gerade noch rechtzeitig bücken. Doch nach einigen Augenblicken faßte er wieder Mut, ja er begann sogar mit dem Teufel Schindluder zu treiben. Es war äußerst belustigend, wie dieser jedesmal niesen und husten mußte, wenn Wakula sein Kreuz aus Zypressenholz vom Halse nahm und es ihm vor der Nase baumeln ließ. Absichtlich hob dieser zuweilen die Hand, so daß der böse Feind, in der Befürchtung, der Reiter, der ihm im Nacken saß, könne ihn am Ende bekreuzigen, noch rascher dahinstob.

In der Höhe war es hell. Die von einem leichten Silbernebel erfüllte Luft schien durchsichtig zu sein. Man konnte alles deutlich sehen und sogar erkennen, wie ein Hexenmeister, in einem Zaubertiegel hockend, einem Wirbelsturm gleich an ihnen vorbeibrauste; wie die Sterne im Reigentanz Blindekuh miteinander spielten; wie ein wenig abseits ganze Geisterhorden wolkenartig dahintrudelten; wie ein im Mondschein tanzendes Teufelchen beim Anblick des reitenden Schmiedes die Mütze vor ihm abnahm; und wie ein Besen, auf dem augenscheinlich eine Hexe zu einem Treffen mit ihren Genossen geritten war, allein heimsauste . . .

Noch manches andere Gesindel begegnete ihnen auf ihrer Fahrt. Und alle hielten sie, sobald sie des Schmiedes ansichtig wurden, für einen Augenblick inne und musterten ihn erstaunt, um sich dann wieder ihren eigenen Angelegenheiten zuzuwenden und weiter zu toben.

Der Schmied flog und flog nur so dahin. Und auf einmal blitzte Sankt Petersburg vor ihnen auf und schien ganz in Flammen zu stehen, da dort, des Festes wegen, gerade eine Illumination stattfand. Der Teufel überflog den Schlagbaum und verwandelte sich in ein Pferd, so daß sich der Schmied plötzlich auf einem feurigen Renner durch die Straßen jagen sah.

Mein Gott, war das ein Lärm, ein Gedröhn, ein Lichterglanz! Zu beiden Seiten türmten sich vierstöckige Mauern empor. Das Aufschlagen der Pferdehufe auf das Pflaster, das Rollen der Equipagen hallte donnernd von allen vier Himmelsrichtungen wider. Bei jedem Schritt schienen Häuser aus dem Boden zu sprießen und himmelwärts zu wachsen. Brücken zitterten, Wagen stoben, Fuhrleute und Vorreiter schrien und fluchten. Der Schnee knirschte unter Tausenden von Schlitten. Die Fußgänger drängten sich unter den mit zahllosen Öllämpchen illuminierten Häusern zusammen, und ihre gewaltigen Schatten glitten über die Mauern und erreichten mit den Köpfen die Dächer und Schornsteine.

Voller Verwunderung sah sich der Schmied nach allen Seiten um. Ihm war, alle diese Häuser blickten ihn mit ihren Feueraugen an. Er begegnete so vielen vornehmen Herren mit tuchüberzogenen Pelzen, daß er gar nicht mehr wußte, vor wem alles er die Mütze abziehen sollte.

Mein Gott, wieviel Herrschaften! dachte er; jeder in so einem Pelz sieht nach einem Assessor aus. Assessoren über Assessoren! Und jene dort, die in glänzenden Kutschen mit Glasscheiben vorübersausen, müssen, wo nicht Bürgermeister, so doch mindestens Kommissare sein, vielleicht sogar noch etwas Höheres ...»

Doch hier wurde sein Gedankengang unterbrochen, denn der Teufel frug ihn:

«Wohin jetzt? Gleich zur Zarin?»

«Nein, ich habe Angst», antwortete der Schmied nach einigem Besinnen; «hier müssen doch irgendwo jene Saporoger abgestiegen sein, die im vergangenen Herbst durch Dikanjka reisten. Sie kamen aus ihrem Lager am Dnjepr, um der Zarin irgendwelche Papiere zu überbringen. Ich sollte sie immerhin um Rat fragen . . . He, Satan, kriech mir in die Tasche und führ mich zu den Saporogern!»

Und der Teufel war in einem Augenblick dünn wie ein Faden, so daß er ohne Schwierigkeit in Wakulas Tasche kriechen konnte. Dieser aber hatte sich kaum umgesehen, als er sich schon vor einem großen Hause befand. Ohne selbst zu wissen wie, stieg er eine Treppe empor, öffnete eine Tür und prallte vor dem Glanz zurück, mit dem das Zimmer eingerichtet war. Doch als er dieselben Saporoger erblickte, die er auf ihrer Durchreise durch Dikanjka kennengelernt hatte und die jetzt mit untergeschlagenen geteerten Stiefeln auf seidenen Diwans saßen und den stärksten Tabak der Welt, das sogenannte «Wurzelkraut», rauchten, faßte er wieder Mut, trat näher, verbeugte sich vor ihnen bis zur Erde und sagte:

«Guten Abend, meine Herrschaften! Gott

hat es so gefügt, daß wir uns hier wiedersehen.»

«Was ist das für ein Mensch?» frug einer, der dem Schmied zunächst saß, einen anderen, der sich etwas entfernter herumrekelte.

«Erkennt ihr mich denn nicht?» frug der Schmied. «Ich bin der Schmied Wakula. Als ihr im Herbst durch Dikanjka kamt, wart ihr — Gott schenke euch Gesundheit und ein langes Leben! — zwei Tage lang meine Gäste. Ich beschlug euch damals das Vorderrad eures Reisewagens mit einer Eisenschiene.»

«Ah», sagte derselbe Saporoger, «du bist jener Schmied, der so schöne Bilder malt? Guten Abend, Landsmann! Wie hat Gott dich hierhergebracht?»

«Nur so ... Ich wollte mich hier ein wenig umschaun ... Man sagt ...»

«Nun, Landsmann», meinte der Saporoger gewichtig, wie um zu zeigen, daß er nicht nur ukrainisch, sondern auch russisch zu sprechen verstand, «eine mächtige Stadt, nicht wahr?»

Der Schmied wollte ihm nicht nachstehen und als Neuling erscheinen. Überdies war er sowieso der Schriftsprache kundig. Er antwortete also gleichmütig auf gut russisch:

«Eine ansehnliche Residenzstadt. Da ist nichts dagegen zu sagen. Gewaltig große Häuser mit respektabeln Gemälden an den Wänden. Viele Mauern sind bemerkenswert gut mit Lettern aus Blattgold ausgelegt. Die Proportionen sind durchaus anerkennenswert.»

Als die Saporoger hörten, wie gewandt und

frei der Schmied sich ausdrückte, zogen sie für ihn sehr schmeichelhafte Schlußfolgerungen daraus.

«Darüber wollen wir uns später unterhalten, Landsmann. Jetzt müssen wir gleich zur Zarin fahren.»

«Zur Zarin? Ach, seid so lieb, ihr Herren, und nehmt mich mit!»

«Dich mitnehmen?» sagte der Saporoger im Ton eines Kinderwärters, den ein vierjähriger Zögling gebeten hat, ihn auf ein richtiges, ausgewachsenes Pferd zu setzen. «Was hast du dort zu suchen? Nein, das geht nicht.»

Sein Gesicht nahm eine bedeutsame, abweisende Miene an.

«Nehmt mich mit!» beharrte der Schmied.

«Flehe sie an!» flüsterte ihm der Teufel in der Tasche zu und versetzte ihm einen Stoß in die Seite.

Doch er hatte das kaum gesagt, als ein anderer Kosak dazwischenrief:

«Warum denn nicht? Nehmen wir ihn doch einfach mit, Brüder!»

«Uns soll's recht sein, er kann meinetwegen mit uns kommen», meinten einige andere.

«Dann mußt du dich aber so anziehen wie wir.»

Der Schmied beeilte sich, in einen ihm dargebotenen grünen Kosakenüberrock zu schlüpfen. Da ging auch schon die Tür auf, und ein reich galonierter Diener mahnte, daß es an der Zeit sei, aufzubrechen.

Dem Schmied wurde wieder wunderlich zumute, als er in einer großen, auf Sprungfedern schaukelnden Kalesche durch die Straßen fuhr: die vierstöckigen Häuser zu beiden Seiten schienen ihm nach rückwärts zu laufen und das Pflaster wie von selbst unter den Pferdehufen dahinzurollen.

Mein Gott, wieviel Licht! dachte er; bei uns ist's nicht einmal am Tag so hell.

Die Wagen hielten vor einem Palast. Die Kosaken sprangen ab, begaben sich in einen üppigen Hausflur und stiegen eine glänzend erleuchtete Treppe empor.

«Was für eine Treppe das ist!» flüsterte der Schmied vor sich hin. «Es ist schade, sie mit seinen Füßen zu betreten. Welche Verzierungen! Da hat man immer gesagt, das seien nur ausgedachte Lügenmärchen. Zum Teufel noch einmal, das sind gar keine Märchen. Herrgott, was für ein Geländer! Welch kunstvolle Arbeit! Das Gußeisen allein muß mehr als fünfhundert Rubel kosten.»

Oben angelangt, durchschritten die Saporoger den ersten Saal. Scheu folgte ihnen der Schmied, voller Furcht, bei jedem Schritt auf dem glatten Parkett auszugleiten. Sie gingen noch durch drei weitere Säle, und der Schmied fand des Verwunderns kein Ende. Im vierten Saal trat er unwillkürlich auf ein an der Wand hängendes Bild zu, das die allerheiligste Jungfrau mit dem göttlichen Kinde darstellte.

Was für ein Bild! Was für eine herrliche Malerei! dachte er. Sie scheint ja zu reden. Sie scheint lebendig zu sein. Und das Gotteskind! Wie es die Händchen faltet und lächelt, das

Arme! Und die Farben! Herrgott, was für Farben! Nicht für eine Kopeke Ocker, sondern Karmin und Florentinerlack. Der Malgrund ist sicher mit teuerstem Bleiweiß angelegt... Wie wunderbar diese Malerei aber auch ist — dieser kupferne Türgriff hier (er betastete ihn im Hindurchschreiten) ist noch staunenswerter. Welch saubere Arbeit! Das ist gewiß alles von deutschen Schmieden für eine Unsumme von Geld hergestellt worden...!

Der Schmied würde wahrscheinlich noch lange seine Betrachtungen fortgesetzt haben, wenn ihn nicht ein galonierter Lakai am Ärmel gezupft und daran gemahnt hätte, nicht hinter den andern zurückzubleiben. Die Saporoger gingen noch durch zwei Säle und machten dann halt. Im Saale standen mehrere Generäle in goldgestickten Uniformen herum. Die Saporoger verneigten sich nach allen Seiten und stellten sich in einer Gruppe auf.

Eine Minute später betrat, von einer ganzen Suite begleitet, ein breitschultriger Mann von majestätischem Wuchs, in Hetmansuniform, gelbe Stulpenstiefel an den Beinen, das Gemach. Seine Haare sahen etwas zerzaust aus. Eines seiner Augen schielte leicht. Auf seinem Gesichte spielte etwas wie hochmütige Überlegenheit. Alle seine Gebärden sprachen von der Gewohnheit, zu befehlen. Die Generäle, die sich vorher in ihren goldgestickten Uniformen so großartig getan hatten, gerieten in Unruhe und versuchten unter tiefen Verbeugungen jedes seiner Worte, jeden seiner Winke aufzufangen, um sofort loszustürzen und seinen Wünschen zuvorzukommen. Doch jener beachtete sie nicht einmal, gönnte ihnen kaum ein flüchtiges Nicken und schritt gleich auf die Saporoger zu, die sich alle bis zur Erde vor ihm verneigten.

«Nun, seid ihr alle da?» frug er gedehnt und wie durch die Nase sprechend.

«Jawohl, alle, Väterchen», antworteten die Saporoger und verbeugten sich von neuem.

«Vergeßt nicht, so zu sprechen, wie ich es euch gesagt habe.»

«Wir werden daran denken.»

«Ist das der Zar?» frug der Schmied leise einen der Saporoger.

«Der Zar? Wo denkst du hin?» gab jener ebenso leise zurück. «Das ist Patjomkin selbst.»

Im Nachbarraum wurden Stimmen laut; und der Schmied wußte nicht mehr, wo er seine Augen lassen sollte, eine solche Menge von Damen in Atlaskleidern rauschte herein, gefolgt von bezopften Höflingen in goldgewirkter Galatracht. Er sah nur noch Glitzern und Glanz — und nichts weiter.

Da fielen die Saporoger in die Knie und riefen wie aus einem Munde:

«Gnade, Mutter, Gnade!»

Der Schmied, dem sich alles im Kopf drehte, tat es ihnen eifrig nach.

«Steht auf!» ertönte eine befehlende und zugleich angenehme Stimme über ihren Köpfen. Einige Höflinge gerieten in Bewegung und stießen die Saporoger an.

«Nein, wir stehen nicht auf, Mutter», riefen diese, «wir sterben lieber, als aufzustehn!»

Patjomkin biß sich auf die Lippen; endlich näherte er sich ihnen selber, flüsterte einem von ihnen gebieterisch etwas zu — und die Saporoger erhoben sich.

Jetzt wagte auch der Schmied seinen Kopf zu heben und sah eine blauäugige, hochgewachsene, ein wenig beleibte Frau vor sich stehen. Ihr gepudertes Gesicht zeigte jene majestätisch lächelnde Miene, mit der sie sich alles zu unterwerfen verstand und die nur einer geborenen Herrscherin eigen ist.

«Seine Durchlaucht hat mir versprochen, mich mit einem meiner Völker bekannt zu machen, das ich bis jetzt noch nicht gesehen hatte», sagte die Dame mit den blauen Augen und musterte neugierig die Saporoger. «Seid ihr hier gut untergebracht?» fuhr sie fort und trat näher.

«Danke, Mutter. Die Verpflegung ist gut, obwohl die Hammel hier lange nicht das sind, was bei uns zu Hause... Warum sollten wir nicht überall leben können?»

Patjomkin runzelte die Stirn, als er merkte, daß die Saporoger durchaus nicht so sprachen, wie er es ihnen einstudiert hatte.

Einer der Saporoger nahm Haltung an und trat vor.

«Erbarmen, Mutter! Womit hat dich dein treues Volk erzürnt? Haben wir es denn mit den heidnischen Tataren gehalten? Haben wir uns auf irgendwelche Vereinbarung mit den Türken eingelassen? Haben wir dich mit irgendeinem Vorhaben, irgendeiner Tat verraten? Womit haben wir deine Ungnade verdient? Zuerst hörten wir, du ließest allenthalben Festungen gegen uns bauen. Dann hieß es, du wolltest uns in bloße Karabinerschützen verwandeln. Jetzt sagt man uns, daß uns neues Unheil droht. Welcher Schuld bezichtigt man denn das Saporoger Heer? Etwa der, daß wir deine Armee über den Perekop geführt und deinen Generälen bei der Unterwerfung der Krimtataren geholfen haben?»

Patjomkin schwieg und putzte mit einem kleinen Bürstchen die Brillanten, mit denen seine Hände übersät waren.

«Was wünscht ihr also?» frug Katharina mit zuvorkommender Freundlichkeit.

Die Saporoger sahen einander vielsagend an.

Jetzt ist's Zeit! Die Zarin frug nach unseren Wünschen, dachte der Schmied und warf sich der Kaiserin zu Füßen.

«Kaiserliche Majestät! geruhe mich nicht zu strafen, gewähre mir deine Gnade! Zürne mir nicht, wenn ich dich frage: woraus sind die Schuhe gemacht, in denen deine kaiserlichen Füßchen stecken? Mich dünkt, kein Schuster in keinem Reiche der Welt vermag solche Schuhe zu nähen. Mein Gott, wenn ich meinem Weibchen solche Schuhe anziehen könnte!»

Die Kaiserin lachte hell auf. Selbst Patjomkin lächelte, trotz seiner gerunzelten Stirn. Die Saporoger stießen den Schmied in die Seite, denn sie dachten, er sei verrückt geworden.

«Steh auf!» sagte die Kaiserin sehr gnädig

«Wenn es dich so sehr nach solchen Schuhen verlangt, so ist diese Bitte leicht zu erfüllen. Man bringe ihm sofort meine kostbarsten goldgestickten Schuhe. Mir gefällt diese Einfalt. — Da habt Ihr», fuhr sie fort, indem sie ihre Augen auf einen etwas abseits stehenden Herrn mit einem vollen, doch ein wenig bleichen Gesicht richtete, dessen schlichter Rock mit den großen Perlmutterknöpfen verriet, daß er nicht zu den Höflingen gehörte, «da habt Ihr einen würdigen Vorwurf für Eure geistreiche Feder!»

«Eure Kaiserliche Majestät sind zu gnädig, dazu bedarf es eines Lafontaines», erwiderte der Mann mit den Perlmutterknöpfen und verneigte sich.

«Auf Ehre, ich muß Euch sagen, daß ich von Eurem Lustspiel ‚Der Brigadier' noch immer ganz entzückt bin. Und wie schön Ihr vorzulesen versteht! . . . Doch ich habe gehört», wandte die Kaiserin sich wieder den Saporogern zu, «daß ihr euch in eurem Kosakenlager am Dnjepr nie verheiratet.»

«Wie kannst du so etwas sagen, Mutter? Du weißt doch selbst, daß kein Mann es ohne Weibchen aushält», antwortete derselbe Saporoger, der sich vorhin mit dem Schmied unterhalten hatte. Und der Schmied wunderte sich darüber, daß der gleiche Mann, der die Schriftsprache so gut beherrschte, jetzt mit der Zarin in der gröbsten bäuerlichen Mundart sprach. Ein Schlaufuchs, dachte er, das tut er sicher nicht ohne Absicht.

«Wir sind keine Kuttenträger», fuhr der Saporoger fort, «sondern sündiges Mannsvolk. Wie alle Männer in der Christenheit, haben wir unsere Lust am Fleisch. Die meisten von uns haben Weiber. Doch im Lager leben wir nicht mit ihnen zusammen. Einige haben ihre Frauen in Polen sitzen, andere in der Ukraine und wieder andere sogar in der Türkei.»

In diesem Augenblick überreichte man dem Schmied die Schuhe der Zarin.

«Herrgott, welch ein Juwel!» schrie er freudig auf. «Eure Kaiserliche Majestät, wenn Ihr in solchen Schuhen einhergeht und am Ende gar mit ihnen auf dem Eise Schlittschuh lauft — wie müssen dann erst die Füßchen selbst beschaffen sein, die in diesen Schuhen stecken? Die müssen zum mindesten aus lauter Zucker sein!»

Die Kaiserin, die in der Tat die wohlgebildetsten und reizvollsten kleinen Füße hatte, mußte unwillkürlich lächeln, als sie dieses Kompliment aus dem Munde des einfachen Schmiedes vernahm, der in seiner Saporoger Gewandung, trotz seines sonnverbrannten Gesichtes, für einen schönen Mann gelten konnte.

Beglückt von der gnädigen Aufmerksamkeit der Zarin, wollte der Schmied sie noch über alles Mögliche ausfragen, ob es, zum Beispiel, wahr wäre, daß die Zaren nichts als Honig und Schinkenspeck äßen, und viele ähnliche Dinge. Doch da er fühlte, wie die Saporoger ihn anstießen, beschloß er, lieber den Mund zu halten. Und als die Zarin sich gleich darauf den älteren Saporogern zuwandte und sich nach ihrem Lagerleben, ihren Sitten und Gepflogenheiten erkundigte, zog er sich zurück, beugte sich über seine Tasche, flüsterte leise: «Bring mich rasch von hier fort!» — und befand sich im nächsten Augenblick jenseits des Petersburger Schlagbaums auf der freien Landstraße.

XIII.

«Ertränkt hat er sich, ertränkt! Ich will hier auf dem Fleck anwachsen, wenn er sich nicht ertränkt hat!» ereiferte sich die dicke Webersfrau mitten in einem Haufen von Weibern, die auf der Dorfstraße von Dikanjka miteinander tuschelten.

«Wieso ertränkt? Bin ich etwa eine Schwindlerin? Habe ich je eine Kuh gestohlen? Habe ich jemand mit einem bösen Blick behext, daß man mir keinen Glauben schenken will?» keifte ein anderes Weib in einem Kosakenkittel mit violett angelaufener Nase und fuchtelte mit den Armen in der Luft herum. «Ich will nie wieder Wasser trinken, wenn die alte Perepetschicha nicht mit eigenen Augen gesehen hat, wie der Schmied sich erhängte!»

Der Schmied hat sich erhängt! Da haben wir den Salat! dachte der Dorfschulze, der eben Tschubs Haus verlassen und sich dem aufgeregten Weiberhaufen zugesellt hatte.

«Sag lieber, daß du nie wieder Schnaps trinken willst!» schrie die Weberin die andere an. «Da muß man schon seinen letzten Verstand versoffen haben, wie du, um zu behaupten, daß er sich erhängt hat. Ertränkt hat er sich, im Eisloch ertränkt. Das weiß ich so gewiß, wie daß du gerade aus der Schenke kommst!»

«Schamlose Dreckschleuder! Mir willst du etwas vorwerfen?» erboste sich die Violettnasige. «Hättest du nur geschwiegen, du Nichtsnutz! Ich weiß doch, daß der Küster jeden Abend zu dir schleicht.»

Die Webersfrau fuhr auf.

«Was ist mit dem Küster? Zu wem geht der Küster? Was lügst du da?»

«Der Küster?» krähte die Küsterin, die sich in ihrem mit blauem Nanking überzogenen Hasenpelz an die Streitenden herandrängte; «ich will dich lehren, so vom Küster zu reden! Wer hat da etwas über den Küster gesagt?»

«Diese da ist es, die der Küster besucht!» rief die Violettnasige und wies mit dem Finger auf die Webersfrau.

«Du bist es also, du Hündin!» winselte die Küsterin und fiel über die Webersfrau her. «Du bist's also, du Hexe, die ihn mit Teufelskraut so benebelt hat, daß er zu dir kommt?»

«Laß mich los, Satan!» kreischte die Webersfrau und wich zurück.

«Was, du verfluchte Teufelsköchin? Daß du deine Kinder niemals wiedersehen mögest! Du Schlampe! Pfui!» Und die Küsterin spuckte der Webersfrau in die Augen.

Die Webersfrau wollte ihr mit der gleichen Ladung erwidern, traf aber den unrasierten Schädel des Dorfschulzen, der sich, um besser zu hören, dicht an die Streitenden herangemacht hatte.

«Ah, du schmutziges Weibermaul!» brüllte der Dorfschulze sie an, rieb sich den Speichel mit dem linken Ärmel ab und griff zu seiner Peitsche.

Diese Bewegung veranlaßte die Weiber, nach allen Seiten schimpfend auseinanderzulaufen.

«Schweinerei!» knurrte der Dorfschulze und hörte nicht auf, sich abzuwischen. — «Der Schmied hat sich also ertränkt. O du meine Güte! Und was für ein kunstreicher Maler er war! Was für prächtige Messer, Sensen und Pflüge er zu schmieden verstand! Und wie kräftig er war! Ja», fuhr er nachdenklich fort, «solche Leute wie ihn gibt's wenig in unserem Dorf. Ich hab's ja schon, als ich in dem verfluchten Sack saß, gespürt, daß es dem Ärmsten übel zumute war. Ja, ja, so ist es nun mit dem Schmied. Er ist gewesen — und ist nun nicht mehr. Dabei wollte ich gerade meine scheckige Stute zum Beschlagen zu ihm bringen...»

Ganz angefüllt von solchen christlichen Gedanken, trottete er langsam heim.

Oxana war tief bestürzt, als alle diese Gerüchte sie erreichten. Den Augen der Perepetschicha und dem Geschwätz der anderen Weiber traute sie zwar nicht allzusehr; sie wußte, daß der Schmied zu fromm war, um sein Seelenheil aufs Spiel zu setzen. Wie aber, wenn er in der Tat das Dorf verlassen hatte und fortgewandert war? Einen so tüchtigen Schmied konnte man überall brauchen. Und er hatte sie so sehr geliebt. Länger als alle andern hatte er ihre Launen ertragen ... Die Schöne drehte sich die ganze Nacht hindurch von einer Seite auf die andere und konnte nicht einschlafen. Bald warf sie alle Decken ab, lag in bezaubernder Nacktheit da, die sie im Dunkel nicht einmal selbst wahrnehmen konnte; bald versuchte sie sich zu beruhigen und an gar nichts mehr zu denken, dachte aber in Wirklichkeit unausgesetzt nur an ihn, brannte wie Feuer — und war gegen Morgen bis über die Ohren in ihn verliebt.

Tschub äußerte weder Trauer noch Freude über das Schicksal Wakulas. Seine Gedanken kreisten immer wieder nur um das gleiche: er vermochte nicht über den Treubruch Ssolochas hinwegzukommen und bedachte sie bis in den Schlaf hinein mit Schimpfworten.

Endlich wurde es Morgen. Schon vor der ersten Dämmerung drängte sich das Volk in der Kirche. Die älteren Frauen in weißen Kopftüchern und weißen Tuchkitteln bekreuzigten sich fromm an den Kirchentüren. Vor ihnen standen die «Edelfrauen» in gelben und grünen Jacken, einige sogar in blauen, hinten mit goldenen Troddeln verzierten Überröcken. Die Mädchen, deren Haare mit ganzen Kaufläden von Bändern durchflochten waren und an deren Hälsen lange Schnüre mit Perlen, Kreuzen und Schaudukaten hingen, versuchten, so nahe wie möglich bis zur Heiligenbilderwand vorzudringen. Ganz vorn aber standen die Edelleute und die einfachen Bauern mit ihren Schnurrbärten,

Kosakenschöpfen, dicken Hälsen und sauber rasierten Kinnen, fast alle in Pelzen, unter denen weiße oder auch blaue Tuchkittel hervorlugten.

Alle Gesichter, wohin man auch blicken mochte, zeigten einen feiertäglichen Ausdruck. Der Dorfschulze leckte sich beim Gedanken an die Weihnachtswurst schon jetzt die Lippen. Die Mädchen träumten davon, wie sie mit den Burschen Schlittschuh laufen würden. Die alten Weiber murmelten dafür um so eifriger ihre Gebete. Durch die ganze Kirche war zu hören, wie Kosak Swerbygus immer wieder von neuem in die Knie sank.

Nur Oxana stand wie abwesend da. Sie betete — und betete doch nicht. In ihrem Herzen kreuzten sich so verschiedenartige Gefühle, eines immer ärgerlicher und trauriger als das andere, daß ihr die Tränen in die Augen traten und auf ihrem Gesicht nichts als eine starke Verwirrung zu erkennen war.

Die andern Mädchen wußten sich ihr Aussehen nicht zu erklären und ahnten nicht, daß der Schmied daran schuld war. Indessen dachte nicht nur Oxana an den Schmied. Alle Einwohner fühlten, daß der Feiertag kein richtiger Feiertag war, daß ihm irgend etwas fehlte.

Unglücklicherweise war auch noch der Küster, infolge seiner nächtlichen Reise im Sack, vollkommen heiser geworden, so daß seine zitternde Stimme kaum zu hören war. Der zugereiste Sänger ließ zwar seinen wunderbaren Baß erdröhnen; es wäre aber noch viel schöner gewesen, wenn der Schmied mitgemacht hätte, der sonst, sooft man das «Vater unser» oder «Und die Cherubime» sang, die Empore betreten und die Melodie so angestimmt hatte, wie man es nur noch in Poltawa zu hören bekam. Auch war er der einzige, der das Amt des Kirchenvorstehers versah. Schon war die Frühmesse zu Ende und bald darauf auch das Hochamt ... Wo mochte nur der Schmied verlorengegangen sein?

XIV.

Den Schmied im Nacken, legte der Teufel die Rückreise während des Restes der Nacht noch schneller zurück als die Hinreise. In einem Hui befand sich der Schmied in der Nähe seiner Hütte. In diesem Augenblicke krähte ein Hahn.

«Wohin?» schrie der Schmied und hielt den Teufel, der sich schon aus dem Staube machen wollte, am Schwanze fest. «Warte, Freundchen, das ist noch nicht alles! Du mußt erst deinen Lohn von mir erhalten.»

Mit diesen Worten ergriff er einen knorrigen Stecken und versetzte ihm drei Hiebe. Der arme Teufel raste nur so davon, wie ein eben erst vom Assessor verprügelter Bauer. So kam es, daß der Feind des Menschengeschlechts, anstatt andere zu betrügen, zu verführen und zu foppen, einmal selber gefoppt worden war.

Wakula aber begab sich in die Scheune seines Hauses, wühlte sich ins Heu und schlief bis zum hellichten Mittag. Als er erwachte, erschrak er darüber, daß die Sonne schon so hoch stand.

«O weh! Ich habe Frühmesse und Hochamt verschlafen!»

Der fromme Schmied versank in zerknirschte Grübeleien und kam zum Schluß, Gott habe ihm den schweren Schlaf, der ihn der Freude beraubt hatte, am Weihnachtsmorgen in der Kirche zu singen, als Strafe dafür geschickt, daß er die sündige Absicht gehegt, seinem Leben ein Ende zu machen. Doch dann beruhigte er sich damit, daß er in der nächsten Woche alles dem Popen beichten werde und daß er, vom heutigen Tage an, ein ganzes Jahr lang täglich fünfzig Kniefälle zu machen gelobte.

Er schaute in die Stube hinein. Doch niemand war da. Ssolocha war wohl noch nicht heimgekehrt.

Behutsam holte er die Schuhe aus seinem Busen hervor, staunte von neuem über die köstliche Arbeit und gedachte der wundersamen Begebenheiten der verflossenen Nacht. Dann wusch er sich, kleidete sich so sorgfältig wie nur möglich an, warf sich in den schönen grünen Rock, den er von den Saporogern erhalten hatte, nahm aus der Truhe eine neue Lammfellmütze aus blauem Tuch, die er noch nie getragen, seit er sie in Poltawa gekauft, kramte einen neuen, vielfarbigen Gürtel hervor, tat noch eine Kosakenpeitsche hinzu, band das alles zu einem Bündel zusammen und begab sich zu Tschub.

Tschub machte Stielaugen, als der Schmied bei ihm eintrat, und wußte nicht, worüber er sich mehr wundern sollte — darüber, daß Wakula von den Toten auferstanden war, oder darüber, daß er ihm einen Besuch zu machen wagte, oder darüber, daß er wie ein schmucker Saporoger gekleidet war. Am erstauntesten aber war er, als Wakula sein Bündel aufknöpfte, die neue Pelzmütze und den Gürtel, die so schön waren, wie man sie hier im Dorfe noch nie gesehen hatte, vor ihn auf den Tisch legte, sich ihm zu Füßen warf und mit flehender Stimme ausrief:

«Erbarme dich, Väterchen, und zürne mir nicht. Da hast du die Peitsche. Schlage mich, soviel du Lust hast. Ich gebe mich ganz in deine Hände und bereue alles. Schlag zu, aber zürne mir nicht länger! Du hast doch einst mit meinem seligen Vater Blutsbrüderschaft geschlossen, Salz und Brot mit ihm gegessen und Ungarwein mit ihm getrunken.»

Tschub sah nicht ohne ein geheimes Vergnügen den Schmied, dem niemand im Dorfe an den Wagen zu fahren wagte und der Fünfkopekenstücke und Hufeisen auseinanderbrach, als wären es Buchweizenkuchen, auf den Knien vor sich liegen. Um sich nichts zu vergeben, ergriff er die Peitsche und schlug ihn dreimal leicht auf den Rücken.

«Nun, genug damit!» rief er aus. «Höre in Zukunft auf alte Leute. Vergessen wir, was zwischen uns vorgefallen ist. Und sage mir, was du von mir willst.»

«Gib mir Oxana, Vater!»

Tschub dachte ein wenig nach und sah sich die Mütze und den Gürtel an. Die Mütze war prächtig, der Gürtel gab ihr in nichts nach. Ihm kam wieder Ssolochas Treubruch in den Sinn — und so sagte er schließlich mit fester Stimme:

«Gut! Schicke mir deine Brautwerber!»

«Ai!» schrie Oxana auf, die beim Eintreten den Schmied erblickte und ihre Augen freudig verwundert auf ihm ruhen ließ.

«Schau, was für Schuhchen ich dir mitgebracht habe», sagte er, «die Zarin selbst hat sie getragen.»

«Nein, nein, ich brauche keine Schuhe!» rief sie aus, machte eine abwehrende Handbewegung und schaute ihm unausgesetzt in die Augen, «ich will auch ohne Schuhe . . .» Sie hielt inne und wurde feuerrot.

Der Schmied trat dicht an sie heran und ergriff ihre Hand. Da senkte die Schöne ihre Blicke. Noch nie hatte sie so wunderbar ausgesehen. Der entzückte Schmied küßte sie sanft. Und ihr Gesicht wurde noch röter und sah noch schöner aus.

XV.

Einmal kam der Bischof seligen Angedenkens durch Dikanjka gereist, lobte den Platz, auf dem das Dorf erbaut war, und ließ im Weiterfahren vor einer neuen Hütte haltmachen.

«Wem gehört diese so schön bemalte Hütte?» frug seine Hochwürden eine hübsche junge Frau, die mit einem Kind im Arm vor der Haustür stand.

«Dem Schmied Wakula», antwortete Oxana (denn sie war es) mit einer Verneigung.

«Schön! Eine schöne Arbeit!» sagte seine Hochwürden und betrachtete aufmerksam Tür und Fenster. Die Fenster waren mit roten Strichen eingefaßt; auf der Tür aber waren reitende Kosaken mit Pfeifen zwischen den Zähnen abgebildet.

Noch mehr aber lobte Seine Hochwürden den Schmied, als er erfuhr, dieser habe seine Kirchenbuße auf sich genommen und überdies die ganze linke Chorseite in der Kirche grün angestrichen und mit roten Blumen bemalt. Das war aber noch nicht alles: an die Seitenwand der Kirchenvorhalle hatte er ein großes neues Bild gemalt, das den Teufel in der Hölle darstellte — einen so abscheulichen Teufel, daß alle ausspuckten, wenn sie vorbeigingen, und daß die Weiber, wenn ein Kind auf ihren Armen nicht zu schreien aufhören wollte, es an dieses Bild herantrugen und sagten:

«Schau nur, was für ein Ungeheuer dort gemalt ist.»

Dann verschluckte das Kind seine Tränen, schielte scheu nach dem Bilde und verbarg das Gesicht an der Brust seiner Mutter.

DER WIJ

Die Gestalt des «Wij» ist eine ungeheure Schöpfung der Volkssage: so hießen die Ukrainer den Herrn der Erddämonen, dessen lange Augenwimpern bis zum Erdboden hinabreichten. Die Geschichte, die hier erzählt werden soll, beruht auf einer alten Überlieferung, die ich in keinem wesentlichen Zuge verändern möchte: ich gebe sie fast genau so wieder, wie sie mir berichtet worden ist.

Anmerkung des Verfassers

I.

Sobald allmorgendlich die weithin tönende Seminarglocke geläutet wurde, die am Tor des Kijewer Brüderklosters hing, eilten die studienbeflissenen Grammatiker, Rhetoren, Philosophen und Theologen in hellen Scharen, ihre Hefte unter dem Arm, aus allen Stadtteilen zusammen.

Die Grammatiker waren noch kleine Buben und staken fast durchweg in zerrissenen und befleckten Anzügen; ihre Taschen waren ewig mit allem nur möglichen Kram — wie beinernen Murmeln, selbstgefertigten Trillerpfeifen, angebissenen Kuchen und ähnlichen Dingen — angefüllt. Es kam auch vor, daß sie junge Spatzen mitbrachten; und wenn dann solch ein Vogel, mitten in die Stille einer Unterrichtsstunde hinein, laut zu zwitschern begann, so trug das seinem Besitzer ein paar schmerzhafte Schläge auf beide Hände, manchmal sogar eine gehörige Tracht Prügel ein.

Die Rhetoren, schon ein wenig älter, gaben sich solider. Ihre Anzüge waren zuweilen sogar vollkommen heil. Dafür aber waren ihre Gesichter meist mit allerlei Verzierungen von der Art rhetorischer Figuren geschmückt: ein Auge schien sich plötzlich bis über die Hälfte der Stirn ausgebreitet zu haben, da es von den blauen Flecken, die es rings umgaben, nicht mehr zu unterscheiden war; oder ein Paar Lippen verschwanden unter einer riesenhaften Brandblase; oder man konnte irgendeine andere Verschönerung an ihnen bewundern. Überdies sprachen und fluchten die Rhetoren schon nicht mehr im Diskant, sondern in einem krähenden Tenor.

Die Philosophen griffen bereits eine Oktave tiefer. In ihren Taschen waren nur Tabakskrümel zu finden. Sie legten sich keinerlei Vorräte an: alles, was sie ergattern konnten, wurde sofort vertilgt. Sie rochen nach Tabak und Schnaps — oft so stark, daß Handwerker, die auf der Straße an ihnen vorübergingen, stehenblieben und wie witternde Jagdhunde in der Luft herumschnupperten.

Um die frühe Morgenstunde, kurz vor Beginn des Unterrichts, begann es auf dem Marktplatz eben erst lebendig zu werden, und die Marktweiber, die Semmeln, Brezeln, Sonnenblumensamen, Melonenkerzen und Mohnkuchen feilboten, zupften die dahineilenden Scholaren am Ärmel und priesen von allen Seiten laut ihre Waren an:

«Junge Herrn! Junge Herrn! Hierher! Hierher! Seht nur diese Brezel! Diese Mohnkuchen! Diese Fleischpasteten! Diese Honigkuchen! Ach, sind die gut! Bei Gott, sie sind gut! Besonders die Honigkuchen. Ich habe sie selbst gebacken.

Eine andere hob ein langes, gekrümmtes Gebilde aus Teig hoch und rief:

«Oh! Oh! Hierher! Zu mir! Würstchen in Teig! Junge Herrn, kauft Würstchen in Teig!»

«Kauft nicht bei der da!» schrie eine dritte dazwischen, «seht, wie schmierig sie ist mit ihrer Drecknase und ihren schmutzigen Händen!»

Doch alle hüteten sie sich, die Theologen und Philosophen anzurufen, denn die liebten es nur, ausgiebigst zu probieren.

Im Seminar angelangt, verteilte sich der ganze Haufe auf die verschiedenen Klassen — niedere, doch ziemlich geräumige Stuben mit kleinen Fenstern, großen Türen und schmutzigen Bänken. Die Klassen füllten sich bald mit vielstimmigem Gesumm: die Repetitoren begannen ihren Schutzbefohlenen die Lektionen abzuhören. Der schrille Diskant eines Grammatikers ließ eine Fensterscheibe in gleicher Tonhöhe erklirren. In einer Ecke brummte ein Rhetor, dessen dicklippiger Mund eigentlich zu einem Philosophen oder Theologen gehört hätte, in tiefem Baß vor sich hin, so daß es von weitem wie ein dumpfes «Bububu» klang. Die Repetitoren hörten mit halbem Ohr zu und schielten dabei unter die Bänke, ob nicht aus den Hosentaschen eines ihrer Untergebenen ein Honigwecken oder ein Mohnkuchen oder ein Kürbisgebäck hervorlugte.

Wenn diese ganze gelehrte Schar sich zuweilen ein wenig früher eingefunden oder in Erfahrung gebracht hatte, die Professoren würden aus irgendeinem Grunde später erscheinen, so wurde unter allgemeiner Zustimmung eine Schlacht veranstaltet, an der alle teilnehmen mußten, selbst die Zensoren, die eigentlich über die Ordnung und Moralität der ganzen lernenden Gilde zu wachen hatten. Gewöhnlich waren es zwei Theologen, die Art und Gang der Schlacht bestimmten: ob etwa jede Klasse für sich gesondert einzustehen hatte, oder ob die gesamte Schülerschaft in zwei feindliche Hälften — die Seminaristen und die Konviktoristen — geteilt werden sollte.

In jedem Falle begann das Unternehmen mit einem Geplänkel der Grammatiker. Sobald indessen die Rhetoren eingriffen, stoben die Grammatiker auseinander und beobachteten, auf den Bänken stehend, den weiteren Verlauf der Ereignisse. Dann kam die Reihe an die Philosophen mit ihren langen schwarzen Schnurrbärten und endlich an die dickhalsigen Theologen mit ihren erschreckenden, faltigen Pluderhosen. Gewöhnlich endete die Sache damit, daß die Theologie obsiegte und daß die zerzauste Philosophie, in ihre Klassen vertrieben, sich mit schmerzenden Gliedern auf den Bänken ausruhte.

Wenn dann die Professoren, die zu ihrer Zeit in ähnlichen Schlachten mitgefochten hatten, die Klassenzimmer betraten, erkannten sie an den erhitzten Gesichtern ihrer Zuhörer auf den ersten Blick, daß es einen beachtlichen Strauß gegeben haben mußte. Und während der eine die Rhetorik mit Ruten strich, bearbeitete ein anderer in einer Nebenklasse die Hände der Philosophen mit einem hölzernen Lineal. Mit den Theologen hingegen verfuhr man anders: sie erhielten, wie einer der Theologieprofessoren sich gerne ausdrückte, ein vollgerütteltes Maß «dicker Erbsen» zugeteilt, das aus Hieben mit einem kurzen Lederriemen bestand.

An hohen Fest- und Feiertagen zogen die Seminaristen und Konviktoristen singend von Haus zu Haus. Manchmal führten sie eine Komödie auf, bei der sich immer irgendein Theologe, hoch aufragend wie ein Kijewer Kirchturm, als Herodias oder als Potiphar, das Weib des ägyptischen Hausmeiers, auszeichnete. Als Belohnung erhielten die Sänger und Spieler gewöhnlich ein Stück Tuch oder eine halbe gebratene Gans oder etwas Ähnliches.

Dieses ganze gelehrte Völkchen — das Seminar wie das Konvikt, die eine Art von Erbfeindschaft gegeneinander hegten — war einerseits außerordentlich arm an Geldmitteln zur Beschaffung des nötigen Lebensunterhaltes, andererseits überaus gefräßig, so daß es ganz unmöglich gewesen wäre, im voraus zu berechnen, wieviel Klöße ein jeder beim Abendessen verschlingen würde. Die freiwilligen Opfergaben der begüterten Bürger konnten daher niemals auslangen. In Notfällen schickte der aus Philosophen und Theologen gebildete Senat die mit Säcken bewaffneten Rhetoren und Grammatiker unter der Führung eines Philosophen, manchmal aber auch des gesamten Senats auf Raub in fremde Gemüsegärten aus. Dann gab es im Konvikt eine vorzügliche Kürbisgrütze. Und die Senatoren schlugen sich mit Wasser- und Zukkermelonen den Bauch so voll, daß ihre Pflegebefohlenen am nächsten Tage, anstatt einer, zwei Repetitionsunterweisungen von ihnen zu hören bekamen: die eine ging von ihren Lippen aus, die andere grollte dumpf in ihren Gedärmen.

Seminar wie Konvikt trugen eine sonderbare Art von Überröcken, die «bis in diese Zeit» hinabreichten — ein Terminus technicus, der eine Länge bis zu den Schuhsohlen bezeichnete.

Das feierlichste Ereignis des Jahres waren die Sommerferien. Anfang Juni wurde die ganze Schülerschaft heimgeschickt. Dann wimmelten alle Straßen von Grammatikern, Rhetoren, Philosophen und Theologen. Wer kein Zuhause mehr hatte, wurde von der Familie eines seiner Kameraden aufgenommen. Die Philosophen und Theologen begaben sich meist auf eine «Kondition», das heißt, sie unterrichteten die Kinder reicher Gutsbesitzer oder bereiteten sie zum Eintritt in eine Schule vor und erhielten dafür alljährlich ein Paar neue Stiefel und hin und wieder sogar einen neuen Tuchrock.

Eine ganze Bande konnte so zu Beginn der Ferien miteinander losstrolchen, gemeinsam ihre Grütze kochen und auf freiem Felde übernachten. Jeder schleppte einen Sack mit sich, in dem sich vorerst nur ein Hemd und ein Paar Socken befanden. Die Theologen waren besonders haushälterisch und akkurat. Um die Stiefel zu schonen, entledigten sie sich ihrer, banden sie zusammen und trugen sie an einem geschulterten Stock — besonders wenn die Landstraßen schmutzig waren. Sie krempelten dann ihre Pluderhosen bis zu den Knien auf und stapften beherzt durch alle hochaufspritzenden Pfützen.

Sobald sie einen etwas abseits von der Heerstraße gelegenen Weiler oder Gutshof erblickten, bogen sie ab, näherten sich der am stattlichsten aussehenden Hütte, stellten sich unter ihren Fenstern auf und ließen aus voller Kehle einen Kantus erdröhnen. Der Hauswirt, zumeist ein einstiger Kosak, der sich auf seine alten Tage mit der Landwirtschaft befaßte, hörte ihnen dann wohl, den Kopf in beide Hände gestützt, lange zu, schluchzte bitterlich auf, wandte sich nach seiner Gattin um und sagte:

«Frauchen, was die Scholaren da singen, scheint mir etwas sehr Tiefsinniges zu sein. Bring ihnen doch etwas Speck hinaus oder irgend etwas anderes Gutes aus unserer Speisekammer.»

Dann wurde ein ganzer Korb voll Kuchen in die Säcke geschüttet, dazu eine tüchtige Speckseite und hin und wieder auch ein an den Füßen zusammengebundenes Huhn. Wenn die Rhetoren, Philosophen und Theologen ihre Vorräte auf diese Weise ergänzt hatten, zogen sie ihres Weges weiter. Je länger die Fahrt währte, desto kleiner wurde die Schar, da die meisten schon an ihrem Ziele angelangt waren und nur noch diejenigen weiterwanderten, deren heimatliches Nest noch entfernter lag.

Auf solch einer Wanderung waren einmal nur noch drei Burschen übriggeblieben, die von der Heerstraße abbogen, um sich ihre schon lange leer gewordenen Säcke im ersten besten Bauernhof wieder auffüllen zu lassen. Es waren dies der Theologe Chaljawa, der Philosoph Choma Brutus und der Rhetor Tiberius Gorobjetz.

Der Theologe Chaljawa, ein hochgewachsener, breitschultriger Jüngling, hatte einen etwas seltsamen Charakter: alles, was er nur immer erspähte, mußte er unbedingt in seinen Besitz überführen. Im übrigen war er finsteren Gemüts; und wenn er sich vollgetrunken hatte, so pflegte er sich in irgendeinem Gebüsch zu verstecken, so daß die Seminardiener es oft nicht leicht hatten, ihn wieder aufzufinden.

Der Philosoph Choma Brutus war von einer viel fröhlicheren Art. Er liebte es sehr, träumerisch dazuliegen und seine Pfeife zu schmauchen. Wenn er einmal betrunken war, mußten unbedingt Musikanten herbei, damit er einen Trepak tanzen konnte. Er bekam oft «dicke Erbsen» zu kosten, nahm das aber mit vollendetem philosophischem Gleichmut hin und äußerte nur, daß kein Mensch dem entgehen könne, was ihm vorbestimmt sei.

Der Rhetor Tiberius Gorobjetz hatte noch nicht das Recht, einen Schnurrbart zu tragen, Schnaps zu trinken und Pfeife zu rauchen; auch trug er nur einen kurzen Haarschopf. Aus all diesen Gründen war sein Charakter zu jener Zeit noch nicht voll entwickelt. Allerdings ließen die vielen Beulen an seiner Stirn, mit denen er oft in der Klasse erschien, auf eine gute kriegerische Veranlagung schließen. Der Theologe Chaljawa und der Philosoph Choma zerrten ihn zum Zeichen ihrer Gunst oft an den Haaren und benutzten ihn als ihren Abgesandten.

Es war gegen Abend, als sie die große Straße verließen. Die Sonne neigte sich zum Untergang; doch die Tageshitze war noch in der Luft zurückgeblieben. Der Theologe und der Philosoph schritten schweigend aus und rauchten ihre Pfeifen; der Rhetor Gorobjetz schlug mit seinem Stock den am Wegrand wachsenden Disteln die Köpfe ab. Der Pfad zog sich über Wiesengründe zwischen spärlich verstreuten Eichen- und Nußbaumhainen dahin. Ab und zu unterbrachen sanfte Bodenwellen und kleine Hügel, rund und grün wie Kirchenkuppeln, die Ebene.

Zwei reifende Kornfelder, auf die sie gestoßen waren, verrieten den Wanderern, daß sich irgendeine Ortschaft in der Nähe befinden mußte. Doch es war seither mehr als eine Stunde vergangen, und noch war keine menschliche Behausung zu erblicken. Die Dämmerung wurde mittlerweile immer tiefer; im Westen verblich ein letzter rosiger Glanz.

«Pfui Teufel», ließ sich der Philosoph Choma Brutus vernehmen, «es hatte doch so ausgesehen, als ob bald ein Dorf kommen müßte.»

Der Theologe sah sich schweigend um, steckte seine Pfeife wieder in den Mund, und die drei setzten ihren Weg fort.

«Bei Gott», rief der Philosoph, von neuem stehenbleibend, «nicht einmal eine Teufelsfaust ist zu sehen.»

«Vielleicht dauert es noch eine Weile», meinte der Theologe, unentwegt weiterrauchend; «irgendein Bauernhof muß doch schließlich auftauchen.»

Aber jetzt war bereits die Nacht hereingebrochen — und dazu noch eine ziemlich dunkle Nacht. Kleine Wolken am Himmel ließen sie noch dunkler erscheinen, und alle Anzeichen wiesen darauf hin, daß man weder auf Mond- noch auf Sternenlicht hoffen konnte. Die Scholaren merkten, daß sie sich verirrt hatten und wohl schon lange vom Wege abgewichen waren.

Der Philosoph tastete den Boden mit den Fußsohlen ab und rief endlich wütend aus:

«Wo ist hier denn überhaupt ein Weg?»

Der Theologe schwieg und sagte nach einer Pause nachdenklich:

«Ja, die Nacht ist dunkel.»

Ein wenig abseits suchte der Rhetor, auf dem Bauche kriechend, nach dem Weg, geriet mit den Händen aber immer nur in neue Fuchslöcher. Von allen Seiten umringte sie nichts als die völlig menschenleere Steppe.

Die Wanderer machten noch einige Anstrengungen, vorwärtszukommen. Doch wohin sie sich auch wenden mochten, überall war die gleiche Ödnis. Der Philosoph versuchte, laut zu rufen. Doch seine Rufe erstarben gleichsam in der Leere und wurden von nirgendwoher beantwortet. Erst ein wenig später war etwas wie ein schwaches Gestöhn zu vernehmen, das an fernes Wolfsgeheul erinnerte.

«Da haben wir's!» ächzte der Philosoph; «was nun?»

«Was nun? Hier bleiben und im Freien übernachten!» sagte der Theologe und suchte in seiner Tasche nach dem Feuerzeug, um die Pfeife neu in Brand zu setzen.

Doch der Philosoph wollte nichts davon wissen. Er hatte die Gewohnheit, sich vor dem Schlafengehen erst einen ganzen Brotlaib und ein gewaltiges Speckstück einzuverleiben, und fühlte eine unerträgliche Leere in den Gedärmen. Auch fürchtete er sich, trotz seiner glücklichen Gemütsart, ein wenig vor den Wölfen.

«Nein, Chaljawa, unmöglich!» widersprach er; «sollen wir uns denn wirklich ohne die geringste Stärkung wie Hunde im Grase schlafen legen? Versuchen wir es noch einmal! Vielleicht stoßen wir mit unsren Nasen auf eine Behausung, und es gelingt uns am Ende doch noch, wenigstens einen Becher Schnaps auf die Nacht zu erwischen.»

Beim Worte Schnaps spuckte der Theologe seitwärts aus und knurrte:

«Natürlich, es hat keinen Sinn, hier so ohne weiteres liegenzubleiben.»

Die Burschen setzten sich also wieder in Bewegung und hörten plötzlich zu ihrer größten Freude in einiger Entfernung einen Hund bellen. Sie horchten aufmerksamer hin, um festzustellen, aus welcher Richtung das Gebell kam, schritten munterer aus und gewahrten nach einigen Schritten einen schwachen Lichtschein.

«Ein Hof! Bei Gott, ein Hof!» schrie der Philosoph auf.

Seine Vermutung hatte ihn nicht getäuscht. Bald darauf zeichneten sich die Umrisse eines kümmerlichen Hofes ab, der aus nur zwei Hütten innerhalb der gleichen Umzäunung bestand. Aus den Fenstern schimmerte Licht hervor. Vor den Zaunpfählen reckte sich ein gutes Dutzend Pflaumenbäume in die Nacht auf. Die Scholaren sahen, daß der geräumige Hofplatz mit den Wagen herumziehender Krämer vollgestellt war. Zur selben Zeit begannen am Himmel vereinzelte Sterne zu blinken.

«Da haben wir's, Brüder! Nur nicht nachgeben! Unter allen Umständen ein Nachtlager erwischen!»

Die drei gelehrten Männer schlugen ans Gattertor und schrien:

«Aufmachen!»

Eine Haustür kreischte in den Angeln. Und eine Minute später sahen die Scholaren ein altes Weib in einem Schafpelz vor sich stehen.

«Wer da?» frug sie mit einem hohlen Husten.

«Wir bitten um ein Nachtlager, Mütterchen. Wir haben uns verirrt. Draußen auf dem freien Felde sieht's ebensoschlimm aus wie in unseren hungrigen Bäuchen.»

«Was seid ihr denn für Volk?»

«Harmlose Leute: der Theologe Chaljawa, der Philosoph Brutus und der Rhetor Gorobjetz.»

«Geht nicht», murrte die Alte, «das ganze

Haus ist voller Leute, jeder Winkel ist besetzt. Wo soll ich euch hintun? Ihr seid ja ganz gefährlich starke und gesunde Kerle. Meine Hütte würde zusammenkrachen, wenn ich Leute wie euch hier unterbrächte. Ich kenne diese Theologen und Philosophen: nimmt man solche Saufgurgeln bei sich auf, so putzen sie einem den ganzen Hof kahl. Fort mit euch! Hier ist kein Platz für euresgleichen!»

«Erbarm dich, Mütterchen! Ist's denn denkbar, daß du Christenmenschen für nichts und wieder nichts umkommen lassen willst? Tu uns hin, wo du willst. Und wenn wir dich durch irgend etwas schädigen sollten, so möge, Gott sei unser Zeuge, unsere Hand verdorren oder uns irgendeine andere Strafe des Himmels treffen!»

Die Alte schien sich erweichen lassen zu wollen.

«Gut», sagte sie nach einigem Nachsinnen, «ich will euch einlassen. Aber ihr müßt an getrennten Stellen übernachten. Mein Herz findet keine Ruhe, wenn ihr alle drei zusammen liegt.»

«Dein Wille geschehe», antworteten die Scholaren, «wir wollen nicht widersprechen.»

Das Gattertor knarrte, und sie betraten den Hof.

«Nun, wie ist's, Mütterchen?» frug der Philosoph, der neben der Alten einherschritt; «was meinst du? Könntest du uns nicht sozusagen ein wenig ... hm? Im Magen poltert's, als wenn Räder darin herumführen. Seit dem frühen Morgen haben unsere Zähne nichts mehr zu kauen gehabt.»

«Da sieht man's wieder!» sagte die Alte; «nein, bei mir gibt es nichts dergleichen. Ich habe heute meinen Herd nicht geheizt.»

«Aber wir wollen ja alles bezahlen», fuhr der Philosoph hartnäckig fort, «morgen wollen wir dich blank und bar bezahlen!» — und fügte für sich hinzu: «Zwei Teufel sollst du von uns erhalten!»

«Geht, geht! Gebt euch mit dem zufrieden, was man euch gewährt. Junge Herren wie euch hat mir der Teufel selbst ins Haus geschickt.

Der Philosoph Choma fiel über diesen Bescheid in einen abgründigen Trübsinn. Doch plötzlich witterte seine Nase den Geruch von geräucherten Fischen. Er schielte nach den Pluderhosen des neben ihm gehenden Theologen und sah einen gewaltigen Fischschwanz aus seiner Hosentasche hervorstarren: der Theologe hatte es verstanden, eine ganze Karausche aus einem der herumstehenden Wagen zu stehlen. Da er das nicht aus übergroßem Hunger, sondern aus alter Gewohnheit getan hatte (er schien die Karausche bereits ganz vergessen zu haben und ließ seine Augen nach allen Seiten umherlaufen, ob sich keine andere Beute für ihn fände, wobei er nicht einmal ein zerbrochenes Wagenrad verschmäht hätte), fuhr der Philosoph in die Tasche seines Genossen, als wäre es seine eigne, zog die Karausche unbemerkt hervor und verbarg sie bei sich selbst.

Die Alte wies jedem von ihnen ein anderes Lager zu. Der Rhetor wurde in der Hütte untergebracht, den Theologen schloß sie in eine leerstehende Kammer und den Philosophen in einen ebenfalls leeren Schafstall ein.

Allein geblieben, verschlang der Philosoph im Nu die geräucherte Karausche und untersuchte dann die geflochtenen Wände des Stalles. Dabei stieß er mit dem Fuß an einen Schweinerüssel, der neugierig aus einem Loch in der Zwischenwand zum benachbarten Stall hervorschnüffelte. Endlich legte er sich ins Heu, wälzte sich ein paarmal herum und war eben im Begriffe, fest einzuschlafen, als plötzlich die niedere Tür aufgerissen wurde und die Alte gebückt den Stall betrat.

«Ach, du bist's, Mütterchen?» sagte der Philosoph; «was willst du denn?»

Die Alte ging mit ausgebreiteten Armen gerade auf ihn zu.

Hehehe! dachte der Philosoph; nein, mein Täubchen, du bist mir zu alt.

Er wich ein wenig zurück. Doch die Alte rückte ihm ohne viele Umstände immer näher auf den Leib.

«Hör einmal, Mütterchen», sagte der Philosoph; «jetzt ist Fastenzeit. Ich bin nun einmal so, daß ich dann auch nicht für tausend Goldstücke Fleisch anrühre.»

Sie sprach kein Wort und tastete mit ihren Armen nach ihm.

Es graute den Philosophen, besonders als er in ihren Augen ein seltsames Feuer aufflackern sah.

«Mütterchen, was soll das heißen?» schrie er entsetzt auf; «laß ab von mir! Um Gottes willen, entferne dich!»

Er sprang vom Lager empor und wollte fliehen. Doch die Alte hatte sich in die Tür gestellt und versperrte ihm den Ausgang. Sie durchbohrte ihn mit ihren funkelnden Augen und bewegte sich von neuem auf ihn zu.

Er wollte sie zurückstoßen. Doch er vermochte nicht seine Arme zu heben. Seine Füße waren wie gelähmt. Zu seinem Entsetzen kam kein Ton über seine sich lautlos bewegenden Lippen. Sein Herz pochte hämmernd. Die Alte kam näher und näher herangeschlichen. Und plötzlich ergriff sie seine Arme und kreuzte sie auf seiner Brust. Im nächsten Augenblick war sie ihm mit der Flinkheit einer Katze auf die Schultern gesprungen, hockte ihm im Nacken und schlug ihn, wie zum Ansporn, mit einem Besen auf die Flanken, so daß er sie, sich wie ein Reitpferd aufbäumend, auf seinem Rücken davontrug.

Das war so schnell vor sich gegangen, daß er sich kaum besinnen konnte. Er griff mit beiden Händen nach seinen Knien, um sich festzuhalten. Doch seine Beine hatten sich wider seinen Willen in Bewegung gesetzt und machten wilde Sprünge wie ein tscherkessisches Rennroß. Erst als sie schon den Weiler verlassen hatten und die freie Ebene mit dem schwarzen Wald zur Seite sich vor ihnen auftat, schoß es ihm durch den Kopf:

«Aber das ist ja eine Hexe!»

Am Himmel fahlte die abnehmende Mondsichel. Ein matter mitternächtiger Glanz lag dunstig wie ein leichter Schleier über der Erde. Wälder, Wiesen, Sterngewölbe und Täler — alles schien mit offenen Augen zu schlafen. Wenn wenigstens von irgendwoher ein Lüftchen aufgeflattert wäre! Doch die Luft dampfte von feuchtwarmer Schwüle. Die Schatten der Bäume und Sträucher fielen kometengleich wie schwarze Keile über die abschüssige Ebene. So war die Nacht, durch die der Philosoph Choma Brutus mit der seltsamen Reiterin auf seinem Rücken dahintrabte.

Er fühlte eine beklemmende, widerwärtige und doch süße Bangigkeit zu seinem Herzen empordrängen. Gesenkten Blickes sah er die Gräser zu seinen Füßen tief und fern unter sich liegen. Eine reglose Wasserfläche, klar wie ein Bergquell, schien sich über alle Gewächse ausgebreitet zu haben: ihm war, als grünten sie auf dem Boden eines bis zum Grunde durchsichtigen Meeres. Zum mindesten erkannte er deutlich sein eigenes Spiegelbild mit der Alten auf dem Rücken.

An Stelle des Mondes nahm er eine niegeschaute Sonne wahr und hörte blaue Glockenblumen mit geneigten Köpfen läuten. Aus dem Schilf schwamm eine Wasserfrau hervor; er sah ihren Rücken und ihre Beine, geschwellt und federnd, wie aus Glanz und zitterndem Lichtschimmer geschaffen.

Jetzt wandte sie sich ihm zu — und er sah ihr Gesicht und ihre hellen, blitzenden und spielenden Augen. Ihr Gesang drang tief in seine Seele ein. Schwimmend umkreiste sie ihn in immer engeren Ringen, tauchte ganz nah vor ihm auf und entfernte sich wieder mit einem klingenden Gelächter. Und nun warf sie sich auf den Rükken — und ihre nebelhaften Brüste, mattweiß gleich ungebranntem Porzellan, leuchteten unirdisch im Licht der fremden Sonne. Wassertropfen glitzerten auf ihrer Haut, als wäre sie von Perlen überschüttet worden. Sie bebte an allen Gliedern und lachte im Wasser...

Sah er das oder sah er es nicht? Wachte er oder träumte er? Und was war denn das da? Ein Windhauch oder Musik? Es tönte und tönte, schwoll an und verhallte und füllte die ganze Seele mit einem fast nicht mehr erträglichen schmerzhaften Wohllaut aus.

Was war das nur? dachte Choma, im Niederschaun unausgesetzt weitertrabend. Der Schweiß rann ihm in Strömen vom Gesicht. Er fühlte, wie sein ganzer Leib von einer höllischen Süßigkeit, von einem erstickenden Wollustschauer durchschüttelt wurde. Immer wieder war ihm, er habe gar kein Herz mehr, so daß er voller Angst mit der Hand nach ihm tastete, um sein Klopfen zu spüren.

Erschöpft, außer sich, versuchte er sich aller Gebete und aller ihm bekannten Bannsprüche gegen die Geister zu entsinnen — und empfand plötzlich eine gewisse Erleichterung. Er merkte, wie er langsamer zu laufen begann. Die Hexe hockte ihm nicht mehr so lastend auf dem Rükken, und seine Füße wurden wieder von den Gräsern gestreift, die ihm nicht mehr fremdartig und wundersam vorkamen. Am Himmel blinkte die schmale Mondsichel.

«Gut! Gut!» sagte sich der Philosoph und stieß jetzt fast schon hörbar seine Zaubersprüche hervor. Endlich gelang es ihm, seinen Kopf unter den Schenkeln der Alten wegzuziehn und sie abzuschütteln. Und rasch wie ein Blitz schwang er sich nun seinerseits auf ihren Rücken.

Mit kleinen, trippelnden Schritten lief die Alte so schnell mit ihm davon, daß er kaum Atem zu holen vermochte. Die Erde flog nur so unter ihm dahin. Man hätte im Mondlicht, wenn es auch nur halb war, alles deutlich erkennen können, doch das Gejage ließ alle Dinge unklar und trügerisch erscheinen. Da beugte er sich zur Wiese nieder, ergriff einen am Wege liegenden Baumknüppel und schlug aus allen Kräften auf die Alte los.

Sie stieß ein wildes Geheul aus. Anfangs schrillte es noch zornig und drohend. Doch bald wurden die Schreie schwächer, die Stimme klang angenehmer und reiner und war schließlich wie ein leises, silbernes Glockengetön anzuhören. Choma frug sich unwillkürlich:

«Sollte das wirklich die Alte sein?»

Und schon seufzte sie erschöpft: «Ich kann nicht mehr!» — und sank ohnmächtig zusammen.

Choma sprang auf seine Füße und schaute sie an (in der aufflammenden Morgenröte funkelten bereits von fern die goldenen Kirchenkuppeln Kijews herüber): vor ihm lag ein wundersam schönes Mädchen mit aufgelösten üppigen Flechten und langen, pfeilartigen Augenwimpern. Kraftlos hatte sie ihre Arme zu beiden Seiten ausgestreckt, stöhnte leise und blickte mit tränenschweren Augen nach oben.

Überwältigt von einem ihm bisher unbekannten Durcheinander von Mitleid, Empörung und Scheu, erbebte Choma wie zitterndes Laub und lief dann Hals über Kopf davon. Sein Herz pochte heftig. Er konnte sich das Wesen der ihn aufwühlenden neuen Gefühle nicht erklären. Die Lust nach einem weiteren Aufenthalt auf dem Lande war ihm vergangen. Es trieb ihn nach Kijew zurück. Während des ganzen Weges grübelte er über sein unbegreifliches Erlebnis nach.

Niemand von den Scholaren war mehr in der Stadt. Alle hatten sich über das Land verstreut, schwelgten zu Hause, oder befanden sich irgendwo in «Kondition», oder wanderten ohne jede Kondition von Ort zu Ort, denn in der Ukraine kann man sich lange zu seinem bloßen Vergnügen herumtreiben: man bekommt in den Weilern und auf den Gutshöfen genug Klöße, Käse, Quark und hutgroße Kuchen zu essen und braucht keinen Groschen dafür zu bezahlen. Das von seinen in die Ferien gewanderten Insassen verlassene Konviktsgebäude war ganz leer; wie sehr der Philosoph auch in allen Stubenecken und Dachbodenspalten nach einem vergessenen Stück Speck suchte, er konnte nicht einmal einen vertrockneten Ranft Brot finden, wie ihn die Konviktschüler oft zu verstecken lieben.

Doch er fand bald ein Mittel, diese Not zu beheben. Laut pfeifend schlenderte er dreimal über den Markt, tauschte am äußersten Ende des Platzes mit einer jungen gelbgewandeten Witwe, die bunte Bänder, Flintenschrot und Wagenräder verkaufte, vielsagende Blicke — und wurde schon am Abend dieses Tages mit Weizenbrot und Geflügel gefüttert ... Es läßt sich gar nicht aufzählen, was ihm alles im kleinen Lehmhaus mitten in einem Kirschgärtchen aufgetischt wurde.

Noch in der gleichen Nacht sah man den Philosophen, nach alter Gewohnheit seine Pfeife schmauchend, in einer Schenke hocken und dem jüdischen Wirt ein Goldstück zuwerfen. Einen Krug Schnaps vor sich auf dem Tisch, betrachtete er die eintretenden und fortgehenden Gäste mit gleichmütig-zufriedenen Blicken und dachte auch mit keinem Gedanken mehr an sein seltsames Abenteuer zurück.

II.

Um jene Zeit verbreitete sich allenthalben das Gerücht, die Tochter eines der reichsten Gutshofbesitzer — eines ehemaligen Kosakenhauptmanns, dessen Weiler etwa fünfzig Werst weit von Kijew gelegen war — sei eines Tages fast zu Tode geprügelt von einem Spaziergang heimgekehrt; mit letzter Kraft habe sie sich bis zum väterlichen Gutshaus geschleppt und liege nun im Sterben, nachdem sie noch den Wunsch kundgetan, der Kijewer Seminarist Choma Brutus möge während dreier Tage nach ihrem Tode die Sterbegebete an ihrem Sarge lesen.

Choma erfuhr das vom Rektor des Seminars selbst, der ihn in sein Sprechzimmer rufen ließ und ihm eröffnete, er habe sich unverzüglich auf den Weg zu machen; denn der weithin bekannte Hauptmann habe Diener und Wagen für ihn geschickt.

Der Philosoph zuckte in einem unerklärlichen Vorgefühl zusammen. Er ahnte dunkel etwas Ungutes. Ohne irgendeinen Grund angeben zu können, erklärte er geradeheraus, nicht fahren zu wollen.

«Höre einmal, Domine Choma», sagte der Rektor, der in gewissen Fällen sehr höflich mit seinen Untergebenen sprechen konnte, «kein Teufel hat dich danach gefragt, ob du fahren willst oder nicht. Ich kann dir nur das eine sagen: bleibst du weiter auf deiner hintersinnigen Widerspenstigkeit bestehen, so lasse ich deinen Rücken und so weiter so lange mit jungen Birkenreisern striegeln, bis du es nicht mehr nötig haben wirst, in eine Badstube zu gehen.»

Der Philosoph kratzte sich hinter den Ohren und verließ, ohne ein Wort zu erwidern, das Sprechzimmer des Rektors; denn er glaubte sich bei der ersten besten Gelegenheit auf die Schnelligkeit seiner Beine verlassen zu können.

Nachdenklich stieg er die steile Treppe hinab, die auf den mit Pappeln bestandenen Seminarhof führte, und blieb einen Augenblick lauschend stehen; denn er vernahm ziemlich deutlich die Stimme des Rektors, der seinem Schaffner und noch jemand anderem — wahrscheinlich einem der Abgesandten des Hauptmanns — seine Anweisungen gab.

«Ich lasse deinem Herrn für die Graupen und die Eier danken», sagte der Rektor; «teile ihm mit, daß ich ihm die Bücher, nach denen er verlangt, so bald wie möglich zuschicken werde: ich habe sie schon einem Schreiber zum Kopieren gegeben. Und vergiß nicht, mein Lieber, deinen Herrn daran zu erinnern, daß ihr auf eurem Gutshof, wie mir bekannt ist, ganz ausgezeichnete Fische, namentlich Störe, habt. Ich bitte ihn, mir gelegentlich welche zukommen zu lassen. Hier in den Läden sind sie meist schlecht und teuer. — Und du, Jawtuch, laß den Burschen je einen Becher Schnaps reichen. Was den Philosophen anlangt, so empfehle ich euch, ihn festzubinden, sonst bringt er es fertig und nimmt ganz einfach Reißaus.»

Da haben wir ihn, diesen Teufelssohn! dachte der Philosoph; er hat es gerochen, dieser langbeinige Storch!

Er begab sich in den Hof hinunter und erblickte den Wagen, den er zuerst für eine Scheune auf Rädern hielt und der in der Tat den Umfang eines Ziegelofens hatte. Es war eines jener bekannten Krakauer Fuhrwerke, in denen sich die jüdischen Händler mit ihren Waren oft zu ganzen Dutzenden in alle die Städte fahren lassen, in denen ihre Nasen einen Jahrmarkt erwittert haben.

Sechs gesunde und kräftige, ein wenig angejahrte Kosaken warteten schon auf Choma. Ihre goldbordierten Kittel aus feinem Tuch zeugten vom Ansehn und Reichtum ihres Herrn; die vielen Schrammen und Narben auf ihren Gesichtern verrieten, daß sie sich im Kriege durch Tapferkeit ausgezeichnet hatten.

Was ist da zu machen? Kein Mensch entgeht dem, was ihm vorbestimmt ist, dachte der Philosoph und begrüßte die Kosaken: «Gott mit euch, Brüder!»

«Gott mit dir, Herr Philosoph!» antworteten einige von ihnen.

«Ich soll also mit euch reisen», fuhr er fort und kletterte in den Wagen; «eine stattliche Kutsche! Wenn Musiker da wären, könnte man in ihr tanzen.»

«Ja, ein recht weitläufiges Gefährt», ließ sich einer vernehmen und setzte sich zum Kutscher auf den Bock, der sich ein Tuch um den Kopf gebunden hatte, da er die Gelegenheit wahrgenommen, seine Lammfellmütze in einer Schenke statt barer Bezahlung zurückzulassen. Die übrigen fünf stiegen zum Philosophen in das geräumige Innere des Wagens und machten es sich auf den mit städtischen Einkäufen gefüllten Säcken bequem.

«Ich möchte wohl wissen», hub der Philosoph von neuem an, «wieviel Pferde vor diesen Wagen gespannt werden müßten, wenn er mit allerlei Waren, wie, beispielshalber, Salz oder Eisenstangen, voll beladen wäre.»

«Ja», meinte der neben dem Kutscher sitzende

Kosak nach einiger Überlegung, «da wäre wohl eine gehörige Anzahl von Pferden erforderlich.»

Nach dieser ausgiebigen Antwort hielt sich der Kosak für berechtigt, während der ganzen weiteren Fahrt zu schweigen.

Der Philosoph hätte überaus gern mit aller Umständlichkeit in Erfahrung gebracht, wer jener Hauptmann denn eigentlich sei, was für einen Charakter er habe, was man über seine Tochter wisse, die auf eine so merkwürdige Weise nach Hause gekommen war und deren Schicksal sich jetzt im Tode mit dem seinen verflocht, wie man dort im Hause lebe und was man treibe. Doch auf alle seine Fragen erhielt er von den Kosaken, die, gleich ihm, Philosophen zu sein schienen, keinen Bescheid. Sie rekelten sich auf den Säcken herum, verhielten sich schweigsam und ließen wie zur Antwort Tabakrauch aus ihren Pfeifen emporsteigen.

Nur einer von ihnen wandte sich an den Kutscher mit der kurzen Mahnung:

«Schau zu, Owerko, alter Maulaffe, wenn wir bei der Schenke an der Tschuchrailowschen Straße vorfahren, so vergiß nicht, mich und die andern aufzuwecken, falls wir eingeschlafen sein sollten.»

Gleich darauf war er wirklich eingeschlafen und begann laut zu schnarchen. Im übrigen war seine Mahnung völlig unnötig gewesen. Kaum daß sich das gigantische Gefährt der Schenke an der Tschuchrailowschen Straße näherte, schrien alle wie aus einem Munde: «Halt!» Zudem hatten die Pferde schon von sich aus die Gewohnheit angenommen, vor jeder Schenke stehnzubleiben.

Ungeachtet des heißen Junitages verließen alle den Wagen und begaben sich in die niedere, unsaubere Gaststube, wo sie vom jüdischen Wirt wie gute Bekannte lebhaft begrüßt wurden. Der Jude trug einige schamhaft unter seiner Schürze versteckte Schweinswürste herbei, legte sie auf den Tisch und wandte sofort sein Gesicht ab, um diese vom Talmud verbotenen Früchte nicht anschaun zu müssen. Alle nahmen um den Tisch herum Platz und vor jeden wurde ein tönerner Schnapsbecher hingestellt. Der Philosoph Choma mußte am Gelage teilnehmen.

Da die Ukrainer, sobald sie ins Zechen geraten, sich unbedingt unter Tränen abküssen müssen, so hallte bald die ganze Schankstube von ihren geräuschvollen Liebkosungen wider.

«Ach, Spiridon! Laß dich küssen!»

«Her zu mir, Dorosch, hierher an meine Seite! Ich muß dich umarmen!»

Einer von ihnen, älter als die andern, mit einem langen grauen Schnurrbart, stützte seinen Kopf in die Hände und begann herzhaft darüber zu schluchzen, daß er weder Vater noch Mutter mehr habe und allein und verlassen auf der Welt zurückgeblieben sei. Ein anderer, der ein großer Räsonneur zu sein schien, ließ nicht davon ab, ihn unausgesetzt zu trösten und ihm gut zu zureden:

«Weine nicht! Um Gottes willen, weine nur nicht! Was soll das nur? . . . Gott weiß ja am besten, wie und warum . . .»

Wieder ein anderer, mit Namen Dorosch, war sehr neugierig und frug den Philosophen Choma immer von neuem:

«Ich wüßte gerne, was man euch dort im Konvikt lehrt. Ist es das gleiche, was der Diakon in der Kirche vorliest, oder ist es etwas ganz anderes?»

«Frage nicht», mischte sich der Tröster gewichtig ein, «frage nicht! Möge dem sein, wie ihm wolle. Gott wird schon wissen, was not tut. Gott weiß alles.»

«Nein, ich will es aber wissen», beharrte Dorosch, «ich möchte unbedingt wissen, was in all jenen Büchern geschrieben steht. Vielleicht etwas ganz anderes als beim Diakon.»

«O mein Gott! O mein Gott!» ereiferte sich lehrhaft der Tröster; «was soll all das unnütze Gerede? Gott hat es so gefügt. Und was Gott bestimmt hat, daran kann man nichts ändern.»

«Ich möchte aber alles kennenlernen, was geschrieben ist! Ich gehe in das Konvikt. Bei Gott, ich trete in das Konvikt ein. Du glaubst wohl, daß ich es nicht mehr schaffe? Alles werde ich lernen, alles!...»

«O mein Gott! O mein Gott!» jammerte der Tröster und ließ seinen Kopf auf den Tisch sinken, da er in keiner Weise mehr imstande war, ihn auf seinen Schultern zu tragen.

Die übrigen Kosaken sprachen vom Leben der vornehmen Herren und stritten sich darüber, warum der Mond am Himmel scheine.

Als der Philosoph Choma diese Gemütsverfassung immer weiter um sich greifen sah, beschloß er, die Gelegenheit wahrzunehmen und zu entwischen. Er wandte sich zuerst an den Graukopf, der über den Tod seiner Eltern geweint hatte, und sagte:

«Warum hast du geweint, Väterchen? Auch ich bin eine Waise. Gebt mich frei! Gebt mich frei, ihr Lieben! Wozu braucht ihr mich denn?»

«Schenken wir ihm seine Freiheit!» riefen einige aus; «er ist ja eine Waise. Mag er doch laufen, wohin er will!»

«O mein Gott! O mein Gott!» rief der Tröster dazwischen und hob seinen Kopf, «gebt ihn frei! Laßt ihn laufen!»

Schon waren die Kosaken bereit, ihn selber aufs freie Feld zu geleiten, als jener, der vorhin seine Neugier bekundet hatte, eigensinnig widersprach:

«Rührt ihn nicht an! Ich will mit ihm über das Seminar sprechen. Ich will selbst Konviktschüler werden!...»

Übrigens wäre Choma seine Flucht auch ohne diesen Einspruch kaum gelungen. Denn als er sich vom Tisch erheben wollte, kamen ihm seine Füße wie aus Holz vor, und er sah eine solche Menge von Türen vor sich, daß er nur mit allergrößter Mühe die richtige herausgefunden hätte.

Erst gegen Abend fiel es der ganzen Gesellschaft ein, daß man sich wieder auf den Weg machen müsse. Sie krochen in den Wagen, streckten sich aus, trieben die Pferde an und begannen ein Lied zu singen, dessen Worte und Sinn niemand mehr hätte erraten können.

So trudelten sie stundenlang durch die Nacht und irrten immer wieder vom Wege ab, den sie doch eigentlich auswendig kannten. Endlich karriolten sie über einen steilen Abhang in ein Tal hinab, und der Philosoph gewahrte undeutlich zu beiden Seiten der Straße Hecken, Staketenzäune und von Dächern überragte niedere Bäume. Es war der große, dem Hauptmann gehörige Weiler.

Mitternacht war schon längst vorüber. Doch der Himmel war noch dunkel. Hie und da blinkten spärliche Sterne. In keiner Hütte brannte mehr Licht. Von Hundegebell begrüßt, fuhren sie in den Gutshof ein, der von strohgedeckten Scheunen und Hütten umgeben war. Eine dieser Hütten, größer und stattlicher als die anderen, war augenscheinlich das Wohnhaus des Hauptmanns.

Der Wagen hielt vor einem scheunenartigen Verschlag, und die Reisenden begaben sich zur Ruhe. Der Philosoph wollte sich das Herrschaftshaus erst noch ein wenig von außen anschauen; doch wie er auch die Augen aufriß, er vermochte nichts klar zu erkennen: der ganze Bau nahm für ihn das Aussehen eines Bären an, und der Schornstein verwandelte sich in den Rektor des Konvikts. Er machte eine hoffnungslose Handbewegung und ging schlafen.

III.

Als Choma am anderen Morgen erwachte, war das ganze Haus in Bewegung: das junge Fräulein war in der Nacht gestorben. Die Diener liefen aufgescheucht hin und her. Einige Weiber heulten. Eine Menge Neugieriger versuchte durch den Staketenzaun in das Herrenhaus zu spähen, als wenn dort irgend etwas Besonderes zu sehen gewesen wäre.

Der Philosoph begann alles das, was er gestern nacht nur undeutlich wahrgenommen, geruhsam zu betrachten. Das Herrenhaus war eines jener wenig umfangreichen Gebäude, wie man sie in alten Zeiten in der Ukraine zu bauen liebte. Das Dach war mit Stroh gedeckt. Der schmale, spitze und hohe Giebel, dessen einziges Fenster einem nach oben schauenden Auge glich, war ganz mit blauen und gelben Blumen und roten Halbmonden ausgemalt. Er ruhte auf kleinen, bis zur Mitte sechseckigen, in der oberen Hälfte runden Eichenholzsäulen mit reichgeschnitzten Kapitälen. Unter dem Giebel befand sich der nicht sehr breite Treppenaufgang mit Bänken zu beiden Seiten. Auch an den drei anderen Wänden wurde das vorspringende Dach von ebensolchen verzierten Säulen gestützt.

Vor dem Hause grünte mit zitterndem Laub der pyramidenförmige Wipfel eines hohen Birnbaums. Zwei Reihen von Scheunen bildeten eine Art breiter Straße, die zum Herrenhaus hinführte. Hinter den Scheunen, mehr zum Tor hin, standen zwei dreieckige, gleichfalls mit Stroh gedeckte Kellergebäude. Ihre mit einer niederen Tür versehene Vorderwand war mit bunten Bildern bemalt. Auf einem dieser Gemälde war ein auf einem Faß reitender Kosak zu sehen; auf seinem Kopf trug er einen Krug mit der Inschrift: «Ich trinke alles aus.» Auf dem andern waren flache und bauchige Flaschen, ein sich bäumendes Roß, Tabakspfeifen und Schellentrommeln abgebildet, und die Inschrift lautete: «Der Wein erfreut des Kosaken Herz.» Aus dem breiten Dachfenster einer Scheune lugten Trommeln und erzene Trompeten hervor. Am Eingangstor zum Hof standen zwei Kanonen. Alles wies darauf hin, daß der Hausherr die Fröhlichkeit liebte und daß der Hof oft vom Lärm und den übermütigen Zurufen eines Gelages widergehallt haben mochte.

Außerhalb der Umzäunung ragten zwei Windmühlen auf. Hinter dem Hause zogen sich Gärten hin, zwischen deren Baumwipfeln man die blechernen Schornsteinhüte der in dichtem Grün verborgenen Kosakenhütten gewahrte. Der ganze Weiler lag an einem breiten, ebenmäßigen Abhang. Im Norden war alles von einem steilen Berg verstellt, dessen Ausläufer bis unmittelbar an den Herrenhof herabreichten. Von unten gesehen, machte der Berg einen noch steileren Eindruck; auf seinem hohen Gipfel stachen in unregelmäßigen Gruppen die Stengel des mageren Steppengrases in die Luft und hoben sich schwarz gegen den hellen Himmel ab. Der nackte Lehmkegel mit seinen vom Regenwasser ausgewaschenen Schürfen und Rinnen hauchte eine unbestimmte trübselige Schwermut aus. An seiner einen Wand klebten zwei vereinzelte Hütten. Über eine von ihnen breitete ein alter Apfelbaum sein vielverzweigtes Geäst aus. Die vom Wind abgerissenen Früchte rollten zuweilen bis in den Herrenhof hinab.

Von diesem Gipfel schlängelte sich die Landstraße nieder, die am Hofe vorbei zum Weiler führte. Als der Philosoph ihre Abschüssigkeit ermaß und sich der gestrigen Nachtfahrt entsann, ging es ihm durch den Kopf, daß der Hauptmann entweder übernatürlich kluge Pferde besitzen mußte oder daß die Kosaken über eisenharte Schädel verfügten, wenn sie es in berauschtem Zustande auf sich nahmen, den schwerbeladenen Riesenwagen diese Straße hinabsausen zu lassen, ohne mit den Füßen in der Luft umzufliegen.

Der Philosoph stand auf der höchsten Stelle des Hofes; als er sich umwandte und in die entgegengesetzte Richtung schaute, bot sich ihm ein ganz anderer Anblick dar. Der Weiler dehnte sich hügelwärts bis in die Ebene hinein aus. Unübersehbare Wiesen taten sich vor seinem Auge auf, deren lichtes Grün mit der Entfernung immer dunkler wurde. Etwa zwanzig Werst weit blauten noch viele andere Weiler. Rechts von den Wiesen zogen sich Bergketten hin. Und ganz hinten schimmerte und dunkelte, fast nicht mehr sichtbar, der Dnjepr.

Ach, wie schön ist es hier! dachte der Philosoph, hier sollte man wohnen bleiben, im Dnjepr und in den Teichen Fische fangen und mit Schlingen und Gewehr Trappen und Schnepfen jagen.

Auf diesen Wiesen muß es sicher auch Rebhühner geben. Man könnte Früchte trocknen und in die Stadt verkaufen. Oder, besser, Branntwein aus ihnen machen, denn mit dem Obstschnaps ist kein anderer zu vergleichen . . . und im übrigen wäre es an der Zeit, ernsthaft darüber nachzudenken, wie ich von hier ausreißen kann.

Hinter der Hecke entdeckte er einen schmalen, mit Steppengras überwachsenen Pfad, den er wie absichtslos einschlug, um zunächst nur so dahinzuschlendern und dann, ganz heimlich, zwischen den Hütten hindurch das freie Feld zu gewinnen. Da fühlte er plötzlich eine schwere Hand auf seiner Schulter.

Hinter ihm stand derselbe alte Kosak, der gestern so bitterlich über den Tod seiner Eltern und seine Verlassenheit geschluchzt hatte.

«Du bemühst dich umsonst, Herr Philosoph», sagte er, «von hier zu entwischen. Es ist dafür vorgesorgt, daß dir das nicht so ohne weiteres gelingt. Auch sind die Wege für einen Fußwanderer nicht gut genug. Geh lieber zum Herrn, er erwartet dich schon lange in seinem Zimmer.»

«Gut! Gehen wir! Was redest du da von Entwischen? . . . Ich gehe mit Vergnügen zum Herrn», sagte der Philosoph und folgte dem Kosaken.

Der Hauptmann sah mit seinem lang herabfallenden grauen Schnurrbart schon sehr bejahrt aus. Finster und vergrämt saß er in seinem Zimmer an einem Tisch und hatte seinen Kopf in beide Hände gestützt. Er mochte wohl erst fünfundfünfzig Jahre alt sein, doch die tiefe Trauer und die geisterhafte Leichenblässe seines Gesichtes zeigten, daß sein Herz in einem einzigen Augenblicke gebrochen und vernichtet worden war und daß seine einstige Fröhlichkeit nie wiederkehren würde.

Als Choma mit dem alten Kosaken eintrat, nahm der Hauptmann eine Hand von seiner Stirn und beantwortete die tiefe Verbeugung der beiden mit einem leichten Kopfnicken. Sie waren ehrerbietig an der Tür stehengeblieben.

«Wer bist du? Woher kommst du? Und was ist dein Beruf, mein Lieber?» frug der Hauptmann weder freundlich noch streng.

«Konviktstudent, Choma Brutus, Philosoph.»

«Wer war dein Vater?»

«Ich weiß es nicht, gnädiger Herr.»

«Und deine Mutter?»

«Auch das weiß ich nicht. Wenn man es sich recht überlegt, muß ich zwar eine Mutter gehabt haben. Doch wer sie war, woher sie kam, wann sie gelebt hat — bei Gott, ich weiß es nicht.»

Der Alte schwieg und schien für einen Augenblick in Nachdenken versunken zu sein.

«Wie hast du denn meine Tochter kennengelernt?»

«Ich habe sie nicht gekannt, gnädiger Herr. Bei Gott, ich habe sie nie kennengelernt. Solang ich lebe, hab' ich noch nie mit einem Edelfräulein zu tun gehabt, um mich anständig auszudrücken . . .»

«Warum hat sie dann aber gerade dich und keinen andern auserwählt, die Totengebete an ihrem Sarge zu lesen?»

Der Philosoph zuckte mit den Achseln.

«Gott allein weiß, wie das zusammenhängen mag, gnädiger Herr. Es ist ja bekannt, daß es die vornehmen Herrschaften manchmal nach etwas gelüstet, worin sich auch der weiseste Mann von der Welt nicht mehr zurechtfinden vermag. Ein Sprichwort sagt: ‚Tanze, Teufel, wenn der Herr es befiehlt.‘»

«Lügst du am Ende, Herr Philosoph?»

«Möge mich der Blitz hier auf der Stelle erschlagen, wenn ich lüge!»

«Hätte sie auch nur einen Augenblick länger gelebt», sagte der Hauptmann, «so würde ich sicher alles erfahren haben. ‚Laß niemand die Totengebete für mich sprechen, Väterchen‘, bat sie mich, ‚aber schicke sofort jemand ins Kijewer Seminar und laß den Konviktstudenten Choma Brutus holen. Der soll drei Nächte lang für meine sündige Seele beten. Er weiß . . .‘ Doch was er weiß, hat mir mein Täubchen nicht mehr sagen können. Sie starb . . . Du mußt dich durch einen Gott wohlgefälligen Wandel und gute Werke ausgezeichnet haben, mein Lieber. Und sie hat vielleicht von dir gehört.»

«Wer?! Ich?!» rief Choma aus und wich vor Verblüffung einen Schritt zurück; «ich — und ein Gott wohlgefälliges Leben?!» wiederholte er und sah dem Hauptmann gerade in die Augen; «Gott mit Euch, gnädiger Herr! Was sagt Ihr da? Ich . . . ich habe ja — wenn es auch unziemlich ist, davon zu sprechen — die Nacht auf den letzten Karfreitag bei der Bäckersfrau verbracht.»

«Nun gut, lassen wir das . . . Sie wird es gewiß nicht ohne Grund so verfügt haben. Und du mußt noch heute den Anfang machen.»

«Ich möchte Euer Gnaden nur darauf aufmerksam machen . . . Gewiß — jeder, der in der Heiligen Schrift bewandert ist, kann, nach Maßgabe seiner Kräfte . . . Doch wäre es nicht angebrachter, daß sich ein Diakon oder doch wenigstens ein Subdiakon dieser Sache annähme? Die verstehen etwas davon und wissen, wie so etwas richtig gemacht wird. Ich dagegen . . . ich habe gar nicht die richtige Stimme dazu. Und ich bin . . . der Teufel weiß, was ich bin . . . ich stelle nichts vor in dieser Welt . . .»

«Mit dir mag es bestellt sein, wie es will. Doch was mir mein Täubchen aufgetragen hat, davon weiche ich nicht ab. Sprichst du von heute abend an die nötigen Gebete an ihrem Sarge, so, wie es sich gehört, so will ich dich reich belohnen. Tust du es dagegen nicht, so möchte ich dem Teufel selber nicht raten, es mit mir zu tun zu bekommen.»

Die letzten Worte betonte der Hauptmann so nachdrücklich, daß der Philosoph ihre Bedeutung vollkommen verstand.

«Komm jetzt mit mir», befahl der Hauptmann.

Sie gingen in den Flur hinaus. Der Hauptmann öffnete eine Tür, die der seinen gerade gegenüberlag. Der Philosoph blieb einen Augenblick stehen, um sich die Nase zu schnauben, und trat dann mit dem Gefühl einer unerklärlichen Angst über die Schwelle.

Der ganze Fußboden war mit einem roten Teppich ausgelegt. Der Leichnam war in der Ecke unter den Heiligenbildern auf einem mit goldgestickten Sammettüchern bedeckten Tisch aufgebahrt. Hohe, mit Maßholderkraut umwundene Wachskerzen brannten zu Häupten und zu Füßen der Toten und verbreiteten einen matten, sich trüb im Tageslicht verlierenden Schein. Ihr Antlitz war dem Philosophen von der Gestalt ihres trostlosen Vaters verstellt, der, den Rücken der Tür zugewandt, sich dicht neben ihr niedergesetzt hatte. Die Worte, die Choma den Hauptmann ausrufen hörte, flößten ihm Schrecken ein.

«Nicht das beklage ich, meine liebste Tochter, daß du, zu meiner Trauer und meinem bitteren Schmerz, in der Blüte deiner Jahre, lange bevor deine Zeit um war, die Erde verlassen mußtest. Ich beklage, meine Taube, daß ich nicht den grausamen Feind kenne, der dich in den Tod getrieben hat. Wüßte ich nur, wer es war, der dich geschlagen oder auch nur ein böses Wort zu dir gesagt hat! Ich schwöre dir's beim lebendigen Gott: er würde, sollte er in meinen Jahren sein, keines seiner Kinder, sollte er jünger sein, weder Vater noch Mutter jemals wiedersehn. Ich würde seinen Leichnam den Vögeln und wilden Tieren der Steppe zum Fraß vorwerfen lassen. Doch wehe, meine Feldlerche, meine Wachtel, mein Eschenbäumchen! Ich werde den Rest meines Daseins freudlos zu Ende leben und vergeblich die Tränen zu trocknen versuchen, die meinen alten Augen entquellen, während mein Feind sich freuen und insgeheim den ohnmächtigen Greis verhöhnen wird!...»

Von Bitternis übermannt, hielt er inne. Tränen rannen in Strömen über seine Wangen.

Den Philosophen rührte dieser unstillbare Gram. Er hüstelte und gab ein dumpfes Krächzen von sich, um seine Stimme zu schmeidigen.

Der Hauptmann wandte sich nach ihm um und wies ihm seinen Platz vor einem mit Gebetbüchern bedeckten kleinen Pult zu Häupten der Toten an.

Die drei Nächte will ich schon abarbeiten, dachte der Philosoph; dafür wird mir der alte Herr die Taschen mit Goldstücken vollstopfen.

Er trat näher und begann, nachdem er noch einmal gehüstelt, ohne auf irgend etwas anderes zu achten und ohne die Leiche mit einem Blicke zu streifen, mit den Gebeten. Eine tiefe Stille breitete sich aus. Er merkte, daß der Hauptmann gegangen war.

Erst jetzt wandte er langsam seinen Kopf um und schaute die Tote an. Ein Schauer lief durch seine Adern: vor ihm lag eine Schönheit, wie es sie nur selten auf dieser Erde gegeben haben mochte. Ihm schien, daß sich auf keinem Gesichte, das er je gesehen, so wundersame Züge zu einer so vollendeten Harmonie vereint hätten. Sie lag wie lebend da. Die zarte Stirn, schimmernd wie silbriger Schnee, schien nachzusinnen. Die Brauen waren wie schwarze Nacht mitten am sonnenhellen Tag und wölbten sich fein, gleichmäßig und stolz über den geschlossenen Augen. Die langen Wimpern beschatteten wie Pfeile die

Wangen, die von der Glut heimlicher Wünsche flammten. Die rubinroten Lippen sahen so aus, als würden sie im nächsten Augenblick in einem Taumel seliger Wonne auflachen.

Choma nahm das alles wie in einem Traume wahr — zugleich aber erfüllten ihn diese selben Züge mit einem unfaßbaren Grauen. Er fühlte, wie seine Seele krampfhaft zu zucken begann, als ob jemand mitten im Festwirbel einer fröhlich lärmenden Volksmenge plötzlich eine Totenhymne angestimmt hätte. Ihm war, als kochte in jenen Rubinlippen sein eigenes Herzblut hoch. Und auf einmal leuchtete ihm aus dem ganzen Gesicht etwas furchtbar Bekanntes entgegen.

«Die Hexe!» schrie er auf, mit einer Stimme, die nicht mehr die seine war, wandte sich erbleichend ab und leierte mechanisch Gebete herunter. Es war die gleiche Hexe, die er zu Tode geritten hatte.

Als die Sonne sank, wurde die Tote in die Kirche getragen. Der Philosoph fühlte auf der Schulter, die mit dem schwarzen Sarge in Berührung kam, eine Eiseskälte. An der rechten Seite, allen voranschreitend, trug der Hauptmann mit an der engen letzten Behausung seiner Tochter.

Die hölzerne Kirche, von der Zeit geschwärzt und grün mit Moos bewachsen, stand mit ihren drei kegelförmigen Kuppeln wie verlassen am äußersten Ende des Weilers. Man sah es ihr an, daß schon lange kein Gottesdienst mehr in ihr abgehalten worden war. Fast vor jedem Heiligenbild waren Kerzen angezündet. Der Sarg wurde in der Mitte der Kirche vor dem Altar aufgestellt.

Der alte Hauptmann küßte noch einmal die Tote, kniete zu einem Gebet nieder und ging dann mit den Leichenträgern davon, nachdem er noch angeordnet hatte, den Philosophen gut zu ernähren und nach dem Abendessen wieder in die Kirche zu führen.

In der Herrschaftsküche wärmten alle, die den Sarg getragen, ihre Hände am Ofen, wie die Ukrainer es immer tun, wenn sie mit einer Leiche in Berührung gekommen sind. Der Hunger, der den Philosophen plagte, ließ ihn für einige Minuten die Tote vergessen. Allmählich hatte sich das ganze Gesinde in der Küche versammelt. Sie war so etwas wie ein Klubhaus, in dem sich alles traf, was auf dem Hofe lebte, einschließlich der Hunde, die mit wedelnden Schwänzen an der Tür um Knochen und Abfall bettelten. Wohin jemand auch abgesandt sein und was er auch zu tun haben mochte, alle sprachen zuerst in der Küche vor, um einen Augenblick niederzuhokken und eine Pfeife zu rauchen. Die in ihren Kosakenkitteln paradierenden Junggesellen rekelten sich sowieso fast den ganzen Tag auf den Bänken, dem Ofen oder wo sich sonst noch ein Platz zum Liegen fand, herum. Außerdem war es hergebracht, daß alle irgend etwas in der Küche vergaßen, ob nun eine Mütze oder eine Peitsche zur Abwehr fremder Hunde oder sonst etwas dergleichen.

Am vollzähligsten versammelte sich diese Gesellschaft aber um die Zeit des Abendessens, wenn sich auch der Roßhirt, nachdem er seine Pferde zusammengetrieben und versorgt, und der Rinderhirt, sobald er seine Kühe gemolken, und alle diejenigen sich einfanden, die im Laufe des Tages nicht zu sehen gewesen waren. Selbst die ungesprächigsten Zungen gerieten beim Abendbrot ins Schwatzen; es wurde über alles mögliche gesprochen: über die neuen Pluderhosen, die sich jemand hatte nähen lassen, über den Stand der Saaten, über einen Wolf, der gesichtet worden war, und vieles Ähnliche. Unter diesen Leuten gab es manche Witzbolde und Spaßmacher, an denen es bei den Ukrainern niemals fehlt.

Der Philosoph ließ sich bei den andern nieder, die in einem großen Kreise vor der Küchentür im Freien herumhockten. Eine alte Frau mit einem roten Kopftuch, einen Topf mit heißen Knödeln in den Händen, trat aus der Küchentür und stellte das Geschirr zwischen die Wartenden. Jeder holte einen hölzernen Löffel oder, wenn er keinen besaß, einen zugespitzten Holzspan aus der Tasche und machte sich über das Essen her. Sobald die Kinnbacken sich träger zu regen begannen und der erste Wolfshunger gestillt war, huben viele zu reden an. Das Gespräch drehte sich am heutigen Abend natürlich um die Verstorbene.

«Ist es wahr», frug ein junger Schafhirt, der an seiner Lederjacke so viele Knöpfe und Metallhaken für seine Pfeifen und sonstigen Gebrauchsgegenstände angebracht hatte, daß sie dem Bauchladen eines wandernden Hausierers glich, «ist es wahr, daß unser Fräuleinchen sich — Gott bewahre! — mit dem Leibhaftigen selbst eingelassen hat?»

«Wer? Unser Fräuleinchen?» antwortete Dorosch, den der Philosoph ja schon kannte; «aber die war ja rundherum eine Hexe! Ich kann einen Eid darauf ablegen, daß sie eine Hexe war.»

«Hab dich nicht, Dorosch», verwies ihn ein anderer — derselbe, der auf der gestrigen Fahrt den Tröster gespielt hatte —, «das ist nicht unsere Sache. Das sei Gott anheimgestellt. Wozu darüber schwatzen?»

Doch Dorosch war durchaus nicht zum Schweigen aufgelegt; kurz vorher war er mit dem Schaffner aus irgendeinem Grunde im Keller gewesen, hatte sich an zwei, drei Fäßchen zu schaffen gemacht und war äußerst angeregt und unausgesetzt schwatzend von dort zurückgekehrt.

«Was soll ich? Schweigen soll ich?» widersprach er; «aber sie ist ja auf mir selbst geritten! Bei Gott, sie ist auf mir selbst geritten!»

«Ja, wie ist das nun, Bruderherz?» frug der junge Schafhirt mit den vielen Knöpfen weiter, «gibt es irgendwelche äußeren Merkmale, an denen man eine Hexe gleich erkennen kann?»

«Unmöglich», erwiderte Dorosch, «ihr ist nichts anzusehen. Wenn du auch alle Psalmen herunterbetest, du wirst sie nicht erkennen.»

«Doch, Dorosch, man kann sie erkennen, sprich keinen Unsinn», mahnte der gestrige Tröster, «Gott hat nicht umsonst jeder Kreatur ihre besonderen Kennzeichen verliehen. Die Schriftgelehrten versichern, jede Hexe habe einen kleinen Schwanz.»

«Jedes alte Weib ist eine Hexe», warf ein grauhaariger Kosak kaltblütig ein.

«Ihr seid mir die Rechten!» empörte sich die Alte mit dem roten Kopftuch, die in diesem Augenblick einen neuen Topf mit Klößen herbeitrug, «richtige Schweine seid ihr!»

Der Graukopf, Jawtuch mit Namen, ließ ein kleines, befriedigtes Lächeln seine Lippen umspielen, als er bemerkte, daß er die Alte an einer empfindlichen Stelle getroffen hatte. Der Rinderhirt aber brach in ein so gurgelndes Gelächter aus, daß es sich wie das Gebrüll von zwei Stieren anhörte, die Aug in Aug einander gegenüberstanden.

Dieses Gespräch weckte im Philosophen das Verlangen, noch mehr über die verstorbene Hauptmannstochter zu erfahren. Er wandte sich daher, um das Gespräch wieder an seinen Ausgangspunkt zurückzuführen, an seinen Nachbarn und frug ihn:

«Ich möchte gern wissen, warum die ganze hier beim Abendessen versammelte Gesellschaft das Fräulein für eine Hexe hält. Hat sie jemandem etwa ein Leid angetan oder ihm den Garaus gemacht?‘

«Nun, es hat da so allerlei gegeben», meinte einer von den Herumsitzenden, dessen glattes Gesicht einem blanken Spaten ungemein ähnlich sah; «wer von uns erinnert sich nicht an den Jagdhundmeister Mikita . . . ?»

«Was war es mit diesem Mikita?» drängte der Philosoph.

«Halt!» rief Dorosch, «das will ich erzählen.»

«Nein, ich!» lehnte sich der Roßhirt auf, «Mikita war mein Gevatter.»

«Laßt mich erzählen!» verlangte Spiridon.

«Recht so! Laßt Spiridon erzählen!» stimmten die meisten zu.

Und Spiridon begann:

«Du, Herr Philosoph Choma, hast Mikita nicht gekannt. Ach, war das ein prächtiger Kerl! Jeden seiner Hunde kannte er wie seinen leiblichen Vater. Der jetzige Jagdhundmeister Mikola, der da als dritter von hier sitzt, reicht ihm nicht an die Stiefelsohlen, dabei versteht er seine Sache sehr ordentlich. Aber gegen Mikita ist er nur ein Dreck, ein Waschlappen.»

«Du erzählst gut, wirklich gut!» sagte Dorosch und nickte ihm beipflichtend zu.

Spiridon fuhr fort:

«Einen Hasen auf dem Felde erkannte er schneller, als du dir Schnupftabak in die Nasenlöcher stopfen kannst. Es kam vor, daß er den Hunden pfiff: ‚Los, Rasboi! Los, Bystraja!' — und dann selbst auf seinem Pferde losschoß, daß man nicht unterscheiden konnte, wer den andern eher einholte, er die Hunde oder die Hunde ihn. Ein Viertelchen Schnaps konnte er wie nichts auspfeifen. Ein prachtvoller Hundemeister war das. Nur daß er sich von einer gewissen Zeit an immer die Augen nach unserem Fräuleinchen ausschaute. Ob er sich in sie verschossen oder sie ihn behext hatte — jedenfalls war es auf einmal aus mit ihm, er wurde wie ein altes Weib oder der Teufel weiß, was — pfui! Man schämt sich, davon zu sprechen.»

«Gut!» sagte Dorosch.

«Das Fräuleinchen brauchte nur nach ihm hinzuschaun — und er ließ die Zügel aus den Händen gleiten, redete den Rasboi mit ‚Browko' an, stolperte mit dem Pferde und wußte überhaupt nicht mehr, was er tat. Einmal kam das Fräulein zu ihm in den Stall, als er gerade ein Pferd säuberte, und sagte: ‚Mikita! Laß mich meinen Fuß auf dich setzen!' Und der Narr freute sich noch darüber und erwiderte: ‚Nicht nur den Fuß! Setz dich ganz auf mich!' Da hob das Fräulein ihr Bein. Und als er dieses nackte, runde weiße Beinchen erblickte, geriet der Dummkopf vor Entzücken ganz außer sich, beugte dem Fräulein seinen Rücken hin und ließ sie aufspringen. Er hielt ihre nackten Beinchen mit beiden Händen fest und galoppierte mit ihr wie ein Roß ins freie Feld hinaus. Wohin sie miteinander geritten waren, wußte er später selbst nicht zu sagen — nur daß er fast nicht mehr lebendig zurückkehrte und von jenem Tag an abmagerte und dürr wie ein Holzspan wurde. Und als man eines Tages im Pferdestall nach ihm suchte, lag anstatt seiner nur ein Häufchen Asche neben einem leeren Eimer auf dem Fußboden. Er war verbrannt, in sich selbst verbrannt. Dabei ist er ein Hundemeister gewesen, wie es auf der ganzen Welt keinen andern mehr gibt.»

Als Spiridon seine Erzählung beendet hatte, begannen alle die Verdienste des unglücklichen Mikita zu rühmen.

«Und über die Scheptschicha hast du auch

noch nichts gehört?» frug Dorosch den Philosophen.

«Nein.»

«Ehehe! Es scheint, daß man euch im Seminar nichts Vernünftiges beibringt ... Also hör zu! Wir haben hier im Weiler einen Kosaken, Scheptun mit Namen. Er liebte es zuweilen, ohne jeden ersichtlichen Grund zu stehlen und zu lügen, war aber sonst ein guter Kosak. Seine Hütte befindet sich nicht weit von hier. Um dieselbe Stunde, in der wir uns heute hier niedergesetzt hatten, gingen einmal Scheptun und seine Frau, die Scheptschicha, nach ihrem Nachtmahl schlafen. Und da es in der warmen Jahreszeit war, legte sich die Scheptschicha auf dem Hofe nieder, Scheptun aber auf der Bank in der Hütte. Nein, umgekehrt: Scheptschicha auf der Bank in der Hütte und Scheptun auf dem Hofe ...»

«Nein, die Scheptschicha lag nicht auf der Bank, sondern auf dem Fußboden der Hütte», verbesserte ihn eine alte Frau, die in der Tür stand und ihre Wange in die Hand stützte.

Dorosch blickte sie an, schaute dann zu Boden, blickte sie von neuem an und sagte nach einem kleinen Stillschweigen:

«Wenn ich dir jetzt hier vor aller Augen deinen Unterrock abstreifen wollte, so würde nichts Schönes darunter zum Vorschein kommen.»

Diese Zurechtweisung wirkte. Die Alte verstummte und unterbrach ihn kein einziges Mal mehr.

Dorosch fuhr fort:

«In der Wiege, die mitten in der Stube von der Decke herabhing, lag ein einjähriges Kind, ich weiß nicht mehr, ob männlichen oder weiblichen Geschlechts. Die Scheptschicha hatte sich also hingelegt und hörte plötzlich, wie ein Hund an der Tür kratzte und zum Davonlaufen heulte und winselte. Sie erschrak — denn die Weiber sind ein so dummes Volk, daß ihnen die Seele sofort in die Fersen rutscht, wenn man ihnen abends durch einen Türspalt die Zunge herausstreckt. Sie dachte indessen: Ich werde diesem verdammten Hund eins über die Schnauze hauen, dann wird er mit dem Geheul aufhören. Sie ergriff also den Schürhaken und öffnete die Tür. Noch hatte sie sie nicht ganz aufgetan, da fuhr der Hund zwischen ihren Beinen hindurch in die Hütte hinein und geradenwegs auf die Wiege los. Und die Scheptschicha sah, daß es nicht ein Hund, sondern das Fräulein war. Hätte das Fräulein sein gewöhnliches Aussehen gehabt, so wäre die Sache nur halb so schlimm gewesen. Doch es war ganz blau im Gesicht und die Augen brannten wie Kohlen. Es riß das Kind aus der Wiege, biß es in den Hals und begann sein Blut zu saugen. Die Scheptschicha konnte nur noch aufschreien: ‚Ach, mein Kindchen!‘ und aus der Stube stürzen. Im Flur sah sie, daß die Haustür zugesperrt war, und rannte über die Stiege auf den Speicher hinauf. Da hockte nun das blöde Frauenzimmer und weinte und bebte an allen Gliedern. Und das Fräulein kam ihr nachgelaufen, warf sich auf sie und schlug ihr die Zähne ins Fleisch. Erst am nächsten Morgen wurde sie von Scheptun dort aufgefunden und wieder in die Stube getragen. Sie war blau geworden und am ganzen Körper zerbissen. Am Tag darauf ist die Närrin dann gestorben . . . Solche Dinge können auf dieser Welt vor sich gehen. Man mag sich so herrschaftlich geben, wie man will: Hexe bleibt Hexe.»

Dorosch verstummte, sah sich selbstzufrieden um und kratzte seine Pfeife mit dem Finger aus, um sie neu zu stopfen.

Der Gesprächsstoff war unerschöpflich. Jeden trieb es jetzt, etwas zu erzählen. Dem einen hatte die Hexe in Gestalt eines Heuhaufens fast die Haustür eingerannt, einem anderen hatte sie Mütze und Tabakspfeife gestohlen, vielen Dorfmädchen die Zöpfe abgeschnitten und andern ganze Eimer Blutes ausgesogen.

Nur allmählich kam die Gesellschaft wieder zu sich und sah, daß sie sich weit über die gewohnte Zeit hinaus verplaudert hatte. Auf dem Hof war es finster geworden. Alle trollten sich von dannen und suchten ihr Nachtlager auf, entweder in der Küche, oder in einer Scheune, oder auch irgendwo im Hofe unter dem freien Himmel.

«Und nun, Herr Choma, heißt es für uns, in die Kirche zum toten Fräulein zu gehn», wandte sich der grauhaarige Kosak an den Philosophen.

Zusammen mit Spiridon und Dorosch machten sie sich auf den Weg und wehrten, mit ihren Peitschen fuchtelnd, die vielen auf der Dorfstraße herumstreunenden Hunde ab, die wütend in die Peitschenstiele bissen.

Obwohl der Philosoph sich vorsorglich mit einem vollen Schnapskrug zu stärken verstanden hatte, fühlte er insgeheim eine Angst in sich aufsteigen, die immer stärker anwuchs, je mehr sie sich der erleuchteten Kirche näherten. Die Erzählungen und Schauergeschichten hatten seine Einbildungskraft lebhaft angefacht.

Die Dunkelheit an den Hecken und unter den Bäumen lichtete sich ein wenig. Die Gegend wurde immer kahler.

Endlich traten sie durch die Pforte des altersschwachen Zaunes, der die Kirche umgab, in einen kleinen Hof, von dem aus man nichts als das im nächtlichen Nebel verschwimmende freie Feld gewahren konnte. Die drei Kosaken geleiteten Choma über eine steile Treppe in die Kirche und wünschten ihm gute Verrichtung. Dann verließen sie ihn und schlossen, wie der Hauptmann es ihnen befohlen hatte, die Kirchentür hinter sich ab.

IV.

Choma war allein in der Kirche zurückgeblieben. Zuerst gähnte er, dann reckte er sich, dann hauchte er in beide Hände und sah sich schließlich um.

In der Mitte war der schwarze Sarg aufgebahrt. Vor einigen dunklen Heiligenbildern brannten Kerzen. Doch sie beleuchteten bloß die Bilderwand und warfen nur einen schwachen Schein auf die nächste Umgebung. Die entfernteren Ecken waren tief in Finsternis gehüllt.

Die Bilderwand schien sehr alt zu sein. Das einst vergoldete Schnitzwerk zwischen den einzelnen Bildern funkelte nur noch an wenigen Stellen; das Gold war teils abgeblättert, teils schwarz geworden. Die tief nachgedunkelten Antlitze der Heiligen schauten streng und finster drein.

Der Philosoph sah sich noch einmal um und sagte sich:

«Unsinn! Wovor sollte ich mich denn eigentlich fürchten? Niemand kann hier herein. Und vor der Toten und den Sendlingen aus einer anderen Welt schütze ich mich durch meine Gebete. Es gibt so starke Gebete, daß mich keine böse Macht auch nur mit der Fingerspitze anzurühren wagen wird, wenn ich sie laut lese. Mir kann nichts etwas anhaben», redete er sich gut zu und machte eine wegwerfende Handbewegung, «fangen wir also an!»

Als er sich dem Chor näherte, entdeckte er viele Pakete mit Kerzen.

Das ist gut, dachte er, man muß die Kirche so hell erleuchten, daß alles wie am Tage zu sehen ist ... Es ist ärgerlich, daß man im Hause Gottes nicht seine Pfeife rauchen darf.

Und er machte sich daran, an allen Gesimsen und Lesepulten und vor allen Heiligenbildern freigebig Kerzen festzukleben und anzuzünden. Bald war die ganze Kirche hell. Nur in der Höhe schien sich die Dunkelheit noch dichter zusammenzubrauen, und die strengen Gesichter der Heiligen schauten noch finsterer aus ihrer hie und da noch golden aufblitzenden Umrahmung hervor.

Er trat an den Sarg, schaute der Toten scheu ins Gesicht und konnte nicht umhin, leicht erschauernd, mit den Augen zu blinzeln: welch schreckliche, strahlende Schönheit!

Er wandte sich ab und wollte sich möglichst weit von ihr entfernen, vermochte aber dem Gefühl einer widerspruchsvollen Neugier, wie sie einen Menschen oft gerade in Augenblicken der Angst befällt, nicht zu widerstehen, schaute wieder hin, fühlte das gleiche innere Erbeben wie vorher und blieb mit seinen Augen an ihr haften.

Die unheimliche Schönheit der Entschlafenen hatte in der Tat etwas Erschreckendes. Vielleicht hätte sie gar nicht ein so panisches Entsetzen hervorzurufen vermocht, wenn sie ein wenig entstellt gewesen wäre. Doch ihren Zügen war nichts Trübes, Erloschenes, Totes anzusehen. Sie war wie lebendig, und dem Philosophen wollte es so scheinen, als blicke sie ihn mit geschlossenen Augen an. Ja, ihm war sogar, als quelle eine Träne aus ihrem rechten Auge hervor, die er, als sie mitten auf der Wange stehenblieb, deutlich als einen Blutstropfen zu erkennen meinte.

Hastig wandte er sich dem Lesepult im Chor zu, schlug ein Buch auf und begann, um sich Mut zu machen, mit dem Lesen der Gebete.

Die alten Holzwände, längst verstummt und ertaubt, schienen vor seiner Stimme zu erschauern. Einsam und ohne Widerhall verlor sich sein dumpfer Baß in die tote Stille und klang ihm selber fremd und absonderlich.

Wovor sich ängstigen? dachte er währenddessen, sie wird ja nicht aus ihrem Sarge aufstehen, dazu fürchtet sie zu sehr das Wort Gottes. Mag sie nur daliegen! Was bin ich denn für ein Kosak, daß ich mir hier Angst machen lasse? Ich habe wohl etwas zuviel getrunken, das ist alles. Daher will mir alles so schrecklich vorkommen ... Wenn ich nur ein wenig Tabak rauchen könnte! Ach, guter Tabak! Schöner Tabak! Lieber Tabak!

Nichtsdestoweniger schielte er beim Umblättern jeder Seite immer wieder nach dem Sarge hin, und eine innere Stimme flüsterte ihm heimlich zu:

«Sie wird aufstehn! Gleich wird sie sich erheben! Gleich wird sie aus dem Sarge herausschaun!»

Doch es blieb totenstill. Der Sarg stand unbeweglich da, und die Kerzen überfluteten alles mit einem Strom von Licht. Furchtbar war diese erleuchtete Kirche zur Nachtzeit mit dem Leichnam im Sarge, ohne eine einzige lebendige Seele.

Um seine Angst zu ersticken, fing der Philosoph mit immer lauterer Stimme in allen Tonarten zu singen an, spähte jedoch von Minute zu Minute zum Sarge hin, als legte er sich wider Willen die Frage vor:

«Wie — und wenn sie sich nun wirklich erheben und aufstehn sollte?»

Doch im Sarge rührte sich nichts. Wenn wenigstens irgendeine Äußerung eines lebenden Wesens, ja selbst nur das Zirpen eines Heimchens in einer Ecke zu hören gewesen wäre! Aber man vernahm nur das schwache Knistern einer fernen Kerze oder das leise Aufschlagen eines Wachstropfens auf den Fußboden.

«Wie — wenn sie sich aufrichtete?»

Und richtig — sie liegt nicht mehr da: sie sitzt im Sarge. Er kehrte sich ab, schaute aber gleich darauf voller Entsetzen von neuem hin. Jetzt hat sie sich erhoben . . . Sie geht mit geschlossenen Augen und weit vorgestreckten Armen durch die Kirche, als ob sie jemanden fangen wolle.

Und schon schreitet sie unmittelbar auf ihn zu. Von Grauen geschüttelt, hat er mit der Hand einen Kreis um sich gezogen, liest aus aller Kraft Gebet um Gebet und schleudert ihr Bannflüche entgegen, die ihn einst ein oft von Hexen und unsauberen Geistern heimgesuchter Mönch gelehrt hatte.

Jetzt war sie so dicht an den Kreis herangetreten, daß sie ihn beinahe berührte, konnte ihn aber augenscheinlich nicht überschreiten und lief blau an wie ein schon seit mehreren Tagen Verstorbener. Choma wagte sie nicht anzublicken, so schaurig sah sie aus. Sie knirschte mit den Zähnen und öffnete ihre toten Augen. Da sie nichts sehen konnte, wandte sie sich, Raserei im zuckenden Gesicht, nach einer anderen Seite und tastete mit ihren vorgestreckten Händen jede Säule und jeden Winkel ab, um Choma zu fangen. Endlich hielt sie inne, drohte ihm mit dem Finger und legte sich wieder in den Sarg.

Der Philosoph war immer noch wie außerhalb seiner selbst und starrte angstvoll auf die enge Behausung der Hexe. Da riß sich der Sarg vom Fußboden los und flog, nach allen Richtungen die Luft durchkreuzend, in der ganzen Kirche herum. Der Philosoph erblickte ihn dicht über seinem Kopf, erkannte aber zugleich, daß der schützende Kreis, den er um sich gezogen, nicht zu durchbrechen war, und stieß immer stärkere Bannflüche aus. Endlich ließ sich der Sarg mit Donnergepolter auf seinen alten Platz in der Kirchenmitte nieder und verharrte dort reglos. Noch einmal richtete sich die ins Grünliche verschimmernde Leiche auf. Doch im selben Augenblick krähte ein ferner Hahn. Die Tote sank zurück und der Sargdeckel flog krachend zu.

Das Herz des Philosophen hämmerte. Der Schweiß troff an ihm nieder. Der Hahnenschrei hatte ihm indessen wieder Mut gemacht und er las hastig die noch übriggebliebenen Seiten des Gebetbuches herunter. Im ersten Morgengraun wurde er von einem Subdiakon und dem grauhaarigen Jawtuch abgelöst, der damals das Amt eines Kirchenvorstehers bekleidete.

Auf sein Lager ausgestreckt, konnte der Philosoph lange keinen Schlaf finden. Doch dann überwältigte ihn die Erschöpfung und er schlummerte bis zum Mittag. Beim Erwachen kam ihm das ganze nächtliche Erlebnis wie ein bloßer Traum vor. Man reichte ihm zur Stärkung ein Viertel Schnaps. Am Mittagstisch wurde er wieder gesprächiger, hängte an alles, was die andern vorbrachten, seine Bemerkungen an und verzehrte für sich allein fast ein ganzes, ziemlich großes Spanferkel. Über die Vorgänge in der Kirche schwieg er sich aber aus einem ihm selbst nicht erklärlichen Grunde aus und antwortete auf die neugierigen Fragen der andern nur:

«Ja, ja, es hat sich mancherlei Verwunderliches zugetragen.»

Der Philosoph gehörte zu jenen Leuten, die, wenn man sie gut nährt, ungewöhnlich menschenfreundlich werden. Er legte sich, die Pfeife im Mund, auf eine Bank, sah alle mit den liebevollsten Blicken an und spuckte unausgesetzt aus.

Nach dem Mittagessen trieb er sich im ganzen Weiler herum und schloß überall Bekanntschaften. Aus zwei Hütten wurde er sogar hinausgeworfen. Ein hübsches Bauernmädchen schlug mit der Schaufel nach ihm, als er es sich beifallen ließ, sie ein wenig abzutasten, um festzustellen, aus welchem Stoff ihr Rock und ihr Busentuch waren.

Je mehr sich aber der Tag gen Abend neigte, desto nachdenklicher wurde Choma. Schon eine Stunde vor dem Abendessen hatte sich beinahe das ganze Hofgesinde versammelt, um «Krapli» zu spielen — eine Art Kegelspiel, bei dem man sich statt der Kugeln langer Stöcke bedient. Der Gewinner hatte das Recht, auf dem andern wie auf einem Pferde zu reiten. Dieses Spiel gewährte den Zuschauern ein großes Vergnügen; denn der dicke Roßhirt durfte oft den Rücken des einfältigen, schmächtigen und verrunzelten Schweinehirten besteigen. Einmal mußte der Roßhirt aber auch seinen eigenen Rücken darbieten; Dorosch sprang auf und rief wiederholt aus:

«Ei, was für ein feister Ochse!»

Die etwas Gesetzteren hockten auf den Stufen der Küchentür, rauchten ihre Pfeifen und schauten äußerst ernsthaft drein, sogar wenn sich die Jugend über eine witzige Bemerkung des Roßhirten oder Spiridons vor Lachen ausschütten wollte.

Vergeblich versuchte Choma, sich an diesem Spiel zu beteiligen. Ein finsterer Gedanke saß wie ein Nagel in seinem Kopfe fest. Wie sehr es ihn auch beim Nachtmahl verlangte, sich ein wenig aufzuheitern — der Schrecken, der sich seiner bemächtigt hatte, setzte ihm mit steigender Dunkelheit immer mehr zu.

«Nun, es wird Zeit, Herr Student», mahnte ihn der grauhaarige Kosak und stand mit Dorosch auf, «gehen wir an die Arbeit!»

Sie führten ihn wie gestern in die Kirche, verließen ihn und schlossen die Tür ab. Kaum daß er allein geblieben war, würgte ihn die alte Bangigkeit. Wieder gewahrte er die dunklen Heiligenbilder, die glitzernden Rahmen und den wohlbekannten schwarzen Sarg, der inmitten der Kirche stand.

«Ach was!» sagte er sich, «jetzt ist mir ja

dieses Unwesen nichts Neues mehr. Nur beim ersten Male hatte es mich so erschreckt. Gestern hatte es mir wirklich noch Angst gemacht. Aber heute fürchte ich mich überhaupt nicht. Ich habe auch nicht ein bißchen Angst.»

Er begab sich eilig an das Lesepult, zog einen Kreis um sich und sprach einige Beschwörungsformeln und Bannflüche, fest entschlossen, seine Augen nicht vom Buche zu erheben und nichts zu beachten, was rings um ihn vor sich ging.

Schon länger als eine Stunde hatte er so gelesen, als er ein wenig müde und heiser zu werden begann. Er langte nach seiner Tabaksdose und hob gerade die Hand, um den Tabak aufzuschnupfen. Dabei ließ er seine Blicke scheu zum Sarge gleiten — und fühlte, wie sein Herz erbebte: die Tote stand schon nahe vor ihm, dicht am Rande des Kreises, und durchbohrte ihn mit ihren toten, grünlich schillernden Augen.

Choma zuckte zusammen. Eiseskälte durchschauerte seine Adern. Doch er zwang sich, wieder ins Buch zu blicken, und schrie immer lauter seine Gebete und Beschwörungen in die Kirche. Dabei hörte er wieder, wie die Tote mit den Zähnen knirschte und die Arme nach ihm ausstreckte. Bei einem flüchtigen Aufblicken gewahrte er indessen, daß sie nicht dorthin langte, wo er stand, und begriff, daß sie ihn nicht sehen konnte.

Sie murrte dumpf und hub an, schaurige Worte auszustoßen, die sich heiser überschlugen und wie das Gebrodel siedenden Pechs klangen. Was sie bedeuteten, wußte Choma sich nicht zu sagen. Sie schienen aber einen schrecklichen Sinn in sich zu bergen. Angstvoll vermutete er, daß es Gegenbeschwörungen waren. Ein Wind erhob sich von ihnen in der Kirche, und es war ein Sausen wie von vielen schlagenden Flügeln zu vernehmen. Er hörte, wie die Flügel an die Bleirahmen der Kirchenfenster anprallten, wie Krallen am Gitterwerk kratzten und eine unermeßliche Kraft an der Tür rüttelte und durch sie einzudringen versuchte.

Während der ganzen Zeit klopfte sein Herz stark und heftig. Geschlossenen Auges ließ er Beschwörungen und Gebete durch die Kirche dröhnen. Da gellte etwas in der Ferne auf: ein Hahnenschrei! Und der völlig entkräftete Philosoph hielt inne und atmete tief.

Die Ablösung fand ihn mehr tot als lebendig vor. Den Rücken an die Wand gelehnt, schaute er den eintretenden Kosaken mit hervorquellenden Augen stier entgegen. Sie mußten ihn beinahe hinaustragen und auf dem ganzen Wege mit ihren Armen stützen.

Auf dem Herrschaftshof angelangt, riß er sich zusammen und verlangte nach einem Viertel Schnaps. Nachdem er ihn ausgetrunken, fuhr er sich über die Haare und sagte:

«Viel Abscheuliches gibt es auf dieser Welt. Und es begegnen einem solche Schrecknisse, daß . . .»

Er machte eine trostlose Handbewegung.

Die Leute, die sich um ihn versammelt hatten, senkten ihre Köpfe, als sie diese Worte hörten. Und selbst ein kleiner Junge, dessen Dienste das ganze Gesinde in Anspruch nahm, wenn es den Pferdestall zu reinigen, Wasser herbeizuschleppen oder etwas Ähnliches zu verrichten galt — selbst dieser arme Junge schaute ihn mit offenem Munde an.

In diesem Augenblick ging eine nicht mehr ganz junge Frau in einem eng anschließenden Kleide vorbei, das ihre runden und festen Formen prall hervortreten ließ — die als sehr gefallsüchtig bekannte Gehilfin der alten Köchin; immer fand sie etwas, das sie sich ans Mieder stecken konnte, ob es nun ein bunter Bandfetzen oder eine Nelke oder auch nur ein Stückchen Papier war, wenn es nichts anderes gab.

«Guten Tag, Choma», sagte sie, als sie den Philosophen erblickte, brach aber gleich darauf, die Hände zusammenschlagend, in den Ruf aus: «Ai, ai, ai, was ist denn mit dir geschehen?»

«Frage nicht, dummes Frauenzimmer!» verwies sie jemand.

«Ach, du mein lieber Gott, du bist ja ganz grau geworden!»

«Ja, sie hat recht», sagte Spiridon, «du bist wirklich ergraut wie unser alter Jawtuch.»

Als der Philosoph das hörte, lief er schnurstracks in die Küche, wo er einen dreieckigen, mit Fliegendreck beschmutzten Spiegelscherben an der Wand hängen gesehn hatte, unter dem Vergißmeinnicht, Immergrün und sogar ein kleiner Kranz befestigt waren, zum Zeichen, daß er den hübschen, eitlen Mädchen als Toilettenspiegel diente. Er schaute hinein und erkannte mit Entsetzen, daß die Leute die Wahrheit gesprochen hatten: die Hälfte seiner Haare war weiß geworden.

Choma Brutus ließ seinen Kopf sinken und dachte nach.

«Ich geh' zum Hauptmann», sagte er schließlich, «ich will ihm alles erzählen und ihm erklären, daß ich nicht länger die Gebete lesen werde. Er soll mich sofort wieder nach Kijew zurückschicken.»

Mit diesem Entschluß begab er sich ins Herrenhaus.

Der Hauptmann saß fast reglos in seinem Zimmer. Sein Gesicht zeugte noch vom selben hoffnungslosen Gram wie gestern. Seine Wangen schienen noch eingefallener. Es war ihm anzusehen, daß er fast nichts gegessen hatte. Die ungewöhnliche Blässe verlieh ihm eine steinerne Unbeweglichkeit.

«Guten Tag, mein Lieber», sagte er, als er Choma bemerkte, der mit der Mütze in der Hand an der Tür stehengeblieben war; «nun, wie steht's? Ist alles gut abgelaufen?»

«Gut abgelaufen? Da geschehen so teuflische Dinge, daß man die Mütze nehmen und weit fortlaufen möchte!»

«Wieso?»

«Ja... Eure Tochter, gnädiger Herr... Wenn man es sich recht überlegt, so ist sie zwar adliger Herkunft, daran ist nicht zu rütteln. Aber — zürnt mir nicht —: Gott mag ihrer Seele gnädig sein!...»

«Was ist's mit meiner Tochter?»

«Mit dem Teufel hat sie sich eingelassen, Eure

Tochter. Sie verfolgt mich mit solchen Höllenschrecken, daß weder die Heilige Schrift noch alle Gebete etwas dagegen ausrichten können.»

«Bete weiter! Bete weiter! Nicht umsonst hat sie nach dir gerufen. Mein Täubchen ist um ihre Seele bekümmert gewesen und wollte mit deinen Gebeten alle Anschläge des bösen Geistes zunichte machen.»

«Die Macht ist Euer, gnädiger Herr. Doch das geht über meine Kraft.»

«Bete! Bete!» fuhr der Hauptmann immer im gleichen überredenden Tonfall fort, «dir steht ja nur noch eine einzige Nacht bevor. Du tust ein christliches Werk, und ich werde dich reich belohnen.»

«Wie reich Ihr mich auch belohnen mögt, gnädiger Herr... Tut, was Euch beliebt... Aber ich werde nicht mehr am Sarge beten», rief Choma entschieden aus.

«Hör gut zu, Herr Philosoph», sagte der Hauptmann, und seine Stimme klang fest und drohend, «hör gut zu! Ich liebe nicht solch ein Gefasel. Damit kannst du es im Konvikt versuchen. Aber bei mir verfängt so etwas nicht. Ich lasse dich noch ganz anders striegeln als dein Rektor. Weißt du, was lederne Kantschus sind?»

«Wie sollte ich das nicht wissen?» entgegnete der Philosoph und senkte seine Stimme; «jeder weiß, was Kantschus sind. In gehöriger Anzahl wirken sie unerträglich.»

«Gut. Aber du weißt noch nicht, wie meine Burschen sie zu handhaben verstehen», sagte der Hauptmann grollend und erhob sich. Sein Gesicht nahm einen so gebietenden und grausamen Ausdruck an, daß Choma jäh seine nur vom Gram gebändigte ursprüngliche Wildheit und Unbändigkeit erkannte. «Bei mir wird hart zugeschlagen, dann wird Schnaps auf die Wunden gegossen, und dann wird von neuem zugeschlagen ... Geh! Geh! Verrichte, was dir aufgetragen ist! Tust du es nicht — so stehst du nicht wieder auf. Tust du es — so sind tausend Goldstücke dein!»

Ach, ach, ist das ein Kerl! dachte Choma im Hinausgehen; mit dem ist nicht zu spaßen. Aber warte nur, Freundchen, warte nur! Ich werde mich so geschickt davonmachen, daß du mich auch mit deinen Hunden nicht mehr einfangen sollst!

Er war fest zur Flucht entschlossen und wartete nur noch die Stunde des allgemeinen Nachmittagsschlafes ab, wenn das ganze Gesinde sich in den Heuscheunen auszustrecken und ein so lautes und krächzendes Geschnarch auszustoßen pflegte, daß der Herrenhof dann fast an eine Fabrik erinnerte.

Endlich war es so weit. Selbst Jawtuch hatte sich im Sonnenschein hingelagert und die Augen geschlossen. Bangen Herzens schlich sich Choma in den Herrschaftsgarten, von dem aus er das freie Feld am leichtesten und unbemerktesten erreichen zu können glaubte. Dieser Garten war vollkommen verwildert und mußte sich zu solch einem heimlichen Vorhaben gut eignen. Mit Ausnahme eines schmalen, nur für Wirtschaftszwecke ausgetretenen Pfades war alles mit Kirschenstämmen, Holundergebüschen und rotblühenden, langstieligen Kletten bedeckt. Wilder Hopfen überspann dieses ganze bunte Durcheinander von Bäumen und Gestrüpp mit einem Netz und bildete ein dichtes Dach, das sich bis über den Grenzzaun hinabzog und jenseits desselben mit schlangengleichem, von blauen Glokkenblumen durchsetztem Gerank niederwucherte. Hinter dem Zaun erhob sich ein ganzer Wald von Steppengras, in den wohl noch niemand eingedrungen war: jede Sense wäre an den verholzten, dicken Stielen zersplittert.

Als der Philosoph den Heckenzaun übersteigen wollte, klapperten seine Zähne, und sein Herz pochte so stark, daß er selbst darüber erschrak. Die Schöße seines langen Rockes schienen am Boden festzuhaften, als hätte jemand sie angenagelt. Auf der anderen Seite der Hecke war ihm, als riefe ihm eine gell pfeifende Stimme in die Ohren:

«Wohin? Wohin?»

Er tauchte in das Steppengras unter und lief und lief. In einem fort stolperte er über alte Wurzeln oder trat auf einen Maulwurf. Als er sich herausgearbeitet hatte, sah er, daß er über ein freies Feld laufen mußte, hinter dem ein dichtes schwarzes Dorngebüsch starrte. Dort würde er in Sicherheit sein. Denn bald darauf mußte er, seiner Annahme nach, auf die große Heerstraße nach Kijew stoßen.

Schon hatte er das Feld überquert und war in das Dornendickicht eingedrungen. Er kroch vorsichtig zwischen den Sträuchern hindurch;

doch jeder spitze Stachel forderte als Zoll einen Fetzen seines langen Rockes von ihm ab. Endlich erreichte er eine kleine Lichtung. Mitten in der Lichtung ließ eine Trauerweide ihre langen dünnen Zweige fast bis zur Erde herabhängen. Eine klare Quelle blitzte wie Silber auf. Und das erste, was Choma tat, war, an ihr niederzuknien und sich vollzutrinken. «Gutes Wasser!» sagte er und wischte sich seine Lippen ab; «hier wäre es gut, auszuruhen!»

«Nein, besser wäre es, weiterzulaufen — und auch dann wäre es nur eine ungleiche Hetzjagd!»

Diese Worte tönten von oben in seine Ohren. Er schaute auf — und Jawtuch stand vor ihm.

Dieser Teufels-Jawtuch! durchfuhr es den Philosophen; bei den Beinen sollte ich ihn packen... und seine widerliche Fresse und alles, was er an sich hat, mit einer Eichenkeule bearbeiten!

«Umsonst hast du solch einen Haken geschlagen», sagte Jawtuch ruhig, «du hättest jenen Weg einschlagen sollen, den ich selber gegangen bin — gleich an den Pferdeställen vorbei. Schade um deinen Rock! Ein gutes Tuch. Wieviel hast du für die Elle bezahlt? . . . Im übrigen ist's jetzt genug mit dem Herumspazieren. Es wird Zeit, umzukehren.»

Der Philosoph strich sich die Haare glatt und ging hinter Jawtuch her.

Jetzt hat mich die verdammte Hexe am Kragen, dachte er. Aber was ist denn eigentlich mit mir los? Wovor fürchte ich mich? Bin ich nicht ein Kosak? Zwei Nächte habe ich jetzt diese Gebete gelesen. Mit Gottes Hilfe werde ich noch die dritte aushalten. Die verdammte Hexe muß tüchtig gesündigt haben, daß der Böse ihr so beisteht.

Mit solchen Gedanken beschäftigt, betrat er den Herrschaftshof. Nachdem er sich auf diese Weise wieder ermutigt hatte, bewog er Dorosch, der dank der Protektion des Schaffners Zutritt zum Keller hatte, eine gehörige Portion Pflaumenschnaps herbeizuschaffen. Und beide Freunde leerten, hinter einer Scheune ausgestreckt, nahezu einen halben Eimer dieses belebenden Getränks, bis der Philosoph sich jäh erhob und aufschrie:

«Musikanten her! Unbedingt Musikanten her!»

Ohne ihr Erscheinen erst abzuwarten, flog er mitten im Hof in einem wirbelnden Trepak dahin. So tanzte er ununterbrochen und vermochte nicht einmal aufzuhören, als die Zeit des Vesperbrotes herangekommen war und das ganze Gesinde, das, wie üblich, einen Kreis um ihn gebildet hatte, wieder auseinanderging und ausspuckend sagte:

«Mein Gott, kann dieser Mensch aber lange tanzen!»

Erst nach geraumer Zeit sank er in sich zusammen und schlief auf der Stelle ein. Man mußte ihn mit einem ganzen Eimer kalten Wassers begießen, um ihn gegen Abend wieder auf die Beine zu bringen. Beim Nachtmahl versuchte er ausführlich zu erklären, was es heiße, ein Kosak zu sein und sich vor nichts auf der Welt zu fürchten.

«Es ist Zeit», sagte Jawtuch schließlich, «gehen wir.»

Ein Schwefelholz an deine Zunge, verfluchtes Schwein! dachte der Philosoph, erhob sich und sagte nur: «Gut! Gehen wir.»

Auf dem Wege sah er sich unausgesetzt nach allen Seiten um und schwatzte auf seine Begleiter ein. Doch Jawtuch schwieg, und Dorosch war ebenfalls nicht sehr gesprächig. Es war eine höllische Nacht. Wolfsrudel heulten in der Ferne. Selbst das Hundegebell klang nicht geheuer.

«Mir ist, als heule dort etwas ganz anderes als nur die Wölfe», meinte Dorosch. Doch Jawtuch verharrte in seinem Stillschweigen. Und bald fand auch der Philosoph keine Worte mehr.

Sie waren jetzt in der Kirche angelangt und traten unter ihre altersschwache hölzerne Wölbung, der man es ansah, wie wenig sich der Hauptmann um Gott und den Gottesdienst kümmerte. Jawtuch und Dorosch entfernten sich, wie an den beiden vorigen Abenden, und der Philosoph blieb allein zurück.

Alles gewährte den gleichen bedrohlichen Anblick. Er schaute sich flüchtig um. In der Mitte stand unbeweglich der Sarg mit der schrecklichen Hexe.

«Ich will mich nicht fürchten, bei Gott, ich will mich nicht fürchten!» murmelte er, zog den gewohnten Kreis um sich und rief sich alle Beschwörungsformeln und Bannflüche ins Gedächtnis.

Es herrschte eine grauenhafte Stille. Die Kerzenflammen zitterten und erfüllten die ganze Kirche mit ihrem Schein. Choma wandte eine Seite des Gebetbuches um, dann eine zweite — und bemerkte zu seinem Schrecken, daß er gar nicht das las, was im Buche geschrieben stand. Angstvoll bekreuzigte er sich und begann zu singen. Das brachte ihn wieder ein wenig zu sich selbst. Die Gebete nahmen ihren Fortgang, und er blätterte Seite um Seite um.

Plötzlich, mitten in der Stille, sprang der eiserne Deckel des Sarges krachend auf, und die Leiche richtete sich in die Höhe. Sie war noch schauerlicher anzusehen als sonst. Ihre Zähne schlugen klappernd aufeinander, ihr Mund zuckte in Krämpfen und heulte, gell aufwinselnd, gräßliche Beschwörungen.

Ein Wirbelwind fegte durch die Kirche. Die Heiligenbilder fielen von der Wand. Die Scheiben der Kirchenfenster platzten, und ihre Scherben flogen klirrend auf den Fußboden. Die Tür riß sich aus ihren Angeln. Und eine Horde von Ungeheuern brach in das Gotteshaus ein. Das Sausen ihrer Flügel, das Scharren ihrer Krallen erfüllte den ganzen geweihten Raum. Alles schnob und stob umher und suchte nach dem Philosophen.

Der letzte Überrest des Rausches in Chomas Kopf war verflogen. Er schlug ein Kreuz nach dem andern und sprach alle Gebete, die ihm einfielen. Da hörte er, wie die ganze unsaubere Schar ihn kreisend umjagte und ihn fast mit den Spitzen ihrer Flügel und den Enden ihrer widerwärtigen Schwänze berührte.

Er wagte nicht, sie ins Auge zu fassen, und sah nur, wie ein riesenhafter Unhold mit wirren, wie ein Waldgestrüpp verfilzten Haaren die ganze

Kirchenwand mit seiner Gestalt verdeckte. Unter dem dichten Haarnetz lugten, sobald er nur ein wenig die Lider hob, zwei schaurige Augen hervor. Über seinem Haupte schwebte ein blasenähnliches ungeheuerliches Gebilde, starrend von Ungezieferzangen und Skorpionenstacheln, an denen schwarze Erdschollen in Klumpen herabhingen.

Alle stierten nach Choma hin und suchten ihn, vermochten ihn aber hinter dem Zauberkreis, den er um sich gezogen, nicht zu gewahren.

«Der Wij! Der Wij! Holt den Wij!» schrillte die Stimme der Hexe.

Da wurde es im Nu totenstill. Nur ein fernes Wolfsgeheul war zu vernehmen. Doch bald hörte man schwere Schritte durch die Kirche stapfen. Und Choma sah, verstohlen aufblikkend, wie die Unholde eine unförmige, untersetzte, schiefbeinige Gestalt heranführten. Sie schien ganz aus schwarzer Erde zu bestehen. Hände und Füße traten wie dichtgeäderte knorrige Wurzelstränge hervor. Das Ungetüm schwankte schwerfällig näher und stolperte bei jedem Schritt. Seine herabgelassenen Augenwimpern reichten bis zur Erde. Mit Entsetzen erkannte Choma, daß es ein Gesicht aus Eisen hatte. Man führte es an den Armen bis dicht an den Platz heran, auf dem Choma stand.

«Hebt mir die Wimpern auf! Ich sehe nichts!» rief der Wij mit dumpf hallender Stimme aus. Und das ganze Gezücht jagte herbei, um ihm die Wimpern aufzuheben.

«Schau nicht hin!» warnte eine innere Stimme

den Philosophen. Doch er hielt es nicht aus und schaute trotzdem hin.

«Da ist er!» schrie der Wij und wies mit seinem eisernen Finger auf ihn. Und alle, wie viel ihrer nur waren, stürzten sich über ihn. Keuchend sank Choma zu Boden und gab vor Angst seinen Geist auf.

Da ertönte ein Hahnenschrei. Es war schon der zweite. Den ersten hatte das Gezücht überhört. Aufgescheucht versuchten die Ungeheuer, wo sich ihnen nur ein Ausgang bot, zu entkommen. Doch es war bereits zu spät: sie blieben überall an den Fenstern und Türen hängen.

Als der Geistliche die Kirche betrat, erstarrte er beim Anblick einer solchen Schändung des Gotteshauses und wagte nicht, eine Totenmesse zu lesen.

Die Kirche aber verblieb für alle Zeiten in diesem Zustande. Mit dem an ihren Türen und Fenstern verdorrten Teufelsgezücht wurde sie von wucherndem Gebüsch, Wurzelgeschlinge, Steppengras und Dorngestrüpp überwachsen, und niemand vermag mehr den Weg zu ihr zu finden.

V.

Als die Gerüchte von diesem Vorkommnis nach Kijew drangen und der Theologe Chaljawa vom Schicksal des Philosophen Choma hörte, versank er für eine ganze Stunde in tiefes Nachdenken. In der Zwischenzeit waren große Veränderungen mit ihm vor sich gegangen, und das Glück hatte ihm gelächelt: nach Abschluß seiner Studien war er Glöckner des höchsten Kijewer Glockenturms geworden, und man sah ihn fast immer mit einer zerschlagenen Nase umherlaufen; denn die Holztreppe, die zum Turm hinaufführte, war sehr unbedacht konstruiert.

«Hast du gehört, was mit Choma geschehen ist?» frug ihn bei einer Begegnung auf der Straße Tiberius Gorobjetz, der inzwischen schon Philosoph geworden war und einen Schnurrbart trug.

«Gott hat es ihm so bestimmt», sagte der Glöckner Chaljawa. «Gehen wir in die Schenke und trinken wir für seine Seele.»

Der frischgebackene Philosoph, der seine neuen Vorrechte mit dem ganzen Feuer eines Enthusiasten ausnützte, so daß nicht nur seine Pluderhosen und sein Rock, sondern auch seine Mütze nach Spiritus und Tabak rochen, erklärte sich sofort dazu bereit.

«Ein prächtiger Bursche war unser Choma», sagte der Glöckner, als der hinkende Wirt den dritten Krug vor ihn hinstellte, «ein großartiger Bursche! Und mußte nun so für nichts und wieder nichts zugrunde gehen!»

«Ich weiß, warum er zugrunde gegangen ist», meinte Tiberius Gorobjetz. «Das kommt daher, daß er Angst gehabt hat. Wenn er keine Angst gehabt hätte, so würde keine Hexe ihm etwas haben antun können. Man muß sich nur bekreuzigen und ihr auf den Schwanz spucken — und es geschieht einem nichts. Ich weiß Bescheid. Denn bei uns in Kijew sind alle alten Weiber, die auf dem Markt hocken, aber auch alle, nichts als Hexen.»

Der Glöckner nickte zum Zeichen des Einverständnisses mit dem Kopf. Da er aber spürte, daß seine Zunge kein Wort mehr hervorbringen konnte, erhob er sich vorsichtig und ging, bald nach rechts, bald nach links schwankend, aus der Stadt hinaus, um sich irgendwo im dichtesten Steppengras zu verkriechen — hatte es aber aus alter Gewohnheit trotzdem nicht lassen können, sich eine abgerissene Stiefelsohle anzueignen, die auf der Wirtshausbank herumlag.

DIE NASE

I.

Am fünfundzwanzigsten März spielte sich in Petersburg etwas überaus Befremdliches ab. Der am Himmelfahrtsprospekt wohnhafte Barbier Iwan Jakowlewitsch (sein Familienname ist verlorengegangen, und selbst auf seinem Aushängeschild sind unter dem Bilde eines Herrn mit eingeseiften Wangen nur noch die Worte zu lesen «und wird zur Ader gelassen») — der Barbier Iwan Jakowlewitsch also erwachte in aller Herrgottsfrühe davon, daß ihm der Duft heißen Brotes in die Nase stach. Sich halb im Bett aufrichtend, erspähte er, wie seine Ehefrau — eine ziemlich gewichtige Dame mit einem starken Hang zum Kaffeetrinken — frischgebackene Brote aus dem Ofen zog.

«Heute werde ich keinen Kaffee trinken, Praskowja Ossipowna», ließ sich Iwan Jakowlewitsch vernehmen, «ich ziehe heißes Brot mit Zwiebeln vor.» (In Wirklichkeit hätte er natürlich gerne das eine wie das andere gehabt; doch er wußte aus Erfahrung, daß es völlig aussichtslos war, beides zu erlangen, da Praskowja Ossipowna solche ausschweifenden Gelüste nicht leiden konnte.)

Mag der Narr sein Brot haben, dann bleibt seine Kaffeeportion für mich übrig, dachte sie und warf einen Brotlaib auf den Tisch.

Iwan Jakowlewitsch zog anstandshalber einen Frack über sein Nachthemd, schüttete sich, als er Platz genommen, ein wenig Salz auf die Tischplatte, richtete zwei Zwiebelköpfe her, griff zum Messer und machte sich mit bedeutsamer Miene daran, das Brot zu zerschneiden. Nachdem er es in zwei Hälften geteilt, schaute er ins Innere des Brotes hinein und gewahrte zu seinem Erstaunen mitten im Anschnitt ein weißliches Etwas. Er stocherte mit dem Messer vorsichtig daran herum und betastete es mit den Fingern.

«Es fühlt sich fest an!» brummte er in sich hinein; «was mag es nur sein?»

Er bohrte seine Finger tiefer ins Brot, zog an und hielt — eine Nase in seiner Hand! . . .

Iwan Jakowlewitsch ließ die Arme sinken. Dann rieb er sich die Augen und betastete das Ding von neuem. Es war und blieb eine Nase — und noch dazu eine, die ihm irgendwie bekannt vorkam.

Das ganze Gesicht Iwan Jakowlewitschs war ein einziges Entsetzen. Doch was besagte dieses Entsetzen gegen die Empörung, die sich seiner Gattin bemächtigte?

«Wo hast du diese Nase abgeschnitten, Bestie?» fuhr sie ihn kreischend an; «Halunke! Saufaus! Ich werde dich der Polizei anzeigen! Raubmörder! Schon von drei Herren hab' ich gehört, daß du ihnen beim Rasieren fast die Nasen ausgerissen hättest!»

Iwan Jakowlewitsch war mehr tot als lebendig: jetzt hatte er endlich erkannt, daß diese Nase keine andere war, als die des Kollegienassessors Kowaljew, den er mittwochs und samstags zu rasieren hatte.

«Beruhige dich doch, Praskowja Ossipowna», stammelte er, «ich werde sie in einen Lappen einwickeln und in eine Ecke tun. Da kann sie ein wenig liegenbleiben, bevor ich sie aus dem Hause schaffe.»

«Nichts da! Nichts hören will ich von so etwas! Wie?! Ich soll gestatten, daß sich eine abgeschnittene Nase in meiner Wohnung herumtreibt?! Vertrockneter Zwieback du! Verstehst weiter nichts, als mit dem Rasiermesser über den Streichriemen hin- und herzufahren, und hast keine Ahnung von deinen Pflichten! Soll ich es deinetwegen mit der Polizei zu tun bekommen? Drecklappen du! Holzklotz! Hinaus mit der Nase! Hinaus! Hinaus! Trag sie, wohin du willst! Auch nicht ein Hauch von ihr darf hier mehr zu riechen sein!»

Iwan Jakowlewitsch stand wie erschlagen da. Er dachte und dachte — und wußte nicht, was er denken sollte.

«Weiß der Teufel, wie das zugegangen sein mag!» brachte er hervor und kratzte sich hinter dem Ohr; «ob ich gestern abend betrunken nach Hause gekommen bin oder nicht — das weiß ich, bei Gott, nicht mehr zu sagen. Allen Anzeichen nach ist dies eine noch nie dagewesene Geschichte. Denn Brot — das ist etwas Gebackenes; eine Nase aber ist ganz gewiß etwas anderes. Ich finde mich da wirklich nicht mehr zurecht.»

Er verstummte. Der Gedanke, die Polizei könnte die Nase bei ihm entdecken und ihn ihretwegen zur Verantwortung ziehen, raubte ihm alle Besinnung. Schon flimmerte ein roter Kragen mit Silbertressen vor seinen Augen, schon glaubte er einen Degen blitzen zu sehen — und zitterte am ganzen Leibe.

Doch es blieb ihm nichts anderes übrig, als sein Unterzeug und seine Stiefel zusammenzusuchen, in seine Kleider zu schlüpfen und sich auf den Weg zu machen. Er wickelte die Nase in einen Lappen ein und begab sich, verfolgt von den Ermahnungen und Verwünschungen Praskowja Ossipownas, auf die Straße hinaus.

Er hatte sich vorgenommen, die Nase entweder unter den Eckstein am Haustor zu schieben oder sie wie unabsichtlich zu verlieren und dann rasch in eine Seitenstraße einzubiegen. Doch zu seinem Unglück stieß er immer wieder auf irgendwelche Bekannte, die ihn mit Fragen, wie: «Wohin denn so eilig?» oder «Wer soll schon so früh rasiert werden?» aufhielten, so daß er keine Gelegenheit fand, seine Absicht auszuführen.

Einmal hatte er die Nase bereits fallen gelassen. Doch ein Wachmann wies schon von fern mit seiner Hellebarde auf sie und rief: «Du hast da etwas verloren! Heb es auf!» — so daß Iwan Jakowlewitsch sie wieder an sich nehmen und in die Tasche stecken mußte. Er war der Verzweiflung nahe — um so mehr, als sich der Verkehr auf der Straße immer mehr belebte und schon viele Kaufläden und Magazine aufgemacht wurden.

Endlich beschloß er, zur Isaaksbrücke zu gehen: vielleicht daß es ihm dort glücken würde, das verhängnisvolle Päckchen in die Newa zu werfen...

Doch ich muß um Entschuldigung bitten, daß ich dem Leser bisher noch nichts Näheres über Iwan Jakowlewitsch — einen in mancherlei Hinsicht sehr achtbaren Mann — mitgeteilt habe.

Wie jeder ordentliche russische Handwerker war Iwan Jakowlewitsch ein schrecklicher Säufer. Und wenn er auch täglich fremde Wangen und Lippen rasierte, so waren doch seine eigenen immer unrasiert. Sein Frack (er trug niemals einen Rock) war scheckig, das heißt, eigentlich war er schwarz, doch über und über mit braungelben und grauen Flecken bedeckt. Der Kragen glänzte fettig.

An Stelle der drei Frackknöpfe waren nur noch heraushängende Fäden zu sehen. Man hätte Iwan Jakowlewitsch einen ausgesprochenen Zyniker nennen können. Wenn der Kollegienassessor Kowaljew beim Rasieren zuweilen zu sagen beliebte: «Deine Hände stinken aber auch immer, Iwan Jakowlewitsch!», so pflegte dieser zurückzufragen: «Wonach sollen sie denn stinken?» — worauf der Kollegienassessor erwiderte: «Das weiß ich nicht, mein Freund, aber sie stinken.» Dann nahm Iwan Jakowlewitsch eine Prise und seifte ihn dafür an den Wangen, unter der Nase, ja selbst hinter den Ohren und unter dem Kinn — mit einem Worte, wo er nur Lust hatte, ein.

Dieser ehrenwerte Bürger stand also auf der Isaaksbrücke, sah sich zuerst vorsichtig nach allen Seiten um, beugte sich über das Geländer, wie um zu beobachten, ob viele Fische unter dem Brückenbogen hindurchschwämmen, und warf heimlich den Lappen mit der Nase in den Fluß.

Ihm war zumute, als wäre ihm eine vielhundertpfündige Last vom Herzen gefallen, ja er lächelte sogar. Anstatt Beamtenbärte rasieren zu gehen, gedachte er ein nahes Etablissement aufzusuchen, dessen Schild «Speisen und Tee» verhieß, und sich an einem Glase Punsch zu erquicken. Schon lenkte er seine Schritte dorthin — als er plötzlich am Ende der Brücke einen Polizeibeamten von einschüchterndem Aussehen mit einem breiten Backenbart, einem Dreispitz und einem Degen erblickte. Er erstarb. Der Polizeibeamte aber winkte ihm mit dem Finger und rief:

«Komm mal ein bißchen her, mein Lieber!»

Iwan Jakowlewitsch wußte, was gutes Benehmen war, lüftete schon von weitem seine Mütze und sagte, eilfertig auf ihn zugehend:

«Ergebensten Gruß, Euer Hochwohlgeboren!»

«Nichts da von Hochwohlgeboren! Aber sage mir einmal, was du dort auf der Brücke gemacht hast.»

«Bei Gott, gnädiger Herr, ich wollte gerade

meine Kunden aufsuchen und blieb nur einen Augenblick stehen, um zu sehen, wie schnell die Strömung geht.»

«Schwindel! Nichts als Schwindel! So kannst du dich nicht herauswinden. Geruhe also, mir vernünftig zu antworten.»

«Ich bin bereit, Euer Gnaden zweimal, ja sogar dreimal in der Woche ohne alles Weitere zu rasieren», antwortete Iwan Jakowlewitsch.

«Nein, mein Freundchen, das ist Unsinn. Ich werde schon von drei Barbieren rasiert, die sich eine Ehre daraus machen. Du aber beliebe mir jetzt endlich zu erzählen, was du auf der Brücke gemacht hast.»

Iwan Jakowlewitsch erbleichte ... Doch hier hüllen sich die Ereignisse in einen so dichten Nebel ein, daß von dem, was weiter erfolgte, nichts bekanntgeworden ist.

II.

Der Kollegienassessor Kowaljew erwachte zu einer ziemlich frühen Morgenstunde und machte mit den Lippen «Brrrr...» — was er bei jedem Erwachen zu tun pflegte, ohne daß er einen Grund dafür hätte angeben können. Er reckte sich und befahl, ihm einen kleinen auf dem Tische stehenden Spiegel zu reichen; denn er wollte das Pustelchen betrachten, das gestern abend seiner Nase entsprossen war. Zu seinem größten Erstaunen mußte er indessen feststellen, daß sein Gesicht dort, wo sich sonst seine Nase befunden, eine vollkommen glatte Fläche aufwies.

Erschrocken rief er nach Wasser und rieb sich mit einem feuchten Handtuch die Augen. Doch es blieb dabei: die Nase war fort. Er betastete sich und kniff sich in die Haut, um sich zu überzeugen, daß er wache. Nein, er schien wirklich nicht zu schlafen. Er sprang aus dem Bett und schüttelte sich — doch die Nase war immer noch nicht vorhanden.

Da befahl er, daß man ihm sofort seine Kleider reiche, zog sich an und eilte spornstreichs zum Oberpolizeimeister.

Doch ist es notwendig, daß wir währenddessen einige Mitteilungen über Kowaljew machen, damit der Leser über diesen Kollegienassessor im Bilde sei. Kollegienassessoren, die auf Grund von wissenschaftlichen Prüfungen ernannt werden, sind in keiner Weise mit jenen zu vergleichen, die im Kaukasus zu diesem Range befördert worden sind. Das sind zwei ganz verschiedene Arten von Kollegienassessoren. Die gelehrten Kollegienassessoren — —. Doch Rußland ist ein wunderliches Land: sagst du etwas über irgendeinen Kollegienassessor, so beziehen es alle Kollegienassessoren von Riga bis Kamtschatka auf ihre eigene Person. Und das gleiche gilt für alle anderen Beamtenkategorien und Titel. Kowaljew war also ein kaukasischer Kollegienassessor. Und da er diesen Rang erst seit zwei Jahren bekleidete, so konnte er ihn auch nicht eine Minute außer acht lassen. Um sich noch mehr Ansehen und Gewicht zu verschaffen, ließ er sich niemals einfach Kollegienassessor, sondern immer «Major» titulieren.

Traf er, zum Beispiel, auf der Straße ein altes Weib, das Vorhemdchen feilbot, so sagte er ihr: «Hör mal, Mütterchen, geh zu mir nach Hause in die Gartenstraße und frage dort nur nach dem Major Kowaljew. Jeder wird dir zeigen, wo ich wohne.» War es aber ein hübsches Mädchen, so machte er ihr gegenüber noch andere diskrete Andeutungen und fügte hinzu: «Frage nur nach der Wohnung des Majors Kowaljew, mein Seelchen.» Auch wir wollen daher unseren Assessor fortab Major heißen.

Major Kowaljew also hatte die Gewohnheit, jeden Tag auf dem Newskij-Prospekt herumzuflanieren. Der Kragen seines Vorhemdes war immer blütenweiß und frisch gestärkt. Sein Backenbart war von jenem Schnitt, wie er auch heute noch von Gouvernements- und Kreisgeometern, Architekten, Regimentsärzten, mittleren bis höheren Beamten und überhaupt von allen jenen Persönlichkeiten bevorzugt wird, die volle rosige Wangen haben und ausgezeichnet Boston zu spielen verstehen: er reicht von den Schläfen bis zur Mitte der Wange herab und läuft in einer geraden Linie bis zur Nase hin. Major Kowaljew trug eine Menge Berlocken und Karneolpetschafte, auf denen teils Wappen, teils Wörter wie «Montag», «Dienstag», «Mittwoch» und so weiter eingraviert waren. Er war aus geschäftlichen Gründen nach Petersburg gekommen, das heißt, um sich eine seinem Rang entsprechende offizielle Stellung zu ergattern, womöglich die eines Vizegouverneurs, andernfalls die eines Exekutors an irgendeinem ansehnlicheren Departement. Im übrigen war er auch nicht abgeneigt, sich zu verheiraten, natürlich nur, wenn seine Braut ihm ein Kapital von mindestens zweihunderttausend Rubeln in die Ehe bringen würde.

Die Leser können jetzt also selbst beurteilen, in welcher Lage sich unser Major befand, als er die Entdeckung machte, daß sein Gesicht anstatt seiner bisherigen gar nicht unschönen und regelmäßigen Nase nur noch eine blödsinnige, vollkommen ebene, glatte Fläche zeigte.

Um das Unglück voll zu machen, war auf der ganzen Straße auch nicht ein Droschkenkutscher zu erblicken, so daß er zu Fuß gehen mußte. In seinen Mantel gehüllt, preßte er ein Taschentuch vor das Gesicht, als habe er Nasenbluten.

Vielleicht habe ich mich doch noch getäuscht; es kann ja nicht sein, daß ich so mir nichts, dir nichts meine Nase verloren habe! dachte er und betrat eine kleine Konditorei, um sich von neuem im Spiegel zu betrachten. Glücklicherweise war die Konditorei leer; nur einige Aufwartejungen fegten das Zimmer aus und stellten die Stühle zurecht; andere trugen verschlafenen Gesichts noch heiße Torten auf Porzellanplatten herbei; auf den Tischen lagen noch die kaffeebefleckten gestrigen Zeitungen herum.

«Nun, Gott sei Dank, niemand ist da», sagte er sich, «ich kann unbeobachtet nachsehen.»

Zaghaft näherte er sich einem Wandspiegel und schaute hinein.

«Weiß der Teufel, was für eine Schweinerei das ist!» stieß er hervor und spuckte aus; «wenn sich wenigstens irgend etwas dort befände, wo einmal meine Nase gesessen hat! Aber nichts! Rein gar nichts!»

Sich ärgerlich auf die Lippen beißend, verließ er die Konditorei und beschloß, ganz wider seine Gewohnheit, niemanden anzuschaun und keinem zuzulächeln.

Doch plötzlich blieb er wie angewurzelt vor einem Haustor stehen. Vor seinen Augen spielte sich etwas Unerklärliches ab: an der Einfahrt hielt eine Kalesche; die Wagentür öffnete sich; ein uniformierter Herr sprang gebückt heraus und lief eilig die Treppe hinauf. Wie groß war der Schrecken und die Betroffenheit Kowaljews, als er erkannte, daß dieser Herr — seine eigne Nase war!

Dieser unwahrscheinliche Anblick machte, daß alles vor seinen Augen zu kreiseln begann. Er fühlte, daß er sich kaum mehr auf seinen Beinen zu halten vermochte, entschloß sich aber, was auch geschehen möge, auszuharren, bis dieser Herr wieder zu seinem Wagen zurückkehrte, und bebte am ganzen Körper wie im Fieber.

Nach zwei Minuten trat die Nase in goldgestickter, mit einem hohen Stehkragen versehener Uniform, sämischlederne Hosen an den Beinen und einen Degen an der Seite, wirklich wieder auf die Straße; ihr Federhut ließ darauf schließen, daß sie sich im Rang eines Staatsrates befand. Allem Anschein nach machte sie Antrittsvisiten. Sie sah sich nach beiden Seiten um, schrie dem Kutscher zu: «Weiter!», setzte sich in die Kalesche und fuhr davon.

Der arme Kowaljew war nahe daran, seinen Verstand zu verlieren. Er wußte nicht, was er von diesem ungereimten Vorkommnis halten sollte. Wie konnte es möglich sein, daß seine eigene Nase, die er noch gestern mitten im Gesicht getragen und die weder zu gehen noch zu fahren verstand, heute in einer Uniform stak und in der Stadt herumfuhr? Er lief hinter der Kalesche her, die zum Glück nicht weit gefahren war und vor einem Warenhause haltgemacht hatte.

Er hastete auf sie zu und drängte sich durch eine Schar von alten Bettelweibern hindurch, über deren Gesichtsverbände mit zwei Öffnungen für die Augen er sich früher so gern lustig gemacht hatte. Sonst war die Straße noch ziemlich menschenleer. Kowaljew fühlte sich so mißmutig und aufgeregt, daß er sich zu nichts entschließen konnte, und mit seinen Augen in allen Ecken nach dem Herrn in Uniform suchte. Endlich sah er ihn vor einem Schaufenster stehen. Die Nase hielt das Gesicht ganz in ihrem hohen Stehkragen versteckt und schien in die Betrachtung der Auslagen versunken.

Wie spreche ich sie nur an? dachte Kowaljew; die Uniform, der Federhut, kurz alles, deutet auf einen Staatsrat. Weiß der Teufel, wie ich es anstellen soll!

Schließlich trat er dicht an sie heran und

begann zu hüsteln. Doch die Nase dachte nicht daran, auch nur für einen Augenblick ihre Stellung zu verändern.

«Sehr verehrter Herr», sagte Kowaljew nach einem Zögern und zwang sich innerlich zur Courage, «sehr verehrter Herr...»

«Was beliebt?» frug die Nase und wandte sich plötzlich um.

«Es kommt mir seltsam vor, sehr verehrter Herr... mir scheint... eigentlich sollten Sie doch selber wissen, wo Sie eigentlich hingehören. Und plötzlich finde ich Sie hier... Wieso kommt das?... Sie müssen mir doch zugeben...»

«Entschuldigen Sie! Doch ich kann mir nicht zusammenreimen, wovon Sie zu sprechen belieben. Erklären Sie sich deutlicher!»

Wie soll ich es ihm nur sagen? dachte Kowaljew, ermannte sich aber und hub von neuem an: «Natürlich, ich... Im übrigen bin ich Major... Und Sie müssen zugeben, daß es sich für mich nicht gehört, so ohne Nase herumzulaufen... Irgend so eine Apfelhändlerin auf der Himmelfahrtsbrücke mag meinetwegen ohne Nase dasitzen dürfen... Aber ein Mensch mit Aussichten, wie ich... ich verkehre in sehr guten Häusern und gehe mit Damen um... zum Beispiel mit der Staatsrätin Tschechtarjowa und mit anderen. Urteilen Sie doch selbst... Ich weiß nicht, sehr verehrter Herr, wieso Sie... (hier zuckte der Major verachtungsvoll mit den Achseln)... Entschuldigen Sie... Doch wenn man diese Angelegenheit vom Standpunkte der

Pflicht und der Ehre betrachtet, so müssen Sie selber begreifen...»

«Ich begreife nicht das geringste», sagte die Nase, «drücken Sie sich verständlicher aus!»

«Sehr verehrter Herr», fuhr Kowaljew im Bewußtsein seiner ganzen Würde fort, «ich weiß nicht, wie ich Ihre Worte auffassen soll. Die Sache liegt doch klar auf der Hand... Oder beabsichtigen Sie wirklich zu leugnen...? Sie sind doch meine Nase, mein Herr, meine eigene Nase!»

Die Nase blickte den Major an und zog leicht die Augenbrauen zusammen.

«Sie irren sich, Verehrtester. Ich bin ich selbst. Außerdem kann es zwischen uns gar keine näheren Beziehungen geben, denn Ihren Uniformknöpfen nach zu urteilen, dienen Sie in einem anderen Departement als ich.»

Mit diesen Worten wandte sich die Nase von ihm ab.

Kowaljew geriet in völlige Verwirrung. Er wußte nicht, was er tun, geschweige denn, was er denken sollte.

Gerade in diesem Augenblick vernahm er das angenehme Rascheln eines Frauenrockes. Eine ganz in Spitzen gehüllte ältere Dame kam daher und mit ihr, einen hellen Strohhut auf dem Kopf, eine andere, schlanke, in einem weißen Kleide, unter dem sich ihre gutgewachsene Gestalt anmutig abzeichnete. Hinter ihnen schritt ein mächtiger backenbärtiger Heiduck mit einem ganzen Dutzend Umhängekragen auf den Schultern und öffnete seine Tabaksdose.

Kowaljew trat näher heran, zupfte den Batistkragen seines Vorhemdchens zurecht, ordnete die vielen an seiner goldenen Uhrkette befestigten Petschafte und wendete, liebenswürdig nach allen Seiten lächelnd, seine Aufmerksamkeit der schlanken Dame zu, die, einem Frühlingsblümchen gleich, leicht ihren Kopf neigte und das weiße Händchen mit den fast durchsichtigen Fingern an ihre Stirn führte.

Das Lächeln Kowaljews verbreiterte sich zusehends, als er unter dem Hutrand das jugendliche Rosenrot einer Wange hervorlugen sah. Doch plötzlich zuckte er wie verbrannt zusammen: ihm war wieder eingefallen, daß sich statt der Nase ein glattes Nichts in seinem Gesicht befand — und Tränen quollen aus seinen Augen. Er kehrte sich um und wollte dem Herrn in Uniform ins Gesicht hinein wiederholen, daß er sich nur als Staatsrat aufspiele, daß er ein bloßer Schelm und Betrüger und im übrigen nichts anderes sei, als seine, Kowaljews, eigene Nase. Doch von der Nase war nichts mehr zu erblicken, es war ihr gelungen, davonzufahren; wahrscheinlich setzte sie ihre Visiten fort.

Das brachte Kowaljew zur Verzweiflung. Er machte einige Schritte nach rückwärts und blieb für einen Augenblick unter einer Kolonnade stehen, um Ausschau zu halten, ob er nicht doch noch irgendwo die entschlüpfte Nase entdecken könnte. Er erinnerte sich gut an den Federhut und an die Goldstickerei auf der Uniform; doch er hatte weder auf den Mantel, noch auf die Farbe der Kutsche, noch auf die

Pferde geachtet, ja nicht einmal darauf, ob ein Lakai hinten auf dem Wagen gesessen und in welcher Livree. Auch fuhren jetzt so viele Kutschen in beiden Richtungen über die Straße und jagten in solcher Geschwindigkeit dahin, daß man sie nur schwer voneinander unterscheiden konnte; selbst wenn er den gesuchten Wagen irgendwie erkannt hätte — wie sollte er ihn anhalten?

Es war ein schöner sonniger Tag. Auf dem Newskij-Prospekt wimmelte es nur so von Menschen. Ein ganzer Blütenwasserfall von Damen hatte sich von der Polizeibrücke bis zur Anitschkinbrücke über den Gehsteig ergossen. Da ergeht sich ein ihm wohlbekannter Hofrat, den er, besonders wenn Fremde zugegen sind, Oberstleutnant zu nennen liebt; da schlendert sein intimer Freund Jaryschkin, der Vorsteher einer Senatsabteilung, dahin, der abends immer beim Boston verliert, wenn er eine Acht ausspielt; da winkt ihm ein anderer Major, der im Kaukasus zum Assessor ernannt worden war, mit der Hand zu ...

«Ach was! Hol's der Teufel!» stieß Kowaljew hervor, der endlich eine leere Droschke an einer Ecke stehen sah; «Kutscher, fahr mich direkt zum Polizeimeister!»

Er nahm Platz und brüllte dem Kutscher zu:

«Los, was Zeug und Leder hält!»

«Ist der Polizeimeister zu Hause?» rief er gleich beim Eintreten in den Hausflur.

«Nein, nicht zu Hause», gab der Hausmeister Bescheid, «eben erst fortgefahren.»

«Da haben wir's!»

«Ja», meinte der Hausmeister, «eben erst. Eine Minute früher — und Sie hätten ihn vielleicht noch angetroffen.»

Kowaljew setzte sich, ohne das Taschentuch vom Gesicht zu nehmen, wieder in die Droschke und befahl mit verzweifelter Stimme:

«Weiter!»

«Wohin?» frug der Kutscher.

«Gradaus!»

«Wohin gradaus? Da verzweigt sich die Straße. Nach rechts oder nach links?»

Diese Frage ließ Kowaljew innehalten und nötigte ihn zum Nachdenken. In seiner Lage war es am besten, sich der Hilfe der Polizeiverwaltung zu versichern, nicht weil diese Angelegenheit ihr unmittelbar unterstand, sondern weil ihre Anordnungen rascher ausgeführt werden konnten als die der anderen Behörden. Sich an die Vorgesetzten jenes Amtes zu wenden, bei dem die Nase zu dienen vorgegeben hatte, war sinnlos; denn aus den Antworten des vermeintlichen Staatsrates war deutlich zu ersehen gewesen, daß es für diesen Menschen nichts Heiliges mehr gab und daß er von neuem lügen würde, so wie er eben erst gelogen hatte, als er versicherte, Kowaljew überhaupt nicht zu kennen.

Schon wollte Kowaljew sich zur Polizeiverwaltung fahren lassen, als es ihm durch den Kopf ging, dieser Betrüger und Halunke, der sich gleich bei der ersten Begegnung so gewissenlos benommen, könnte irgendeine Gelegenheit benutzen, aus der Stadt zu entwischen — und dann würden alle Nachforschungen vergeblich sein oder sich — was Gott verhüten möge — über einen ganzen Monat hinziehen.

Da — endlich! — schien der Himmel selbst Kowaljew zu erleuchten. Er beschloß, sich geradenwegs in die Zeitungsexpedition zu begeben und die ganze Angelegenheit mit einer ausführlichen Beschreibung des Übeltäters rechtzeitig bekanntzumachen, so daß jeder, der ihm begegnete, ihn sofort zu Kowaljew führen oder doch wenigstens die Wohnung des Schurken feststellen könnte.

Als er diesen Entschluß gefaßt, befahl er dem Kutscher, in die Zeitungsexpedition zu fahren, und unterließ es nicht, ihn während der ganzen Fahrt immer wieder in den Rücken zu stoßen und ihn anzufeuern:

«Schneller, du Hundsfott! Schneller, Halunke!»

«Ach, Herr!» seufzte der Kutscher, schüttelte den Kopf und munterte sein Pferd, das so langhaarig wie ein Bologneserhündchen war, mit den Zügeln auf.

Endlich hielt die Droschke. Und Kowaljew keuchte atemlos in ein kleines Empfangszimmer, in welchem ein grauköpfiger, bebrillter Angestellter in einem alten Frack an einem Tisch saß und, den Federstiel zwischen den Zähnen, das eingegangene Kupfergeld zählte.

«Wer nimmt hier Anzeigen entgegen?» schrie Kowaljew; «ah, guten Tag!»

«Ergebenster Diener!» sagte der grauhaarige Angestellte, hob für ein Nu die Augen und ließ sie dann wieder von einem Geldhäufchen zum andern wandern.

«Ich möchte eine Bekanntmachung einrücken lassen . . .»

«Belieben Sie sich noch ein wenig zu gedulden», sagte der Alte, mit der Rechten eine Ziffer auf ein Papier schreibend, mit der Linken zwei Kugeln auf dem Rechenbrett weiterschiebend.

Es waren noch viele andere zugegen, die eine Anzeige aufzugeben hatten. Ein Lakai, dessen Goldtressen und sauberem Äußeren man seine Zugehörigkeit zu einem aristokratischen Hause ansah, stand neben dem Tisch, einen Zettel in der Hand, und hielt es für angemessen, seine Weltläufigkeit zu bekunden.

«Ob Sie es mir glauben wollen, mein Herr, oder nicht», sagte er, «das Hündchen ist nichts wert, ich selber würde nicht einmal acht Groschen dafür geben. Doch die Gräfin liebt es, weiß Gott, sie liebt es. Und da hat sie nun für den Finder hundert Rubel ausgesetzt. Aufrichtig gesagt, ganz unter uns, die Geschmäcker der Menschen sind nicht leicht miteinander zu vereinen. Wenn man schon Hundeliebhaber ist, so sollte man sich einen Hühnerhund oder einen Pudel halten, da brauchen einem nicht nur fünfhundert, sondern auch tausend Rubel nicht leid zu tun. Dafür muß es aber auch ein echter Rassehund sein.»

Der Graukopf hörte ihm mit gewichtiger Miene zu und überschlug währenddessen, wieviel Buchstaben die Anzeige enthielt.

Neben dem Lakaien standen noch eine Menge

alter Weiber, Ladenschwengel und Hausdiener mit ihren Zetteln. In einer Anzeige wurde ein Kutscher angeboten, der sich durch Nüchternheit auszeichne; in einer andern — eine wenig gebrauchte, im Jahre 1814 aus Paris eingeführte Kutsche; ein Hausmädchen, neunzehnjährig, das sich auf Wäsche und andere Arbeiten verstehe; ein solider ungefederter Wagen; ein junger feuriger Apfelschimmel, siebenzehn Jahre alt; frisch aus London importierter Rettich- und Radieschensamen; ein Landhaus mit allen Bequemlichkeiten, zwei Pferdeställen und einem Platz, der sich zur Anpflanzung eines schönen Birken- oder Tannenhains eigne; alte Schuhsohlen, deren Preis man täglich zwischen acht und drei Uhr erfragen könne.

Das Zimmer, in dem sich diese ganze Gesellschaft herumdrängte, war eng und die Luft in ihm beklemmend dumpf. Doch der Kollegienassessor merkte nichts vom schlechten Geruch, da er sein Gesicht im Taschentuch verbarg und seine Nase sich Gott weiß wo in der weiten Welt herumtrieb.

«Geehrtester Herr, gestatten Sie mir, Sie zu ersuchen ... es ist sehr dringend ...» brachte er schließlich ungeduldig hervor.

«Gleich, gleich! ... Zwei Rubel dreiundvierzig Kopeken ... Einen Augenblick noch! ... Einen Rubel vierundsechzig Kopeken!» sagte der Graukopf und warf den Dienern und alten Weibern ihre Zettel zu. «Womit kann ich Ihnen also dienen?» wandte er sich dann an Kowaljew.

«Ich bitte Sie ...» sagte Kowaljew, «mir ist da ein Betrug ... das heißt, man hat mir einen Schurkenstreich gespielt ... und ich kann bis jetzt noch nicht dahinterkommen, wieso ... Ich möchte Sie daher bitten, in Ihrer Zeitung eine Bekanntmachung einzurücken, daß derjenige, der mir diesen Schuft ausliefert, eine namhafte Belohnung von mir erhält.»

«Darf ich um Ihren werten Namen bitten?»

«Wozu? Der tut nichts zur Sache ... Ich möchte ihn nicht nennen ... Ich habe viele Bekannte. Frau Staatsrat Tschechtarjowa, Frau Stabskapitän Pelageja Grigorjewna Podtotschina und so weiter ... Denen würde das ja sofort, Gott bewahre!, zu Ohren kommen. Schreiben Sie einfach: ein Kollegienassessor, oder, noch besser, ein Herr im Majorsrang ...»

«Und wie verhält sich das nun? War der Übeltäter Ihr Diener?»

«Mein Diener? Woher denn? Das wäre ja schließlich kein so großes Verbrechen. Nein, nein, meine Nase ist mir davongelaufen.»

«Hm ... Merkwürdiger Familienname ... Und um welche Summe hat Sie nun dieser Herr Nasow betrogen?»

«Nase. Nicht Nasow ... Sie haben mich falsch verstanden ... Meine Nase, meine eigene Nase ist mir spurlos abhanden gekommen, als hätte mich der Teufel selber zum besten haben wollen.»

«Das heißt wieso? Abhanden gekommen? Ich kann Sie nicht so recht verstehen.»

«Aber das ist es ja gerade. Ich kann es selber nicht verstehen, auf welche Weise ich sie verloren habe. Nichtsdestoweniger ist es eine Tatsache, daß sie jetzt in der Stadt herumfährt und sich überall für einen Staatsrat ausgibt. Daher bitte ich Sie, eine öffentliche Aufforderung an das Publikum zu richten, man möge sie wieder einfangen und mir auf dem schnellsten Wege wieder zustellen. Urteilen Sie doch selbst! Wie soll ich denn ohne einen so weithin sichtbaren Körperteil auskommen? Damit verhält es sich nicht so wie etwa mit einer kleinen Zehe: der Fuß steckt im Stiefel, und wenn mir eine kleine Zehe fehlt, so sieht es niemand ... Donnerstags bin ich immer bei der Staatsrätin Tschechtarjowa zu Gast. Und auch die Stabskapitänin Podtotschina mit ihrer reizenden Tochter gehört zu meinen intimen Bekannten. Urteilen Sie doch selbst, wie ich da ... so ganz ohne ... Ich kann mich ja bei ihnen gar nicht mehr zeigen.»

Die zusammengekniffenen Lippen des grauköpfigen Zeitungsangestellten ließen darauf schließen, daß er angestrengt nachdachte.

«Nein», sagte er nach einem längeren Schweigen, «ich kann eine solche Bekanntmachung nicht in die Zeitung einrücken lassen.»

«Wieso? Warum denn nicht?»

«Das ist nun einmal so. Der gute Ruf der Zeitung könnte Schaden nehmen. Wenn da jeder Beliebige hineinschreiben würde, daß ihm seine Nase davongelaufen sei, dann ... Man beklagt sich ja sowieso schon ganz allgemein über die vielen Überspanntheiten und lügenhaften Gerüchte, die gedruckt werden.»

«Ja, aber was hat denn mein Fall mit solchen

Überspanntheiten zu tun? Ich sehe nichts Überspanntes an ihm.»

«Ihnen selbst kommt die Sache natürlich unverdächtig vor. Aber sehn Sie, da gab es in der vorigen Woche etwas ganz Ähnliches. Da kam irgend so ein Beamter an, um genau so wie Sie eine Anzeige aufzugeben — sie kostete zwei Rubel und dreiundsiebenzig Kopeken — des Inhalts, daß ein schwarzer Pudel davongelaufen sei. Das klingt ganz harmlos, nicht wahr? Doch dann stellte sich das Ganze als ein Pasquill heraus: mit jenem Pudel war der Rentmeister ich weiß nicht mehr welchen Institutes gemeint.»

«Bei mir handelt es sich doch gar nicht um einen Pudel, sondern um meine eigene Nase, das heißt also, beinahe um mich selbst.»

«Nein, ich kann solch eine Anzeige unter keinen Umständen veröffentlichen.»

«Wenn mir aber nun wirklich meine Nase verlorengegangen ist?»

«Falls sie wirklich verlorengegangen sein sollte, so geht das die Medizin an. Es soll heute solche Ärzte geben, die einem eine beliebige Nase einzupflanzen verstehen. Mir scheint indessen, daß Sie ein Spaßmacher sind und der Gesellschaft einen Streich spielen wollen.»

«Ich schwöre Ihnen bei der Heiligkeit Gottes! . . . Da es nun schon so weit gekommen ist, bin ich bereit, Ihnen die Wahrheit meiner Worte zu beweisen.»

«Warum regen Sie sich so auf?» fuhr der Alte fort und nahm eine Prise. «Im übrigen, wenn es Ihnen nicht peinlich ist», fügte er mit einem Anflug von Neugierde hinzu, «würde ich mir die Sache gerne ansehen.»

Der Kollegienassessor nahm das Taschentuch vom Gesicht.

«In der Tat, höchst beachtenswert», sagte der Alte, «eine vollkommen glatte Fläche, wie ein gut ausgebackener Pfannkuchen. Wirklich, ganz unwahrscheinlich ebenmäßig.»

«Nun, wollen Sie auch jetzt noch mit mir streiten? Sie sehen selbst, wie unmöglich es ist, daß so etwas nicht in die Zeitung kommt. Ich wäre Ihnen überaus dankbar und freue mich, daß der Zufall mir das Vergnügen Ihrer Bekanntschaft geschenkt hat.» Der Major schien sich für diesmal dazu entschlossen zu haben, sein Ziel durch ein wenig Speichelleckerei zu erreichen.

«Gewiß, es ließe sich am Ende schon machen, daß ich Ihre Bekanntmachung veröffentliche», sagte der Alte, «doch ich sehe nicht ein, was für ein Nutzen für Sie dabei herausspringen soll. Wenn Sie es unbedingt wollen, so überlassen Sie es einer gewandten Feder, den Vorfall als seltene Naturerscheinung zu beschreiben und in der ‚Nördlichen Biene' zu veröffentlichen (hier nahm er eine Prise) zu Nutz und Frommen der heranwachsenden Jugend (hier putzte er sich die Nase) oder überhaupt zur allgemeinen Unterhaltung.»

Der Kollegienassessor fühlte sich völlig entmutigt. Da fiel sein umherirrender Blick auf ein vor ihm liegendes Zeitungsblatt mit den Theateranzeigen. Sein Gesicht verzog sich schon zu einem Lächeln, als er den Namen einer sehr hübschen Schauspielerin las, und seine Hand fuhr unwillkürlich in die Tasche, um sich zu vergewissern, ob er eine blaue Fünfrubelnote bei sich hatte, da Stabsoffiziere, seiner Überzeugung nach, in den ersten Parkettreihen zu sitzen hatten. Doch der Gedanke an seine Nase verdarb wieder alles.

Selbst den alten Zeitungsangestellten schien die peinliche Lage Kowaljews zu rühren. Um ihm über seinen Kummer nach Kräften hinwegzuhelfen, hielt er es für angebracht, ihm mit wenigen Worten seine Teilnahme auszudrücken:

«Wirklich, es tut mir sehr leid, daß Ihnen diese Anekdote zugestoßen ist. Darf ich Ihnen ein wenig Schnupftabak anbieten? Das hilft gegen Kopfschmerzen und vertreibt alle Melancholie. Auch bei Hämorrhoiden soll es gute Dienste tun.»

Liebenswürdig hielt er ihm seine Tabatiere hin, deren Deckel das Bildnis einer Dame mit Hut schmückte. Doch diese Unbedachtsamkeit ließ Kowaljews Geduld reißen.

«Ich begreife nicht Ihren ungebührlichen Scherz», brach es aus dem Kollegienassessor hervor. «Sehn Sie denn nicht, daß mir gerade das fehlt, was zum Schnupfen notwendig ist? Zum Teufel mit Ihrem Schnupftabak! Ich kann ihn nicht ansehen! Nicht nur nicht Ihren schlechten Beresiner, sondern auch nicht den besten Rapé.»

Tief gekränkt verließ er die Zeitungsexpedition und begab sich zum Polizeiinspektor seines Wohnviertels.

Kowaljew traf den Polizeiinspektor gerade in

jenem Augenblick an, als dieser sich gähnend reckte und dachte:

Ach, jetzt kann man endlich zwei gute Stunden schlummern.

Es war infolgedessen vorauszusehen, daß der Besuch Kowaljews ihm äußerst ungelegen kommen mußte.

Der Inspektor war ein eifriger Förderer aller Künste und Gewerbe, zog indessen Banknoten allem anderen vor. «So eine Banknote», pflegte er zu sagen, «ist eine gute Sache. Es gibt nichts Besseres auf der Welt: sie verlangt nicht nach Nahrung, nimmt wenig Raum ein, findet in jeder Tasche Platz und zerbricht nicht, wenn man sie fallen läßt.»

Er empfing Kowaljew ziemlich trocken und erklärte, jetzt nach dem Essen sei es nicht an der Zeit, langwierige Untersuchungen vorzunehmen: die Natur selbst fordere, daß man sich mit gefülltem Magen Erholung gönne (woran der Kollegienassessor die Vertrautheit des Inspektors mit den Aussprüchen der alten Weisen erkannte); vor allem aber, fügte der Inspektor hinzu, risse man einem anständigen Menschen nicht seine Nase aus.

Das deutete er ihm nicht etwa versteckt an, sondern warf es ihm geradezu ins Gesicht.

Nun muß man wissen, daß Kowaljew ein überaus empfindlicher Mensch war. Er konnte zwar alles verzeihen, was man über ihn als Privatperson sagte, ließ aber keine Entschuldigung gelten, wenn es sich auf seinen Rang oder Stand bezog. Er billigte es, zum Beispiel, wenn die

Theaterzensur gewisse Anspielungen auf höhere Offiziere durchgehen ließ — Angriffe auf Stabsoffiziere dagegen hielt er für unzulässig. Der Empfang beim Polizeiinspektor brachte ihn daher in solch eine Verwirrung, daß er den Kopf zurückwarf, die Arme ein wenig ausbreitete und im Gefühl seiner verletzten Würde äußerte:

«Ich muß gestehen, daß ich nach diesen beleidigenden Bemerkungen von Ihrer Seite Ihnen nichts mehr mitzuteilen habe.»

Damit ging er.

III.

Zu Hause angekommen, fühlte Kowaljew kaum mehr seine Beine. Es dämmerte bereits. Seine Wohnung kam ihm nach all den verfehlten Unternehmungen traurig und widerwärtig vor. Im Vorzimmer sah er seinen Diener Iwan rücklings auf dem fettigen und verfleckten Lederdiwan liegen, in die Luft spucken und mit großer Gewandtheit immer die gleiche Stelle an der Zimmerdecke treffen. Der Gleichmut dieses Menschen erbitterte ihn so sehr, daß er ihm seinen Hut ins Gesicht schlug und ihn anbrüllte:

«Du Schwein! Immer beschäftigst du dich mit Dummheiten!»

Iwan sprang im Nu auf die Beine und half ihm diensteifrig aus dem Mantel.

In seinem Zimmer warf sich der Major erschöpft und mißmutig in einen Sessel und sagte, tief aufseufzend:

«Mein Gott! Mein Gott! Warum mußte gerade mir solch ein Unheil widerfahren? Hätte ich einen Arm oder ein Bein verloren — alles das ließe sich noch ertragen. Doch ein Mensch ohne Nase — der Teufel mag wissen, was das ist: weder ein Vogel noch ein Staatsbürger. Man kann ihn nur nehmen und aus dem Fenster schleudern. Wenn die Nase mir wenigstens im Kriege oder in einem Duell abgeschlagen worden wäre, oder wenn ich selber irgendwie ihren Verlust verschuldet hätte — aber sie so, wegen nichts und wieder nichts, ganz ohne Ursache, für keinen Groschen zu verlieren! ... Nein, nein, das kann nicht sein!» fügte er nach einigem Nachsinnen hinzu; «es ist ganz unmöglich, daß sie mir verlorengegangen sein soll, es ist völlig undenkbar. Entweder träumt mir das alles nur oder ich phantasiere. Vielleicht habe ich aus Versehen statt Wasser den Schnaps ausgetrunken, mit dem ich mir nach dem Rasieren das Gesicht abwasche: ich werde das Gefäß Iwan hingereicht haben, der Dummkopf hat es mir nicht abgenommen und ich habe in Gedanken den Schnaps heruntergeschluckt.»

Um zu erproben, ob er schlafe oder betrunken sei, kniff sich der Major so heftig, daß er selber laut aufschrie. Dieser Schmerz überzeugte ihn vollkommen von seiner Wachheit und Nüchternheit.

Vorsichtig näherte er sich dem Spiegel und blinzelte erst mit den Augen, in der Hoffnung, die Nase doch noch an ihrer alten Stelle zu gewahren. Doch gleich darauf prallte er zurück und schrie:

«Welch scheußliche Karikatur!»

Es war wirklich absolut unbegreiflich. Man kann irgend etwas anderes — einen Knopf, eine Uhr, einen silbernen Löffel — verlieren. Aber die Nase! Und dazu noch in der eigenen Wohnung!

Major Kowaljew glaubte, nachdem er sich alle Umstände noch einmal überlegt hatte, der Wahrheit dadurch am nächsten zu kommen, daß er annahm, hinter alledem stecke die Stabskapitänin Podtotschina, die ihn mit ihrer Tochter verheiraten wollte. Er selbst hatte ja gerne mit dem hübschen Mädchen herumschwarwenzelt, sich aber vor einer endgültigen Bindung gefürchtet. Und als die Stabskapitänin ihm einmal unverblümt versichert hatte, daß sie ihm ihr Töchterchen anzuvertrauen gedächte, hatte er sich mit Komplimenten loszumachen versucht und ihr sogar erklärt, er halte sich noch für zu jung und möchte noch so seine fünf Jährchen warten, bis er das Alter von zweiundvierzig Jahren erreicht haben würde.

Jetzt wollte es ihm so scheinen, daß die Stabskapitänin ihn, wahrscheinlich aus Rachsucht, ins Verderben zu stürzen trachtete: mit Hilfe von ein paar alten Weibern dürfte sie ihn verhext haben; denn es war nicht möglich, daß ihm jemand die Nase einfach abgeschnitten haben konnte: niemand war bei ihm im Zimmer gewesen; und was den Barbier Iwan Jakowlewitsch anging, so hatte dieser ihn bereits am Mittwochmorgen rasiert; den ganzen Mittwoch aber und auch den ganzen Donnerstag hatte der Major seine Nase noch gehabt — dessen entsann er sich sehr wohl. Überdies hätte ihn ja das Abschneiden der Nase schmerzen müssen, ganz abgesehen davon, daß eine Wunde nie und nimmer so rasch verheilt wäre und nie eine so glatte Fläche zurückgelassen hätte.

Er begann Pläne für sein Verhalten zu schmieden. Sollte er die Stabskapitänin in aller Form durch das Gericht zur Verantwortung ziehen? Oder sollte er ihr einen Besuch machen und sie Aug in Auge ihrer Untat überführen?

Ein Lichtschein, der durch die Türritzen drang, unterbrach seine Überlegungen und zeigte ihm, daß Iwan im Vorzimmer bereits die Kerzen angezündet hatte. Gleich darauf erschien Iwan selber und trug einen Armleuchter vor sich her, so daß der ganze Raum auf einmal erleuchtet war. Rasch bedeckte Kowaljew jene Stelle seines Gesichts, wo sich noch gestern seine Nase befunden, mit dem Taschentuch, damit dieser Dummkopf über die Entstellung seines Herrn nicht Maulaffen feilhielte.

Noch war Iwan nicht in seine Kammer zurückgekehrt, als man im Vorzimmer eine unbekannte Stimme fragen hörte:

«Wohnt hier der Kollegienassessor Kowaljew?»

«Bitte einzutreten!» gab Kowaljew Bescheid, der hastig aufgesprungen war und die Zimmertür geöffnet hatte; «ich bin der Major Kowaljew.»

Ein gut aussehender rundwangiger Polizeibeamter mit einem nicht zu hellen und nicht zu dunklen Backenbart — derselbe, der zu Beginn unserer Erzählung auf der Isaaksbrücke gestanden hatte — betrat das Zimmer und frug:

«Haben Sie vielleicht irgendwie Ihre Nase zu verlieren geruht?»

«Gewiß. So ist es.»

«Man hat sie wiedergefunden.»

«Was sagen Sie da?» rief Kowaljew mit vor Freude fast versagender Stimme aus. Er starrte den vor ihm stehenden Quartalsoffizier, auf dessen vollen Wangen und Lippen das flimmernde Kerzenlicht spielte, mit weit aufgerissenen Augen an und stammelte:

«Wie? Und wieso?»

«Durch einen seltsamen Zufall. Wir haben sie bei ihrer Abreise arretiert. Sie saß schon in der Diligence und wollte nach Riga fahren. Der Paß war auf den Namen irgendeines höheren Beamten ausgestellt. Merkwürdigerweise hielt ich selbst diese Nase zunächst für eine menschliche Persönlichkeit. Doch zum Glück hatte ich meine Brille bei mir, und als ich sie aufgesetzt hatte, erkannte ich gleich, daß es sich bloß um eine Nase handelte. Ich bin nämlich kurzsichtig. Und so, wie Sie da vor mir stehen, kann ich weder Ihre Nase noch Ihren Bart unterscheiden. Ich sehe nur, daß Sie ein Gesicht haben. Meine Schwiegermutter, das heißt, die Mutter meiner Frau, kann ebenfalls nichts sehen.»

Kowaljew war außer sich.

«Wo ist sie denn? Wo? Ich eile sofort hin...»

«Beunruhigen Sie sich nicht. Ich dachte mir schon, daß Sie sie dringend brauchen würden, und habe sie gleich mitgebracht. Und wissen Sie, was das Erstaunlichste an dieser Sache ist? Der Hauptübeltäter ist ein an der Himmelfahrtsstraße wohnhafter Schurke von Barbier, der bereits hinter Schloß und Riegel sitzt. Ich hatte ihn schon lange im Verdacht, ein Trunkenbold und Dieb zu sein. Erst vorgestern hat er in einem Laden eine ganze Partie Knöpfe mit sich gehen heißen... Ihre Nase ist noch ganz so, wie sie war.»

Mit diesen Worten kramte der Polizeibeamte in seiner Tasche herum und zog die in ein Papier eingewickelte Nase hervor.

«Ja! Sie ist's!» schrie Kowaljew auf; «es ist haargenau meine Nase!... Belieben Sie doch heute ein Täßchen Tee mit mir zu trinken!»

«Wäre mir sehr angenehm, geht aber leider ganz und gar nicht. Ich muß mich von hier aus gleich ins Zuchthaus verfügen und dort nach dem Rechten sehn ... Und überhaupt, was man so alles zu tun hat!... Wie sich die Lebensmittelpreise erhöht haben!... Auch wohnt meine Schwiegermutter, das heißt, die Mutter meiner Frau, bei uns im Hause ... Und dann die Kinder, besonders der Älteste gibt Anlaß zu Hoffnungen: ein aufgeweckter Bursche ... Doch es fehlt an Geld, um ihm eine gute Bildung zuteil werden zu lassen ...»

Kowaljew verabschiedete ihn mit einem inhaltreichen Händedruck und verharrte einige Minuten lang in einer unbestimmten Gemütsverfassung. Erst nach einer geraumen Weile war er wieder imstande, zu sehen und zu fühlen — so sehr hatte ihn die unerwartete Freude überwältigt. Behutsam hielt er die wiedergefundene Nase in beiden zusammengefalteten Händen und betrachtete sie mit liebevoller Aufmerksamkeit

«Ja, sie ist's», sagte er sich, «wirklich und wahrhaftig, sie ist's. Und da ist ja auch das Pustelchen auf der linken Seite, das sich gestern abends gebildet hatte.»

Vor Freude hätte der Major beinahe aufgelacht.

Doch nichts ist von Dauer in dieser Welt; schon im nächsten Augenblick ist eine Freude nicht mehr so lebhaft wie im ersten; im dritten nimmt sie noch mehr ab und fließt schließlich mit dem gewohnten Seelenzustand in eins zusammen — so wie die Wasserringe, die das Hereinfallen eines Steins hervorgerufen hat, am Ende spurlos in der glatten Oberfläche verschwimmen. Kowaljew begann nachzudenken, und es ging ihm langsam auf, daß die Sache ja noch gar nicht in Ordnung war: die Nase hatte sich zwar eingefunden — doch, würde sie sich auch wieder an der ihr zukommenden Stelle befestigen lassen?

«Wie, wenn sie nicht anhaftete?»

Der Major erbleichte, als er sich diese Frage stellte.

Mit dem Gefühl einer unbeschreiblichen Angst lief er zum Tisch und rückte den Spiegel näher heran, um die Nase nicht schief anzusetzen. Seine Hände zitterten. Behutsam und umständlich preßte er sie an ihre frühere Stelle. Doch — o Schrecken! — sie hielt nicht! ... Er führte sie zum Munde, wärmte sie mit seinem Atem und drückte sie wieder an die glatte Fläche zwischen den beiden Wangen — doch sie wollte durchaus nicht anwachsen.

«Nun, nun! Kleb schon fest, du blödsinniges Ding!» redete er ihr ungeduldig zu. Doch sie war wie von Holz und fiel mit einem dumpfen Ton, der dem Aufschlagen eines Pfropfens glich, auf die Tischplatte. Das Gesicht des Majors verzerrte sich krampfhaft.

«Sollte sie tatsächlich nicht wieder anwachsen?» frug er sich entsetzt. Wie oft er sie auch an die ihr gebührende Stelle drückte — alle seine Bemühungen blieben erfolglos.

Er schrie nach Iwan und befahl ihm, den Doktor zu holen, der im selben Hause die vornehmste Wohnung in der Beletage innehatte. Dieser Doktor war ein sehr ansehnlicher Mann mit einem schönen pechrabenschwarzen Backenbart, hatte eine hübsche gesunde Frau, verzehrte zum Frühstück immer nur frische Äpfel und pflegte mit höchster Sorgfalt seinen Mund, indem er ihn allmorgendlich fast dreiviertel Stunden lang spülte und seine Zähne mit fünferlei verschiedenen Zahnbürsten bearbeitete.

Schon wenige Minuten, nachdem er gerufen worden, betrat der Doktor das Zimmer. Er frug, wann das Unglück geschehen sei, faßte nach dem Kinn des Majors, hob sein Gesicht und versetzte mit dem Zeigefinger jener Stelle, wo sonst die Nase gesessen, solch einen Nasenstüber, daß der Major heftig zurückzuckte und mit dem Hinterkopf an die Wand anknallte. Der Doktor versicherte, daß das nichts zu besagen habe, hieß den Major ein wenig von der Wand abzurücken, befahl ihm, den Kopf nach rechts zu neigen, betastete die kritische

Stelle und sagte: «Hm.» Dann befahl er ihm, den Kopf nach links zu neigen, und sagte wiederum: «Hm.» Schließlich versetzte er ihm mit dem Zeigefinger einen neuen Nasenstüber, daß er den Kopf emporriß wie ein Pferd, dessen Zähne man untersucht, und erklärte nach all diesen Vornahmen kopfschüttelnd:

«Nein, da ist nichts zu machen. Bleiben Sie lieber so, wie Sie sind. Es könnte sonst nur noch schlimmer werden. Ich könnte die Nase natürlich befestigen, meinetwegen jetzt gleich, auf der Stelle. Doch ich versichere Sie, daß es Ihnen nicht gut bekommen würde.»

«So steht es also!» stöhnte Kowaljew; «was soll ich aber ohne Nase anfangen? Es kann gar nicht schlimmer werden als jetzt. Das ist doch... der Teufel allein mag wissen, was das ist! Wie soll ich mich mit dieser abscheulichen Fratze vor den Menschen zeigen? Ich habe einen hochstehenden Bekanntenkreis. Heute abend, zum Beispiel, werde ich in zwei verschiedenen Häusern erwartet. Da ist die Staatsrätin Tschechtarjowa. Und dann die Stabskapitänin Podtotschina. Mit letzterer kann ich allerdings, nach dem, was sie mir angetan, nur noch durch die Polizei verkehren... Erbarmen Sie sich doch!» fuhr Kowaljew mit flehender Stimme fort; «gibt es denn gar keine Mittel? Befestigen Sie mir die Nase irgendwie. Wenn es auch nicht gut aussieht — nur halten muß sie! Sollte sie in irgendeiner Situation zu wackeln beginnen, kann ich sie ja leicht unauffällig mit der Hand stützen. Ich will ja auch gern auf das Tanzen verzichten, um ihr nicht durch eine unvorsichtige Bewegung zu schaden. — Und was meine Erkenntlichkeit für Ihre Visiten anlangt, so seien Sie überzeugt, daß ich, soweit meine Mittel reichen ...»

«Glauben Sie mir», erwiderte der Arzt mit einer weder zu lauten noch zu leisen, doch tief beruhigenden und gleichsam magnetischen Stimme, «glauben Sie mir, daß ich nicht aus Gewinnsucht meinem Beruf nachgehe. Das würde sowohl meinen Grundsätzen wie dem Wesen meiner Kunst widersprechen. Ich nehme zwar Honorare für meine Besuche, aber nur, um meine Patienten nicht durch eine Ablehnung zu verletzen. Natürlich könnte ich Ihre Nase wieder befestigen. Doch ich versichere Sie bei meiner Ehre, wenn Sie meinen Worten schon keinen Glauben schenken wollen, es würde nur noch schlimmer für Sie werden. Überlassen Sie sich der Heilkraft der Natur. Waschen Sie die Stelle fleißig mit kaltem Wasser — und Sie werden auch ohne Nase ebenso gesund sein, wie wenn Sie eine hätten. Die Nase selbst aber empfehle ich Ihnen in einem Gefäß mit Spiritus aufzubewahren. Oder, noch besser, gießen Sie zwei Eßlöffel scharfen Schnaps, mit etwas angewärmtem Essig vermischt, darauf. Sie können dann eine ganz hübsche Summe für sie erhalten. Wenn Sie nicht allzuviel verlangen, bin ich selbst sogar bereit, sie Ihnen abzukaufen.»

«Nein! Nein! Ich verkaufe sie um keinen Preis der Welt!» schrie der Major verzweifelt auf; «lieber mag sie verfaulen!»

«Entschuldigen Sie», sagte der Doktor mit einer Verbeugung, «ich wollte Ihnen nur einen kleinen Dienst erweisen. Sie haben wenigstens gesehen, daß ich mich bemüht habe.»

Mit diesen Worten verließ er in würdiger Haltung das Zimmer. Von einer tiefen Betäubung erfaßt, hatte sich Kowaljew nicht einmal sein Gesicht gemerkt und nur die aus den schwarzen Frackärmeln hervorlugenden schneeweißen Manschetten wahrgenommen.

Am folgenden Tage beschloß er, bei der Stabskapitänin, bevor er eine Klage beim Gericht einreichte, schriftlich anzufragen, ob sie bereit sei, ihm das, was er durch sie verloren, ohne weiteres wieder zurückzuerstatten.

Er schrieb:

«Sehr verehrte gnädige Frau!

Ich vermag Ihre sonderbare Handlungsweise nicht zu begreifen. Seien Sie überzeugt, daß Sie damit nichts ausrichten werden und mich nicht zwingen können, Ihre Tochter zu heiraten. Glauben Sie mir, daß die Geschichte mit meiner Nase schon in der ganzen Stadt bekannt ist; desgleichen, daß Sie die Urheberin alles dessen sind. Die plötzliche Entfernung der Nase von ihrem natürlichen Platz, ihre überstürzte Flucht sowie der Umstand, daß sie sich bald in Gestalt eines Beamten, bald in ihrer eigenen Gestalt überall zu zeigen beliebt, sind nichts anderes als die Resultate der Hexenkünste, die Sie entweder selber ausgeübt oder durch andere haben ausüben lassen, die in der Handhabung solcher

Ihnen wohlgefälliger Praktiken erfahren sind. Ich meinerseits halte es für meine Pflicht, Sie wissen zu lassen, daß ich, wenn obenerwähnte Nase sich nicht noch heute an Ort und Stelle befinden sollte, mich genötigt sehen würde, die Gerichte um Schutz und Genugtuung anzugehen.

Im übrigen verbleibe ich mit vollständiger Hochachtung, Ihr ergebener Diener

Platon Kowaljew.»

Die Antwort lautete:

«Sehr geehrter Herr Platon Kusmitsch!

Ihr Brief hat mich aufs äußerste verwundert. Etwas Derartiges hätte ich nie von Ihnen erwartet. Am wenigsten Ihre ungerechtfertigten Vorwürfe. Ich mache Sie darauf aufmerksam, daß ich den von Ihnen erwähnten Beamten niemals in meinem Haus empfangen habe, weder in einer Verkleidung noch in seiner eigenen Gestalt. Ein gewisser Philipp Iwanowitsch Patantschikow hat uns zwar einige Male besucht. Aber ich habe ihm, ungeachtet seines vorzüglichen nüchternen Betragens und seiner großen Gelehrsamkeit, nie die geringsten Aussichten auf die Hand meiner Tochter gemacht. Sie erwähnen noch etwas von einer Nase. Wenn Sie darunter verstehen, daß ich etwa die Absicht gehabt hätte, Ihnen eine Nase zu erteilen, das heißt, Ihre eventuelle Bitte um die Hand meiner Tochter in aller Form zurückzuweisen, so erstaunt mich das sehr. Denn ich hegte, wie Sie doch eigentlich wissen sollten, ganz andere Absichten und bin auch jetzt noch bereit, einem formellen Antrag Ihrerseits gern zu entsprechen, um so mehr, als das mein innigster Wunsch ist, in welcher Hoffnung ich verbleibe als Ihre Ihnen stets ergebene

Alexandra Podtotschina»

«Nein», sagte Kowaljew, als er diesen Brief gelesen hatte, «sie ist wirklich unschuldig. Es kann nicht sein. Solch einen Brief kann ein Mensch, der verbrecherische Absichten in seinem Herzen hegt, nicht schreiben.» (Der Kollegienassessor war in dieser Hinsicht sachverständig: er hatte im Kaukasus mehrere ähnliche Fälle zu untersuchen gehabt.) «Doch auf welche Weise, durch welche Schicksalsverkettungen hat all das geschehen können? Nur der Teufel findet da durch», fügte er hinzu und ließ seine Arme sinken.

Das Gerücht von diesem ungewöhnlichen Ereignis hatte sich unterdessen wirklich in der ganzen Stadt und, wie üblich, nicht ohne wesentliche Ausschmückungen, verbreitet. Die Leute neigten damals ganz allgemein zum Geheimnisvollen: erst kürzlich hatte sich das Publikum über die Erscheinungen des Magnetismus aufgeregt; und auch die Geschichte mit den tanzenden Stühlen in der Marstallstraße war ihm noch in frischer Erinnerung. Es ist daher nicht zu verwundern, wenn man schon bald zu behaupten begann, die Nase des Kollegienassessors Kowaljew pflege punkt drei Uhr nachmittags auf dem Newskij-Prospekt spazierenzugehen. Viele Neugierige strömten jeden Tag zusammen. Jemand äußerte einmal, er habe die Nase das Magazin von Junker betreten sehen; da entstand vor dem Junkerschen Laden solch ein Gedränge, daß sogar die Polizei einschreiten mußte. Ein geschäftstüchtiger langbärtiger Mann von ehrfurchtgebietendem Aussehen, der sonst vor den Theatern Biskuits und Kuchen verkaufte, schaffte rasch einige solide Bänke herbei, auf denen sich die Neugierigen gegen Entrichtung einer Gebühr von achtzig Kopeken aufstellen konnten. Ein verdienstvoller Oberst, der eigens zu diesem Zwecke früher als gewöhnlich sein Haus verlassen und sich mit größter Mühe durch die Menge gedrängt hatte, wurde äußerst unwillig, als er durch das Ladenfenster anstatt der Nase eine ganz gewöhnliche Wolljacke und neben ihr eine kolorierte Photographie erblickte, auf der ein Mädchen abgebildet war, das seinen Strumpf glattstrich und bei dieser Tätigkeit von einem hinter einem Baum verborgenen schnurrbärtigen Stutzer mit ausgeschnittener Weste lüstern beobachtet wurde — ein Bild, das schon länger als zehn Jahre immer an derselben Stelle hing. Im Fortgehen rief der Oberst wütend aus:

«Es sollte verboten werden, daß man das Volk mit solchen törichten und unwahrscheinlichen Gerüchten aufregt.»

Andere munkelten, die Nase des Majors Kowaljew pflege nicht auf dem Newskij-Prospekt, sondern im Taurischen Park zu lustwandeln — und zwar schon seit einer Reihe von Jahren: als der persische Prinz Chosrew Mirza noch im Taurischen Palais gewohnt, habe er sich oft über dieses seltsame Naturspiel gewundert. Auf dieses Gerücht hin begaben sich einige Studenten der chirurgischen Akademie zu Studienzwecken in den Park. Eine vornehme, in der ganzen Gesellschaft hochgeachtete Dame bat den Parkaufseher in einem eigenhändigen Schreiben, die spielenden Kinder auf dieses seltsame Phänomen aufmerksam zu machen und es der Jugend mit belehrenden und bildenden Erklärungen zu erläutern.

Über alle diese Vorkommnisse waren besonders die routinierten Salonlöwen erfreut, welche die Damen auf den Routs der großen Welt zum Lachen zu bringen liebten und deren Vorräte an Späßen gerade damals völlig erschöpft waren.

Nur ein kleiner Kreis seriöser und bedächtiger älterer Leute empörte sich. Einer von ihnen äußerte einmal unwillig, er könne es nicht verstehen, wie solche läppischen Phantastereien in unserem aufgeklärten Jahrhundert Glauben fänden; er wundere sich darüber, daß die Regierung so etwas, ohne Einspruch zu erheben, zulasse. Dieser Mann gehörte augenscheinlich zu jenen Herrschaften, welche die Regierung um alles besorgt zu sehen wünschen, selbst um die alltäglichen Streitigkeiten, die sie mit ihren eigenen Frauen auszufechten haben.

Bald darauf — — — Doch hier hüllen sich die Ereignisse von neuem in einen so dichten Nebel ein, daß von dem, was weiter erfolgte, nichts bekanntgeworden ist.

IV.

Vollkommener Unsinn vermag in unserer Welt Wirklichkeit zu werden, und zuweilen gehen Dinge vor sich, die jeder Glaubwürdigkeit entbehren.

Jene Nase, zum Beispiel, die in Gestalt eines Staatsrats umhergefahren war und die ganze Residenz in Aufregung versetzt hatte, befand sich auf einmal wieder, als wenn nichts geschehen wäre, an dem ihr zukommenden Platz, nämlich zwischen den beiden Wangen des Majors Kowaljew.

Das ereignete sich am siebenten April. Als der Major beim Aufwachen zufällig in den Spiegel schaute, sah er — seine Nase. Er griff mit der Hand nach ihr — es war seine Nase.

«He, he!» stieß Kowaljew hervor. Und es fehlte nicht viel, daß er vor Freude mit bloßen Füßen durch sein ganzes Zimmer einen Trepak getanzt hätte; nur das Erscheinen seines Dieners Iwan hinderte ihn daran. Er ließ sich sofort Wasser bringen, wusch sich und schaute noch einmal in den Spiegel — die Nase! Er rieb sich mit dem Handtuch ab und schaute wieder hin — die Nase!

«Sieh mal her, Iwan, mir scheint, ich habe ein Pustelchen auf meiner Nase», sagte er und dachte dabei: Was tu ich nur, wenn er jetzt sagt: ‚Nein, Herr, da ist nicht nur kein Pustelchen, da ist überhaupt keine Nase zu sehen.'?

Doch Iwan antwortete: «Keine Spur von einem Pustelchen, Herr! Die Nase ist ganz sauber.»

«Teufel noch einmal, ist das gut!» sagte sich der Major und schnalzte mit den Fingern.

In diesem Augenblicke schaute der Barbier Iwan Jakowlewitsch zur Tür herein, furchtsam wie eine Katze, die gerade verprügelt worden ist, weil sie Speck gestohlen hat.

«Sag gleich, hast du saubere Hände?» schrie Kowaljew ihn schon von weitem an.

«Sie sind sauber.»

«Du schwindelst.»

«Bei Gott, Herr, sie sind sauber.»

«Nun, dann los!»

Kowaljew setzte sich. Iwan Jakowlewitsch legte ihm das Rasiertuch um und hatte schon im nächsten Augenblick das Kinn und das ganze Gesicht des Majors gleichsam in Schlagrahm verwandelt, wie man ihn in Kaufmannshäusern an Namenstagen aufzutischen liebt.

«Sieh mal einer an!» sagte Iwan Jakowlewitsch zu sich selbst, betrachtete die Nase und drehte den Kopf des Majors auf die andere Seite, um sie auch von dort aus zu bestaunen. «Ei, ei, da ist sie ja wieder. Man möchte es kaum glauben», fuhr er in seinem Selbstgespräch fort und sah sie immer wieder von neuem nachdenklich an. Endlich hob er langsam und mit der größten nur denkbaren Vorsicht zwei Finger, um die Nase ganz an der Spitze festzuhalten. Das war so Iwan Jakowlewitschs System.

«Nu, nu, nu! Sieh dich vor!» schrie Kowaljew ihn an.

Iwan Jakowlewitsch ließ die Hände sinken und wurde so zaghaft und verwirrt wie noch nie.

Endlich begann er, immer noch mit der größten Vorsicht, das Kinn des Majors mit dem Rasiermesser zu bearbeiten. Da er nicht die gewohnte Stütze am Riechorgan seines Opfers hatte, war ihm das Rasieren höchst unbequem und fiel ihm sehr schwer. Irgendwie aber kam er doch damit zurecht, indem er seinen rauhen Zeigefinger und seinen Daumen auf die Wange und den Unterkiefer des Majors stützte.

Als der Barbier gegangen war, kleidete sich Kowaljew rasch an, nahm eine Droschke und fuhr in eine Konditorei. Beim Eintreten rief er schon von weitem: «Kellner, eine Schokolade!» — und stand im nächsten Augenblick vor dem Spiegel — die Nase war immer noch da. Erfreut wandte er sich um und musterte blinzelnden Blicks und mit einem etwas satirischen Gesichtsausdruck zwei Offiziere: einer von ihnen hatte eine Nase, nicht viel größer als ein Westenknopf.

Kurz darauf begab er sich in die Kanzlei jenes Departements, in welchem er sich um den Posten eines Vizegouverneurs oder, wenn das nicht zu erreichen war, um den eines Exekutors bewarb. Als er das Wartezimmer durchschritt, sah er in den Spiegel — er hatte eine Nase.

Von dort aus fuhr er zu einem andern Kollegienassessor (oder Major), einem großen Witzbold, auf dessen Anzüglichkeiten er gewöhnlich erwiderte: «Na, hör schon auf! Ich kenn' dich ja, altes Lästermaul!» Unterwegs dachte er: Wenn jener Major bei meinem Anblick nicht vor Lachen platzt, dann befindet sich alles an mir, was es auch sei, an Ort und Stelle. Doch der Kollegienassessor machte auch nicht den kleinsten Witz.

Hol's der Teufel! Gut! Gut! dachte Kowaljew.

Auf der Promenade kam ihm die Stabskapitänin Podtotschina mit ihrer Tochter entgegen. Er verneigte sich und wurde von ihnen mit freudigen Ausrufen begrüßt — was ihm bewies, daß er nichts Schadhaftes an sich hatte. Er unterhielt sich ziemlich lange mit ihnen, zog absichtlich seine Tabatiere hervor, stopfte sich beide Nasenlöcher mit Schnupftabak voll und dachte dabei:

Seht's euch nur an, ihr Hühnervolk! Das Töchterchen heirate ich trotzdem nicht. Sonst — par amour — bitte schön, jederzeit!

Von da an sah man den Major Kowaljew wie früher, als wenn nichts geschehen wäre, auf dem Newskij-Prospekt herumflanieren und konnte ihn in den Theatern und auch sonst überall antreffen. Die Nase saß ihm fest im Gesicht und ließ nie die Vermutung aufkommen, daß sie jemals Seitenwege eingeschlagen hätte. Er war stets bei bestem Humor, zeigte ein liebenswürdiges Lächeln und lief allen, aber auch allen hübschen Frauenzimmern nach. Ja, einmal sah man ihn sogar sich im Warenhause ein Ordensbändchen erstehen — aus welchem Grunde, ist unerfindlich; denn er besaß auch nicht den unscheinbarsten Orden.

Das ist also die befremdliche Geschichte, die sich in der nördlichen Residenz unseres weiten Reiches zugetragen hat. Erst jetzt, da wir das Ganze überblicken können, sehen wir, daß sie manches Unwahrscheinliche enthält. Noch ganz abgesehen von der Abspaltung einer Nase von dem zu ihr gehörigen Gesicht und ihrer bestürzenden Verselbständigung in Gestalt eines Staatsrates — wie konnte Kowaljew auf den monströsen Einfall kommen, sie durch eine Zeitungsanzeige suchen zu lassen? Ich sage das nicht, weil mir solch eine Anzeige etwa zu teuer vorkäme — ich bin durchaus nicht geizig —, aber ich halte es für unpassend, ungeschickt, unschön. Und dann: wie war die Nase in das frische Brot geraten? Und wie ist der Barbier Iwan Jakowlewitsch in all das verwickelt? Nein, ich verstehe es nicht, ich verstehe es ganz und gar nicht. Das befremdlichste und unverständlichste aber scheint mir, daß ein Schriftsteller überhaupt auf solch einen Vorwurf verfallen kann. Ich muß gestehen, daß das zu hoch für mich ist. Das ist ja, als wenn ... Nein, nein, ich verstehe es nicht. Denn erstens hat das Vaterland nicht den geringsten Nutzen davon — und zweitens springt auch sonst kein Vorteil dabei heraus. Kurz, ich weiß nicht, wozu das alles.

Indessen, trotz alledem, und obwohl man dieses und jenes und auch noch ein Drittes zugeben kann, und vielleicht sogar ... Ja, wo gibt es denn keine Unsinnigkeiten? Was man gegen diese Geschichte auch einwenden mag — irgend etwas ist an ihr dran. Redet, was ihr wollt: solche Dinge kommen vor. Zwar selten. Aber sie kommen vor.

DER MANTEL

Im Ministerialdepartement für . . . Doch es dürfte besser sein, dieses Departement nicht näher zu bezeichnen. Nichts auf der Welt ist leichter zu kränken als jede Art von Regierungs- und Militärkanzleien, mit einem Wort: die Beamtenschaft. Heutzutage neigt ja schon jeder Privatmann dazu, anzunehmen, man habe in seiner Person die menschliche Gesellschaft beleidigen wollen. Da soll, zum Beispiel, erst kürzlich ein einfacher Kreisrichter aus ich weiß nicht mehr welcher Stadt eine Eingabe gemacht haben, in der er äußerst scharfsinnig nachwies, daß die ganze Gesellschaftsordnung zusammenzubrechen drohe, da der heilige Name des Staates verlästert werde; und als Beweis dafür legte er seiner Eingabe einen dickleibigen romantischen Roman bei, in welchem auf jeder zehnten Seite ein Kreisrichter auftrat, der sich meist im Zustande völliger Besoffenheit befand.

Zur Vermeidung aller Unannehmlichkeiten bezeichnen wir daher das Amt, von dem hier die Rede ist, als *irgendein* Ministerialdepartement.

In irgendeinem Ministerialdepartement also tat irgendein Beamter seinen Dienst, von dem man nicht behaupten kann, daß er etwas Besonderes an sich hatte: klein von Gestalt, ein wenig pockennarbig und, allem Anschein nach, sogar etwas schwachsichtig, hatte er dünne rötliche Haare, die schon eine Glatze zu zeigen begannen; die Wangen waren von Runzeln durchzogen, und das Gesicht wies eine sozusagen hämorrhoidale Färbung auf... Was ist dabei zu machen? An dieser Gesichtsfarbe trägt das Petersburger Klima Schuld. Was seinen Dienstrang angeht (bei uns muß man zuerst und vor allem nach dem Dienstrang fragen), so war er das, was man einen «ewigen Titularrat» nennt — er gehörte somit einer Beamtenkategorie an, die schon manche unserer Schriftsteller, die ihr Mütchen an Wehrlosen zu kühlen lieben, zur Zielscheibe ihres Spottes gemacht haben.

Der Familienname dieses Beamten war Baschmatschkin*. Daraus ist zu ersehen, daß seine Vorfahren es mit Schuhen zu tun gehabt haben müssen. Wann und aus welchem Grunde man sie zuerst so genannt haben mag, ist nicht bekannt, denn sowohl sein Großvater wie sein Vater und, nebenbei bemerkt, auch sein Schwager — kurz alle Baschmatschkins — liefen in Schuhen herum, die höchstens dreimal im Jahr neu besohlt wurden.

Sein Vor- und Vatersname lautete Akakij Akakijewitsch. Dem Leser mag dieser Name vielleicht ein wenig befremdlich, ja gesucht vor-

* Baschmatschkin — Schuhmacher. Anmerkung des Übersetzers.

kommen. Es steht indessen fest, daß das in keiner Weise der Fall ist: die Umstände selbst hatten es so gefügt, daß es unmöglich war, ihm einen anderen Namen zu geben. Und das hing folgendermaßen zusammen.

Akakij Akakijewitsch wurde, wenn mich mein Gedächtnis nicht täuscht, in der Nacht auf den dreiundzwanzigsten März geboren. Seine jetzt verstorbene Mutter, eine sehr hübsche Beamtenwitwe, traf sofort Vorkehrungen, daß ihr Söhnchen, wie es sich gehört, getauft werden sollte. Sie lag in ihrem der Tür gegenüber aufgestellten Wochenbett. Zu ihrer Rechten standen die Paten: der Senatsregistrator Iwan Iwanowitsch Jeroschkin, eine sehr bemerkenswerte Persönlichkeit, und Arina Ssemjonowna Bjelobrjuschkowa, die Gattin eines Polizeibeamten, eine Frau von hervorstechenden Tugenden. Der Wöchnerin wurden drei Namen zur Auswahl vorgelegt — und zwar die der Kalenderheiligen Mokius, Sossius und Chosdasatius.

«Nein», wehrte sie ab, «nein! Das sind alles so Namen . . .»

Ihr zu Gefallen schlug man den Kalender an einer anderen Stelle auf und traf auf die Namen Trifilius, Dula und Warachatius.

«Das ist ja eine Gottesstrafe!» rief sie aus; «was sind das für Namen? Noch nie im Leben sind sie mir zu Ohren gekommen. Wenn es wenigstens Namen wie Baruch oder Waradatius wären — aber Trifilius und Warachatius! Nein!»

Ein abermaliges Aufschlagen des Kalenders

förderte die Namen Pawsikachius und Wachtissius zutage.

«Nun, ich sehe», sagte die Wöchnerin, «das ist Schicksalsfügung. Wenn es nicht anders geht, soll er den Namen seines Vaters tragen. Der hieß Akakij. Möge sein Sohn also ebenfalls Akakij heißen.»

Auf diese Weise kam es zum Namen Akakij Akakijewitsch.

Das Kind wurde getauft. Es weinte dabei und verzog sein Gesicht zu einer Grimasse, als ahnte es, daß es einmal Titularrat werden sollte. So ist das also zugegangen. Und wir erzählten es in aller Ausführlichkeit, um den Leser von der Unmöglichkeit eines anderen Namens für den Neugeborenen zu überzeugen.

Wann und unter welchen Umständen Akakij Akakijewitsch seinen Dienst angetreten und wer ihm diese Stellung verschafft hatte, dessen konnte sich niemand mehr entsinnen. Wie viele Direktoren und sonstige Vorgesetzte einander auch ablösen mochten, immer fand man ihn am selben Platz im selben Dienstrang als denselben Amtsschreiber vor, so daß die meisten die Vorstellung hatten, daß er schon vollkommen fertig in seiner Beamtenuniform und mit seinem Glatzkopf auf die Welt gekommen sein mußte.

In der Kanzlei erwies man ihm nicht die geringste Achtung. Die Kanzleidiener erhoben sich nicht von den Bänken, wenn er an ihnen vorbeiging; sie schauten ihn nicht einmal an, als se bloß eine Fliege durchs Vorzimmer geflogen Die Vorgesetzten behandelten ihn mit kalter

Hochmut. Wenn ihm irgendein Gehilfe des Bureauchefs Papiere unter die Nase hielt, so sagte er weder: «Schreiben Sie das einmal bitte ab», noch: «Da haben Sie aber endlich eine interessante Sache», noch sonst etwas dergleichen, wie es unter wohlerzogenen Beamten üblich ist. Er aber nahm die Papiere entgegen, vergewisserte sich nicht einmal, wer sie ihm gebracht hatte und ob er überhaupt dazu befugt war, sondern machte sich gleich ans Abschreiben.

Die jüngeren Beamten lachten und spotteten über ihn, soweit ihr kümmerlicher Witz ausreichte. Sie erzählten sich in seiner Gegenwart Geschichten, die sie über ihn erfunden hatten, versicherten, daß seine Wirtin, eine siebenzigjährige Greisin, ihn verprügle, frugen ihn, wann er sie endlich heiraten werde, und schütteten ihm Papierschnitzel auf den Kopf, unter der Vorgabe, daß es schneie.

Akakij Akakijewitsch antwortete auf all das mit keinem Wort, als wären die andern für ihn überhaupt nicht vorhanden. Ja, es schien ihn nicht einmal in seiner Arbeit zu stören: inmitten all dieser Belästigungen machte er nie auch nur den geringsten Schreibfehler. Einzig wenn sie es gar zu toll trieben und ihn am Arm zerrten, um ihn am Schreiben zu verhindern, konnte er mitunter sagen:

«Lassen Sie das doch. Warum wollen Sie mich unbedingt kränken?»

Und es war etwas Seltsames, was dann in seinen Worten und in seiner Stimme mitklang, etwas eigentümlich Rührendes — so daß ein junger Kollege, der erst seit kurzem in diese Kanzlei versetzt worden war, und der, dem Beispiel der andern folgend, Unfug mit ihm treiben wollte, plötzlich, wie ins Herz getroffen, innehielt und von jenem Augenblick an alles gleichsam in einem neuen Licht erblickte; er fühlte sich wie durch eine übernatürliche Macht von seinen Genossen, die er bis dahin für anständige, wohlerzogene junge Leute gehalten, abgestoßen, und ihm fiel noch lange Zeit später, oft mitten in fröhlichster Gesellschaft, der kleine glatzköpfige Beamte ein, der die Worte: «Lassen Sie das doch. Warum wollen Sie mich unbedingt kränken?» so merkwürdig ausgesprochen hatte. Aus diesen Worten tönten unhörbar andere Worte hervor: «Ich bin ja dein Bruder!» Und der junge Mann konnte dann sein Gesicht mit der Hand bedecken und beim Gedanken zusammenzucken, wieviel Unmenschliches der Mensch an sich habe und wieviel ungezügelte Bestialität sich unter verfeinerter Weltläufigkeit verstecke — manchmal sogar — Gott sei es geklagt! — bei einem Manne, den die ganze Welt für edel und wohlgeraten hält...

Man hätte kaum jemand finden können, der so sehr in seiner Arbeit aufging wie Akakij Akakijewitsch. Es hieße ihn verkennen, wenn man behaupten wollte, daß er eifrig seine Pflicht erfüllte — er erfüllte sie mit Liebe. In den Abschriften, die er anzufertigen hatte, tat sich eine bunte und reiche Welt vor ihm auf. Der Genuß, den ihm seine Arbeit bereitete, drückte sich in seinem ganzen Gehaben aus. Gewisse Buchstaben waren seine besonderen Lieblinge; wenn er sie hinmalte, geriet er wie außer sich: er lächelte, blinzelte mit den Augen und half mit den Lippen nach, so daß man fast jeden Buchstaben, den seine Feder aufs Papier setzte, von seinem Gesicht ablesen konnte. Wenn man ihn seinem Eifer entsprechend hätte belohnen wollen, so hätte man ihn zum Staatsrat befördern müssen. In Wirklichkeit jedoch hatte er sich, wie seine Kollegen sich auszudrücken beliebten, nur eine Ordensschnalle am Hosenband und Hämorrhoiden am Hintern ersessen.

Es stimmt übrigens nicht ganz, daß man obrigkeitlicherseits nie auf ihn aufmerksam geworden wäre. Ein gutmütiger Direktor hatte ihn einmal für seine langjährigen Dienste belohnen wollen und angeordnet, daß man ihn mit etwas Wichtigerem beschäftigen solle als mit gewöhnlichem Abschreiben. Man übertrug ihm, aus verschiedenen Aktenstücken einen zusammenfassenden Bericht für eine andere Abteilung herzustellen, dergestalt, daß er einige Überschriften zu ändern und die erste Person bei einigen Zeitwörtern durch die dritte Person zu ersetzen gehabt hätte. Das kostete ihn indessen so viel Mühe, daß er in Schweiß geriet, sich in einem fort die Stirn abtrocknen mußte und schließlich sagte:

«Nein! Geben Sie mir lieber etwas zum Abschreiben!»

Und von da ab blieb es für ihn bis an sein Lebensende bei seiner gewohnten Beschäftigung.

Außer diesem Abschreiben schien es auf der ganzen Welt nichts anderes mehr für ihn zu geben.

Nicht einmal um seine Kleidung kümmerte er sich. Seine ehemals grüne Uniform hatte eine rötliche Färbung angenommen. Ihr Kragen war so nieder und eng, daß sein an und für sich normaler Hals hoch aus ihm hervorragte und ungewöhnlich lang schien, wie bei jenen Gipskatern mit beweglichen Köpfen, welche von ausländischen Straßenhändlern, die sie zu ganzen Dutzenden auf dem Kopf herumtragen, zum Verkauf ausgeboten werden. Außerdem blieb immer etwas an seiner Uniform hängen, sei es ein Strohhalm oder irgendein Fädchen. Auch hatte er, wenn er unterwegs war, das merkwürdige Geschick, gerade dann unter einem Fenster vorbeizugehen, wenn irgendein Unrat auf die Straße geschüttet wurde, so daß er auf seinem Hutrand meist Melonenkerne, Apfelsinenschalen und ähnliches mit sich trug.

Noch niemals in seinem ganzen Leben hatte er dem, was alltäglich auf der Straße vor sich ging, die geringste Aufmerksamkeit geschenkt — während besonders seine jüngeren Kollegen nichts anderes so genau beobachteten und scharfäugig bemerkten, wie wenn, zum Beispiel, einem Passanten auf der anderen Seite der Straße die Hosenstrippe gerissen war, was stets ein überlegenes Grinsen auf ihren Gesichtern hervorrief. Akakij Akakijewitsch dagegen sah auf seinen Gängen immer nur die ebenmäßigen Zeilen seiner Schriftstücke vor seinem inneren Auge stehen, so daß erst das laute Schnauben einer plötzlich dicht über seinen Schultern auftauchenden Pferdeschnauze ihn daran gemahnte, daß er sich nicht mitten in einer Schriftzeile, sondern mitten auf der Straße befand.

Wenn er nach Hause kam, setzte er sich gleich an den Tisch, löffelte seine Kohlsuppe aus und schluckte, ohne irgend etwas zu schmecken, ein von Gott oder dem Zufall mit toten Fliegen und ähnlichen Zutaten gewürztes Stückchen Rindfleisch mit Knoblauch hinunter. Sobald er spürte, daß sein Magen sich zu füllen begann, erhob er sich, holte Tinte und Papier herbei und machte sich an das Kopieren von Akten, die er zu diesem Zweck mit nach Hause genommen hatte. Wenn einmal zufällig keine vorhanden waren, da er schon alles aufgearbeitet hatte, fertigte er zu seinem eigenen Vergnügen Kopien von solchen Aktenstücken an, die ihm nicht wegen ihres Inhaltes, sondern wegen der Personen, an die sie gerichtet waren, wichtig vorkamen.

Sogar zu jenen Stunden, wenn der graue Petersburger Himmel völlig erlischt und das Beamtenheer sich an seinem Mittagsmahl sattgegessen hat, dessen Beschaffenheit sich nach den persönlichen Gelüsten und dem jeweiligen Inhalt der Geldbeutel richtet; wenn alles vom Federgekritzel in den Kanzleien und vom geschäftigen Getue, mit dem der unruhige Mensch sich oft über Gebühr belastet, ausruht; wenn die einzelnen Beamten in der ihnen verbliebenen Zeit sich ihrem Vergnügen hingeben — dieser, indem er auf der Straße herumflaniert, um die neuesten Hutmoden der Damen zu prüfen, jener, indem er abenteuerlustig ins Theater eilt, ein anderer, indem er irgendeine Familie seines armseligen Bekanntenkreises aufsucht, um sich einem leidlich hübschen Frauenzimmer gegenüber in Komplimenten zu erschöpfen, und wieder ein anderer, indem er zu einem in einer Zweizimmerwohnung mit Küche und Vorzimmer hausenden unverheirateten Kollegen geht, der seine Höhle mit einer Lampe oder irgendwelchen modischen Nichtigkeiten ausgeschmückt hat, um derentwillen er auf viele andere Genüsse und manches Mittagessen verzichten muß —: mit einem Wort, auch zu jenen Stunden, da die meisten Beamten sich über die verschiedensten kleinen Behausungen ihrer Freunde verstreuen, um einige stürmische Whistpartien zu spielen und sich an Tee, billigem Gebäck und Tabakspfeifen zu erlaben, wobei sie sich, während die Karten verteilt werden, irgendeinen Klatsch aus der höheren Gesellschaft erzählen, der selbst bis zu ihnen gedrungen ist (wovon die wenigsten Russen lassen können), oder eine uralte Anekdote auftischen, wie, zum Beispiel, diejenige vom Kommandanten, welcher der Meldung Glauben schenkte, Übeltäter hätten dem erzenen Pferde auf dem Denkmal Peters des Großen den Schwanz ausgerissen —: also auch zu jenen der Zerstreuung und dem Amüsement geweihten Stunden hatte niemand Akakij Akakijewitsch sich jemals zerstreuen gesehen oder ihn in einer noch so bescheidenen Beamtengesellschaft angetroffen. Wenn er sich nach Herzenslust sattgeschrieben, legte er sich zu Bett, lächelte im Einschlafen beim Gedanken an den kommenden Tag und frug sich, welche Schriftstücke Gott ihm morgen zu kopieren vergönnen werde.

So floß das friedliche Leben eines Menschen dahin, der bei vierhundert Rubeln Jahresgehalt mit seinem Lose zufrieden zu sein verstand, und würde wohl bis ins hohe Alter so verlaufen sein, wenn es nicht einen jener unliebsamen Zwischenfälle gegeben hätte, mit denen der Lebensweg nicht nur der Titularräte, sondern auch der Hofräte und wirklichen Geheimräte, ja sogar solcher Persönlichkeiten bestreut zu sein pflegt, die weder einen Rat zu erteilen noch zu empfangen vermögen.

Es gibt in Petersburg einen grimmigen Feind aller von etwa vierhundert Rubeln Jahresgehalt lebenden Menschen. Dieser Feind ist niemand anderes als unser nordischer Frost, von dem so gerne behauptet wird, daß er der Gesundheit sehr zuträglich sei. Um die neunte Morgenstunde, also gerade, wenn die Straßen voll von Beamten sind, die in ihre Departemente eilen, zwickt er alle Nasen ohne Ausnahme so heftig, daß die armen Beamten nicht wissen, wohin sie die ihren stecken sollen. Wenn selbst hohen Würdenträgern der Kopf schmerzt und die Tränen in die Augen treten, so sind kleine Titularräte der Kälte zuweilen vollkommen wehrlos ausgesetzt. Der einzige Ausweg besteht für sie darin, die fünf oder sechs Straßen bis zu ihren Kanzleien, so schnell sie nur irgend können, zu durchlaufen und sich dann in den Portierlogen die Füße warmzustampfen und alle ihre unterwegs eingefrorenen bürokratischen Fähigkeiten wieder auftauen zu lassen.

Akakij Akakijewitsch fühlte seit einiger Zeit, wie der Frost ihn stärker als sonst in den Rücken und in die Schultern stach, obwohl er seinen täglichen Weg fast im Sturmschritt zurücklegte. Er begann darüber nachzudenken und geriet schließlich auf den Verdacht, sein Mantel könnte schuld daran sein. Er untersuchte ihn zu Hause und mußte zu seinem Leidwesen feststellen, daß er an zwei, drei Stellen — gerade auf dem Rükken und an den Schultern — dünn wie ein Fliegennetz geworden war: der Stoff hatte sich bis zur Fadenscheinigkeit durchgescheuert und das Futter sich in seine Bestandteile aufgelöst.

Nun muß man wissen, daß dieser Mantel bei den Kollegen Akakij Akakijewitschs schon lange zu einem Gegenstand des Spottes geworden war, so daß sie ihm sogar den ehrlichen Namen eines Mantels geraubt hatten und ihn eine Kapuze zu nennen beliebten. Und man muß zugeben, daß es in der Tat eine besondere Bewandtnis mit ihm hatte: sein Überhangkragen verkürzte sich von Jahr zu Jahr, denn im Lauf der Zeit wurde Stück für Stück von ihm abgeschnitten, um andere schadhafte Stellen damit auszubessern. Diese Flickarbeit wurde aber nicht von der kunstvollen Hand eines Schneiders vorgenommen und machte einen plumpen und häßlichen Eindruck.

Als Akakij Akakijewitsch sich über diesen Tatbestand klargeworden war, beschloß er, den Mantel zum Schneider Petrowitsch zu bringen, der im selben Hause vier Stock hoch an der Hintertreppe wohnte und trotz seines schielenden Auges und seiner Pockennarbigkeit mit viel Glück die Hosen und Fräcke von Beamten und anderen Sterblichen wieder instand setzte — natürlich nur, wenn er sich in nüchternem Zustand befand und nicht irgendeinem Gehirnphantom nachjagte.

Es hat eigentlich wenig Sinn, viel über den Schneider auszusagen. Doch da es nun einmal hergebracht ist, daß der Charakter jeder in einer Novelle auftretenden Person seine deutlichen Umrisse haben muß, so bleibt uns nichts anderes übrig, als uns auch diesen Petrowitsch vorzunehmen.

Früher, als er noch der Leibeigene eines großen Herrn gewesen war, hatte er einfach Grigorij geheißen. Petrowitsch nannte er sich erst, seit er sich freigekauft und die Gewohnheit angenommen hatte, sich anfangs nur an hohen, bald aber auch an allen geringeren Kirchenfeiertagen ausgiebig zu betrinken. In dieser Hinsicht war er den Urväterüberlieferungen treu geblieben und beschimpfte seine Frau, wenn er mit ihr in Streit geriet, als heidnische Deutsche.

Da wir nun schon einmal seine Frau erwähnt haben, müssen wir auch über sie zwei Worte sagen. Doch leider haben wir nicht viel über sie in Erfahrung bringen können, außer etwa der Tatsache, daß sie eben Petrowitsch zum Manne hatte und statt eines Kopftuches eine Haube trug. Einer besonderen Schönheit hat sie sich, scheint es, nicht rühmen können; jedenfalls wagten es nur Gardesoldaten, ihr bei einer zufälligen Begegnung unter die Haube zu schauen — und auch die wandten sich mit gesträubtem Schnurrbart von ihr ab und stießen dabei unbestimmte abwehrende Laute aus.

Als Akakij Akakijewitsch die Hintertreppe zur Dachwohnung des Schneiders emporklomm — eine Treppe, die, der Wahrheit die Ehre zu geben, feucht vom Scheuern war und ganz von jenem augenätzenden Spiritusdunst durchtränkt schien, der allen Hintertreppen in ganz Petersburg anhaftet — überschlug er, was Petrowitsch wohl für seine Arbeit verlangen würde, und beschloß, ihm nicht mehr als zwei Rubel zuzugestehen.

Die Wohnungstür stand weit offen, denn die Schneidersfrau, die gerade einen Fisch briet, hatte in der Küche solch einen Dampf entwickelt, daß man kaum die überall herumwimmelnden Schaben wahrzunehmen vermochte. Ungesehen von ihr, durchschritt Akakij Akakijewitsch die Küche und betrat die Stube, in der er Petrowitsch mit untergeschlagenen Beinen wie einen türkischen Pascha auf einem breiten ungestrichenen Holztisch hocken sah. Seine Füße waren, wie bei allen über ihrer Arbeit sitzenden Schneidern, nackt. Was Akakij Akakijewitsch aber zuerst in die Augen fiel, war der Zeigefinger des Schneiders, dessen verkrüppelter Nagel hart und starr wie Schildkrötenhorn aussah. Um seinen Hals baumelten Seiden- und Garnstränge und auf seinem Schoß lag ein abgetragener Rock.

Schon drei Minuten lang mühte er sich damit

ab, einen Faden durchs Nadelöhr zu ziehen, was ihm durchaus nicht gelingen wollte. Infolgedessen kochte ein Grimm, zuerst über die Dunkelheit, dann aber auch über den Faden selbst in ihm hoch, den er halblaut zu beschimpfen begann:

«Er will und will nicht hinein, dieser Barbar! Er wird mich noch rasend machen, dieser Schurke!»

Akakij Akakijewitsch war es nicht angenehm, den Schneider gerade in einem Augenblick der Wut angetroffen zu haben. Er hätte sein Anliegen lieber erst vorgebracht, wenn sich jener unter der Einwirkung eines beruhigenden Getränks befunden oder, wie seine Frau sich auszudrücken liebte, «wenn der einäugige Teufel einen sitzen gehabt hätte». In solch einem Zustande ging er sehr gern auf die Wünsche seiner Kunden ein, wurde bald mit ihnen handelseinig und bedankte sich noch unter Kratzfüßen bei ihnen. Freilich mischte sich dann oft seine Frau ein und beklagte sich unter Tränen, daß er in seiner Besoffenheit viel zu wenig verlangt hätte. Doch es genügte meist, daß man in solch einem Fall einige Groschen drauflegte — und die ganze Sache war sozusagen in Butter. Heute dagegen schien Petrowitsch noch nüchtern zu sein; und wenn er nüchtern war, gab er sich abweisend und hochfahrend und versuchte der Teufel weiß was für Preise herauszuschlagen.

Akakij Akakijewitsch hatte es im Gefühl, daß heute mit Petrowitsch nicht viel anzufangen wäre, und hätte sich am liebsten unbemerkt davongemacht. Doch es war zu spät: er sah, daß das Auge des Schneiders — Petrowitsch besaß nur eines — sich schon auf ihn gerichtet hatte, und sagte fast gegen seinen Willen:

«Guten Tag, Petrowitsch.»

«Wünsche Ihnen das gleiche, Herr!» antwortete Petrowitsch und schielte auf die Hände des Titularrates, um herauszubekommen, was für eine Beute dieser ihm zutrage.

«Ich komme zu dir, Petrowitsch, um... das heißt, sozusagen...»

Nun muß man wissen, daß sich Akakij Akakijewitsch meist durch Präpositionen, Adverbia, ja zuweilen durch bloße Wortpartikel, denen auch nicht der geringste Sinn innewohnte, auszudrücken liebte. Wenn es sich um eine sehr schwierige Angelegenheit handelte, konnte es vorkommen, daß er den angefangenen Satz überhaupt nicht beendete, so daß er etwa den Worten: «Die Sache ist gewissermaßen die, daß...» nichts mehr hinzufügte, weil er schon alles gesagt zu haben vermeinte.

«Worum handelt es sich also?» frug Petrowitsch und musterte unterdessen mit seinem einzigen Auge, angefangen vom Kragen bis zu den Ärmeln, den Rückenfalten und den Knopflöchern, die ganze Beamtenuniform des Titularrates, die er sehr gut kannte, da sie ein Werk seiner eigenen Hände war. Das ist nun schon einmal so mit allen Schneidern auf unserer Erde: sie können gar nicht anders, als ihre Mitmenschen bei jeder Begegnung einer solchen Musterung zu unterziehen.

«Ja ... da bin ich nun, Petrowitsch», hub Akakij Akakijewitsch wieder an, «es ist wegen meines Mantels, mußt du wissen ... Der Stoff ist noch recht haltbar ... aber an einigen wenigen Stellen vielleicht ein ganz klein bißchen schadhaft ... ein bißchen abgenutzt, möchte man sagen ... Sonst ist er noch gewissermaßen wie neu ... Nur hier auf dem Rücken — und allenfalls noch an der einen Schulter ist er etwas durchgewetzt, könnte man meinen ... Das ist alles ... Schau ihn dir mal an ... Das gibt nicht viel Arbeit ...»

Petrowitsch griff nach dem Mantel, breitete ihn auf dem Tisch aus, untersuchte ihn gründlich und schüttelte mit dem Kopf. Dann langte er mit der Hand nach seiner auf der Fensterbank liegenden Schnupftabaksdose, deren Deckel das Bild eines nicht mehr identifizierbaren Generals trug, denn dort, wo sich einst das Gesicht befunden, war der Deckel vom harten Zeigefinger des Schneiders durchstoßen und das Loch mit einem viereckigen Pappstückchen verklebt worden. Nachdem Petrowitsch umständlich eine Prise genommen, setzte er seine Untersuchung fort, hielt den Mantel gegen das Licht und schüttelte wieder mit dem Kopf. Immer noch kopfschüttelnd, wandte er ihn um, tastete das Futter ab, bediente sich noch einmal aus der mit dem verklebten Generalsgesicht geschmückten Dose, klappte den Deckel zu, schob die Dose an ihren Platz zurück und sagte endlich:

«Nein! Da ist nichts mehr zu machen. Ein völlig untaugliches Kleidungsstück.»

Akakij Akakijewitsch fühlte, wie sich sein Herz bei diesen Worten zusammenkrampfte.

«Aber warum denn nur, Petrowitsch?» rief er mit der fast flehenden Stimme eines Kindes aus. «Da ist doch nur diese eine kleine dünngewordene Stelle an den Schultern ... Du hast doch sicher einige Flicken ...»

«Ja, Flicken hätte ich wohl, die ließen sich schon finden», erwiderte Petrowitsch. «Aber wie sie aufnähen? Da braucht man nur mit der Nadel anzukommen — und das Ganze geht auseinander. Der Stoff ist morsch.»

«Mag es doch auseinandergehn! Dann müssen eben immer wieder neue Flicken aufgesetzt werden.»

«Worauf? Woran soll ich sie befestigen? Nein, das Ding da ist nur noch unbrauchbarer Plunder. Ein Windstoß — und es fliegt in Fetzen auseinander.»

«Versuch's doch noch einmal mit den Flikken! Was soll ich denn sonst anfangen? ... Wirklich, ich ...»

«Nein!» antwortete Petrowitsch sehr bestimmt. «Da läßt sich gar nichts mehr machen. Der Stoff ist zu fadenscheinig. Sie können ihn nur zerschneiden und sich für den Winter Fußlappen daraus machen; denn Socken halten nicht warm genug, die sind von den Deutschen erfunden worden, um möglichst viel Geld herauszuschinden.» (Petrowitsch benutzte jede Gelegenheit, um über die Deutschen zu schimpfen.) «Und was den Mantel angeht», fügte er nach einer Weile hinzu, «so müssen Sie sich eben einen neuen anschaffen.»

Beim Worte «neu» wurde es Akakij Akakijewitsch schwarz vor den Augen. Alles im Zimmer begann sich um ihn zu drehn. Das einzige, was er noch deutlich zu erkennen vermochte, war das mit Pappe verklebte Generalsgesicht auf der Schnupftabaksdose des Schneiders.

«Das heißt... wie?... Einen neuen Mantel?» stammelte er, wie von einem Traum befangen. «Ich habe ja gar kein Geld für so etwas.»

«Jawohl, einen neuen Mantel», wiederholte Petrowitsch mit einer schauerlichen Gelassenheit.

«Und wie ist das nun?... Wenn ich wirklich... einen neuen... ich meine, wieviel?...»

«Sie meinen, wieviel Sie dafür anlegen müssen?»

«Jawohl.»

«So um drei Halbhunderter herum wird die Sache schon kosten», antwortete Petrowitsch und kniff vielsagend die Lippen zusammen. Er liebte sehr starke Effekte und es machte ihm ein ausnehmendes Vergnügen, jemandem einen Schrecken einzujagen und dann mit seinem einen schielenden Auge das verzerrte Mienenspiel des Betroffenen zu beobachten.

«Was?! Hundertundfünfzig Rubel für einen Mantel?!» schrie Akakij Akakijewitsch auf. Es war vielleicht der erste Aufschrei seit seiner Geburt; denn er zeichnete sich sonst immer durch eine besonders leise und schüchterne Stimme aus.

«Jawohl», bestätigte Petrowitsch; «dafür bekommen Sie aber auch einen Mantel, der sich sehen lassen kann. Und wenn Sie noch etwas für einen Pelzkragen aus Marderfell und eine seidengefütterte Kapuze hinzufügen, so macht es im ganzen so an die zweihundert Rubel.»

«Petrowitsch! Ich bitte dich!» flehte Akakij Akakijewitsch, ohne auf die effektvollen Worte des Schneiders zu achten, da sich alles in ihm dagegen wehrte, sie auch nur zu verstehen; «versuch's noch einmal mit meinem alten Mantel, so daß ich ihn noch eine kleine Weile tragen kann. Irgendwie muß es doch gehen.»

«Nein! Das hieße nur Zeit verschwenden und unnütz Geld ausgeben», sagte der Schneider.

Und Akakij Akakijewitsch verließ auf diesen Bescheid hin vollkommen vernichtet die Werkstatt. Als er gegangen war, blieb Petrowitsch noch lange stehen, nagte sich vielsagend an den Lippen und begab sich, äußerst zufrieden damit, daß er seine persönliche Würde und die Ehre der Schneiderkunst gewahrt hatte, nicht mehr an seine Arbeit zurück.

Auf der Straße taumelte Akakij Akakijewitsch wie im Traume dahin.

«So ist das also», sagte er sich, «so liegt die Sache. Ich hatte, weiß Gott, nicht geahnt, daß so etwas ...» Und nach einem kurzen Schweigen fügte er hinzu: «Nein, so etwas! Das ist also dabei herausgekommen! Wie hätte ich das voraussehen können, daß mir so etwas ...» Er verstummte wieder lange und stieß dann hervor: «Wahrhaftig ... Wenn ich das nur früher ... Nie und nimmer würde ich dann ... unter solchen Umständen ...»

So mit sich selber sprechend, hatte er, ohne es zu merken, eine ganz verkehrte Richtung eingeschlagen. Ein eiliger Schornsteinfeger streifte ihn und verunreinigte seinen Mantel im Vorbeigehn mit Ruß. Vom Dach eines Neubaus flog ihm eine Ladung Gipsstaub auf den Hut. Doch er spürte nichts davon. Erst als er mit einem Wachtposten zusammenprallte, der seine Hellebarde beiseite gestellt hatte, um mit seinen schwieligen Fingern etwas Schnupftabak aus seiner Dose auf den Handrücken zu schütten, fuhr er aus seinem fiebrigen Zustande auf, und auch das nur, weil der Posten ihn anschrie: «Was rennst du denn einem direkt in die Schnauze? Gibt's hier denn kein Trottoir?»

Das veranlaßte ihn, sich flüchtig umzuschaun und kehrtzumachen. Erst jetzt begann er zu sich zu kommen, seine Gedanken zu sammeln und die ganze Lage klarer zu überschauen, so daß er sein Selbstgespräch nicht mehr so abgerissen, sondern vernünftiger und offenherziger fortsetzen konnte, als beriete er sich mit einem wohlwollenden Freunde über eine intime Herzensangelegenheit.

«Nein», sagte er sich, «heute war mit Petrowitsch nichts anzufangen. Er war gewissermaßen ein wenig ... Wahrscheinlich hatte ihn seine Frau gerade verprügelt ... Ich will ihn am Sonntagmorgen aufsuchen. Nach der Samstagsarbeit wird er ein bißchen schief geladen haben, da muß er sich seinen Rausch mit einem neuen Schnaps vertreiben. Seine Frau gibt ihm kein Geld dazu. Ich will ihm ein Zehnkopekenstück in die Hand drücken — und er wird umgänglicher sein und sich wegen des Mantels nicht mehr so ablehnend verhalten.»

Als er diesen Entschluß gefaßt hatte, fühlte Akakij Akakijewitsch neuen Mut und wartete den nächsten Sonntag ab. Er beobachtete von fern, wie die Schneidersfrau aus irgendeinem Grunde ausging, und verfügte sich unmittelbar darauf wieder zu Petrowitsch.

Dieser hatte am Samstagabend mit seinem Schielauge tatsächlich zu tief ins Glas geguckt, saß mit gesenktem Kopf da und war völlig verschlafen. Trotzdem schien er, als Akakij Akakijewitsch endlich auf seine Sache zu sprechen kam, wie vom Teufel gestochen zu sein, denn er sagte:

«Nein! Belieben Sie sich einen neuen Mantel zu bestellen!»

Akakij Akakijewitsch drückte ihm ein Zehnkopekenstück in die Hand.

«Danke untertänigst, Herr», erwiderte der Schneider, «ich werde mich stärken und auf Ihr Wohl trinken. Aber wegen des alten Mantels wollen Sie sich bitte nicht länger beunruhigen. Ich werde Ihnen zu Ihrer Zufriedenheit einen neuen Mantel nähen. Dabei wollen wir nun einmal verbleiben.»

Akakij Akakijewitsch wollte noch einmal etwas vom Flicken anfangen. Doch Petrowitsch ließ ihn erst gar nicht zu Ende reden.

«Ich nähe Ihnen einen neuen. Darauf können Sie sich unbedingt verlassen. Ich werde mir jede nur erdenkliche Mühe geben. Man kann den

Kragen sogar, nach der neuesten Mode, unter der Applizierung mit silbernen Haken und Ösen versehen.»

Da sah Akakij Akakijewitsch endlich ein, daß sich die Anschaffung eines neuen Mantels nicht länger umgehen ließ, und wurde von neuem kleinmütig.

Wie und woher sollte er sich das Geld dazu beschaffen? Er konnte sich freilich bis zu einem gewissen Grade auf die zu erwartende Weihnachtsgratifikation verlassen. Doch dieses Geld hatte er eigentlich schon im voraus ausgegeben: er mußte sich eine neue Hose kaufen und eine alte Schuld beim Schuster bezahlen, der ihm zwei Paar Stiefel neu besohlt hatte; auch hatte er sich vorgenommen, bei der Weißnäherin zwei Paar unaussprechliche Wäschestücke anfertigen zu lassen. Selbst wenn der Direktor in einem Anfall guter Laune die Gratifikation auf fünfundvierzig, ja sogar auf fünfzig Rubel erhöhen sollte, so war das, angesichts des Kapitals, das er im neuen Mantel zu investieren hatte, nur ein Tropfen auf den heißen Stein.

Nun war es ihm zwar bekannt, daß Petrowitsch die Gewohnheit hatte, seine Preise anfangs zu einer weiß der Teufel wie hohen Summe emporzuschrauben, so daß seine Frau ihn mitunter anschrie: «Bist du verrückt geworden? Manchmal arbeitest du fast umsonst, und ein anderes Mal forderst du eine unmenschliche Bezahlung.» Akakij Akakijewitsch konnte infolgedessen mit Recht annehmen, der Schneider würde ihm den Mantel schließlich für nicht mehr als achtzig Rubel nähen. Aber woher sollte er selbst diese achtzig Rubel hernehmen? Wenn es sich um die Hälfte gehandelt hätte — darüber wäre noch zu reden gewesen, ja er hätte sogar noch ein klein wenig mehr beschaffen können. Aber die andere Hälfte?

Hier müssen wir dem Leser verraten, woher jene erste Hälfte stammte. Akakij Akakijewitsch hatte es sich zur Gewohnheit gemacht, zehn Kopeken von jedem Rubel, den er ausgab, in einen kleinen, mit einem Schlitz versehenen, fest verschlossenen Kasten zu tun. Alle halben Jahre revidierte er diese ersparten Kupferstücke und wechselte sie in kleine Silbermünzen um. So hatte er es schon seit einiger Zeit gehalten und etwas mehr als vierzig Rubel angehäuft. Die Hälfte der erforderlichen achtzig Rubel stand ihm also zur Verfügung. Wie sollte er aber zu den weiteren vierzig gelangen?

Er grübelte und grübelte — und verfiel schließlich darauf, daß er seine täglichen Ausgaben etwa für die Dauer eines Jahres einschränken konnte. Vor allem mußte er auf den abendlichen Tee und auf die Kerzen verzichten; in dringlichen Fällen konnte er ja im Zimmer der Wirtin bei ihrer Kerze schreiben. Bei seinen Gängen durch die Stadt galt es, holprigen Pflastersteinen tunlichst auszuweichen und überhaupt äußerst vorsichtig, fast nur mit den Fußspitzen aufzutreten, um die Stiefelsohlen zu schonen. Die Leibwäsche mußte seltener in die Wäsche gegeben werden; auf daß sie länger vorhielte, hieß es, sich ihrer gleich bei der Heimkehr zu entledigen und im wattierten Schlafrock dazusitzen, den er lange geschont hatte, so daß die Zeit ihm nicht sonderlich mitzuspielen vermochte.

Es soll nicht verschwiegen werden, daß es ihn anfangs ein wenig hart ankam, sich all diesen Einschränkungen zu unterwerfen. Doch es dauerte nicht lange, und er hatte sich damit abgefunden und sich sogar daran gewöhnt, am Abend meist hungrig zu Bett zu gehen. Dafür sog sein Geist um so kräftigere Nahrung aus dem Gedanken an seinen zukünftigen Mantel.

Von jener Zeit an gewann sein ganzes Leben gleichsam an Fülle, als wenn er geheiratet hätte und ein ganz neuer Mensch mit ihm zusammenlebte. Er war nicht mehr allein. Ihm war zumute, als hätte sich eine freundliche Genossin entschlossen, ihn auf seinem Lebensweg zu begleiten. Und diese Freundin war niemand anderes als der neue Mantel, dick wattiert und gut gefüttert. Er war irgendwie lebhafter geworden und zeigte eine energischere Haltung, wie ein Mann, der sich ein festes Lebensziel gesetzt. Aus seinem Gesichtsausdruck und seinen Gebärden waren alle Unbestimmtheit und Unentschlossenheit gewichen. In seinen Augen brannte manchmal ein heimliches Feuer, in seinem Kopfe dämmerten übermütige und kühne Pläne. So dachte er, zum Beispiel, hin und wieder wirklich an einen echten Marderkragen für den Mantel — und derartige Erwägungen bewirkten dann gelegentlich, daß ihn Anwandlungen von Zerstreutheit befielen. Eines Tages entdeckte er, daß ihm beim

Abschreiben beinahe ein Fehler unterlaufen wäre, so daß er nahe daran war, ein erschrokkenes «Ach» laut werden zu lassen, worauf er hastig ein Kreuz schlug.

Im Laufe der folgenden Zeit suchte er alle paar Wochen Petrowitsch auf, um sich mit ihm über den Mantel zu beraten: wo und zu welchem Preise man das Tuch einkaufen und für welche Farbe man sich entscheiden sollte. Von solchen Beratungen kehrte er zwar ein wenig besorgt, aber immer befriedigt nach Hause zurück und malte sich in Gedanken stundenlang aus, wie es sein würde, wenn man diese Einkäufe endlich tätigen könnte und der Mantel sich zu guter Letzt in seinem Besitz befände.

Im übrigen trat das früher als erhofft ein. Der Departementsdirektor ordnete an, daß Akakij Akakijewitsch eine Gratifikation nicht von vierzig oder fünfundvierzig, sondern von ganzen sechzig Rubeln ausbezahlt werden sollte. Ob er geahnt hatte, daß der Titularrat gerade jetzt eines neuen Mantels bedürftig war, oder ob andere Erwägungen mitgespielt hatten — jedenfalls besaß Akakij Akakijewitsch plötzlich zwanzig Rubel mehr, als er vorausgesetzt hatte. Das beschleunigte natürlich den Lauf der Dinge. Nur noch eine kurze Hungerzeit — und die achtzig Rubel waren beisammen.

Sein sonst so ruhiges Herz begann rascher zu pochen. Gleich am ersten Tage nach der Erreichung dieses Zwischenzieles begab er sich mit Petrowitsch in die Tuchläden. Sie entschieden sich bald für einen sehr guten Stoff, denn sie hatten lange alles vorausüberlegt und sich in der letzten Zeit in den in Betracht kommenden Kaufläden häufig nach den Preisen erkundigt. Petrowitsch versicherte, ein besseres Tuch sei gar nicht aufzutreiben. Für das Futter suchten sie einen soliden, dichtgewebten Kaliko-Stoff aus, der, nach der Meinung des Schneiders, besser und haltbarer als Seide war und zudem wundervoll glänzte. Zu einem Marder langte es zwar nicht, sie erwarben dafür aber das beste im Geschäft vorrätige Katzenfell, das man von weitem tatsächlich für Marder halten konnte.

Petrowitsch machte sich nicht mehr als zwei Wochen mit dem Mantel zu schaffen. Er wäre sogar noch einige Tage früher fertig geworden, wenn ihn das Steppen nicht so viel Zeit gekostet hätte. Für seine Arbeit verlangte er zwölf Rubel — für weniger hätte er sie unter keinen Umständen leisten können; denn er hatte alles doppelt mit Seide genäht und die Nähte mit seinen eigenen Zähnen geglättet, wovon einige schwache, aber erkennbare Spuren zurückgeblieben waren.

Es geschah an einem — schwer zu sagen, an welchem Tage — in jedem Falle war es aber wohl der feierlichste Tag im Leben des Titularrates, als ihm Petrowitsch — endlich — den Mantel brachte. Es war am frühen Morgen, gerade, als Akakij Akakijewitsch sich auf den Weg in seine Kanzlei machen wollte. Zu keinem Zeitpunkt hätte der Mantel ihm gelegener kommen können; denn es hatte eben ein scharfer Frost eingesetzt, der noch heftiger zu werden drohte.

Petrowitsch brachte ihm also den Mantel ins Haus, wie es sich für einen guten Schneider geziemt. Er hatte eine so bedeutsame Miene aufgesetzt, wie Akakij Akakijewitsch sie noch nie auf seinem Gesichte gesehen. Er schien zu fühlen, daß er kein geringes Werk vollbracht, und war sich vollkommen jenes Abgrundes bewußt, der einen schöpferischen Schneider von der niederen Masse der bloßen Flickschneider trennt.

Er nahm den Mantel aus dem sauberen, eben erst gewaschenen Tuch, mit dessen Hilfe er ihn hergetragen, faltete das Tuch sorgfältig wieder zusammen, um es zu weiterer Benutzung in die Tasche zu stecken, nahm eine noch stolzere Miene an und warf den Mantel mit beiden Händen gewandt über Akakij Akakijewitschs Schultern. Dann zupfte er noch ein wenig an ihm herum, zog ihn am Rücken etwas tiefer herab und weidete sich daran, wie großartig er am Titularrat niederwallte. Doch dieser wollte, als bejahrter und vorsichtiger Mann, erst prüfen, wie es war, wenn er in die Ärmel fuhr. Petrowitsch half ihm hinein — und es zeigte sich, daß auch mit den Ärmeln alles wohlbestellt war. Mit einem Wort: der Mantel saß vorzüglich und war gerade zur rechten Zeit fertig geworden.

Petrowitsch ließ es sich nicht entgehn, die Bemerkung fallen zu lassen, daß er nur in Anbetracht seiner wenig ansehnlichen Werkstatt im Hinterhause und seiner langjährigen Bekanntschaft mit Akakij Akakijewitsch so billig gearbeitet habe. Wenn er ein Geschäft am Newskij-Prospekt besäße, würde man ihm nicht weniger als fünfundsiebzig Rubel für die bloße Arbeit bezahlen müssen. Akakij Akakijewitsch wollte mit ihm nicht darüber streiten, da er sich schon an und für sich vor den großen Summen fürchtete, mit denen Petrowitsch seinen Kunden Sand in die Augen zu streuen liebte. Er bezahlte ihn, sprach ihm seine Anerkennung und seinen Dank aus und begab sich, angetan mit dem neuen Mantel, in seine Kanzlei.

Petrowitsch folgte ihm auf dem Fuß, blieb noch lange auf der Straße stehn und sah dem Mantel nach. Dann bog er hastig in eine Seitenstraße ein, überholte Akakij Akakijewitsch mit eiligen Schritten und kam ihm entgegen, um sein Werk noch einmal von vorn zu bewundern.

Akakij Akakijewitsch setzte unterdessen in festlichster Gemütserregung seinen Weg fort. In jedem Augenblick fühlte er den neuen Mantel auf seinen Schultern und lachte sogar einige Male vor Vergnügen laut auf. In der Tat, dieser Mantel hatte zwei Vorzüge: er gab warm und sah gut aus. Akakij Akakijewitsch hatte so wenig auf den Weg geachtet, daß er, ehe er es sich versah, im Departementsgebäude angelangt war. Er legte den Mantel im Vorzimmer ab, betrachtete ihn noch einmal von allen Seiten und überließ ihn dann der Obhut des Hausmeisters.

Es läßt sich nicht mehr feststellen, wieso das ganze Departement es im Nu erfahren hatte, daß die alte Kapuze nicht mehr existierte und daß Akakij Akakijewitsch einen neuen Mantel trug. Im nächsten Augenblick liefen alle Kollegen im Vorzimmer zusammen, sahen sich den Mantel an und beglückwünschten den Titularrat so lebhaft, daß er anfangs nur lächeln konnte, bald aber verlegen wurde. Und als ihm alle zusetzten, der neue Mantel müsse eingeweiht werden, zum mindesten müsse Akakij Akakijewitsch sie zu einem festlichen Abend einladen, geriet er in völlige Verwirrung und wußte nicht mehr, wie er sich verhalten, was er antworten und welche Ausrede er finden sollte. Über und über errötend, versuchte er in seiner Einfalt, ihnen mehrere Minuten lang zu erklären, daß das ja gar kein neuer Mantel sei, er habe seinen alten nur ein wenig reinigen und umarbeiten lassen. Da mischte sich einer seiner Vorgesetzten, der Gehilfe des Bureauchefs, ein, der wahrscheinlich dartun wollte, daß er nicht hochmütig sei und sich gern zu seinen Unterbeamten herablasse, und sagte:

«Anstatt Akakij Akakijewitschs, will ich Ihnen ein kleines Fest geben und lade Sie alle für heute abend zu mir ein. Ich feiere gerade meinen Namenstag.»

Die Beamten gratulierten ihm lebhaft und nahmen seinen Vorschlag mit Vergnügen an. Akakij Akakijewitsch freilich wollte ablehnen; doch sie redeten alle auf ihn ein, daß das nicht nur unhöflich, sondern überhaupt eine Schmach und Schande sei, wenn er nicht mitmache, so daß er schließlich gar nicht anders konnte, als zuzusagen. Auch war es für ihn, wenn er es sich recht überlegte, gar keine unliebe Vorstellung, abends im neuen Mantel auszugehen.

Der ganze Tag kam Akakij Akakijewitsch wie ein hoher Feiertag vor. Er kehrte in glücklichster Stimmung heim, zog den Mantel aus und hing ihn sorgfältig an der Wand auf. Er betastete ihn noch einmal liebevoll und holte dann, zum Vergleich, seine alte, zerschlissene Kapuze hervor. Als er sie anschaute, mußte er selber lachen: war das ein Unterschied! Noch lange nach dem Mittagessen kam ihn beim Gedanken an den Zustand der Kapuze immer wieder ein neues Lachen an.

Fröhlich nahm er sein Mahl ein und setzte sich danach nicht, wie sonst, an den Schreibtisch, sondern sybaritisierte bis zur Abenddämmerung ein wenig auf seinem Bette. Dann säuberte er sich, zog den Mantel an und verließ das Haus.

Wo sein Gastgeber wohnte, weiß ich leider nicht mehr zu sagen. Mein Gedächtnis hat sich in den letzten Jahren etwas getrübt, und alles, was es in Petersburg gibt, alle seine Straßen und Häuser, sind für mich zu einer beinahe ununterscheidbaren Masse zusammengeronnen, so daß es mir schwerfällt, irgendeine Einzelheit herauszufischen. Wie dem aber auch sei, jedenfalls ist anzunehmen, daß jener Beamte, der zur Kategorie der höheren Beamten gehörte, in einem vornehmeren Stadtteil, also in einer beträchtlichen Entfernung von der Wohnung Akakij Akakijewitschs gelebt haben dürfte. Dieser mußte folglich zunächst einige ziemlich menschenleere, schlecht beleuchtete Straßen durchschreiten. Je mehr er sich indessen dem Wohnsitz seines Gastgebers näherte, wurden die Straßen belebter und heller. Immer mehr Passanten überholten ihn oder kamen ihm entgegen. Die Bauernschlitten mit ihren Holzbänken und Bronzeköpfen wurden seltener. Gutgekleidete Damen trippelten dahin. Viele Herren trugen Biberpelze. Und vornehme, buntlackierte Gefährte mit reichgeschmücktem Zaumzeug und warmen Bärenfelldecken flogen, von Kutschern mit himbeerfarbenen Sammetmützen auf dem Kopf gelenkt, über den knirschenden Schnee.

Akakij Akakijewitsch staunte über das alles wie über eine unerhörte Neuheit, da er schon seit vielen Jahren abends nicht mehr ausgegangen war. Einmal blieb er vor einem Schaufenster stehen und bewunderte in der Auslage ein Gemälde, auf dem eine schöne Frau abgebildet war, die sich gerade einen Strumpf auszog und dabei ihr nacktes, sehr hübsches Bein entblößte, während hinter ihr ein Herr mit spanischem Spitzbart sie von einem anderen Zimmer her durch die halbgeöffnete Tür beobachtete. Akakij Akakijewitsch schüttelte schmunzelnd seinen Kopf und ging weiter. Worüber lächelte er? Über den Anblick eines ihm völlig unbekannten Vorgangs, der aber in jedem Mann irgendein noch so verhehltes Gefühl wachruft? Oder dachte er, wie viele seiner Kollegen: Nein, diese Franzosen! Die haben es heraus, wie man leben muß! Vielleicht dachte er aber auch gar nichts dergleichen: man kann ja nicht in einen anderen Menschen hineinkriechen und erkunden, was ihm alles durch die Seele geht.

Endlich hatte er das Haus erreicht, in dem er erwartet wurde. Der Gehilfe des Bureauchefs schien auf großem Fuß zu leben: der Treppenflur war hell erleuchtet; die Wohnung befand sich im zweiten Stockwerk. Im Vorzimmer gewahrte Akakij Akakijewitsch eine lange Reihe von Galoschen. Mitten im Raum stand ein summender Samowar auf dem Boden und stieß Wolken von Dampf aus. An den Wänden hingen viele Mäntel und Umhänge, einige mit Sammetaufschlägen, andere sogar mit Biberkragen.

Aus dem anstoßenden Zimmer drang verworrenes Stimmengeräusch, das deutlicher und heller wurde, als die Tür sich öffnete und ein Lakai mit einem Tablett voll leerer Gläser, einem Sahnekännchen und einem Biskuitkörbchen herauskam. Die Beamten hatten sich augenscheinlich schon lange versammelt und ihr erstes Glas Tee getrunken.

Akakij Akakijewitsch hängte seinen Mantel an einen leeren Haken und betrat das Wohnzimmer. Vor seinen geblendeten Augen flimmerten Kerzen, Beamtenuniformen und Spieltische, und sein Gehör wurde vom unaufhörlichen Geräusch des Stimmendurcheinanders und Stühlescharrens betäubt. Er blieb unbeholfen mitten im Raum stehen, suchte sich zurechtzufinden und wußte nicht, was er anfangen sollte.

Doch da hatten ihn seine Kollegen schon erblickt, begrüßten ihn lärmend und begaben sich alle sofort ins Vorzimmer hinaus, um noch einmal seinen Mantel zu betrachten. Akakij Akakijewitsch wurde ein wenig verlegen, war aber zu einfältigen Herzens, um sich nicht darüber zu freuen, wie sie alle den Mantel bewunderten. Gleich darauf ließen sie natürlich wieder von ihm ab und wandten sich, wie üblich, den Whisttischen zu.

Der Lärm, das Gerede, die vielen Menschen — alles das war Akakij Akakijewitsch fremd. Er wußte nicht, wie ihm geschah, wußte nicht, wo er seine Hände, seine Füße, seine ganze Gestalt hintun sollte. Endlich setzte er sich zu den Spielern, blickte in die Karten, schaute bald diesem, bald jenem ins Gesicht und begann nach einiger Zeit zu gähnen und sich zu langweilen — um so mehr, als schon lange der Zeitpunkt herangekommen war, an dem er sich sonst schlafen zu legen pflegte.

Er wollte sich von seinem Gastgeber verabschieden, doch die andern ließen das nicht zu: er müßte noch zu Ehren des neuen Mantels ein Glas Champagner mit ihnen leeren.

Nach einer Stunde wurde das Abendessen aufgetragen, das aus Sülze, kaltem Kalbsbraten, allerlei Pasteten, Konditorwaren und Champagner bestand. Man veranlaßte Akakij Akakijewitsch, zwei Gläser zu trinken, wonach ihm alles, was ihn umgab, heiterer und erträglicher vorkam. Trotzdem konnte er nicht vergessen, daß die Uhr schon lange Mitternacht geschlagen hatte und daß es höchste Zeit war, nach Hause zu gehen.

Damit ihn der Gastgeber nicht wieder aufhalte, stahl er sich unbemerkt davon, suchte im Vorzimmer nach seinem Mantel, fand ihn, nicht ohne Bedauern, am Boden liegen, schüttelte ihn aus, entfernte jedes Staubkörnchen, warf ihn über die Schultern und ging.

Auf den Straßen war alles noch hell. Manche kleine Branntweinschenken — die vielbesuchten Klubs dienstbarer Geister und sonstigen geringen Volks — standen noch offen; andere hatten schon geschlossen, doch der Lichtschein, der aus den Ritzen ihrer Türen und Fensterläden hervorleuchtete, zeigte an, daß sie noch nicht von ihren Gästen verlassen waren und daß die Dienstmädchen und Lakaien ihre Streitigkeiten und Klatschgeschichten erst zu Ende zu bringen gedachten und ihre Herrschaften währenddessen völliger Ungewißheit über ihren Verbleib überließen.

Akakij Akakijewitsch schritt heiter heimwärts und lief sogar plötzlich, unbekannt warum, hinter einer Dame her, die wie ein Blitz an ihm vorbeigefunkelt war und in jedem Teilchen ihres Körpers von einer ungewöhnlichen Erregung zu beben schien. Doch gleich darauf blieb er wieder stehen, schlug seine gewohnte Gangart ein und wunderte sich selbst darüber, was ihn zu einem solchen Trab veranlaßt haben mochte.

Bald dehnten sich jene Straßenzeilen vor seinen Augen, die schon am Tage unfreundlich genug aussahen. Jetzt waren sie noch trüber und menschenleerer. Nur wenige Laternen brannten noch — und auch sie begannen aus Mangel an Petroleum auszugehen. Holzhäuschen und Bretterzäune tauchten auf. Kein Mensch war zu sehen. Nur der Schnee schimmerte auf der Straße, und die schwarzen Hüttenfenster starrten hinter ihren verschlossenen Läden schlafend in die Nacht hinaus.

Akakij Akakijewitsch näherte sich jener Stelle, wo die Straße in einen endlosen leeren Platz einmündete. Die Häuser am anderen Ende des Platzes waren kaum zu erkennen. Er wirkte wie eine schaurige Wüste. Nur ganz fern blinkte, wahrscheinlich aus dem Fenster eines Wächterhäuschens, das am Rande der Welt zu stehen schien, ein winziges Licht.

Die gehobene Stimmung Akakij Akakijewitschs sank mit jedem Schritt. Mit einer unbestimmten Angst im Herzen betrat er den Platz. Ihm war, als wittere alles in ihm das Nahen eines Unheils. Er sah sich nach rückwärts um, spähte nach beiden Seiten — und fühlte sich wie von einem Meere umringt. Nein, lieber gar nicht hinschaun! dachte er und schritt mit geschlossenen Augen weiter.

Als er sie wieder auftat, um festzustellen, ob er nicht bald das Ende des Platzes erreicht hätte, sah er plötzlich zwei riesenhafte schnurrbärtige Männer vor sich stehen, auf die er fast mit seiner Nase gestoßen wäre. Mehr konnte er nicht unterscheiden. Ihn schwindelte. Sein Herz begann laut zu pochen.

«Ah, das ist ja mein Mantel!» schrie einer von ihnen mit Donnerstimme und packte ihn am Kragen.

Akakij Akakijewitsch wollte laut um Hilfe rufen. Doch der andere hielt ihm eine Faust, größer als ein Beamtenschädel, vor den Mund und sagte:

«Wage es nur, zu rufen!»

Akakij Akakijewitsch fühlte nur noch, wie sie ihm den Mantel abrissen und ihm einen Fußtritt versetzten. Dann fiel er bewußtlos mit dem Gesicht in den Schnee.

Erst nach einigen Minuten kam er wieder zu sich und erhob sich auf seine Beine. Doch niemand war mehr zu sehen. Er fühlte eine bittere Kälte. Der Mantel war fort. Er schrie auf, doch seine Stimme schien den Rand des Platzes nicht erreichen zu können. In einem fort verzweifelt um Hilfe schreiend, lief er atemlos auf das Wächterhaus zu, vor dem ein Wachtposten stand und, auf seine Hellebarde gestützt, neugierig ausschaute, wer, zum Teufel, da auf ihn zurannte und so gotteserbärmlich brüllte.

Als Akakij Akakijewitsch den Posten erreicht hatte, schrie er ihn mit sich überschlagender Stimme an und überhäufte ihn mit Vorwürfen: er hätte geschlafen und nicht gesehen, wie man in seiner unmittelbaren Nähe einen Menschen ausraubte. Der Posten behauptete, nichts davon bemerkt zu haben; er habe zwar beobachtet, wie zwei Menschen einen dritten mitten auf dem Platz angehalten hätten; es sei ihm aber wie eine freundschaftliche Begegnung vorgekommen. Der Herr täte besser daran, anstatt ihn sinnlos zu beschimpfen, sich morgen an den Polizeiinspektor zu wenden; der werde dann eine richtige Untersuchung anstellen und schon herausbekommen, wer die Räuber gewesen seien.

Akakij Akakijewitsch sah erschreckend aus, als er zu Hause anlangte: die spärlichen Haare an seinen Schläfen und an seinem Nacken waren in völliger Unordnung; alles, was er am Leibe trug, Jacke, Kragen, Hosen, war von oben bis unten mit Schneeklumpen bedeckt. Seine alte Wirtin erwachte von seinem ungestümen Pochen, sprang rasch aus dem Bett und eilte, nur einen Fuß mit einem Pantoffel bekleidet, zur Tür, hielt ihr Hemd schamhaft mit der linken Hand fest und öffnete ihm. Beim Anblick seines grausigen Zustandes wich sie betroffen zurück. Doch als sie erfahren, was ihm zugestoßen war, schlug sie die Hände über dem Kopf zusammen und sagte, daß er sich morgen lieber zum Reviervorstand als zum Polizeiinspektor begeben solle; der Inspektor werde ihn nur mit leeren Worten abspeisen, alles versprechen und dann die Sache im Sande verlaufen lassen; den Reviervorstand dagegen kenne sie persönlich, ihre frühere Köchin Anna sei jetzt als Kinderwärterin bei ihm angestellt; sie sehe ihn oft, wenn er sonntags am Hause vorbeifahre, um sich in den Gottesdienst zu begeben; er schaue immer wohlwollend und freundlich drein und sei daher, allem Anschein nach, ein besonders gütiger Mensch.

Auf diesen Bescheid hin schleppte sich Akakij Akakijewitsch tief betrübt in sein Zimmer. Wie er dort die Nacht zubrachte, überlassen wir jenen zu beurteilen, die fähig sind, sich, wenn auch nur ganz ein klein wenig, in die Lage eines Mitmenschen hineinzuversetzen.

Früh am Morgen begab er sich ins Polizeirevier und frug nach dem Vorstand. Man sagte ihm, daß er noch schlafe. Um zehn Uhr kam er wieder — der Vorstand schlief immer noch. Um elf Uhr hieß es, er sei ausgegangen. Um die Mittagszeit wollten die Schreiber im Vorzimmer Akakij Akakijewitsch durchaus nicht anmelden, sondern unbedingt erst wissen, was sein Anliegen sei, warum er den Vorstand persönlich sprechen wolle und was ihm eigentlich zugestoßen sei. Da wurde Akakij Akakijewitsch zum erstenmal in seinem Leben energisch und erwiderte schroff, er müsse den Vorstand unter allen Umständen selber sprechen, sie dürften ihn nicht daran verhindern; er komme aus dem und dem Departement in einer offiziellen Angelegenheit; sie würden schon sehen, wie es ihnen ergehen werde, wenn er sich über sie beschweren müßte. Die Schreiber wußten nichts mehr darauf zu antworten, und einer von ihnen holte den Reviervorstand.

Der Reviervorstand nahm den Bericht über den Raub des Mantels auf eine recht befremdliche Weise entgegen. Anstatt sich um die Hauptsache zu kümmern, begann er Akakij Akakijewitsch nach nebensächlichen Begleitumständen auszufragen: warum er sich, zum

Beispiel, noch so spät auf der Straße befunden habe? Und ob er nicht etwa in einem zweifelhaften Hause gewesen wäre?

Akakij Akakijewitsch geriet in Verwirrung. Und als er den Reviervorstand verließ, war er sich nicht darüber im klaren, ob in seiner Angelegenheit das Nötige unternommen werden würde.

Einen ganzen Tag lang hatte er sich nicht in seinem Departement gezeigt, was, seit er seinen Dienst versah, noch niemals vorgekommen war. Als er am nächsten Tage mit totenbleichem Gesicht wieder erschien, trug er seine alte Kapuze, die einen jämmerlicheren Eindruck denn je machte.

Die Nachricht vom Raube seines Mantels hielt auch jetzt manche seiner Kollegen nicht davon ab, sich über ihn lustig zu machen. Andere dagegen fühlten Mitleid mit ihm, und man beschloß auf der Stelle, eine Sammlung für ihn zu veranstalten. Doch diese Sammlung ergab nur eine äußerst geringfügige Summe; denn die Beamten hatten sich kurz vorher an zwei Subskriptionen beteiligen müssen: einmal, um sich das Porträt des Departementsdirektors anzuschaffen, das zweitemal, um sich auf Anregung des Bureauchefs ein von einem seiner Freunde verfaßtes Buch zu erwerben; sie hatten sich also bereits ausgegeben und konnten zur Sammlung für Akakij Akakijewitsch nur sehr kleine Beträge beisteuern.

Einer von ihnen fühlte sich indessen aus Erbarmen dazu veranlaßt, ihm wenigstens mit einem guten Rat zu helfen. Er sagte ihm, es habe nicht viel Sinn, den Vorstand des Polizeireviers weiter zu behelligen; selbst wenn dieser, um ein Lob seiner vorgesetzten Behörde einzuheimsen, sich wegen des geraubten Mantels anstrengen sollte, ja, selbst wenn es ihm wirklich gelänge, ihn wieder herbeizuschaffen, so hieße das noch lange nicht, daß Akakij Akakijewitsch sein Eigentum gleich wiedererhielte: er habe erst dokumentarische Beweise beizubringen, daß ihm der Mantel wirklich gehöre. Viel aussichtsreicher sei es, eine gewisse hochgestellte Persönlichkeit aufzusuchen, die dank ihren weitreichenden Beziehungen imstande sei, den Gang der Dinge wesentlich zu beschleunigen.

Es blieb Akakij Akakijewitsch also nichts anderes übrig, als sich an die hochgestellte Persönlichkeit zu wenden. Welchen Rang diese Persönlichkeit einnahm, ist unbekannt. Sie war erst kürzlich in eine einflußreichere Stellung aufgerückt und hatte bislang nur einen recht untergeordneten Posten innegehabt. Und auch jetzt noch war sie, im Vergleich zu manchen andern, nicht so überaus hochgestellt. Doch es findet sich immer ein Kreis von Menschen, für welche diejenigen, die, objektiv gesehen, nicht allzuviel zu sagen haben, immerhin eine verhältnismäßig sehr hohe Bedeutung besitzen. Jene hochgestellte Persönlichkeit bemühte sich infolgedessen, ihre Bedeutung mit allerlei Mitteln zu verstärken: so hatte sie es beispielshalber eingeführt, daß sie bei ihrem allmorgendlichen

Erscheinen im Amt von allen Unterbeamten auf der Treppe erwartet und begrüßt werden mußte; ebenso war sie für niemand direkt zu sprechen, sondern alles mußte seinen streng formalen Gang nehmen: der Kollegienregistrator mußte einen Besucher erst dem Gouvernementssekretär melden, dieser dem Regierungssekretär oder einem anderen höheren Beamten — und erst unter Wahrung aller dieser Zeremonien vermochte man schließlich zur hochgestellten Persönlichkeit selber vorzudringen.

Im heiligen Rußland ist alles vom Geiste der Nachahmung angesteckt: jeder versucht, die Eigenheiten seiner nächsthöheren Vorgesetzten nachzuäffen und unfreiwillig zu parodieren. Man erzählt sich sogar, daß irgendein kleiner Titularrat, als man ihn zum Vorsteher eines niederen Amtes ernannt hatte, eines seiner Amtszimmer mit der Aufschrift «Beratungssaal» versehen hatte und an dessen Eingang eine Art von galoniertem Kammerdiener mit rotem Kragen Wache halten ließ, der vor jedem Besucher die Tür aufreißen mußte, obwohl der «Beratungssaal» so klein war, daß kaum ein ganz gewöhnlicher Schreibtisch in ihm Platz hatte.

Die amtlichen Gewohnheiten und Bräuche unserer hochgestellten Persönlichkeit waren würdevoll und majestätisch, wenn auch nicht übermäßig kompliziert. Das Hauptprinzip ihres Systems war Strenge. «Strenge, Strenge und noch einmal Strenge!» pflegte sie zu sagen und sah ihrem Gegenüber beim letzten Wort durchdringend in die Augen, trotzdem sie dazu eigentlich gar keine Ursache hatte, denn die etwa zehn Beamten, die den ganzen Regierungsmechanismus dieser Dienststelle versahen, erstarben auch ohnedies in der gehörigen Ehrfurcht vor ihrem Chef: jeder, der ihn auch nur von fern erblickte, sprang von seiner Arbeit auf und stand vor ihm stramm, bis er durch das Zimmer gegangen war. Auch seine Gespräche mit Untergebenen zeichneten sich durch ungewöhnliche Strenge aus und beschränkten sich im allgemeinen auf die immer gleichen Sätze:

«Was unterstehn Sie sich? Wissen Sie auch, mit wem Sie sprechen? Begreifen Sie, wer vor Ihnen steht?»

Im übrigen war dieser Mann eigentlich ein ziemlich gutmütiger Mensch von freundlichen und zuvorkommenden Umgangsformen mit seinen Amtskollegen. Doch der Generalsrang den er erhalten, hatte ihm völlig den Kopf verdreht. Als er ihm verliehen wurde, war er in Verwirrung geraten, fühlte sich aus seiner Bahn gedrängt und wußte nicht mehr, wie er sich benehmen sollte. Wenn er mit Gleichgestellten zusammenkam, war er immer noch ein ganz ordentlicher, in mancher Hinsicht sogar recht einsichtiger Mensch. Ergab es sich aber, daß er in der Gesellschaft mit Personen zusammenkam, die einen wenn auch nur um einen Grad niedrigeren Rang einnahmen, so geriet er aus seinem Gleichgewicht und schwieg beharrlich; seine Lage war um so bedauerlicher, als er selbst fühlte, daß er seine Zeit vergnüglicher hätte zubringen können. Zuweilen war es seinen

Augen anzusehen, wie sehr es ihn danach verlangte, an irgendeinem interessanten Gespräch teilzunehmen, das sich in seiner Nähe angesponnen hatte. Doch immer hielt ihn der Gedanke zurück, daß so etwas zu familiär und herablassend aussehen und seiner Würde abträglich sein könnte. Aus solchen Erwägungen heraus verschanzte er sich stets hinter ein ewig gleiches eigensinniges Stillschweigen und gab nur hin und wieder einsilbige Laute von sich, so daß er sich bald den Ruf eines der langweiligsten Menschen der Welt erworben hatte.

An diese hochgestellte Persönlichkeit also sollte Akakij Akakijewitsch sich wenden und erschien bei ihr zu einem denkbar ungelegenen Zeitpunkt, das heißt, ungelegen für ihn selbst, während er der hochgestellten Persönlichkeit aus einem anderen Grunde sehr gelegen kam. Die hochgestellte Persönlichkeit befand sich in ihrem Kabinett und unterhielt sich gerade lebhaft und angeregt mit einem eben zugereisten alten Bekannten und Jugendgenossen, als man ihr meldete, daß ein gewisser Baschmatschkin sie zu sprechen wünsche.

«Wer ist das?» frug der General unlustig.

«Irgend so ein Beamter», antwortete man ihm.

«Soll warten, habe jetzt keine Zeit», gab der General Bescheid.

Hier müssen wir anmerken, daß er einfach log: er hatte Zeit. Die Freunde hatten bereits alles durchgesprochen, was sie einander zu sagen hatten; ihre Unterhaltung zog sich etwas schleppend mit immer längeren Pausen dahin, und sie begannen schon damit, sich gegenseitig von Zeit zu Zeit auf die Schultern zu klopfen und aufzuseufzen: «Ja, ja, so ist's gewesen, Iwan Abramowitsch!» oder: «Gewiß, das war einmal, Stepan Warlamowitsch!» Trotzdem ließ der General den Beamten warten, um dem Freunde, der schon lange keinen Dienst mehr tat und in der Provinz auf seinem Gute lebte, darzutun, wie lange man im Vorzimmer auf ihn zu warten hatte, ehe er einen zu empfangen geruhte.

Endlich, als sie genug und übergenug geredet und in ihren bequemen Lehnsesseln, eine Zigarre zwischen den Lippen, immer ausdauernder miteinander geschwiegen hatten, tat die hochgestellte Persönlichkeit so, als ob sie sich plötzlich erinnerte, und befahl dem Sekretär, der mit irgendwelchen Papieren in der Hand wieder eingetreten und abwartend in der Tür stehengeblieben war:

«Ach ja, da ist doch noch irgend so ein Beamter im Vorzimmer, der mich zu sprechen wünscht. Sagen Sie ihm, er soll hereinkommen.»

Als die hochgestellte Persönlichkeit die demütige Gestalt Akakij Akakijewitschs in der abgetragenen Beamtenuniform erblickte, wandte sie sich ihm mit einem Ruck zu und frug in schroffem Tonfall:

«Was wünschen Sie?»

Diese Gebärde und diesen Tonfall hatte sich die hochgestellte Persönlichkeit schon einige Wochen, bevor sie auf ihren jetzigen Posten berufen wurde, zu Hause sorgfältig vor dem Spiegel einstudiert.

Akakij Akakijewitsch war bereits an und für sich und im vornhinein von aller geziemenden Ehrfurcht erfüllt. Die Anrede machte ihn noch schüchterner und verlegener. Stockend setzte er, soweit es ihm die Schwerfälligkeit seiner Ausdrucksweise gestattete, unter häufiger Anwendung seiner gewohnten Wortpartikel, dem General auseinander, er habe sich gewissermaßen einen ganz neuen Mantel angeschafft, der ihm nun auf eine ganz unmenschliche Weise geraubt worden sei. Er frage daher untertänigst, ob seine Exzellenz durch eine Anweisung an den Oberpolizeimeister oder sonst irgendwen ihm nicht behilflich sein könne, daß die Untersuchung beschleunigt und der Raub den Übeltätern wieder abgenommen werde.

Dem General schien die Art und Weise, wie diese Bitte vorgebracht wurde, aus irgendeinem Grunde allzu familiär zu sein.

«Wie kommen Sie dazu, mein Herr», fuhr er den Titularrat streng an, «wie kommen Sie dazu, nicht den üblichen Dienstweg einzuschlagen? Wie können Sie sich unterstehn, sich direkt an mich zu wenden? Wissen Sie denn nicht, wie man solche Dinge vorzubringen hat? Sie hätten sich vorher darüber informieren sollen! Sie haben zunächst ein schriftliches Gesuch in meiner Kanzlei einzureichen. Von dort gelangt es an meinen Bureauchef. Wenn der es bearbeitet hat, übergibt er es dem Abteilungsvorstand, der leitet es an meinen Sekretär weiter, und der Sekretär legt es dann schließlich mir selber vor.»

«Ach, Euer Exzellenz», erwiderte Akakij

Akakijewitsch, den letzten Rest seiner Geistesgegenwart zusammennehmend, denn er fühlte schon, wie der Angstschweiß in ganzen Strömen über sein Gesicht zu rinnen anfing, «ich wagte es, Eure Exzellenz persönlich zu bemühen, denn die Sekretäre ... die Sekretäre ... sind ein hoffnungsloses Volk ...»

«Was? Was? Was?» schrie die hochgestellte Persönlichkeit, «was fällt Ihnen ein? Wo haben Sie solche Gedanken aufgelesen? Was für ein aufrührerischer Geist ist in die jungen Beamten gefahren, daß sie sich gegen ihre hohen und höchsten Vorgesetzten auflehnen?»

Die hochgestellte Persönlichkeit merkte in ihrer Empörung gar nicht, daß Akakij Akakijewitsch das fünfzigste Lebensjahr schon lange überschritten haben mußte, so daß man ihn höchstens im Vergleich mit einem Siebzigjährigen einen «jungen Beamten» hätte nennen können, und donnerte weiter:

«Wissen Sie überhaupt, mit wem Sie sprechen? Begreifen Sie, wer vor Ihnen steht? Begreifen Sie das? Ich frage Sie, begreifen Sie das?»

Dabei stampfte er mit dem Fuß auf, und seine Stimme dröhnte so gewaltig, daß nicht nur Akakij Akakijewitsch sich vor ihm entsetzt hätte.

Akakij Akakijewitsch starb fast dahin. Er wankte, bebte am ganzen Leibe und vermochte sich nicht mehr auf seinen Beinen zu halten. Wenn die herbeigelaufenen Bureaudiener ihn nicht gestützt hätten, so wäre er auf der Stelle zusammengebrochen. Ohne daß er ein Glied regen konnte, wurde er hinausgetragen.

Die hochgestellte Persönlichkeit, zufrieden mit diesem alle Erwartungen übersteigenden Effekt und tief entzückt vom Gedanken, daß sie durch ihr bloßes Wort imstande war, einen Menschen ohnmächtig werden zu lassen, schielte zu ihrem Freunde hin, um zu sehen, welchen Eindruck das alles auf ihn gemacht hätte, und stellte mit Vergnügen fest, daß dieser sich in einer ganz aufgelösten Verfassung befand und selber so etwas wie Furcht bekommen hatte.

Wie Akakij Akakijewitsch die Treppe hinuntergelangte und wie er auf die Straße gekommen war, darauf vermochte er sich nicht zu besinnen. Seine Arme und Beine waren wie tot. In seinem ganzen Leben war er noch nie so niedergeschmettert worden — und noch dazu von einem fremden General. Er lief in den Schneesturm hinein, der durch die Straßen heulte, riß seinen Mund auf und taumelte vom Gehsteig hinunter. Der Sturm blies, wie das in Petersburg so üblich ist, aus allen vier Ecken und aus jeder Seitenstraße. Im Nu fuhr ihm eine Bräune in die Kehle, und er konnte, als er zu Hause angelangt war, kein Wort mehr hervorbringen. Mit geschwollenem Hals legte er sich zu Bett. So stark kann der Rüffel eines Generals wirken.

Am nächsten Tage lag er in hohem Fieber. Dank der großmütigen Hilfe des Petersburger Klimas nahm die Krankheit einen schnelleren Verlauf, als man hätte erwarten können. Als der Doktor erschien und ihm den Puls fühlte, fand er nicht mehr viel zu tun; er verordnete heiße

Umschläge — und auch das nur zu keinem anderen Zwecke, als daß der Patient nicht ganz ohne die wohltätige Mitwirkung der medizinischen Wissenschaft aus dem Leben schiede.

«Im übrigen», wandte er sich an die Wirtin, «wird der Kranke sowieso in spätestens anderthalb Tagen kaputt sein. Ich empfehle Ihnen, Mütterchen, sich rechtzeitig nach einem Fichtensarg umzutun, ein eichener dürfte für ihn wohl zu teuer sein.»

Ob Akakij Akakijewitsch diese Worte gehört und ob sie, falls er sie gehört, einen erschütternden Eindruck auf ihn gemacht hatten und ihn sein kümmerliches Leben beklagen ließen — ist ungewiß; denn er wälzte sich die ganze Zeit in Fieberphantasien herum und wurde von den seltsamsten Vorstellungen geplagt: manchmal sah er sich vor Petrowitsch stehen und bestellte bei ihm einen neuen Mantel, mit Fangschlingen gegen die Diebe, die unter seinem Bette lauerten; immer wieder von neuem flehte er seine Wirtin an, einen Räuber, der sich unter seiner Bettdecke versteckt hätte, hervorzuziehen; oder er frug, warum seine alte Kapuze an der Wand hänge, er habe ja einen neuen Mantel. Dann wieder glaubte er sich vom General angeschrien und lallte in einem fort: «Ich bitte um Verzeihung, Exzellenz!» Zuweilen aber stieß er unerwartet so unflätige und lästerliche Worte aus, daß die Wirtin sich hastig bekreuzigte, da sie noch nie solche Ausdrücke aus seinem Munde vernommen hatte, und sich am meisten darüber wunderte, daß sie unmittelbar dem Worte «Exzellenz» zu folgen pflegten. Seine Reden wurden immer sinnloser und unzusammenhängender, so daß nichts mehr zu begreifen war, außer daß sie ständig um den Mantel kreisten.

Endlich gab der arme Akakij Akakijewitsch seinen Geist auf. Weder sein Zimmer noch seine Habseligkeiten wurden versiegelt; denn erstens hatte er keine Erben und zweitens war seine Hinterlassenschaft zu armselig. Sie bestand nur aus ein paar Gänsefedern, einem Häufchen amtlichen Schreibpapiers, drei Paar Socken, einigen abgerissenen Hosenknöpfen, der alten Beamtenuniform und der unsern Lesern schon bekannten Kapuze. In wessen Hände das schließlich gelangt ist, weiß Gott allein, und ich muß bekennen, daß sich nicht einmal der Verfasser dieser Erzählung dafür interessierte.

Akakij Akakijewitsch wurde auf den Friedhof gefahren und verscharrt. Petersburg blieb ohne ihn zurück, und es war, als wenn er nie gewesen wäre. Ein Wesen war dahingegangen und verschwunden, um das sich niemand gekümmert hatte und das von niemand geliebt worden war; niemandem war es interessant gewesen und hatte nicht einmal die Aufmerksamkeit der Naturforscher auf sich gelenkt, die doch sonst manche Fliege auf eine Nadel zu spießen lieben, um sie unter dem Mikroskop zu untersuchen; — ein Wesen, das in seiner Kanzlei demütig die rohen Späße der Kollegen ertragen hatte und schließlich, ohne irgend etwas Bemerkenswertes getan zu haben, in die Grube gefahren war, dem aber, trotz alledem, unmittelbar vor seinem Ende, ein lichter Gast in Gestalt eines sein ärmliches Dasein erhellenden Mantels erschienen war, und über das dann das Unheil vernichtend hereinbrach, wie nur über irgendein Haupt der Gewaltigen dieser Welt . . .

Einige Tage nach seinem Tode wurde ein Amtsdiener in seine Wohnung geschickt: er habe sich auf Befehl des Bureauchefs sofort in der Kanzlei einzufinden. Doch der Diener mußte unverrichteter Dinge zurückkehren und den Bescheid geben, Akakij Akakijewitsch könne nicht kommen. Auf die Frage: «Warum?» erwiderte er:

«Darum, weil er gestorben ist. Vor vier Tagen hat man ihn begraben.»

Auf diese Weise erfuhr man im Departement vom Hinscheiden Akakij Akakijewitschs. Und am nächsten Tage saß schon ein neuer Beamter an seinem Platz, bedeutend höher von Wuchs, der die Buchstaben nicht mehr so gleichmäßig und liebevoll hinmalte wie der Verstorbene, sondern viel schräger und gewöhnlicher schrieb.

Wer hätte sich aber vorstellen können, daß die Geschichte Akakij Akakijewitschs hiermit noch nicht zu Ende war und daß er kurz nach seinem Tode, wie zum Ausgleich für sein von niemandem beachtetes Leben, noch dazu ausersehen war, ein lärmendes Aufsehen zu erregen? Und damit nimmt unsere schlichte Erzählung eine abenteuerliche und phantastische Wendung.

In Petersburg verbreitete sich plötzlich das Gerücht, daß an der Kalinkinbrücke und in ihrer näheren Umgebung ein Toter in Gestalt eines Beamten umgehe, der überall nach seinem Mantel suche, und unter dem Vorwande, diesen Mantel wiederhaben zu müssen, allen Beamten, die ihm begegneten, ohne Ansehen ihres Ranges und ihrer Titel, die Mäntel von den Schultern reiße, einerlei, ob es sich um Biber-, Ottern-, Fuchs- und Bärenpelze, oder um ganz gewöhnliche wattierte Mäntel mit Katzenfell handle.

Einer der früheren Kollegen des Titularrates hatte das Gespenst mit eigenen Augen gesehen und sofort Akakij Akakijewitsch in ihm erkannt; das hatte ihm aber solch eine Angst eingejagt, daß er, so rasch ihn seine Füße nur trugen, Reißaus nahm; den Toten hatte er daher nicht näher beobachten können und nur noch gesehen, wie er ihm von fern mit der Faust drohte.

Von allen Seiten liefen unausgesetzt Klagen darüber ein, daß die Schultern nicht nur von Titularräten, sondern auch von Hof- und Geheimräten katastrophalen Erkältungen ausgesetzt seien, da man sie immer wieder ihrer Pelze beraubte.

Die Polizeibehörden verfügten, daß das Gespenst, ob tot oder lebendig, arretiert und, zur Abschreckung für andere Gespenster, einer strengen Bestrafung zugeführt werden müßte. Beinahe wäre das gelungen. Denn ein Wachtposten an der Kirjuschkinstraße hatte den Toten schon am Kragen gepackt, als dieser gerade einem Militärmusiker a. D., einem einstigen Flötisten, den Flauschmantel ausziehen wollte. Der Posten rief laut zwei andere Polizisten herbei, bat sie, den Gefangenen festzuhalten, und zog nur rasch seine Schnupftabakdose aus dem Stiefelschaft, um endlich wieder seine halberfrorene Nase durch eine Prise zu beleben. Der Tabak war indessen von einer Qualität, wie nicht einmal ein Toter sie auszuhalten vermochte: kaum hatte der Polizist, das rechte Nasenloch mit dem Finger zuhaltend, mit dem linken ein paar Körner aufgesogen, als das Gespenst so erschrecklich zu niesen begann, daß die ganze Ladung den drei Ordnungswächtern ins Gesicht flog. Und als sie sich die Augen mit ihren Fäusten abwischen wollten, war der Tote spurlos verschwunden, so daß sie später nicht mehr zu sagen wußten, ob sie ihn tatsächlich in den Händen gehabt hatten oder nicht.

Von da an bemächtigte sich aller Polizeiposten solch ein Grauen, daß sie sich sogar davor fürchteten, einen unzweifelhaft lebendigen Menschen festzunehmen und ihm schon immer von weitem zuriefen: «Mach dich fort!» Das Gespenst aber zeigte sich jetzt sogar jenseits der Kalinkinbrücke und rief unter der wenig beherzten Bevölkerung eine richtige Panik hervor.

Wir haben indessen jene hochgestellte Persönlichkeit beiseite gelassen, die, wenn man es genau nimmt, eigentlich die phantastische Wendung unserer Geschichte verursacht hatte. Die Gerechtigkeit nötigt uns zur Feststellung, daß diese hochgestellte Persönlichkeit, bald nach dem Fortgehen des armen, von ihr niedergeschmetterten Akakij Akakijewitsch, so etwas wie ein Bedauern verspürte. Das Mitleid war dem General kein unbekanntes Gefühl, sein Herz gütigen

Regungen nicht unzugänglich, nur daß sein Rang ihn meist daran verhinderte, ihnen nachzugeben.

Kaum daß sein zugereister Freund das Kabinett verlassen hatte, versank der General in Nachsinnen über den armen Akakij Akakijewitsch. Seit jenem Tage sah er immer wieder das bleiche Gesicht des alten Titularrates vor sich, der seinen Rüffel nicht ausgehalten hatte. Der Gedanke an ihn beunruhigte ihn so stark, daß er nach einer Woche einen seiner Beamten ins Departement schickte und sich erkundigen ließ, wie es mit ihm stehe und ob man ihm nicht irgendwie behilflich sein könne. Und als man ihm die Auskunft gab, Akakij Akakijewitsch sei gleich nach seinem Besuch bei ihm an einem plötzlichen hitzigen Fieber gestorben, fühlte er sich sogar tief betroffen, spürte Gewissensbisse und war den ganzen Tag übler Laune.

Um sich zu zerstreuen und den unangenehmen Eindruck loszuwerden, begab er sich abends zu einem seiner Freunde, bei dem fast nur Menschen seines eigenen Ranges versammelt waren, so daß er sich ungehemmt gehen lassen konnte. Das übte einen wohltätigen Einfluß auf seine Gemütsverfassung aus. Er war aufgeschlossen, beredt, liebenswürdig und verbrachte, mit einem Wort, einen sehr angenehmen Abend.

Beim Essen trank er zwei Gläser Champagner — ein Getränk, das bekanntlich ganz dazu angetan ist, die Stimmung zu beflügeln, und ihn überkam das kitzelnde Gelüst, nicht gleich heimzukehren, sondern noch ein klein wenig bei

Karoline Iwanowna vorzusprechen — einer Dame, anscheinend deutscher Herkunft, mit der er zärtliche Beziehungen angeknüpft hatte.

Der General war nicht mehr sehr jung und im allgemeinen ein anerkannt guter Gatte und Familienvater. Zwei Söhne, von denen der eine schon im Ministerium angestellt war, und eine hübsche sechzehnjährige Tochter mit einem Stupsnäschen, das ihr nicht schlecht zu Gesicht stand, erschienen jeden Morgen bei ihm, um ihm die Hand zu küssen und «bonjour, papa» zu sagen. Seine Gattin, eine noch frische, lebendige und recht ansehnliche Frau, pflegte ihm erst ihre eigene Hand zum Kuß zu reichen, ehe sie die seine küßte. Trotzdem hatte er, im allgemeinen völlig zufriedengestellt von ihren ehelichen Zärtlichkeiten, es seiner gesellschaftlichen Stellung wegen für unumgänglich erachtet, außerdem noch eine Liebschaft in einem andern Stadtteil zu unterhalten. Jene Freundin war weder hübscher noch jünger als seine Frau. Doch das sind nun einmal die Aufgaben, die einem das Leben in der großen Welt stellt, und es ist nicht unsere Sache, darüber zu urteilen.

Als der General im Schlitten Platz genommen, befahl er also dem Kutscher:

«Zu Karoline Iwanowna!»

Warm in seinen kostbaren Pelz gehüllt, gab er sich jener für einen russischen Menschen angenehmsten Stimmung hin, von sich aus an gar nichts zu denken, während einem die verschiedenartigsten Vorstellungen, eine immer erfreulicher als die andere, durch den Kopf huschen, ohne daß man sich auch nur im geringsten anzustrengen braucht, hinter ihnen herzujagen und sie zu fangen.

Vergnügt entsann er sich flüchtig aller heiteren Vorkommnisse dieses Abends und aller witzigen Einfälle, die den Kreis lachen gemacht hatten; einige von ihnen wiederholte er sich sogar mit halblauter Stimme und fand, daß sie noch ebensogut waren wie kurz zuvor, so daß er sich nicht genieren mußte, herzhaft über sie gelacht zu haben.

Von Zeit zu Zeit störten ihn allerdings einige heftige Windstöße, die ihn aus Gott weiß welchen Richtungen und welchen unerforschlichen Ursachen mit Schneeklumpen überschütteten und ihm den wie ein Segel aufgeblähten Pelzkragen über den Kopf wehten, so daß er sich immer wieder von neuem genötigt sah, sich aus diesem Durcheinander hinauszuarbeiten.

Auf einmal fühlte er, wie ihn jemand plötzlich an diesem Pelzkragen riß. Er wandte sich um und gewahrte einen Menschen von niederem Wuchs in einer abgetragenen Beamtenuniform, der von hinten auf den Schlitten gesprungen war. Entsetzt erkannte er ihn: es war Akakij Akakijewitsch mit einem schneeweißen Totengesicht. Das Grauen des Generals überstieg alle Grenzen, als der Tote, einen schaurigen Leichengeruch ausströmend, seinen Mund auftat und ihm zuschrie:

«Habe ich dich? Habe ich dich endlich? Halte ich dich am Kragen? Herunter mit deinem Mantel! Um meinen hast du dich nicht gekümmert und mich noch angebrüllt. Jetzt gib mir deinen!»

Der arme General wäre beinahe gestorben. Wie schroff und majestätisch er auch mit seinen Untergebenen umzugehn vermochte, so daß jeder Beobachter sagen mußte: «Welch ein Mann!» — in diesem Augenblicke jedoch erging es ihm wie vielen andern von einer ähnlich großartigen Haltung: er empfand eine so schlotternde Angst, daß er, nicht ganz ohne Grund, für seinen Verstand zu fürchten begann. So schnell er nur konnte, löste er selbst den Pelz von seinen Schultern und brüllte dann dem Kutscher mit einer nicht mehr menschlichen Stimme zu:

«Rasch! Nach Hause! Rasch! Was die Pferde nur hergeben!»

Als der Kutscher diesen keuchenden Stimmklang vernahm, mit dem der General ihn manchmal in entscheidenden Augenblicken anzuschrein und ihn dabei schmerzhaft mit der Faust auf den Schädel zu schlagen pflegte, duckte er zur Vorsicht seinen Kopf zwischen die Schultern, schwang die Peitsche und ließ den Schlitten wie einen Pfeil dahinschießen.

In kaum mehr als sechs Minuten war der Weg zurückgelegt. Bleich, vollkommen fassungslos und ohne Pelz hielt der General, anstatt vor der Türe Karoline Iwanownas, vor seiner eigenen Haustür und taumelte die Treppe zu seinem Zimmer empor. Er verbrachte eine unruhige, schlaflose Nacht, so daß seine Tochter ihm am nächsten Morgen am Frühstückstisch ins Gesicht hinein sagte:

«Du siehst ja heute totenbleich aus, Papa.»

Doch Papa schwieg und ließ sich zu niemandem, auch nicht mit einem einzigen Worte, darüber aus, was ihm in der Nacht zugestoßen war.

Dieser Vorfall hatte einen starken Eindruck auf ihn gemacht. Von nun an fuhr er seine Untergebenen viel seltener mit den Worten an: «Was erlauben Sie sich? Wissen Sie auch, vor wem Sie stehen?» Und wenn es trotzdem zuweilen geschah, so nur, nachdem er erst zu Ende angehört, was der Betreffende vorzubringen hatte.

Noch erstaunlicher aber war, daß das Gespenst des toten Beamten seit jener Nacht von niemandem mehr gesehen wurde. Der Generalspelz schien ihm völlig zu genügen. Man hörte von keinem Mantelraub mehr.

Einige vorsichtige Leute wollten sich allerdings nicht damit zufrieden geben und ließen es sich nicht ausreden, daß der tote Beamte immer noch, wenn auch in andern Stadtvierteln, sein Wesen treibe. Sogar ein Wachtposten behauptete, mit eigenen Augen gesehen zu haben, wie das Gespenst hinter irgendeinem Haus hervorkam. Doch dieser Wachtposten war schon von Natur so furchtsam und schwächlich, daß ihn einmal ein ganz gewöhnliches Ferkel, das aus einer Gartenpforte herausstürzte, zum größten Vergnügen der umstehenden Fuhrleute in Ohnmacht fallen ließ — worauf er von jedem dieser Fuhrleute je einen Groschen Schmerzensgeld für Tabak verlangte. Infolge seiner Schwäche hatte er also das Gespenst nicht angehalten, sondern war ihm nur ein paar Schritte gefolgt, worauf es sich plötzlich umwandte, stehenblieb und ihn frug:

«Was willst du?»

Dabei zeigte es ihm eine Faust, wie sie keinem Lebenden angehören konnte.

Der Posten erwiderte: «Nichts!» — und machte sofort kehrt.

Dieses Gespenst war aber von viel höherem Wuchs gewesen, als Akakij Akakijewitsch, und hatte einen dichten Schnurrbart getragen. Es schritt in der Richtung der Obuchowbrücke davon und verschwand in der nächtlichen Finsternis.

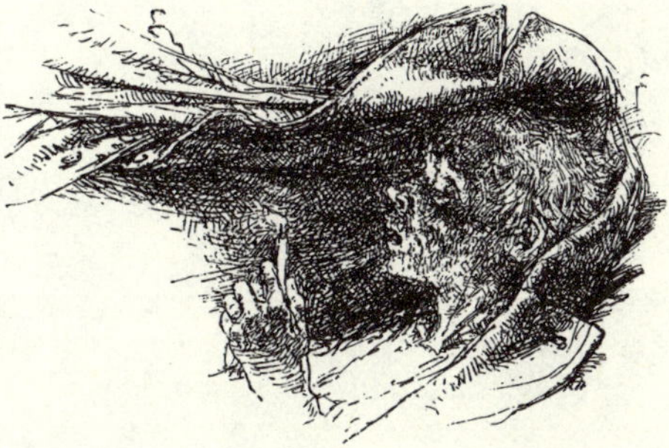

NACHWORT

Nikolaj Wassiljewitsch Gogol wurde am 19. März 1809 im ukrainischen Marktflecken Ssorotschinzy (den er später zum Schauplatz einer seiner zauberhaftesten Erzählungen gemacht hat) geboren.

Sein Vater war Gutsbesitzer mit vielseitigen wissenschaftlichen und literarischen Interessen; er hat eine Reihe von Gedichten und Komödien geschrieben, die von den ukrainischen Literaturhistorikern sehr hochgeschätzt werden.

Seine Mutter war eine stille, versonnene Frau, die hochgemute Tapferkeit und praktische Lebensklugheit mit religiösen und mystischen Neigungen verband.

Vom Vater stammt das Dämonische und Phantastische in Gogols Natur, die spielerische Freude am Erzählen, die Lust am Unheimlichen und an grotesker Komik; von der Mutter die besonders in seiner Spätzeit immer deutlicher hervortretende und alles andere verdrängende Religiosität, mit der er die wilde Dämonie seines Wesens zu bannen versuchte.

An diesem Widerstreit zwischen seiner vom

Walten untergründiger Mächte erfüllten Dichtung und seinem verzehrenden Streben nach Läuterung, Heiligung und Verklärung ist er vorzeitig zugrunde gegangen, hat uns aber Werke von so bestürzender Unmittelbarkeit und so hoher künstlerischer Vollendung hinterlassen, daß unser Leben ohne sie ärmer wäre.

Außer dem Elternhause haben schon in seiner frühen Jugend zwei Elemente entscheidend auf ihn eingewirkt. Auf der einen Seite das ländliche Leben unter den ukrainischen Bauern, in denen noch eine Fülle urtümlicher Überlieferungen, wenn auch zuweilen nur in entstellter, abergläubischer Form, weiterwucherte; auf der anderen Seite die freie vornehme Geistigkeit und ästhetische Kultur, die verfeinerte Geselligkeit und heitere Lebensfrömmigkeit, wie sie auf dem Gutshofe der den Eltern befreundeten Magnatenfamilie Troschtschinskij zu Hause waren. Die Troschtschinskijs sahen die bedeutendsten Geister der damaligen Zeit bei sich zu Gaste, unterhielten ein eigenes Orchester, veranstalteten in ihrem schönen, kostbar eingerichteten Schlosse Konzerte, Theateraufführungen, Dichterlesungen und wissenschaftliche Vorträge, und besaßen eine große Bibliothek mit allen wichtigen Werken der Weltliteratur. Das Leben in diesem Kreise unterschied sich lebhaft vom leeren Getriebe der sogenannten guten Gesellschaft in den großen Städten und glich einem ständigen Feste voll geistiger Lebensfreude und Schönheit.

Der Knabe wuchs also nicht nur in einer Atmosphäre wilder, volkstümlicher Ursprünglichkeit, sondern gleichzeitig auch in einer «Welt zarter und hoher Dinge» (wie Nietzsche sagen würde) heran; er entwickelte früh seine ungewöhnlichen Gaben und schärfte sein künstlerisches Gewissen.

Nach Absolvierung des Gymnasiums in Njeschin, wo der junge Gogol sich bei Schüleraufführungen als ausgezeichneter Schauspieler und Spielleiter erwies, trat er die erste schicksalsschwere Fahrt seines Lebens an: er begab sich nach St. Petersburg, dessen Glanz ihn nicht weniger anlockte als die Namen der Dichter Shukowskij, Puschkin und Lermontow, deren Ruhm sich damals über ganz Rußland auszubreiten begann. Voller Begier nach Erweiterung seines Horizontes durch das rascher pulsierende Leben in der jungen Residenz und in der Hoffnung, mit den großen Dichtern, die dort wirkten, wetteifern zu können, setzte er seine Studien fort und widmete sich einer freien schriftstellerischen Tätigkeit.

Schon früh (1831) erschien sein erstes bedeutendes Werk, die unnachahmlichen «Abende auf dem Gutshof bei Dikanjka», in dem er das bunte, vielfältige Volksleben der ukrainischen Heimat in ebenso derb realistischen wie phantastischen und abgründig-dämonischen Erzählungen gestaltet hat. Der Verfasser versteckte sich hinter der Figur eines alten Imkers, in dessen Hause sich die Dorfhonoratioren an langen Winterabenden versammeln, um sich merkwürdige Geschichten zu erzählen.

Dieses Buch, das ihn mit einem Schlage in die erste Reihe der russischen Dichter stellte, trug ihm unter anderen die Freundschaft Alexander Puschkins ein, der das Genie Gogols sofort erkannte, und den dieser zeit seines Lebens, auch als Puschkin schon lange gestorben war, für den einzigen gehalten hat, der ihn vollkommen verstand. Das große Publikum Petersburgs dagegen fühlte sich von dem bis dahin in der russischen Literatur unerhörten und alle Konventionen über den Haufen werfenden Erzählerstil Gogols eher abgestoßen und beunruhigt.

Seines Lebensunterhaltes wegen trat Gogol zeitweilig in ein Regierungsdepartement ein, hielt es dort aber nicht aus und wurde schließlich Extraordinarius für Geschichte an der Petersburger Universität. Doch auch diese Tätigkeit befriedigte ihn nicht, obwohl selbst Puschkin und Shukowskij zu seinen Zuhörern zählten: er war von Natur alles andere als ein Gelehrter.

Im Jahre 1835 erschien seine Novellensammlung «Mirgorod», eine Art Fortsetzung der «Abende auf dem Gutshof bei Dikanjka». Vorher schon hatte er seine übermütige Groteske «Die Nase», den von Lebensfülle strotzenden historischen Kosakenroman «Taras Bulba» und die uns heute beinahe «surrealistisch» anmutende Komödie «Die Hochzeit» veröffentlicht.

Anfang 1836 wurde sein «Revisor» — eine der wenigen unsterblichen Komödien der Weltliteratur — zum ersten Male im Alexandertheater gespielt. Gegen den erbitterten Widerstand der Zensurbehörde wurde das grandiose Werk vom Zaren Nikolaus dem Ersten selbst zur Aufführung zugelassen, welcher nach der Premiere, der er persönlich beiwohnte, äußerte: «Wir haben alle unsere Lektion von Gogol abbekommen, und am meisten ich selber.» Der größte Teil des Publikums verhielt sich indessen ablehnend; es erkannte nicht die hinter den zeitgebundenen Geschehnissen hervorleuchtende zeitlose Idee dieser Komödie, mißverstand sie als bloße Zeitsatire und fühlte sich persönlich angegriffen, beleidigt und bloßgestellt. Der Verfasser wurde als «gefährlich» verschrieen.

Gogol war sehr selbstbewußt und hegte eine hohe Meinung von sich und seiner Sendung. Angewidert von den Anfeindungen und Intrigen, die gegen ihn gesponnen wurden; tief enttäuscht vom ganzen seiner ursprünglichen Natur so wesensfremden oberflächlichen und betriebsamen Petersburger Leben, dem er einst so voller Hoffnung zugestrebt hatte, beschloß er, ins Ausland zu gehen.

In Paris erreichte ihn die Nachricht vom Tode Puschkins. Er schrieb darüber an seinen Freund Pletnjew:

«Ich hätte keine schlimmere Nachricht aus Rußland erhalten können. Die höchste Lust meines Lebens ist mit ihm dahingegangen. Nichts habe ich ohne seinen Rat unternommen. Keine Zeile habe ich geschrieben, ohne mir ihn als Leser vorzustellen. Immer frug ich mich: ,Was wird er dazu sagen? Was wird er davon aufnehmen? Worüber wird er lachen? Was wird seinen unschätzbaren zustimmenden

Beifall finden?‘ ... O Gott, die Arbeit, die ich eben begonnen (der Roman «Tote Seelen»), verdanke ich seiner Anregung. Ich vermag sie nicht fortzuführen. Wie oft griff ich seitdem zur Feder — sie fällt mir immer wieder aus der Hand. Welch unaussprechlich bittere Trostlosigkeit!»

Von Paris ging Gogol nach Rom und lebte dort eine lange Reihe von Jahren. Es waren die schönsten und reichsten Jahre seines Lebens. Er liebte Italien leidenschaftlich, nannte es sein anderes Vaterland und empfand die italienische Sprache als seine zweite Muttersprache — auch er einer der großen Südwanderer, die dieses Gegenpols zur Unermeßlichkeit, Nebelhaftigkeit, Schwere und ausschweifenden Zwiespältigkeit des Nordens bedurften, um sich als Künstler zu vollenden.

Wie stark er die Notwendigkeit einer innigen Versenkung in die Antike empfand; wie entscheidend sie auf ihn als Menschen und Künstler eingewirkt hat —: davon zeugt seine Abhandlung über Shukowskijs meisterliche Homer-Übersetzung. Gogol hat die Antike zwar nie und nirgends nachgeahmt — weder formal noch stofflich —, er hat aber sein ganzes eigenes Schaffen immer an ihren Werken gemessen und sich durch sie in seiner Eigenart gestärkt und bestätigt gefunden. Er war durchaus kein «Römer» geworden — im Gegenteil: erst in Rom wurde er sich immer tiefer seiner eigensten Natur und seiner eigensten Aufgabe bewußt. Außer dem unvergänglichen «Mantel», schrieb er dort sein Hauptwerk, den ersten Teil des großen Romans «Tote Seelen».

Doch eine tückische Malaria, von deren Folgen er sich nie wieder ganz erholen konnte, untergrub seine schon an und für sich sehr zarte Gesundheit. Dazu kam ein Erlebnis, das seine Kräfte vollends erschütterte: der Tod des jungen Grafen Joseph Bjelgorskij. Dieser schöne und hochbegabte Jüngling, den er schon in Petersburg kennengelernt hatte, schloß sich ihm in Rom mit feuriger Begeisterung an, erkrankte dort aber an der Schwindsucht und starb. Gogol pflegte ihn aufopferungsvoll wie eine liebende Mutter, verbrachte lange Tage und schlaflose Nächte an seinem Krankenlager und verzehrte sich vor Gram, als der junge Freund, auf den er höchste Hoffnungen gesetzt, in seinen Armen verschied. Dieser Tod ließ ihn in eine schwarze Schwermut versinken; er verlor immer mehr den Sinn für die Freuden des Lebens und gab sich todessüchtigen Grübeleien hin.

Die Rückkehr nach Rußland hob diese innere Verdüsterung nicht auf, sondern steigerte sie noch, um so mehr als seine schöpferische Kraft abnahm und seine Gesundheit sich unaufhaltsam verschlechterte. Er vermochte den zweiten Teil der «Toten Seelen» (das großgeplante «Paradiso» nach dem «Inferno» des ersten Teils) nicht mehr so zu gestalten, wie er es im Geiste vor sich gesehen — als eine dichterische Vorwegnahme der transzendenten Möglichkeiten des russischen Lebens. Zudem drückten ihn Schulden bei seinen Verlegern. Auch machte ihm die Zensur Schwierigkeiten bei der Herausgabe des ersten Teiles. Er verfiel einer verzweifelten Stimmung. Noch einmal begab er sich, um seiner Gesundheit willen, nach West-Europa und irrte von einem Kurort zum andern (Gräffenberg, Ems, Nizza, Ostende) — doch es nützte ihm nichts.

Und nun brach sich immer entschiedener das mütterliche Erbteil in ihm Bahn. Er begann sich nicht mehr als Schriftsteller, sondern als Propheten zu fühlen. Und es trieb ihn, das Heilige Grab in Jerusalem zu besuchen.

Die Fahrt nach Jerusalem, seine dritte große Schicksalsreise, steht am Ende seines Lebens, so wie die Romreise den Höhepunkt und die erste Fahrt nach Petersburg den jugendlichen Aufbruch bedeutete.

Aus dieser Zeit stammt sein Essay «Meditationen über die göttliche Liturgie» — eine Schrift von unendlicher mystischer Tiefe. Aber seine künstlerische Kraft war gebrochen. Zwar vollendete er noch mit unsäglicher Anstrengung den zweiten Teil der «Toten Seelen», empfand aber gerade dieses Werk, in dem er einst den Sinn und Gipfel seines Schaffens gesehen, als mißlungen und verbrannte das Manuskript wenige Tage vor seinem Tode.

Nach Petersburg war er nie mehr zurückgekehrt. Die letzten Jahre hatte er in Moskau und Odessa und, in den Sommermonaten, auf seinem vom Vater ererbten Gute in der Ukraine verbracht, von dem er einst in die Welt aufgebrochen war.

Er starb am 18. Februar 1852 in Moskau und wurde im Daniljewskij-Kloster beigesetzt. Über seinem Grab ist ein Denkmal errichtet worden, dessen Sockel als Inschrift den Ausspruch des Propheten Jeremias trägt: «Ich lache mit meinem bitteren Wort.»

Viele der großen russischen Dichter des neunzehnten Jahrhunderts, in welchem sich der staunenswerte Aufstieg der russischen Literatur zur Weltgültigkeit vollzog, sind, ihrer Abstammung nach, nicht reine Russen gewesen.

In den Adern *Alexander Puschkins*, mit dem die Reihe dieser erlauchten Geister anhebt, floß afrikanisches Blut. Und vielleicht ist es diese äußerste Spannung zum russischen Wesen, die ihn dazu befähigte, die dumpfe, untergründige Mächtigkeit und schweifende Grenzenlosigkeit des russischen Menschen in das Licht heller Bewußtheit zu erheben und formal zu bannen, so daß der bis dahin bildlose und stumme Drang des seiner eigenen Fülle noch nicht innegewordenen Russentums zu festumrissenen Bildern und Sinnbildern gerann und sich bei diesem Dichter in einer Sprache von beinahe mozartischer Helligkeit, Süße und Anmut verleibte, die der Volkssprache noch nie zu eigen gewesen war: Puschkin ist der Schöpfer der russischen Dichtersprache. Sein etwas jüngerer Zeitgenosse, der ritterliche Melancholiker *Michael Lermontow*, war halb spanischen Ursprungs: die Lermontows stammten von den Grafen Lerma ab. Graf *Leo Tolstoi* (zu deutsch: Dick) ist der

Nachkomme einer deutschen Familie Dicke, die in Rußland eingewandert war und dort wegen hervorragender Verdienste in den Grafenstand erhoben wurde. *Fedor Michailowitsch Dostojewskij*, dessen russischer Familienname nicht der ursprüngliche Name seiner Vorfahren war, sondern sich von ihrem Landgute Dostojewo herleitet, war der Sproß eines adligen normannisch-litauischen Geschlechts; auch Dostojewskijs Mutter war nicht Russin, sondern Ukrainerin. Eine ähnliche Blutmischung läßt sich noch bei vielen andern russischen Dichtern nachweisen.

Es scheint, daß das russische Blut solch einer Zufuhr fremden Blutes bedurfte, um sich in jenen genialen Männern zu vergeistigen, die für die Welt zu den echtbürtigen Repräsentanten des Russentums geworden sind. Und es zeugt von der Stärke und inneren Gewalt des russischen Volkes, daß es gerade dank dieser Befruchtung durch volksfremde Elemente seine eigene unergründliche Tiefe in weltgültigen Kunstwerken kundzutun und so eine europäische Bedeutsamkeit zu erlangen vermochte. Denn die große russische Dichtung hat, neben ihrem nationalen, auch einen europäischen Sinn; sie war, worauf schon Dostojewskij in seiner berühmten Gedächtnisrede auf Puschkin hingewiesen hat, in ihrer allumfassenden Haltung die Trägerin übernationaler, die europäischen Völker, trotz aller ihrer Unterschiede, einigenden Impulse und Ideen, die Verkünderin einer jenseits aller kirchlichen Bekenntnisse und staatlichen Interessen waltenden allmenschlichen brüderlichen Einheit, bevor ihre mächtige Stimme im grauenhaften Umsturz der letzten Jahrzehnte, der alle hohen geistigen russischen Traditionen zertrümmert hat, vorläufig verstummte.

So ist es denn auch nicht weiter verwunderlich, daß *Nikolaj Gogol* — einer der größten russischen Erzähler — dem Blute nach überhaupt kein Russe, sondern ein Ukrainer war. Wenn er sich selbst auch als Russen fühlte und in russischer Sprache schrieb und dichtete, so stammte er nichtsdestoweniger aus einem rein ukrainischen adligen Geschlecht von Geistlichen und Gutsbesitzern.

Die Ukrainer, ein slawischer Stamm gleich den Tschechen, Polen, Kroaten, Serben, Slowenen usw., sind, gleich diesen, keine Russen — so wie die Holländer, Schweden, Norweger und Dänen zwar Germanen, aber keine Deutschen sind. Es war eine Instinktlosigkeit der zaristischen russischen Gewaltpolitiker, daß sie das freie Kosakenvolk der Ukrainer, nachdem es unterworfen worden war, zu russifizieren und es sogar seines Volksnamens zu berauben trachteten, indem sie es kurzerhand «Kleinrussen» nannten, wie um darzutun, daß es sich nicht um ein selbständiges Volk mit eigener Sprache, sondern nur um eine Abart der Russen handle.

Bei aller inneren Verbundenheit mit der russischen Kultur und dem russischen Geiste ist sich Gogol seines ukrainischen Volkstums immer bewußt geblieben. Und wir können das Besondere an Gogol, das ihn von allen anderen russischen Dichtern unterscheidet, gar nicht verstehen, wenn wir in ihm nur einen Russen und nicht auch einen Ukrainer sehen.

Wie verhält sich nun das spezifisch russische zum spezifisch ukrainischen Wesen?

Der Russe ist der Sohn weiter, unbegrenzter Ebenen oder undurchdringlicher Wälder. Der Ukrainer ist der Sohn eines üppigen, reichgegliederten südlichen Hügellandes.

Der Russe ist in seinen Ursprüngen dumpf, unbewußt, schwerblütig, unindividualistisch; er ist im Tiefsten seiner Seele ein allumfassendes unterschiedsloses «Wir», und kein «Ich». Er ist eher passiv als aktiv. Rafft er sich zu einer Tat auf oder treibt ihn ein Gewalthaber zu einer Tat an, so ist es eine kollektive Tat; er ergreift sie nicht von sich aus, sie ergreift ihn. Es geht oft gewaltsam zu, wenn der Russe etwas unternimmt oder herrscht, weil er sich meist selbst vergewaltigen muß, um etwas zu «tun», das über den Kreislauf des gewohnten Daseins hinausgeht. Denn im Grunde genommen ist er keine Herrschernatur; seiner immer wieder unvermutet hervorbrechenden Wildheit, ja Grausamkeit hält ein ebenso ursprüngliches Gefühl der Brüderlichkeit aller Menschen die Waage. Erwacht er zum Geist, so zeigt seine Geistigkeit abstrakte, verallgemeinernde, alle Unterschiede einebnende Züge; sie ist uferlos, löst alle festen Gestaltungen auf, überbordet alle Grenzen, schweift ins Unendliche oder ins Unbedingte aus. Er ist absoluter Idealist oder absoluter Materialist: eines vermag immer ins andre umzuschlagen. Hemmungslos in Liebe und Haß, in Gott aufgehend oder völlig gottlos, kennt er nicht Maß und Mitte. Völlig unapollinisch, ist er, nicht in einem griechischen, sondern in einem barbarischen Sinne dionysisch. Er steuert immer sofort auf die letzten Ziele, auf das Ende aller Dinge zu. Seine Weltkonzeption ist eine apokalyptische. Die Wahrung der gewachsenen heiligen Form dünkt ihn unheilig, aus welchem Grunde er sie, wenn er ihr einmal verfällt, bis zur Starrheit übertreibt; denn eigentlich neigt er zum Vergehen ins All, ins Ungestalte und Maßlose, im Namen eines gestaltlosen abstrakten Prinzips oder eines ihn überwältigenden Gefühls. Die heilige bildhafte Buntheit der Welt wird ihm zum farblosen göttlichen Urlicht. Es verlangt ihn nach dem Untergang der Persönlichkeit entweder im Volk oder in der Menschheit. So ist er, wenn das Göttliche ihn durchatmet, eine anima naturaliter christiana; geht er aber des göttlichen Geistes verlustig, so verfällt er dem Radikalismus der «Vernunft» und wird zum Revolutionär um der Revolution willen.

Der Ukrainer dagegen ist ein wesentlich künstlerischer Mensch, besessen von der Liebe zur Buntheit des Lebens und zu allen seinen Sondergestaltungen. Auch die Sphäre des Religiösen erfaßt er, oft bis ins Abergläubische hinein, nur vom Bildhaften her. Sowohl das Untergründig-Dämonische wie das Übermenschlich-Göttliche stellt sich ihm immer in leibhaften Bildern und Gestalten dar. In seinem persönlichen Leben ist er, bei aller innigen Verwurzeltheit in einem gemeinsamen Ursprung (die sich für ihn von selbst versteht, ohne daß er erst darüber nachzugrübeln braucht), ein betonter Individualist. Nicht schwerblütig und uferlos, wie der Russe, sondern herrlich leichtblütig und phantastisch, ist er in keiner Weise prinzipiengläubig, sondern lebensfromm und auch noch in seiner Christlichkeit heidnisch. Von behendem Witz, sprühendem Geist, verspielter Kindhaftigkeit, heroischer Leidenschaftlichkeit, ist er südlicher, sonnenhafter, sinnenhafter als der Russe.

Alle diese ukrainischen Eigenschaften finden wir in der Dichtung Gogols wieder. Alles, was bei den andern russischen Erzählern als rein psychologischer Vorgang, als innerseelische Aufgewühltheit, innerer Widerspruch oder geistiges Problem zu Tage tritt — bei Gogol ist es zugleich ein tausendfältiges buntes äußeres Geschehen, voll von beinahe knabenhafter Abenteuerlust und durchwaltet von einer ganzen Heerschar von Hexen, Teufeln, Erdgeistern, Dämonen oder Engeln und Heiligen, so daß sich eine vielgestaltige Ober- und Unterwelt in die reale vollsaftige Menschenwelt, wie im Märchen, hineinschlingt — nicht im Sinne eines «okkulten» Problems, sondern ganz unmittelbar und natürlich, tragisch und komisch, schauerlich und heiter zugleich.

Dazu kommt die artistische Freude, mit diesen immer wieder auf andere Weise einander durchdringenden Welten gleich einem Kinde ernsthaft zu spielen, unerachtet eines tiefen Wissens um ihre mythische, den Kern alles Menschentums ergreifende Wirklichkeit. Er löst diese Wirklichkeit nicht in eine abstrakte Geistigkeit oder in einen wie immer gearteten Psychologismus auf, sondern macht die Tageswelt durch das dämonische Geistergetriebe nur noch reicher, bunter, vieldeutiger und rätselhafter, ja er verwandelt auch noch das Ungestalte in sichtbare Phantasmagorie, auch noch das Grausigste in ein erlösendes und beglückendes künstlerisches Spiel, denn der wesenhaft künstlerische Mensch ist immer auch der Erbe und Nachfahr des mythischen Menschen, dem Spiel und Wirklichkeit, Phantasie und Wahrheit ein untrennbar Eines sind und dem der geistige Sinn sich einzig in sinnlicher Form offenbart.

Von dieser Art sind die meisten der großartigen und ungeheuerlichen Meisternovellen Gogols. Seine andere Seite, das Russische, Problematische und Vergrübelte an ihm, bekundet sich in seinem Roman «Tote Seelen» und seiner berühmten Erzählung «Der Mantel», von der Dostojewskij, als echt russisch gesinnter Mensch einmal gesagt hat: «Wir stammen alle aus Gogols Mantel.»

Was Gogols Stellung in der Weltliteratur angeht, so gehört er mit seinen ukrainischen Erzählungen als einer der Allergrößten zur europäischen Romantik, nur daß bei ihm die gleichen Elemente, die bei den westlichen Dichtern ihr Wesen treiben, wilder, naturhafter, unbändiger, realer wirken. Als Dichter der

«Toten Seelen» und des «Mantels» dagegen ist er den bedeutendsten Realisten ebenbürtig an die Seite zu stellen. Völlig unvergleichlich ist die sinnliche Intensität seiner Darstellung und die Melodie seiner Sprache. Als reiner Künstler überragt er selbst Tolstoi und Dostojewskij.

Bruno Goetz

BETONUNG
DER PERSONEN- UND ORTSNAMEN

Der Jahrmarkt von Ssorotschinzy

Chawrónja
Chíwrja, Chwjásska (Koseformen von Chawrónja)
Golopupénko
Grítzko (Koseform von Grigórij)
Gudjútsch (Ortsname)
Iwán Iwánowitsch
Kotlarjéwskij
Mírgorod
Nikíforowna
Ochrím
Parásska
Poltáva
Protopóp (Oberpriester)
Psjol (ukrainischer Flußname)
Slíwowitz (Pflaumenschnaps)
Ssolópij
Ssorotschínzy
Zybúl (Zwiebel)

Die Johannisnacht

Bassawrjúk
Besródny
Fóma Grigórjewitsch
Iwássj
Oposchnjánsk (Ortsname)
Panteléj
Podkówa
Poltáwa-Koschúcha
Sagaidátschny
Taráss
Teréntij

Der verlorene Brief

Batúrin (Ortsname)
Golopútzek
Kónotop (Ortsname)
Matúsotschka
Wiskrják

Die Mainacht

Besboródko
Derkátsch = Drischpanówskij
Kalénik
Kosjmá
Krementschúg (Ortsname)
Ladátschnij
Léwko
Makogonénko
Perejassláwlj (Ortsname)
Petrytschénkowa
Rómny (Ortsname)

Schreckliche Rache

Burulbásch
Chmelnítzky
Chóma
Gorobjétz
Iwán
Jeróma
Konaschéwitch
Koprián
Mikítka
Pereschláj = Feld (Ortsname)
Sagaidátschny
Stétzko
Stokósa

Die Nacht vor Weihnachten

Jaréskowo (Ortsname)
Kassján
Kissjakolupénko
Kondrát
Kórnij
Ljewtschénko
Mikíta
Njéshin (Ortsname)
Odárka
Ossip Nikíforowitsch
Ostáp
Oxána
Panáss
Patjómkin
Patzjúk
Perepetschícha
Schupowalénko
Ssolócha
Ssussúlja
Swerbygús
Tymísch Korostjáwy
Wakúla

Der Wij

Bystraja
Chaljáwa
Chóma
Dorósch
Gorobjétz
Jawtúch
Mikíta
Owérko
Rasbói
Scheptschícha
Scheptún
Spiridón
Tschuchráilowsche Straße

Die Nase

Iwán Jákowlewitsch
Kowáljew
Kúsmitsch
Patántschikow
Pelagéja Grigórjewna Podtótschina
Praskówja Ossípowna
Tschechtarjówa

Der Mantel

Akákij Akákijewitsch
Arína Ssemjónowna Bjelobrjúschkowa (Weißbauch)
Baschmátschkin
Grigórij
Iwán Iwánowitsch Jeróschkin
Petrówitsch

Das O wird im Russischen immer offen ausgesprochen, wie in «Gold», «Stoff», «Gott» (nie geschlossen, wie in «oben», «Boot»